PS : Oublie-moi !

EMMA GREEN

PS : Oublie-moi !

addictives
POCHE

À toutes les femmes qui ont cru un jour n'être
pas assez fortes, pas assez belles, pas assez capables.
Vous êtes tout ça… et bien plus encore.

« Le pardon n'est pas au bout du chemin ; il est le chemin. »
Françoise Chandernagor, *La Première Épouse*

1

Transparente

Léonore

– Suivante !

Je me pointe au sommet de mes talons hauts, en feignant d'avoir fait ça toute ma vie : pousser la porte d'une agence de mannequins des Champs-Élysées pour espérer décrocher un job. Ou juste un sourire, en fait, ce serait déjà pas mal.

Je pénètre dans un bureau spacieux, duquel une autre candidate sort en courant, et j'attends que les deux humains présents entrent en contact avec moi.

– Ton prénom ? bougonne un type sans même me regarder.

– Léonore. Mais tout le monde m'appelle Léo.

– OK, Léa…

– Non, Léo, le coupé-je en souriant pour rectifier. C'est le diminutif de Léonore.

– OK, Éléonore, me répond une blonde en soupirant, comme si je lui faisais perdre son temps.

Probablement une ancienne mannequin qui refuse de vieillir et de sortir du circuit. Tout la trahit : son visage anguleux et mono-expressif, sa silhouette longiligne noyée dans un chemisier de créateur qu'on lui a sans doute offert, sa prédisposition à se tenir parfaitement droite sans en avoir l'air, ses longues jambes étendues devant elle dans une position étudiée, les pieds légèrement en dedans, pour rendre ses cuisses de mouche plus fines encore. Elle me scrute, assise d'une demi-fesse sur le coin d'une table. Installé derrière son bureau, le grand Noir moulé dans un col roulé blanc consulte ses deux téléphones portables à tour de rôle.

Il est plus que beau. Plus que chiant, aussi.

– Book ? me demande-t-il enfin en tendant une main.

Il n'a toujours pas levé les yeux vers moi.

Je m'avance pour le lui donner mais la femme l'intercepte et se charge de faire l'intermédiaire. J'ai l'impression de revivre un terrible jour de rentrée, quand on change de lycée à 15 ans, que l'on a mis trois jours à choisir sa tenue, à répéter son sourire dans le miroir, et que l'on se retrouve à la fois totalement transparente… et déjà pestiférée.

Si j'en crois ma boule au ventre et mes bouffées de chaleur, je ne devrais pas tarder à vomir mon angoisse sur le bureau acajou et mes escarpins tout neufs.

– Âge ? questionne l'homme qui ne sait apparemment pas faire de phrase entière.

– Vingt-deux.

– C'est vieux pour débuter.

– Ah bon ? Je mets de l'antirides pourtant.

Je souris à ma propre blague tout en me maudissant de l'avoir faite. Et la femme répond à ma petite moue de gêne par une grimace encore plus gênée.

– On préfère recruter vers 14-15 ans dans le milieu, m'explique-t-elle.

Et je ris naïvement. Avant de m'apercevoir qu'elle ne plaisante absolument pas.

– Très beau visage, commente soudain le type en se levant.

– Racé, confirme sa collaboratrice.

– Les pommettes, la ligne des mâchoires, vraiment très intéressant.

– Oui, à la limite du masculin-féminin… mais sans être androgyne, grâce à la bouche très pulpeuse.

– C'est puissant, acquiesce-t-il à voix basse.

– Très joli port de tête aussi. Et beau grain de peau.

– Elle a ce petit truc en plus, qui est si rare…

Ces deux inconnus me tournent autour, à environ vingt centimètres de mon espace vital, et me détaillent en hochant la tête. Leurs commentaires me flattent. Mais leur proximité m'oppresse. Sur les conseils de mon mec, j'ai mis un jean noir et un tee-shirt noir près du corps. Simple mais efficace. C'était sans compter les vingt-cinq degrés dehors et les quarante dans mon corps. Je n'ai plus la moindre trace de salive dans la bouche et mes mains dégoulinent de moiteur.

– Sous-vêtements ? lance soudain le type en regagnant son bureau.

– Euh ? Oui, toujours ! m'entends-je répondre. Tous les jours, je veux dire. Ou presque… Si la question est de savoir si j'en porte. Sinon…

La blonde sans âge vient à mon secours en posant une main sur mon bras, avec un sourire de pitié autant que d'empathie.

– On veut juste que tu te mettes en sous-vêtements, me chuchote-t-elle. Tu peux te déshabiller ici directement.

– Ah.

Elle pense m'avoir rassurée. Mais elle n'a aucune idée du tsunami qu'elle vient de déclencher en moi.

Sous-vêtements... Déshabiller... Corps... Nudité...

– C'est obligatoire ? bredouillé-je. Je veux dire, les mannequins sont quand même là pour porter des vêtements. On les voit plus souvent habillés que…

– On a besoin de voir si ton corps suit le reste, me coupe-t-elle. Ne t'inquiète pas pour la pudeur, on fait ça toute la journée.

– Pas moi, soufflé-je d'un filet de voix.

– Tu es très prometteuse, m'encourage le type, qui me sent hésiter.

Il est toujours aussi beau. Et un peu moins inhumain. Je ne comprends pas comment il ne crève pas de chaud, enfermé dans ce bureau et ce col roulé qui moule tous ses muscles. On manque d'air ici, non ?

Les deux recruteurs me sourient gentiment et je me mets à imaginer ce qu'ils sont en train de penser de moi : pudique, timide, complexée, peut-être mal dans sa peau… Mais ils n'ont pas la moindre idée. Et je ne sais plus ce que je fiche ici, à me désaper devant eux alors que je ne laisse jamais personne me voir nue. Alors que je fais l'amour dans le noir… et le moins souvent possible. Alors que je reste toujours en tee-shirt à la plage, même par temps de canicule. Alors que je me suis mise au surf juste pour pouvoir troquer mon maillot de bain contre un combi-short en Néoprène. Alors que même les débardeurs sont bannis de ma garde-robe, parce qu'ils en montrent trop.

– Si tu pouvais accélérer, on est vraiment pressés, insiste la blonde, de nouveau assise sur le bureau.

Et de nouveau désagréable. Je profite du fait qu'elle consulte son carnet de rendez-vous, et lui ses deux téléphones, pour retirer rapidement mon jean et mon tee-shirt. Puis je recule jusqu'au mur du fond et me tiens face à eux, les jambes en coton, la tête dans un étau et les lèvres qui me collent aux dents. Je joins mes mains moites pour faire tourner mes bagues autour de mes doigts. J'en mets toujours beaucoup, pour me sentir un peu moins nue, si besoin.

– Tu peux t'avancer un peu ?

– Et relever tes cheveux ?

Non, je ne peux pas...

En me voyant blottie dans mon coin, en train de me triturer les doigts, le duo s'approche de nouveau de moi, soupirs las et regards curieux.

– Très belle allure.

– Les mensurations correspondent à ce qu'on cherche.

– Bien proportionnée.

– Mince mais musclée, ce n'est pas si courant...

Je n'entends bientôt plus leurs commentaires, obnubilée par la découverte qu'ils vont bientôt faire en me tournant autour.

– Sekou, viens voir ça.

– Eh merde.

Leur stupéfaction, leur silence si criant, et leur gêne si impudique s'insinuent sous ma peau. Depuis que j'ai commencé les castings, j'ai pris l'habitude que l'on parle de moi comme si je n'étais pas là. Mais cette réaction-là, je ne m'y ferai jamais. Et je ressens toujours la même chose : une soudaine envie de disparaître.

– Ah ouais, quand même, souffle finalement le premier.

– On perd notre temps, soupire sa collègue.

– Un mètre soixante-seize de gâchis, marmonne le type contrarié.

– Tu peux te rhabiller, Léa.

– C'est Léo.

Ma voix est enrouée. Mélange de colère et de honte.

– Hein ?

– C'est toujours Léo, mon prénom.

– Peu importe, ça ne va pas être possible pour nous, conclut la femme, comme une sentence.

– Je vois, susurré-je en renfilant rapidement mes fringues.

– Tu sais, on ne veut briser les rêves de personne. Mais tu ne vas pas pouvoir devenir mannequin avec *ça*.

– Vous ne cherchiez pas un « petit truc en plus » ? tenté-je d'ironiser pour garder la face.

– Pas ce genre-là, non… désolée.

– Suivante ! beugle le col roulé blanc en balançant ses deux portables sur son bureau.

Si je pouvais vomir sur commande, j'aspergerais bien toute cette agence de mannequins aux murs immaculés. Manque de bol, je n'ai rien pu avaler ce matin, tellement j'étais stressée par cet entretien.

Ce n'est pas mon rêve, non. Juste une idée de mon mec qui bosse dans « le milieu » et me trouve magnifique, lui. Juste un possible gagne-pain, parmi mes mille petits boulots qui me permettent de survivre en continuant mes études. Entre les baby-sittings, les cours de soutien, les extras dans des restos et les promenades de chiens, le mannequinat pourrait mettre du beurre dans les épinards et peut-être aussi me réconcilier avec moi-même. Me faire prendre une petite revanche sur la vie.

Mais apparemment, ce ne sera pas pour aujourd'hui. Je ramasse mes escarpins neufs, les fourre dans mon immense sac et remets mes sandales plates, avant de quitter les lieux sans un mot ni une larme : ces gens-là n'auront rien de moi.

Ni « ça » ni rien d'autre.

Une fois dehors, j'attends que la foule et le bruit des Champs-Élysées emplissent de nouveau mes oreilles, mon cœur et mon cerveau, que l'air chaud de la fin de matinée sèche mes mains moites et mes yeux brillants, que la terre se remette à tourner, comme elle l'a toujours fait, et m'entraîne avec elle. Je souris en me rappelant que rien d'autre ne compte qu'être en vie. Et que la vie continue, toujours. Elle suit son cours, à condition que vous suiviez le mouvement aussi.

Hop, hop, hop !

C'est mon cri de guerre préféré. Mon unique mot d'ordre, ces trois petits mots qui n'en sont même pas, un peu ridicules, enfantins, mais qui arrivent toujours à me faire sourire.

– Allô ?

– Élie, c'est moi.

– Ça va, chou ?

– Ouais, mais je viens encore de me faire jeter d'une agence.

– Ils t'ont demandé de te mettre en lingerie ?

– Touché… Ils me trouvaient « prometteuse », jusque-là.

– Tu l'es, Léo !

– Je devrais peut-être me contenter des castings pour les catalogues de fringues, non ? Au moins, ils ne chipoteraient pas. Ça paie mal mais, eux, ils me prennent !

– Ton book est super, tu es ultra-photogénique, je sais que tu peux percer. Tes dernières photos plaisent beaucoup…

– Tu dis ça parce que c'est toi qui les as prises !

– Peut-être, reconnaît mon mec en riant.

La voix d'Élie me fait du bien. Ses encouragements, sa légèreté. C'est un mec simple, posé. Respectueux des femmes, bien élevé. Photographe passionné et pourtant humble. Il a envie de réussir mais davantage, je crois, de me voir m'épanouir.

– Tu as encore un rendez-vous dans une agence aujourd'hui, non ? relance-t-il, enthousiaste.

– Oui, dans le Marais. Je suis en chemin… Tu as noté S&S dans mon agenda, c'est quoi ?

– Strange & Strong, l'agence qui cartonne en ce moment. Ils sont spécialisés dans les physiques extraordinaires, les mannequins atypiques… et ils font fureur dans le monde de la mode et du luxe.

– Jamais entendu parler, avoué-je.

– Évite juste de le leur dire pendant l'entretien.

– Je n'y connais vraiment rien… Tu ne veux pas y aller à ma place ? Tu n'auras qu'à leur dire que ton truc extraordinaire, à toi, c'est d'avoir une barbe, du poil aux pattes et de t'appeler Léonore.

– Je ne pense pas qu'ils apprécient beaucoup ma démarche en talons hauts… Mais toi, je suis sûr que tu vas leur plaire, même sans barbe !

– Hop, hop, hop, alors…

– Hop, hop ! À ce soir pour fêter ça.

Il est confiant. Peut-être trop. Mais Élie a ce petit soupçon d'insouciance qui me manque, cet optimisme à toute épreuve, cette capacité à foncer sans réfléchir qu'ont les gens qui ne se sont jamais pris de porte dans la figure. Tout lui a toujours réussi, à lui. Bonne famille, beau garçon, études sympas, métier passionnant, carrière qui commence à décoller. Pas ou peu de complications.

Sauf moi. La fille qu'il a choisie.

Et qu'il tente de tirer vers le haut.

– Élie ? murmuré-je juste avant qu'il ne raccroche.

– Quoi ?

– Merci.

2

Tout ce qui ne me tue pas

Léonore

C'est parti.

Je fourre ma besace dans le panier d'un Vélib', passe ma carte sur le lecteur et m'élance en pédalant dans le Paris joyeux, bruyant et lumineux du mois de mai. J'aime l'effervescence de cette ville lunatique, comme moi, vibrante, fourmillante, inconstante, qui passe du rire aux larmes, du beau au sale, du fou au sage, qui change de décor et d'ambiance à chaque angle de rue. Je quitte les Champs animés pour me faufiler le long des quais de Seine, je roule un moment face au vent, longe le jardin des Tuileries, croise le joli pont des Arts dépouillé de ses cadenas d'amoureux, puis le somptueux Pont-Neuf. Je me fais klaxonner devant la fontaine du Châtelet, siffler par un bouquiniste qui s'ennuie, et insulter par un scooter pressé.

Ça glisse sur moi comme tout ce qui ne me tue pas.

Deux mecs m'offrent un verre à un feu rouge, attablés sur la terrasse du bistrot Marguerite ; je décline d'un sourire et grille le feu pour foncer vers le Marais. Je prends la rue

Saint-Paul toute resserrée, où la piste cyclable devient juste un étroit bout de caniveau ; je me fais des petites frayeurs et je ris toute seule en me traitant de folle ; je me demande si je veux mourir et je me réponds bien sûr que non ; je me promets de m'acheter un casque, Élie me l'a demandé cent fois, peut-être pas demain mais bientôt ; je continue dans la rue de Turenne et je croise une boutique de lingerie ; je pense déjà à autre chose, à mon corps en vie que j'aime tant quand il pédale et pulse et rit, quand il me mène où bon me semble, ici ou au bout du monde, et à ce même corps que je déteste quand il se dénude et me trahit, et m'empêche d'avancer, bloquée, immobile, enfermée sous cette peau que je voudrais m'arracher.

Places des Vosges, je suis arrivée.

Je ne viens jamais par ici. Je connaissais déjà ce joyau bien caché, ce carré de pelouses ensoleillées, bordées d'arbres et d'immeubles en briques rouges, mais j'avais oublié comme c'est beau. Au pied des hôtels particuliers, des arcades qui abritent boutiques de luxe et galeries d'art, restos hors de prix et terrasses bondées de privilégiés. Des fringues, des tableaux et des Perrier citron que presque personne ne peut s'offrir… mais que l'on regarde tous avec des yeux d'enfant émerveillés.

Cette agence de mannequins n'est définitivement pas comme les autres. La vitrine a été peinte en noir, mais grossièrement, comme gribouillée au marqueur avec quelques vides transparents laissés çà et là. En haut, le logo de Strange & Strong est collé dans une police argentée, droite et épurée. Mais dans le *a* de « Strange » et dans le *o* de « Strong » se dessinent deux yeux qui me fixent et me collent des frissons.

« Étranges » et « forts », oui. Et les mots sont faibles.

Je m'appuie contre une colonne des arcades pour troquer de nouveau mes sandales contre mes escarpins. Le vélo m'a donné chaud et mise en retard. Le dessin du regard n'arrange rien. Je lisse la longue frange qui protège mon cerveau en ébullition et me colle au front, je remonte mon jean et ajuste mon soutif sous mon tee-shirt. Je me chuchote un petit « Hop, hop, hop », prends une grande inspiration et pousse la porte noire, qui me résiste.

C'est écrit « Tirez » en tout petit. Mais je pousse un peu plus fort et j'imagine l'écriteau qui me lance « Non, toujours pas ». Et je continue, je m'appuie de tout mon poids, épaule en avant, sur la porte vitrée qui semble maintenant me dire « Vous êtes stupide ou quoi ? ».

– « Tirer », c'est dans l'autre sens, se marre un grand tatoué qui vient m'ouvrir la porte.

– Merci, désolée. Esprit de contradiction, grimacé-je pour ma défense.

– Pas mal, le petit coup d'épaule rebelle genre « Je suis plus forte que le Plexiglas ».

– Ça doit être l'habitude de me prendre des portes dans le nez.

– Détermination, persévérance, autodérision… c'est tout ce qu'il te faudra dans ce métier ! reprend-il, rieur.

– Ils devraient songer à ajouter un écriteau « Merci de ne pas défoncer la porte », ajouté-je.

– « Même si vous avez vraiment envie de percer ! » poursuit-il.

Je souris, amusée. Et soulagée d'avoir une conversation

normale, peut-être même agréable, avec ce mec à l'allure pourtant flippante. Très musclé, il porte un débardeur ample, rose poudré, et un bermuda découpé dans un jean clair, des claquettes aux pieds et des tatouages absolument partout, du bout des orteils à la racine des cheveux. Ses doigts, son cou, ses oreilles et même les côtés rasés de son crâne sont remplis de dessins colorés, plus ou moins figuratifs. Je ne peux pas m'empêcher d'observer le mélange de signes tribaux, de fleurs, de poissons, de portraits, de monuments, de dragons, d'écritures asiatiques ou de créatures non identifiées.

– Pardon, je déteste quand on ne me regarde pas dans les yeux. Je suis Léo, j'ai rendez-vous ici à… il y a dix minutes.

– Pas de souci, j'ai l'habitude. Pour les regards et pour les retards. On n'est pas faciles à trouver. Matthias, cofondateur de l'agence.

Il me tend la main pour serrer la mienne et je regrette aussitôt de m'être sentie si à l'aise.

– Oh, pardon ! J'étais persuadée que vous étiez mannequin et que vous veniez aussi pour un entretien.

– Je sais, personne ne pense qu'un mec comme moi peut avoir un boulot sérieux ou un titre important. C'est en partie pour ça que cette agence existe.

– Je vous prie de m'excuser. Il me faut vraiment des écriteaux plus clairs pour tout…

– Tu peux quand même me tutoyer, me rassure-t-il en souriant. Et continuer les blagues, ça me change des filles ultra-stressées ou déjà blasées.

– Du stress ? Je ne vois vraiment pas pourquoi !

J'ironise tout en baladant mes yeux ébahis autour de moi :

sol en béton ciré anthracite, murs couverts de fresques contemporaines façon *street art*, hauteur sous plafond démente et immense *open space* mélangeant des espaces de travail et de détente.

– Je te fais visiter rapidement ? me propose Matthias. L'agence grouille de monde d'habitude, mais la plupart sont en *shooting* ou en pause déjeuner.

Il part en claquettes devant moi et pointe nonchalamment des endroits du doigt, un coup à droite, un coup à gauche. Ici, un salon cosy aux canapés modulables, fauteuils design et gros ballons de couleur servant apparemment de sièges. Là, une salle de réunion avec des bureaux hauts, des tabourets de bars et des gens debout face à leur ordinateur. Plus loin, une sorte de cuisine ouverte remplie de frigos transparents, de vaisselle colorée en libre-service et de machines à café modernes qui font aussi sûrement photocopieuses. Dans un angle, un coin jeux avec un baby-foot vintage, une table de billard, des poufs enfoncés face à une console vidéo dernier cri et même une balançoire suspendue au plafond. Et au milieu de tout ça, un long podium serpentant dans l'agence de part en part, dont le sol est composé de dizaines d'écrans projetant des photos de mannequins, des campagnes de pub et des défilés de mode.

– Si tu as toujours rêvé de piétiner des gens, c'est le moment, me propose le tatoué dans un grand sourire.

– Sans façon, décliné-je en marchant sur le côté.

– Bonne réponse. On va passer dans le bureau de mon associé pour faire connaissance.

– OK, bredouillé-je en sentant la pression monter.

– Pour info, je suis le « Strange » de la bande. Tu vas

rencontrer le « Strong »… et il porte aussi bien son nom que moi.

– Je ne sais pas ce que ça veut dire mais j'ai peur, avoué-je dans un petit rire étouffé.

– Eh bien, tu as tout compris : on ne sait jamais ce qu'il veut dire mais on sait qu'il fait peur, me glisse Matthias avant de me faire passer devant lui.

Il s'approche d'un grand cube logé au fond de l'agence, dont toutes les parois sont faites de miroirs. Le premier associé m'ouvre la porte pour me faire entrer dans le bureau du second. Et c'est comme s'il venait de me jeter dans un gouffre, une cage aux lions, un cachot transparent. Le sol s'effondre sous mes pieds et le plafond semble me foncer dessus pour m'écraser.

Je le reconnais dans la seconde.

Wolf.

Wolf Larsson.

Ça ne me tue pas, mais ce n'est pas loin.

Sa beauté me fait mal. Et son regard, avant tout le reste. Le même que sur le logo de l'agence. Les mêmes yeux de loup que dans mes souvenirs, mes pires cauchemars. Clairs, perçants, presque translucides. Inoubliables. Insupportables. Le plus beau regard que j'aie vu de ma vie, le plus terrible aussi.

Le dernier regard que j'ai croisé, il y a huit ans, quand tout a basculé, avant le trou noir.

Malgré le choc qui me pétrifie, un réflexe de survie me fait faire demi-tour. Je fuis : c'est la seule issue possible. L'unique chose à faire.

– Viens t'asseoir, Léonore.

Personne ne m'appelle jamais par mon prénom en entier. Personne n'a ce son féroce qui lui sort de la bouche. Personne d'autre que Wolf.

Dans mon dos, sa voix me fait l'effet d'un coup de poignard. Pile entre les omoplates. Droit dans la colonne vertébrale. L'estocade m'empêche de bouger, de respirer, de penser. Il n'y a plus que mes sens qui marchent : cette pointe d'accent suédois vient se loger dans mes oreilles comme une flèche, en réveillant ma mémoire, ce timbre de voix légèrement cassé vient se couler dans ma peau comme une vague de lave qui ravage tout sur son passage. Et même ce silence me fait de l'effet, comme si je pouvais le deviner en train de me regarder de nouveau, de me déshabiller d'un seul coup d'œil, de me mépriser à la pointe de l'un de ses petits sourires si rares.

Je n'étais rien pour lui. Je dois être encore moins que rien. Et cette seule pensée me donne la force de me retourner.

– Pourquoi tu n'es même pas étonné de me voir ? sifflé-je en plissant les yeux.

– Léonore, répète-t-il calmement.

– Ne dis pas mon prénom !

– Viens t'asseoir.

– Non. Qu'est-ce que je fais ici ? Et qu'est-ce que tu fous de nouveau dans ma vie ?

J'ai prononcé la première question en chuchotant. La seconde en hurlant.

Et je fuis encore une fois : avant que sa voix si profonde ne m'enveloppe, que ses yeux si troublants ne m'engloutissent. Et que tout mon passé ne me rattrape.

3

Belle prise

Wolf

Je ne pensais pas que ça marcherait si vite. Huit ans que je la suis de loin, juste pour voir ce qu'elle devient. Quelques semaines que je cherche à l'attirer dans mes filets, patiemment, juste pour voir si ça prend.

La pêche a été bonne.

Quel connard.

Aucun regret. Léo n'a rien vu venir. C'est limite si elle ne cherche pas les emmerdes : elle utilise son vrai nom sur les réseaux sociaux, elle laisse ses profils ouverts et ses pages publiques, poste des photos d'elle, visage découvert. Elle se localise sans complexe dans tous les endroits qu'elle fréquente, bars, restos, fac, magasins et même stations de Vélib' quand elle a aimé sa petite balade dans Paris. Elle va jusqu'à prendre en photo sa porte d'immeuble qu'elle adore – enfin, celle de son mec. C'est clair, elle a besoin d'exister. Et je pourrais la traquer heure par heure, si j'étais un malade mental.

Ma sœur dirait que oui.

Mais je sais ce que je fais.

Qu'elle sorte avec ce photographe médiocre, passe encore. Qu'elle s'installe chez lui et qu'il se mette à jouer les agents, pourquoi pas. Mais qu'elle se lance dans le mannequinat sans moi, non. Je ne pouvais pas laisser passer ça. J'ai juste fait en sorte que son mec sache que Strange & Strong recrutait. Il l'a envoyée droit dans mon agence.

T'es mort, Élie Delaunay.

La faire venir, c'était plutôt facile. La faire rester, ça s'annonce coriace. Deux fois qu'elle fuit en l'espace de deux minutes. Et Matthias qui nous regarde comme s'il sentait les premiers signes du tremblement de terre à venir.

– Léonore, répété-je une troisième fois, pour la rendre dingue.

De dos, sa silhouette se fige. Son tee-shirt noir et son jean noir ondulent pendant qu'elle se tord une cheville, presque au ralenti. Elle lâche quelques gros mots qui me font sourire, s'accroupit pour retirer ses talons hauts et se masser la cheville.

– Sale traître, grogne-t-elle en s'asseyant par terre.

– Ton escarpin ou moi ? demandé-je en me levant.

Matthias se marre dans sa barbe pendant que je quitte mon bureau pour rejoindre Léo.

– Mon associé va t'apporter une poche de glace.

Il déguerpit et je me penche vers elle. Elle est encore plus époustouflante de près. À la seconde où l'on se retrouve seuls, à quelques centimètres l'un de l'autre, sa beauté m'envoie une décharge. Et une petite voix me dit que je suis en train de déconner. Sa présence ici, c'était peut-être une mauvaise idée. Je fais taire la voix et tends une main à Léo pour la relever. Mais elle la frappe de toutes ses forces en lâchant dans un souffle :

– Je t'interdis de prendre soin de moi.

Son regard blessé, sa voix furieuse, son visage dur, ses lèvres dingues, ça m'envoie un coup de poing dans le bide. Elle se remet debout, pieds nus, ramasse ses chaussures et les garde à la main. Je me demande si elle va me les balancer à la gueule et je crois qu'elle se le demande aussi.

– Tu n'as pas changé, murmuré-je. Toujours une emmerdeuse.

– Crois-moi, j'ai bien changé, siffle-t-elle en me regardant droit dans les yeux.

Et je me prends une nouvelle gifle à l'intérieur. La petite voix revient pour me hurler « Danger ! » et Matthias se pointe au même moment avec la poche de glace. Je redescends en température. Je veux la lui prendre des mains mais Léo est plus rapide et nos doigts se frôlent comme des débiles. Elle s'applique la glace elle-même sur la cheville en restant sur un pied, silencieuse. Sa moue boudeuse me fait un truc. J'aurais besoin d'une poche de glace en urgence moi aussi, sur le cerveau, sur le boxer, sur toutes mes putains de veines qui pulsent. Puis Léo perd l'équilibre, elle se raccroche d'abord à moi, ses doigts agrippent les miens, et les lâchent aussitôt, comme si ce simple contact lui brûlait la peau. Elle s'accroche finalement à Matthias, et voir ses mains gracieuses s'enrouler sur son bras tatoué, ça me met en rage.

– Bon, vous m'expliquez la tension sexuelle, là ? Vous êtes des ex ? Sex friends ? Plan cul qui a mal tourné ? C'est quoi, le malaise ?

Le regard bleu foncé de Léo plonge dans le mien et l'on

choisit de rester muets, tous les deux, comme liés par un pacte silencieux. Ça pulse encore en moi.

– OK, je sens que je ne saurai rien, déduit Matthias en soupirant. On peut parler boulot, alors ?

– Faisons ça, acquiescé-je pour tenter de me concentrer.

– Strange & Strong ne recrute que des mannequins atypiques, explique mon associé. Tu es très belle mais on recherche avant tout des particularités physiques. Tu as quelque chose qui te rendrait exceptionnelle ?

Léo hésite et je vois les larmes qui lui montent aux yeux, tout en faisant monter la pression chez moi. Je déteste ça.

– Tu devrais demander à ton associé, conseille-t-elle soudain. C'est lui qui a fait de moi un monstre.

Je la fixe et je ne trouve rien à répondre. Son aplomb me bluffe. Sa douleur me ferait presque mal. Je fais tourner ma main droite autour de mon poignet gauche, comme un con, je me frotte la peau jusqu'à ce que ça me brûle. Et je détourne les yeux.

D'habitude, j'ai toujours le contrôle, le dernier mot, le dernier regard, question de principe. Cette fois, je la laisse partir sans la retenir, ses putains d'escarpins à la main.

Matthias court derrière elle pour la raccompagner. Je les suis du regard et je tente de tout mémoriser d'elle. C'est peut-être la dernière fois que je la vois en vrai. Ses cheveux châtains qui dansent sur ses épaules et viennent caresser le milieu de son dos. Sa frange trop longue qui lui mange le regard. Ses grands yeux bleu marine, qui brillent d'intelligence, mais qui sont aussi les seuls à trahir sa fragilité. Son visage dur et ses lignes marquées, pommettes hautes, mâchoires déterminées, arcades sourcilières toujours contrariées. Et sa bouche sensuelle qui doit piéger tous les mecs qui ont la chance de la croiser.

Cette fille me tue.

Je retourne à mon bureau, me laisse tomber dans mon fauteuil et ouvre son compte Instagram sur l'écran géant de mon ordinateur. Je reprends mes esprits pour essayer de la jouer cartésien, rationnel et méthodique. Idées claires, but fixé, efforts à faire. Je compare la Léo d'aujourd'hui à celle d'il y a huit ans. Avant aussi, elle faisait en sorte qu'on la remarque. Et qu'on ne l'oublie pas. Tout juste 14 piges et tout le monde la regardait, au lycée, dans la rue, en soirées, personne n'ignorait qui elle était. Son prénom rare, son visage unique, sa bouche qui rendait les mecs fous, sa repartie qui les faisait taire, sa taille, à la hauteur de son audace, son corps de femme, son look qui faisait des mystères au lieu de trop en montrer, son assurance d'adulte alors que l'on n'était que des ados.

Elle n'a rien perdu de tout ça. Mais j'ai menti quand je lui ai dit qu'elle n'avait pas changé. Chez elle, tout s'est exacerbé. Léo était impulsive, têtue, nerveuse, un peu grande gueule. Elle l'est encore plus. Elle a gagné en force. Comme si elle avait trouvé qui elle était, au lieu de chercher ça dans le regard des autres. C'est peut-être à cause de moi, mais elle a l'air d'être devenue invincible.

– Parle-moi, Wolf. C'est qui, c'est quoi ?

Matthias revient dans mon bureau et referme la porte.

– Juste une gamine qui était folle de moi, il y a longtemps, et qui n'a pas eu ce qu'elle voulait, expliqué-je en haussant les épaules.

– C'est tout ? me demande-t-il avec son petit air suspicieux.

– Elle est sacrément belle… mais sacrément chiante aussi.

Mon associé me scrute sans relâche, un drôle de sourire aux lèvres.

– Elle a un truc extraordinaire ou pas ?

– Oui, il faut absolument qu'on bosse avec elle.

– Ç'a l'air mal barré, ton histoire… Qu'est-ce que tu me caches ?

– Tu géreras le relationnel et moi le reste, OK ? Comme on a toujours fait.

Strange soupire et fait résonner ses claquettes jusqu'à moi. Il pose ses mains sur mon bureau, louche sur mon écran puis tente de passer mon regard au scanner.

– Je te connais par cœur, mec. Cette fille est différente, elle a compté pour toi, non ?

Il sourit et je le rembarre.

– Va te faire tatouer ! Aucune n'a jamais compté. Elle va bosser pour nous et nous rapporter un paquet de fric, c'est tout ce que je lui demande. Et toi, achète-toi des vraies pompes, putain, on n'est pas à la piscine municipale.

J'éteins mon ordinateur de deux touches sur mon clavier, puis je m'allonge dans mon fauteuil de bureau, qui s'incline automatiquement sous mon poids. Je ferme les yeux pour ne plus voir le sourire en coin de mon pote et son petit air d'avoir tout compris à ma vie.

Sous mes paupières : la lionne Léo. Et personne d'autre.

4

Grand méchant Wolf

Léonore

C'est étrange comme on peut avoir la nostalgie de certaines choses laides, pénibles, imparfaites. Des choses que l'on croyait détester.

J'en fais l'expérience en repensant à mon studio miteux du dix-septième arrondissement. Mal foutu et mal placé, il faisait moins de vingt mètres carrés, me coûtait un bras, le parquet ancien gondolait, la douche fuyait et les voisins se hurlaient dessus un soir sur deux, mais c'était chez moi. Mon repaire. Ma bulle. Mon nid pas vraiment douillet.

Au moins, je ne dérangeais personne, les nuits d'insomnie.

Élie se retourne dans notre lit, je m'empêche de bouger pour ne pas le réveiller. Je fais tout mon possible pour tromper mon esprit et trouver le sommeil, les yeux rivés au plafond. Je repense à mon vieux Clic-Clac inconfortable, dont les ressorts grinçaient à chacun de mes mouvements. Mon dos me remercie chaque jour de l'avoir balancé aux encombrants, mais ses couinements me manquent encore.

Et ça me faisait sourire, toute seule dans le noir, que mes voisins me prêtent une vie sexuelle débridée, sans savoir que seul mon canapé-lit crissait et gémissait. Moi jamais.

J'ai tenu bon presque trois ans, j'ai vécu seule en me débrouillant, mes parents ayant autre chose à faire que m'entretenir ou me chouchouter. On n'est pas en froid, juste dispersés. Ils se sont séparés rapidement après ce qui m'est arrivé. Ma mère a refait sa vie et des mômes. Mon père s'est barré sur la Côte d'Azur pour changer d'air. J'ai atterri chez mon grand-père, juste après le bac, pour un temps. Et je crois que mes parents étaient soulagés de passer la main, après toutes les épreuves traversées avec moi. Mais ils n'ont pas compris, encore moins apprécié que je me lance dans des études de criminologie.

– C'est du gâchis, Léonore, a soupiré ma mère, le jour où je leur ai annoncé. Tu ne trouveras jamais de boulot… et jamais de garçon normal si tu ne t'intéresses qu'à des psychopathes.

– Tu n'en as pas marre de faire toujours des choix bizarres ? a enchaîné mon père. Tu devrais retourner voir ton psy.

Mais je n'ai pas renoncé : j'ai commencé les cours, bossé le soir, la nuit, le week-end, pris mon indépendance et ignoré leurs remarques encore plus tordues que moi. Petit à petit, ils se sont fait une raison, ont cessé de s'inquiéter pour se focaliser sur leurs nouvelles vies et leurs autres soucis. Et je suis devenue transparente aux yeux de mes propres parents.

Mon grand-père ne m'a jamais lâchée, lui. Toujours un petit conseil, un gros billet, un vieux meuble ou une belle preuve d'amour à me donner. Mais je ne voulais pas être un fardeau : après une année passée dans sa vieille maison adorée, j'ai décidé de m'en sortir toute seule. J'ai commencé par collectionner les jobs pourris pour payer mes cinq cent et quelques euros de loyer en plus de tout le reste. À prendre la ligne 13 pour me rendre à la fac, à avoir des envies de meurtre chaque matin – ils sont nombreux, les mecs aux mains baladeuses, à s'être pris des baffes entre la station La Fourche et la gare Saint-Lazare. J'étais épuisée de courir dans tous les sens en cherchant des solutions pour renflouer mon compte perpétuellement à découvert. Ma copine Lise m'a dépannée plus d'une fois, bien trop pour mon ego, mais pas assez au goût de mon banquier. Alors il a fallu que je me rende à l'évidence : entre mon studio et moi, ça n'allait plus pouvoir durer.

En pleine remise en question, j'ai rencontré Élie. Je lui servais une bière au Tiny Café dans le onzième, il m'a servi son sourire le plus charmant.

Beau garçon, je disais. Intéressant. Intéressé. Généreux et bien logé.

Après quelques rencards, avant même que l'idée ne me passe par la tête, il m'a proposé d'emménager chez lui. On se connaissait depuis sept semaines à tout casser, on s'était seulement embrassés mais, au pied du mur, j'ai accepté. C'était il y a quatre mois.

– C'est temporaire, lui ai-je répété pour la millième fois en posant mes valises chez lui.

– Je sais.

– Et ça ne veut pas dire que je t'appartiens, ou une connerie dans le genre…

– Viens, je te fais visiter ton nouveau chez-toi, a-t-il ajouté en se marrant.

J'ai découvert un appartement spacieux à la déco épurée, aux photos placardées partout, aux espaces baignés de lumière par les grandes fenêtres donnant sur la rue de la Bastille.

– Tu étais sérieux pour les trois cents euros de loyer ? ai-je insisté.

– Oui, je ne fais pas ça pour l'argent. Enfin, pas uniquement.

– Ravie d'être ton œuvre de charité…

Amusé, comme toujours, mon petit ami m'a glissé :

– Je t'aime bien, Léo, c'est un crime ?

J'ai remballé mes sarcasmes et la visite a continué, jusqu'au coin nuit.

– Une seule chambre ?

– Elle est à toi si tu ne veux pas partager…

Je l'ai fixé avec attention pour voir s'il était sérieux. Il l'était.

– Et je suis souvent en déplacement pour le boulot, a-t-il ajouté.

Ce jour-là, j'ai couché avec Élie pour la première fois. Pas parce qu'il m'ouvrait sa porte et m'évitait de finir criblée de dettes ou à la rue. Pas parce que je me sentais redevable de quoi que ce soit. Parce qu'il me plaisait, à moi aussi. Sa gentillesse, sa douceur, son respect et sa bienveillance me touchaient.

J'ai aimé ça. Il a accepté d'éteindre la lumière, de ne pas toucher là où il n'avait pas le droit. Il a sans doute tout vu, tout deviné et il n'a même pas changé d'avis.

***

Quatre mois plus tard, rien n'a vraiment bougé. Même si je ne suis pas folle amoureuse du mec avec qui je vis, je n'ai jamais regretté d'avoir emménagé avec lui. Élie est agréable à vivre, prévenant, aimant mais pas collant, il me laisse respirer, ne cherche pas à tout savoir, tout comprendre, tout contrôler. En échange, j'essaie de m'ouvrir, d'être souriante, légère, parfois tendre, toujours reconnaissante. De lui faire une petite place dans mon cœur barricadé. Mais on ne change pas qui l'on est et il m'arrive d'avoir la sensation d'étouffer, comme ce soir.

Morphée se joue de moi et ses bras m'échappent encore. Je ne suis pas le genre de fille qui se blottit facilement. La respiration régulière d'Élie, étendu à mes côtés, devrait me bercer, c'est généralement le cas, mais j'ai les nerfs à vif depuis ma confrontation avec le grand méchant loup. Et je paierais cher pour être seule dans ma bulle, à cet instant.

Pour pouvoir hurler autrement qu'en silence. Pleurer sans retenir mes larmes.

Wolfgang Larsson n'a pas changé. Pire : je crois qu'il est tombé un peu plus bas, qu'il a perdu le peu d'humanité qui lui restait. Tout me revient. Ses yeux calculateurs, sa bouche mordante, sa voix grave, autoritaire, qui s'immisce sous votre peau sans y avoir été invitée…

Mes pensées affolées prennent la direction du passé. De cette nuit maudite, huit ans plus tôt, où tout a changé. Mon cœur s'accélère, ma peau me démange, je m'impatiente, m'agace, remue dans le lit, chasse la couette qui m'emprisonne, puis me lève d'un bond.

La tête dans le frigidaire, le goulot de la bouteille d'Évian dans la bouche, je noie les images de lui et tente de me concentrer sur quelqu'un ou quelque chose d'autre.

Sekou et Cuisses de mouche. Mauvaise pioche : leur souvenir m'accable un peu plus encore.

– Si seulement je pouvais tout oublier, murmuré-je. Ou disparaître…

Deux bras s'enroulent autour de ma taille et m'empêchent de bondir en avant.

– C'est la pire idée du monde, me glisse Élie à l'oreille.

Je me retourne et lui tombe dans les bras. Tout à coup, j'ai besoin de cette étreinte. Je la cherche, la provoque au lieu de la fuir. Je respire son odeur, colle mes lèvres à sa peau, l'embrasse dans le cou, le long de sa mâchoire, trouve sa bouche, y insinue ma langue.

Et m'aperçois que je pense à un autre homme. Celui qui m'a offert mon premier baiser, avant de tout détruire sur son passage.

– Wolf…

Son prénom vient de s'échapper de mes lèvres.

– Quoi ? me demande Élie.

– Rien, soufflé-je en m'extirpant de ses bras.

Je me dirige vers notre chambre, un peu honteuse, complètement perdue. Mon mec me rejoint au lit et s'allonge tout près de moi. Il tente quelques caresses, je sais à quoi il pense, comment il s'imagine me faire oublier ces souvenirs qui me hantent et que je refuse toujours de lui raconter, mais je n'y arriverai pas.

– Pas ce soir, Élie…

– Léo, je te propose mes bras, rien d'autre. Arrête de

me fuir, je cherche juste à t'aider.

Tout en pensant à l'homme qui essaie de me détruire, je laisse le garçon qui veut me guérir m'entourer de son corps, de sa tendresse, de sa chaleur et fais semblant de m'endormir en quelques secondes. Lorsque son souffle se rallonge et que tous ses muscles se détendent, je sais qu'il a trouvé le sommeil. J'embrasse son avant-bras et laisse échapper quelques larmes qui débordent.

Je ne l'aime pas. Je n'aime personne. J'en suis incapable. Il le sait et, pourtant, il prend soin de moi. Il me fait rire. Me guide sans me brusquer. Me prend en photo et tente de me faire découvrir ce qu'il voit, lui.

Dans ses yeux, je suis belle. Dans ses yeux, j'existe.

Si seulement j'étais capable de t'aimer...

***

L'air de ce mois de mai semble encore plus lourd qu'hier, le ciel parisien est bas et menaçant. J'aurais bien séché la fac aujourd'hui, mais rester enfermée n'aurait rien arrangé. Il faut que j'élimine certaines pensées de mon système et, pour ça, rien de tel qu'un cours sur la psychologie criminelle avec diaporama à l'appui.

Une canette de thé glacé à la main, les yeux cernés par cette nuit sans fin et sans sommeil, j'ouvre la lourde porte de mon immeuble en m'aidant de la hanche et bascule dans la rue. Je n'ai pas fait deux pas que mon corps percute un autre être humain... et mon top blanc cassé se voit repeint en pêche dégoulinant.

Le souffle coupé, je lève la tête et croise les iris bleu

givré de Wolf Larsson. Mon cœur tressaute, un goût acide se répand dans ma bouche. En chemise blanc immaculé et pantalon de costume gris intact, tignasse brune soigneusement rangée et pompes impeccablement cirées, Strong me dévisage intensément.

– Qu'est-ce que tu fous là ? m'entends-je aboyer.

– Tu as failli me mouiller… Estime-toi heureuse d'être vivante, lâche l'indésirable en posant ses yeux sur moi, là où le thé s'est renversé, c'est-à-dire partout.

Ça n'a pas l'air de lui déplaire de me voir trempée… et en colère. Il ne sourit pas, mais je le lis dans son regard si expressif. Je ne peux pas m'empêcher de le contempler et m'attarde sur les deux fossettes qui me faisaient tellement craquer, à l'époque.

– Comment est-ce qu'un mec qui ne sourit jamais peut avoir des fossettes aussi profondes ?

– C'est vraiment la seule question que tu veux me poser ?

Et le salopard attrape ma canette à moitié vide et la jette dans la poubelle la plus proche avant que je ne la lui balance en pleine tête. Pas assez rapide.

– Comment tu sais où je vis ? sifflé-je, furieuse.

– Je sais tout, Léonore.

Je croise de nouveau son regard, uniquement pour le fusiller du mien. Aucune réaction. Je tente de m'échapper, mais ses larges épaules et tout son corps me barrent la route.

– Ça t'amuse, de me torturer ?

– Ce n'est pas ce que je suis en train de faire.

– Laisse-moi passer, grogné-je.

– Je ne suis pas venu pour rien, mon temps est précieux, rétorque le loup.

– Le mien l'est encore plus.

Je tente de m'éloigner mais, malgré ses mains dans ses poches et son pas nonchalant, il est plus vif que moi et me bloque de nouveau.

– Oublie-moi, Wolf.

– Ne te donne pas trop d'importance, Léo.

Je soupire, m'interdis de l'observer plus en détail, m'adosse à l'immeuble et le fixe droit dans les yeux :

– C'est bien toi qui me suis à la trace, non ?

– Écoute et tais-toi, m'ordonne-t-il de sa voix cassée.

Et je ressens encore plus de mépris pour lui que ces huit dernières années. Je voudrais qu'il le ressente aussi, qu'il comprenne une bonne fois pour toutes que je ne compte pas jouer à ce petit jeu, que je ne veux rien, n'attends rien de lui. Rien, pas même des excuses pour ce qu'il m'a fait.

– Viens signer ton contrat à l'agence, il est prêt.

– Sors de ma vie.

C'est la seule chose que j'ai à lui dire. Alors je fais une nouvelle tentative de fuite par la droite, déterminée à le planter là. Échec. Pareil à gauche.

– Arrête ça, on n'a plus 15 ans, gronde-t-il.

– Dégage ! Je ne veux plus *jamais* avoir 15 ans !

Je parviens à le repousser et m'élance en courant… sur trois mètres. Déjà, sa main se referme autour de mon poignet et me retient en arrière. Mon cerveau déteste ce contact. Mais mon corps ne sait pas quoi penser. Je ne me débats même pas.

– Tu as besoin de fric rapidement, si j'ai bien compris ? lance-t-il dans mon dos. Personne dans le mannequinat ne voudra t'embaucher avec ce que tu as…

– Lâche-moi ou je hurle pour ameuter tout le quartier !

Une femme d'un certain âge et un jeune enfant passent à ce moment-là sur le trottoir, mais Wolf ne s'en inquiète pas. Peu importe que l'on se donne en spectacle en pleine rue, ce fou furieux ne lâchera rien tant qu'il n'aura pas obtenu ce pour quoi il s'est déplacé.

– Signe avec nous, c'est ton seul choix…

– Je trouverai un autre boulot ! Je n'ai pas besoin de toi pour m'en sortir !

– Parce que tu as l'impression d'aller quelque part dans la vie, là ?

Si quelqu'un me tendait un flingue, je crois que je m'en servirais.

– Bosser pour toi, ce serait vendre mon âme au diable ! craché-je dans sa direction en récupérant enfin ma main.

Loin de l'atteindre, mon insulte lui fait lever les yeux au ciel. Et sa nuance de bleu limpide s'éclaircit encore. Il est beau à crever, insupportable d'arrogance et de froideur.

Où est ce foutu flingue quand on en a vraiment besoin ?

– Je peux te rendre riche, Léonore. Très riche… Et ton âme, c'est le dernier de mes soucis.

Folle de rage, je m'avance vers lui pour le bousculer. Je pousse mon bourreau de toutes mes forces et parviens à le plaquer violemment contre le poteau le plus proche. L'infime grimace de douleur qui lui échappe me fait un bien fou.

– Tu es sourd ? Débile ? Défoncé ? Oublie-moi, je t'ai dit !

J'espérais que cette confrontation s'arrêterait là, qu'il en aurait assez, mais c'est mal le connaître.

Ses mains s'emparent brusquement de ma taille et le rapport de force s'inverse. Je me retrouve collée au mur, à sa merci, noyée dans son odeur de menthe polaire, le cœur battant, les yeux rivés sur la bouche de celui que je hais le plus au monde. Une chaleur s'insinue au creux de mes reins, incontrôlable.

Le temps s'arrête. Mes défenses s'amenuisent. Ma haine se transforme en désir – je me dégoûte, m'en veux d'être si faible. Lui d'ordinaire si droit, si fier, si intouchable, semble déstabilisé. Il se mord l'intérieur de la joue, j'ai du mal à déglutir. Puis la réalité m'explose de nouveau au visage lorsque Wolf recule et lâche d'une voix glaciale :

– Du fric, c'est tout ce que je te propose. J'ai autre chose à foutre que de te courir après. Viens signer demain matin à l'agence. Si tu ne te pointes pas, tu peux dire adieu à ta carrière de mannequin et à ta seule chance de faire quelque chose de ta vie…

Son léger accent suédois, sa beauté animale, son corps vif et ses yeux de loup disparaissent à l'angle de ma rue, aussi vite qu'ils sont apparus. Je mets plusieurs minutes à retrouver mon souffle et mes esprits. Puis je me rends à la fac en Vélib', pour tenter de faire sécher mon haut trempé. Sauf que je pédale si vite et si fort que je transpire à grosses gouttes, au milieu desquelles se mêlent quelques larmes.

De colère. De haine. De rien d'autre.

5

Droit devant

Léonore

Trois semaines ont passé depuis ma visite à Strange & Strong et celle de Wolf sur mon trottoir le lendemain. Trois semaines d'insomnie. Vingt et un jours pas beaucoup plus glorieux que mes nuits. Mais une seule bonne décision de prise, ferme et définitive, à laquelle je continue de m'accrocher : je ne travaillerai pas pour lui. Ni avec lui. Ni près de lui. D'aucune façon.

Retourne dans tes bois, loup maléfique : je n'y suis pas, tu ne me mangeras pas.

Bien sûr que non, je ne suis jamais allée signer ce foutu contrat. Mais depuis trois semaines, c'est lui qui vient à moi. Chaque matin, l'épaisse enveloppe kraft est là, dans ma boîte aux lettres. Un nouvel exemplaire envoyé tous les jours, sans exception, dimanche compris. Ce qui achève de me convaincre que l'autre animal sauvage est encore plus taré que prévu. Et prêt à tout pour capturer sa proie.

Il peut toujours courir.

Déjà, il a fallu que je relise les chiffres plusieurs fois

pour digérer le salaire faramineux qui m'est proposé. Ainsi qu'une généreuse avance sans même avoir commencé à travailler. Je ne sais pas si c'est leur façon de procéder avec tous les mannequins ou si j'ai droit à un traitement de faveur, mais c'est presque indécent. Et ça réglerait en effet pas mal de mes problèmes courants. Mais s'il y a une chose plus précieuse que mes soucis d'argent, c'est ma santé mentale. Ma liberté. Ma dignité.

Après ce qui m'est arrivé, j'ai mis des années à me reconstruire. À ne plus avoir mal, plus avoir peur de vivre. À ne plus revivre cette nuit d'horreur en cauchemar. À envisager l'avenir autrement qu'en me cachant. Je ne suis toujours pas la Léo d'avant, intrépide, insouciante comme à 14 ans, mais j'ai fait la paix avec mon passé et ce qui m'est arrivé. Je connais trop bien cette sensation d'étouffer, d'être coincée, de ne plus vraiment savoir si la vie vaut le coup : et ça, plus jamais. Tout ce que je veux, c'est avancer.

Et Wolf Larsson représente tout ce que je veux oublier.

Ma blessure.

Son emprise.

Il m'a déjà pris trop d'années, trop de cris, trop de larmes, trop de regrets.

Le diable n'aura pas mon âme. Quel que soit le prix qu'il est prêt à payer.

Alors hop, hop, hop ! *Yallah* ! En avant toute. La vie est par ici : droit devant moi. Vélib' à fond, direction la fac, vent dans les cheveux et grandes résolutions sous le crâne. Je ne rejoindrai pas cette agence, même si c'est la seule qui a bien voulu de moi. Je ne deviendrai sans doute jamais mannequin, mais c'est sûrement mieux comme ça. Je ne croiserai plus son regard glacé, glaçant et c'est le meilleur service que je puisse me rendre. Et je me concentrerai désormais sur des objectifs simples à atteindre : partiels à ne pas rater, casque à acheter, petits boulots pour renflouer mes comptes, alimentation saine, nuits réparatrices, vie amoureuse stable, sérénité retrouvée.

En m'installant seule sur un banc, tout en haut de l'amphi, je délaisse un peu le cours d'histoire – qui me passionne habituellement – et je tente de réorganiser mes pensées sur une feuille pour me fixer des priorités. J'écris Élie et j'entoure son prénom plusieurs fois, après m'être engueulée en silence de ne l'avoir noté qu'en fin de liste, sous les cours à réviser et la cure de crudités, mais quand même avant le casque de vélo. Je me force à penser à lui, son regard brun chaleureux, ses cheveux blond foncé qu'il laisse pousser, sans trop savoir quoi en faire, sa façon de me prendre en photo sans jamais me brusquer, de toujours respecter mes envies, mes décisions, mon jardin secret. Ce garçon n'a que des qualités.

Élie est un ange tombé du ciel. Et malheureusement pour lui, il est tombé sur moi.

Il n'a même pas trouvé ça louche, que l'agence Strange & Strong insiste à ce point pour bosser avec moi. Il pense que je le mérite, que je suis unique, qu'ils me veulent vraiment et que le contraire serait étonnant. Il dit aussi que je suis folle de décliner une offre pareille, mais il comprend. Il se contente de la pire et seule explication que j'aie pu trouver pour me justifier : « Je veux être mannequin standard, pas mannequin bizarre ! »

Si je sortais avec moi-même, je crois que je ne me supporterais pas.

Quoi qu'il en soit, je m'en veux un peu d'avoir laissé notre relation tourner à la mauvaise colocation ces derniers temps. On se croise plus que l'on ne se voit, on se parle sans rien échanger vraiment et l'on ne se touche que par inadvertance. Élie a beau être un ange, il ne peut rien face à mes démons. J'ai encore du mal à m'ouvrir, à me mettre à nu, à m'abandonner vraiment.

Mais je vais faire un pas vers lui ce soir, c'est décidé.

Je reporte mon attention sur le prof qui a déjà bien entamé son cours magistral sur les plus grands tueurs en série de tous les temps. Ces hommes ne m'effraient pas, ils me fascinent. Je me replonge dans leurs bassesses, leur noirceur, leur intelligence hors norme et leurs pathologies, peut-être pour oublier ma propre part de folie. Mais c'est le moment où me rejoint, sans aucun effort de discrétion, ma copine de fac, Lise : un mètre cinquante de bonne humeur, de blondeur décolorée, de retards perpétuels et de je-m'en-foutisme notoire.

– Tu n'as presque rien noté, sale feignasse, je comptais sur toi pour récupérer le cours, me glisse-t-elle, très fière d'elle.

– Le je-m'en-foutisme, ce n'est pas assez fort pour toi, en fait. Non, toi tu as carrément inventé le rien-à-foutrisme, je crois.

– J'adore, je vais ajouter ça sur mon CV dans la case « qualités ». Alors, à quoi tu rêvasses au lieu de bosser ?

– Rien de spécial, je cherchais une idée de soirée sympa pour faire plaisir à mon mec, murmuré-je plus bas.

– Ne cherche pas trop loin, ma vieille, lingerie sexy et fella...

Je la coupe avant de préciser :

– Je pensais plutôt à un bon petit dîner et un marathon Netflix collés serrés.

– Je crois qu'il préférera mon option, se marre ma copine avec un mime explicite.

Je jette un œil autour de nous, gênée, puis lui balance entre mes dents serrées :

– Espèce de chaudière…

– Espèce d'intello…

– Ce n'est pas forcément incompatible, chuchoté-je pour ma défense.

– Chut ! nous souffle un étudiant agacé, tout en bas, en se retournant brusquement vers nous.

– Désolée, grimacé-je.

– Tu vois ? poursuit Lise, un ton plus bas. Lui non plus, il ne le fait pas assez. Il est tout crispé ! Tu vas finir comme lui, au premier rang de l'amphi, avec des toiles d'araignée où je pense, si je ne m'occupe pas de ton cas !

– Ça va aller, je t'assure…

Lise tire vers elle ma feuille de notes presque vide, dessine dessus une paire de fesses et un pénis terriblement mal imité, puis ajoute à mon attention :

– Trois fois par semaine, sur ordre du médecin !

– C'est bien noté, docteur Chaudière, ironisé-je.

– Non, c'est docteur Chaudasse, merci.

Je ris et retourne la feuille pour me concentrer sur le prof et la carrière sordide de Ted Bundy, pendant que ma voisine décide d'abandonner carrément le cours pour lire un magazine de mode. Cette fille de préfet à la sexualité décomplexée ne s'en fait pas trop pour ses études et pour la vie en général : papa est toujours là pour trouver une solution à ses problèmes. Je ne peux pas vraiment en dire autant. Mais notre amitié dure depuis quatre ans et sa légèreté me fait un bien fou, moi qui en manque tant.

– Tu vois, ceux-là, c'est quand ils veulent, où ils veulent.

Je fixe la double page qu'elle me montre, sourire gourmand aux lèvres, et déchiffre le titre dans ma tête : « Mannequins, stylistes, businessmen : les nouveaux visages de la mode au masculin ». Je parcours rapidement la dizaine de photos alléchantes avant de tomber sur l'encadré que je redoutais. Wolf Larsson, « l'ancien modèle qui voulait révolutionner les diktats de la mode ».

– Un peu effrayant mais carrément sexy, lui ! commente Lise en suivant mon regard.

– Qui te dit que ce n'est pas aussi un tueur en série ? grommelé-je.

– Pourquoi, tu le connais ?

– Juste comme ça, de nom, improvisé-je en sentant mon pouls s'emballer.

– M'en fous, il peut m'enlever et me ligoter si ça lui fait plaisir, ricane ma copine.

– Tu as un sérieux problème psychologique et des perversions sexuelles dignes d'une sociopathe, Lise Marchal, analysé-je. Jeune, vicieuse, psychotique et imprévisible… Oui, tu es l'archétype du « tueur désorganisé ».

Je souris. Elle jubile. Heureusement pour Lise, le cours se termine et elle peut échapper à mon verdict sans appel en me proposant d'aller déjeuner.

– Sushis, ça te va ?

– Désolée, je ne peux pas. Boulot, boulot…

Ce n'est qu'un demi-mensonge. C'est surtout que je n'ai pas quinze euros à dépenser au resto japonais alors que mon compte est déjà dans le rouge. Et j'ai effectivement réservé mon après-midi pour aller faire de la figuration sur un plateau de tournage. Ça paie mal, c'est beaucoup d'attente et peu de gratification, mais c'est mieux que rien.

Et au moins, je peux rester habillée.

6

Droit dans le mur

Léonore

Quatre heures plus tard, je rentre chez moi après avoir accompli ma mission et joué le meilleur rôle de ma vie : figurante transparente que personne ne remarquera à l'écran. Un vrai talent, qui m'a rapporté un superbe cachet de quarante euros. Et qui m'oblige à me demander encore une fois comment je vais pouvoir finir le mois. Je déteste demander de l'argent à Élie, mes parents ne m'envoient plus rien depuis longtemps et j'ai déjà une grosse dette envers mon grand-père. Malgré mes petits boulots cumulés, je n'y arrive plus. Je ne peux pas me résoudre à arrêter mes études, mais il va falloir que je trouve une solution pour joindre les deux bouts et réussir à fermer l'œil la nuit. Il n'y a bien que le contrat chez Sexy & Sociopathe qui pourrait me sortir facilement de là, mais ce n'est même pas une option pour moi.

Je profite de mon trajet à vélo pour me vider la tête et me convaincre que tout ira bien. J'aime la vie, je crois qu'elle m'aime aussi.

Si seulement je pouvais arrêter d'y penser. À lui. À ses yeux cristallins qui font froid dans le dos. À sa voix, à ses mots et à ses gestes qui donnent chaud. Depuis trois semaines, pas un jour sans que la scène du bureau miroir se rejoue dans mon cerveau. Comme celle du trottoir et du poteau. Ces souvenirs envahissants me hantent et me collent à la peau. Sans même me mordre, le loup enragé a réussi à m'empoisonner : j'ai déjà refait mille fois les dialogues dans ma tête. Claqué des portes en pensée, jeté du thé glacé partout et balancé de superbes reparties cinglantes. Retenu mes larmes à tous les coups et gardé toute ma dignité. Dans mes rêves les plus fous, je ne me suis pas retournée trois fois à l'appel de mon prénom, je ne me suis pas tordu la cheville comme une débutante, je ne me suis agrippée à aucun mec en manquant de tomber, je n'ai pas perdu mes moyens pour un simple contact et une pauvre odeur de menthe. Et je suis même repartie la tête haute, perchée sur mes talons hauts.

Voilà, on va dire que c'est réglé. Qu'il suffit de quelques petits arrangements avec la réalité. La vie peut de nouveau suivre son cours, un peu plus légère.

De retour dans mon quartier de la Bastille, je gare mon Vélib' dans une station et vérifie que personne ne m'attend en bas de l'immeuble d'Élie. Aucun fantôme du passé qui dit tout savoir de moi – et qui en connaît apparemment bien assez. Je fais juste un détour par le caviste pour aller acheter une bouteille de vin trop chère, spéciale « réconciliation amoureuse ». Il n'y aura sans doute pas de porte-jarretelles et de nuit torride au programme, n'en déplaise au Dr Chaudasse, mais ce sera déjà un bon début pour remercier mon mec de son soutien. Et peut-être rétablir la communication entre nous.

– Élie-chou, t'es là ? lancé-je d'une voix enjouée depuis l'entrée.

– Dans la chambre, bougonne-t-il de loin.

La prochaine fois, prendre DEUX bouteilles de vin.

– Et je déteste ce surnom, ajoute-t-il, toujours aussi renfrogné.

La prochaine fois, penser à la bouteille de vodka !

– Ce soir, je m'occupe de toi ! annoncé-je en ouvrant la porte de la chambre.

Mais Élie est assis au bord du lit, entouré de deux valises, sa veste sur le dos et sa tête dans les mains. Je crois que je comprends avant même qu'il ne prononce un mot.

– Je pars, lâche-t-il froidement.

– Tu pars…

– En voyage.

– Bon…

– Pour le boulot.

– Cool !

– Loin de Paris.

– Ah.

– Et je ne reviendrai pas.

Cette fois, je suis à court de réponses monosyllabiques. Je ne ressens qu'une vague tristesse mais j'ai la gorge si sèche que ça devient douloureux. Je vais farfouiller dans mon bazar, sur la commode, trouve ce vieux couteau suisse dont je ne me sers jamais et me félicite bêtement, comme si c'était le moment, de ne pas l'avoir jeté. Fébrile, je sors le mini tire-bouchon et commence à m'attaquer à la bouteille de vin. Je fais un massacre, Élie tente de m'aider mais je me retourne pour finir seule ce que j'ai commencé. Je bois enfin une longue et bienfaisante gorgée de vin rouge, m'essuie la bouche du dos de la main et me plante face à mon mec.

– Tu peux continuer.

– Qu'est-ce que tu veux que je te dise, Léo ? Que notre histoire ne marche pas ? Que tu profites de moi sans rien me donner en retour ? Que tu n'es pas amoureuse et que tu ne le seras jamais ? Que tu n'as même pas de désir pour moi et que je mérite mieux ? Tu sais tout ça !

Il n'a pas tort. Pas vraiment raison non plus sur toute la ligne, mais ces demi-vérités suffisent à me choquer. Je bois une gorgée de plus. Puis trois.

– Je pensais qu'on était attachés l'un à l'autre, bredouillé-je. Qu'on allait quelque part.

– Oui, dans le mur ! Tu n'es jamais là, tu ne me parles pas, je ne comprends rien à ta vie, je ne sais même pas s'il y a un autre mec ou si tu es juste incapable de…

– Stop ! lui intimé-je.

Et je vais poser doucement le goulot de ma bouteille sur ses lèvres pour le faire taire. C'est sans appel, mais on peut encore limiter les dégâts.

– Tu me quittes, j'ai compris. Pas la peine de faire mon analyse ou d'essayer de me blesser. J'ai toujours pensé que tu étais un mec bien, reste-le jusqu'au bout.

– Je ne peux plus continuer, Léo.

– OK, acquiescé-je en buvant de nouveau. Tu pars où, quand ?

– À l'étranger. Je prends un avion dans la soirée… Et

j'ai déjà trouvé une locataire pour mon appart. Je n'arrivais pas à t'en parler jusque-là mais cette fois, je n'ai plus le choix, il faut vraiment que tu partes.

– Attends un peu…

Je recule, plisse les yeux et, cette fois, c'est moi qui m'écroule sur le lit.

– Tu me fous à la porte ? Ce soir ! Juste parce que tu n'as pas eu le courage de me le dire avant ? Alors que tu prépares ton coup en douce depuis…

– Tu peux rester cette nuit, me coupe-t-il doucement. La fille arrive demain.

– Une nuit ? Tu me laisses une nuit !

De surprise, d'incrédulité, j'ouvre grand la bouche et je suis prise d'un fou rire nerveux mêlé de larmes amères. Je bois une dernière gorgée de vin rouge pour me donner du courage et je déverse le reste de la bouteille sur la couette vert d'eau, sur la moquette beige, j'éclabousse les murs blancs comme une pauvre folle aux propos incohérents :

– Tous des lâches… Tous des tordus… Tous des animaux, des fuyards et des salauds ! Tu ne vaux pas mieux que lui ! Vous êtes des… des… Les tueurs en série, eux, ils ont de bonnes raisons de franchir la limite. Mais toi, tout te réussit ! Et lui… Et eux tous… Qu'est-ce qu'ils ont, vos ego, à ne pas supporter qu'on leur dise non ? Qu'est-ce qu'elles ont de mieux que les autres, vos vies, pour passer en premier et tout bousiller sur votre passage ?

– Léo…

La bouteille se vide et j'utilise les dernières gouttes rouge ambré pour arroser le visage d'Élie et l'empêcher de parler.

Lui ne bouge pas d'un millimètre, ne cherche pas à m'arrêter, à se protéger. Rien ne l'atteint. Il s'essuie le front, la joue, puis décide de prendre ses valises et de quitter la chambre.

– N'utilise plus jamais une seule de mes photos, m'écrié-je dans son dos. C'est clair ?

Et la porte de l'appartement claque au loin. Et le piège de l'abandon se referme sur moi. Je pleure, sans même savoir pourquoi. Je me sens seule, vexée, amère. Je pense à Wolf au lieu de maudire Élie. Je chasse le loup en songeant à l'agneau, mon grand-père chez qui je vais débarquer ce soir. J'hésite à appeler Lise mais je ne suis pas d'humeur à supporter le diagnostic de Dr Chaudière. Je remplis des sacs de tout ce que je possède, fringues, livres, chaussures, souvenirs. Je glisse sur mes doigts toutes les bagues qui m'habillent, me protègent, me tiennent compagnie quand le reste s'enfuit. Je fais le tour de cet appartement qui n'était pas vraiment chez moi et qui ne me manquera pas. Je récupère ce stupide book de mannequin, pour le principe. Et je fourre dans ma besace les vingt-deux exemplaires du contrat Strange & Strong. Je n'ai plus grand-chose à moi, mais j'ai au moins ça.

Dehors, devant la porte de l'immeuble que je trouve si belle, je prends la moitié de mon visage en selfie : œil humide, maquillage coulant, frange lourde, bouche triste. Je me trouve ridicule et je souris. Clic. Je poste la photo sur Instagram. Ma catharsis, mon narcissisme à moi. Ma façon d'exister, d'avancer quand même. Je pianote une légende sans trop réfléchir : « Adieu, petit morceau de vie. Et bonjour, la vie qui continue ! Je t'attends, petit tournant nouveau, ne tarde pas trop. #HopHopHop »

Je marche, sacs sur le dos, nez sur l'écran. Et je me mange un poteau : celui où j'ai plaqué Wolf il y a peu. Je me masse le front en fermant les yeux et réprime un frisson.

OK, je vais affronter la bête. Là, maintenant. Tant que je n'ai plus rien à perdre.

7

Extraordinaire

Wolf

La beauté « classique » vendue par notre société et placardée absolument partout a quelque chose de triste, de presque grotesque. Cet idéal n'existe pas. Tout le monde le sait et, pourtant, tout le monde lui court après. Les gens sont soit stupides, soit maso. Mais je ne comprendrai jamais pourquoi ils continuent à jouer à ce jeu cruel où ils perdent à tous les coups.

Non merci, sans moi.

Canons de beauté factices, créés de toutes pièces. Réalité arrangée, gommée, affinée, lissée. Mannequins qui se ressemblent tous, mêmes visages, mêmes corps, mêmes styles. Beauté standardisée, sans consistance. Tout ça me semble chiant à mourir.

Masquez les quelques imperfections d'un humain : vous perdez toute son humanité.

En réalité, chaque être se livre avant même de parler, juste en se montrant tel qu'il est. Un physique, ce sont des traits, des lignes qui racontent une histoire, le dessin d'une vie. Ils expriment une sensibilité, un destin subi ou accepté, portent les stigmates des épreuves rencontrées, des combats perdus, des luttes victorieuses. Cette beauté-là est crue, vraie, vivante. Extraordinaire.

C'est elle qui m'anime, même si elle dérange.

Je n'ai jamais reculé devant un challenge.

Dans mon agence, pas de normes imposées, pas de standards étriqués, pas d'histoires de centimètres manquants, de kilos en trop, d'âge maximum, de couleur de peau requise, de tatouages ou cicatrices à dissimuler. Mon boulot consiste justement à les rendre visibles. Et à ouvrir les yeux de celles et ceux qui pensent tout savoir dans ce milieu, mais portent des œillères.

Quand j'ai été mannequin, entre 19 et 20 ans, c'était avant tout pour l'argent. J'ai posé, défilé, bossé pour de grands noms de la mode, aux États-Unis comme en Europe. Et je me suis plié aux exigences de l'élite pour en apprendre les codes. J'ai fait semblant et joué le jeu de la perfection pour mieux réinventer les règles. Il y a quatre ans, à tout juste 21 ans, j'ai embarqué mon meilleur pote dans cette aventure un peu dingue. Ayant un bon flair et un gros grain de folie, Matthias m'a suivi. On se retrouve aujourd'hui à la tête d'une machine de guerre.

Strange & Strong ne se contente pas de véhiculer un message. Strange & Strong EST le message. Être fort et différent. Étrange mais puissant. Notre agence, en laquelle personne ne croyait, c'est aujourd'hui une entreprise prospère, unique en son genre en France, et qui fait parler d'elle un peu partout sur le globe.

Tout le monde pensait que l'on se planterait. Et c'est

précisément parce que l'on ne pense pas comme tout le monde que l'on y est arrivés.

– Tu as vu les derniers chiffres ? me demande Matthias en entrant dans mon bureau sans frapper.

– Ils sont bons.

– Bons ? Mec, tu appelles ça « bon » ?

En salopette en jean trop grande et marcel blanc moulant, il vient poser son cul musclé sur le coin de mon bureau en verre. Je soupire mais le laisse faire.

– OK, ils sont très bons, acquiescé-je sans sourire.

– On a explosé les compteurs au dernier trimestre !

– Si on veut ouvrir une agence à Londres, à Stockholm puis à New York, il faut qu'on fasse encore mieux, lui rappelé-je.

– Ouais, ouais… Bon, je te laisse cinq minutes pour réfléchir à ton attitude d'enfant gâté, je reviens !

Ce con me sourit et déguerpit.

Matthias est du genre positif, qui choisit de voir le verre à moitié plein et de profiter de chaque petite victoire. Ça ne l'empêche pas de voir loin, mais il sait aussi se contenter de ce qu'il a. Et le savourer, contrairement à moi. Il faut dire qu'il a une sale histoire. Un mauvais départ dans la vie. Des parents abusifs, qui lui ont tellement cogné dessus qu'il leur a été retiré vers 10 ans. Puis des familles d'accueil pas beaucoup plus accueillantes, où l'on s'en est de nouveau pris à lui. L'éternelle fable sans morale du plus fort qui s'en prend au plus faible. À gerber.

Mais le gosse roué de coups et mis plus bas que terre a grandi, beaucoup ; il s'est relevé et n'a jamais perdu foi en l'humanité. J'ai du mal à comprendre comment il y est parvenu, mais je l'admire. À sa majorité, mon meilleur ami a décidé de recouvrir chacune de ses cicatrices par un tatouage. Vu l'étendue des dessins qu'abrite son corps, on peut commencer à deviner le calvaire qu'il a vécu.

Je suis du regard sa grande carcasse qui traîne dans l'agence, avec son sourire inébranlable, toujours un regard, un mot ou une petite blague pour chacun. Et je me dis que je ne l'ai pas trop mal choisi, comme compagnon de route. Puis je me replonge dans l'article qui m'est consacré, dans ce magazine de mode que je ne lis jamais. Et je serre les dents. Pas un mot sur mon associé, alors que j'ai pris deux heures de mon précieux temps pour raconter à cette journaliste comment tout a commencé pour nous. Elle n'a rien gardé, si ce n'est ma photo, deux ou trois citations de moi mal notées et quelques remarques superficielles sur mes fossettes et mes yeux.

Mais Strong ne serait rien sans Strange. Et je crois que l'inverse est aussi vrai.

Lui et moi, on s'est rencontrés à New York il y a six ans. L'encre sur sa peau était encore fraîche. Je sortais d'une période compliquée, mais rien à côté de la sienne. J'avais quitté Paris, je suivais des études de business sans aimer ça, je partageais un petit appart avec ma sœur Willa, je me suis fait remarquer sur un campus et j'ai commencé à faire du mannequinat. Matthias, lui, enchaînait les boulots à la con et vivait dans un squat, essayait de gagner juste assez de fric pour bouffer et se faire tatouer. Il a dragué ma sœur dans un bar et j'ai cru qu'il se foutait d'elle, un mec comme lui avec une fille comme Willa, ça ne collait pas… J'ai voulu lui casser la gueule, mais ce grand tatoué m'a remis les idées en place :

– Ce n'est pas parce qu'elle est grosse que je ne peux pas la kiffer. Et ce n'est pas parce que tu as une belle gueule que tu peux décider de ce que veulent les moches ! Laisse-nous vivre.

Il y avait des insultes aussi, un peu partout entre les mots. Mais en trois phrases, ce mec louche a foutu en l'air toutes mes certitudes. Il avait une sale dégaine mais un côté très posé, mature pour ses 20 ans, une réflexion poussée, hors des sentiers battus. Entre nous, ça a collé tout de suite. On a passé la nuit à refaire le monde.

À redéfinir le beau.

– La mocheté n'existe pas, mec, m'a-t-il lancé ce soir-là.

– Ouais… Il suffit de changer de regard.

J'ai pensé à *elle*. À son corps abîmé. J'ai eu mal, alors j'ai descendu trois *shots* comme un minable. Pour noyer ma culpabilité.

Puis Matthias a flirté avec ma sœur, mais elle a décidé qu'il n'était pas son genre ; on s'est marrés, on a trinqué à l'honnêteté. On s'est rendu compte que l'on avait pas mal en commun, trois Français un peu décalés, qui cherchaient leur chemin aux États-Unis et avaient décidé de tout quitter pour changer de vie. On s'est dit que ce serait peut-être plus simple de le faire ensemble. On s'est raconté nos passés, on s'est livré des secrets que l'on pensait ne jamais avouer à personne et dont on s'est juré de ne plus jamais reparler.

L'idée de notre agence extraordinaire a germé cette nuit-là. On a commencé à bosser comme des fous, dans notre minuscule coloc à trois, on s'est formés sur le tas, on a fait de Willa notre égérie et l'on s'est lancés tête baissée, avec rien d'autre que notre vision, notre fougue et notre amitié. Le concept existait déjà aux États-Unis, alors on a décidé de faire ça en France. Il y a quatre ans, on est rentrés dans le pays que l'on avait fui, on a décrété que l'on était plus forts que ça. Et on l'était.

Rien ne pouvait plus arrêter Strange & Strong.

***

– Je suis de retour… Prépare-toi à sourire ! me prévient Matthias en débarquant de nouveau dans mon bureau.

– Essaie toujours, grommelé-je sans le regarder.

– Wolf, tu m'écoutes pour de vrai ou je viens m'asseoir sur tes genoux ?

– J'ai déjà du mal à réfléchir quand je te vois de loin, entre tes claquettes et tes coloriages sur les bras… Alors ne t'approche même pas.

– OK, mais regarde ça, j'ai reçu les premiers *shoots* de nos nouvelles recrues, enchaîne Strange. Deux mecs solides, une nana prometteuse…

Je jette un coup d'œil aux différentes photos qu'il fait défiler sur sa tablette devant moi et reste de marbre. Ils sont bien, juste pas exceptionnels. Ces trois talents vont sans doute faire rentrer de l'argent… mais ils ne me procurent aucune émotion.

– Je sais, ton coup de cœur n'a toujours pas signé son contrat.

Et voilà, en un putain de battement cardiaque, ce connard vient de ruiner ma soirée. Il est très fort pour sortir pile la phrase que vous n'avez pas envie d'entendre.

– Mon quoi ?

– Fais pas ton timide.

– La réunion est terminée, tu peux emmener ton cul faire de la balançoire, grogné-je.

Mais le tatoué se plante devant moi et me fixe avec attention.

– Qu'est-ce qu'elle t'a fait, cette fille ? Elle a mangé ton goûter ?

– C'est une emmerdeuse, je t'avais prévenu…

Il ne sait toujours pas qui elle est, ce qu'elle représente pour moi. Il n'a pas encore fait le lien avec mon passé et c'est tant mieux. Matthias soupire, fait mine de prendre la sortie, puis revient sur ses pas en traînant ses savates.

– On peut savoir ce qui la rend unique ou c'est toujours un secret ? essaie-t-il une nouvelle fois.

– Peu importe.

– Tu es sûr qu'on laisse tomber ? Elle avait vraiment quelque chose…

Le visage de Léonore se forme dans mon esprit. Mâchoire dessinée, bouche de poupée, nez droit et fier, frange de sauvageonne, regard abyssal qui vous met en garde avant même que vous n'ayez tenté quoi que ce soit.

Une allure qu'on n'oublie pas.

Et ce n'est pas faute d'essayer.

– Je m'en occupe, lâché-je d'une voix rauque.

Matthias reçoit le message, n'insiste pas et daigne quitter mon bureau. Je peux enfin faire semblant de bosser et me perdre dans mes pensées.

– Elle me tenait déjà tête, il y a huit ans, murmuré-je à moi-même.

Elle, 14 ans. Moi, 17. Un gouffre nous séparait, pas la même classe, pas les mêmes potes, pas le même milieu social ni le même style de vie, mais cette gamine pénible et gesticulante voulait à tout prix me connaître. Traîner avec moi. Des amis, des filles qui me couraient après, j'en avais bien assez. Je ne lui demandais qu'une chose : qu'elle me foute la paix. Mais la lionne Léonore avait ce caractère coriace et obstiné qui lui faisait faire exactement le contraire de ce que vous lui demandiez.

Non, elle n'a pas changé.

– Je n'ai jamais rampé devant personne, je ne vais pas commencer aujourd'hui, grondé-je en quittant brusquement mon fauteuil.

Mais bordel, comment la convaincre de signer ?

8

Amadeus

Wolf

Une heure que je réfléchis à une nouvelle stratégie. Je fais encore quelques pas dans mon bureau, viens coller mon front contre la bulle de verre qui m'entoure, puis m'empare de mon téléphone. J'ouvre Instagram et tape son nom. *Léonore Dumas*.

– Compte toujours public, soupiré-je. Elle sait que je la traque, et elle ne change rien…

Je clique sur des clichés au hasard et tombe sur elle et son mec en week-end à la mer, elle devant sa fac, qui ingurgite un énorme sandwich, elle qui fait du bouche-à-bouche à un gros chat, elle qui trinque avec une petite blonde dans un bar de Bastille… Bref, rien de transcendant.

Sa dernière publication accroche mon regard, juste un instant. Sur cette photo, elle semble pleurer. Je l'étudie de plus près, puis passe rapidement à autre chose. Je ne suis cependant pas assez présomptueux pour penser que c'est ma faute. Elle a une vie sans moi. Et son troublant sourire rempli de larmes ne me regarde pas.

Je fais défiler le *feed* et retombe sur une série de photos plus intéressantes. Sur celles-ci, Léo prend la pose et joue aux mannequins – avec talent, je dois l'admettre. Un naturel désarmant, une intensité, une justesse dans son regard, difficile à expliquer, mais elle provoque toujours quelque chose. Je détaille chaque image, chaque expression de son visage, chaque tenue et la désire plus que jamais.

Professionnellement, j'entends.

Ce sont ces clichés-là qui m'ont donné envie de bosser avec elle. Et ils sont tous signés Élie Delaunay. Le fameux petit ami photographe. Celui qui m'a aidé sans le savoir à l'attirer jusqu'ici.

Avant que je ne la fasse fuir.

Je me sens d'humeur joueuse, tout à coup. D'humeur à foutre le bordel. Je me connecte à mon compte personnel, anonyme, pseudo Amadeus. Et je m'amuse à commenter ces photos qui se veulent professionnelles. « Mal cadré », « mauvaise lumière », « scénographie ratée », « modèle prometteur mais cliché amateur ». Personne ne saura que ces attaques viennent de moi.

Personne, si ce n'est Léonore.

Amadeus, c'est elle qui m'avait trouvé ce surnom à l'époque, parce qu'elle avait entendu dire que je détestais mon vrai prénom, Wolfgang, et que ça l'amusait de le détourner. Moi, ça m'agaçait prodigieusement. Qu'elle se permette cette familiarité, qu'elle ose mettre le doigt sur ma faiblesse et appuyer encore plus fort. Tout le monde m'appelait Wolf… mais elle ne faisait rien comme tout le monde. Moi aussi, à l'adolescence, j'aurais aimé me fondre dans la masse. J'aurais préféré effacer la petite pointe d'accent nordique hérité de mon père, oublier ma double nationalité franco-suédoise, cette double culture qui te rend un peu *strange*, un peu étranger partout, et ce prénom à la con que personne ne savait écrire ou prononcer correctement. J'étais déjà dans le contrôle.

Je ne savais pas encore quelle force on puise dans la différence.

Aujourd'hui, je suis à la fois Wolf, Wolfgang, M. Larsson, Amadeus et Strong. Je me fous pas mal de comment on m'appelle ou de ce que l'on pense de moi. Et ça me réussit plutôt bien.

Jusque-là.

Pendant que je m'étale de la crème hydratante sur les mains, comme plusieurs fois par jour, tous les jours de l'année, j'observe l'effervescence de la fin de journée à l'agence. Le design de ce bureau en glaces sans tain est l'une des meilleures idées que j'ai eues : de l'extérieur, les autres ne voient que des miroirs et donc leur reflet. Ils ignorent ou ils oublient que, depuis l'intérieur, je peux tout observer. Ce n'est pas pour espionner mes collaborateurs ou mes clients, je n'ai rien d'un voyeur. C'est juste une façon de conserver mon intimité, tout en restant au centre du monde. Dans l'œil du cyclone. J'aime cette sensation de vie incessante autour de moi, tourbillon créatif, ruche grouillante de petites abeilles travailleuses ou oisives, cette impression de bordel ambiant, alors que je sais pertinemment qui fait quoi et quand.

Je quitte enfin ma cage de verre pour aller saluer les visages familiers :

– Lorelei, tu peux y aller, il est tard, on ne fait pas auberge de jeunesse, ici !

Ma secrétaire, qui est beaucoup plus que ça, a 50 ans bien tassés et ne compte pas ses heures pour l'agence. Sans conjoint ni enfant, elle est avec nous depuis les tout débuts et je sais que je peux – presque – tout lui demander. Je l'ai recrutée quand elle se pensait trop vieille pour retrouver du boulot et pas assez *hype* pour le milieu du mannequinat. Pourtant, elle se fringue comme une pin-up vintage, vient au boulot avec Lolita, son carlin aux yeux globuleux qui porte toujours une tenue assortie à la sienne, et n'a aucune idée d'à quel point elle est cool. Elle m'a quand même demandé de changer de prénom en arrivant, parce qu'elle se voyait mal accueillir les gens en Brigitte.

Foutu culte du jeune, du stylé, du fake…

– Je crois que l'expert-comptable n'arrive plus à se relever, me glisse-t-elle avec un coup d'œil vers la salle de réunion.

Le type est de passage pour un audit, et je ne me lasse pas de regarder son corps rigide et son costard sombre enfoncés dans un de nos poufs colorés, son ordinateur portable posé dans un équilibre précaire sur ses genoux.

– Tout va bien, par ici ? lui demandé-je distraitement. Vous avez trouvé mon compte caché aux Caïmans ?

Il rit jaune et cherche quelque chose à me répondre, mais je vois bien que ses petits yeux fatigués notent mentalement de vérifier mes comptes domiciliés à l'étranger.

Je croise Andréa, assise au bord du podium, en train de montrer à Matthias sa dernière campagne de pub pour un shampoing hors de prix. Cette jolie blonde est l'un de nos modèles les plus demandés, grâce à son rideau de cheveux soyeux qui lui arrivent littéralement jusqu'au creux des genoux.

La petite groupie préférée d'Andréa surgit de la salle de jeux et vient lui caresser les cheveux, avant de réclamer à grimper sur les épaules du tatoué. Yumi, la fille de Matthias, passe ici tous les jours après l'école jusqu'à ce que ses foutraques de parents la ramènent endormie à la maison. À 4 ans et demi, elle a une vie sociale bien plus remplie que la mienne. Sa mère, Naoko, est une tatoueuse japonaise réputée et très occupée, collectionneuse de piercings, que mon meilleur pote a ramenée dans ses valises de New York. Enceinte. Ces deux-là ont réussi, par je ne sais quel tour de magie, à fabriquer la petite fille la plus pure et la plus innocente qui soit, avec deux émeraudes dans ses yeux bridés, un teint pâle et des cheveux raides comme des baguettes mais couleur foin. Une rareté. Normalement, je déteste les gosses, mais Yumi n'a rien de détestable. J'ai déjà mis une option sur elle pour lui faire faire des photos, mais Strange a dit qu'il me tuerait si je ne faisais même qu'essayer.

À la place de son agent, je suis le parrain. Et ça me va très bien. Je ne veux ni femme ni enfant, ni maintenant ni à l'avenir, mais ce trio improbable est la seule entité qui arrive à me réconcilier avec le concept de famille. Ils s'aiment, ils se marrent, ils se soutiennent et ils se prennent comme ils sont. Ça me touche pour Matthias, qui a vécu l'enfance la plus merdique qui soit, mais qui est en train de se payer une belle revanche.

– Wolf, regarde, j'ai attaché les cheveux d'Andréa à ceux de papa ! lance Yumi, extatique. Je peux te coiffer, toi aussi ?

– Hum… Est-ce que je peux mourir à la place ?

– Nan ! s'exclame-t-elle avant de me poursuivre avec une barrette.

Je l'arrête d'un geste, ma paume contre son front.

– Il faut vraiment que tes parents t'apprennent le concept d'interdit, Yumi-Fourmi. Et celui de dignité !

– Je ne vois pas pourquoi on ne pourrait pas être un homme digne avec un chouchou dans les cheveux, lâche très sérieusement Matthias.

Et il se fait une mini-couette au sommet de la tête avec un élastique violet à paillettes. Tout à fait raccord avec les côtés de son crâne rasés, tatoués de têtes de mort et de dragons cracheurs de feu.

– OK, tout le monde dehors, lancé-je en désignant la porte. Il est vingt heures passées, l'agence et le salon de coiffure sont fermés, je ne veux plus vous voir. Même toi, la Reine des Neiges en salopette, là !

Strange se met à fredonner « Libérée, délivrée » en montant dans les aigus, pendant qu'il hisse la fourmi sur ses épaules et prend la sortie. Andréa réunit ses cheveux, Lorelei ramasse Lolita et le comptable suit rapidement le mouvement avant de se retrouver enfermé seul avec moi. Je crois qu'ils sont tous en train de chanter le refrain à tue-tête sur la place des Vosges quand le silence revient ici. Enfin.

Mais j'ai à peine rejoint mon fauteuil que la porte de mon bureau se rouvre avec fracas.

– Putain, mais personne ne frappe jamais ? bougonné-je.

– Je ne frappais déjà pas à la porte de ta chambre quand on était petits, je ne vais pas commencer les politesses maintenant, lâche ma sœur en haussant les épaules.

Willa débarque avec deux sacs plastiques puant la bouffe asiatique, qu'elle dépose sous mon nez par-dessus mes dossiers.

– Je suis sûre que tu as encore oublié de manger, espèce de loup famélique.

– C'est vrai que ce n'est pas un truc qui doit t'arriver souvent.

Elle se marre en déballant les baguettes et les plats en carton.

– Si je passe de la taille 50 à un petit 36, ton agence n'a plus d'égérie.

– Ce n'est pas pour ça que tu peux foutre du gras partout sur mes contrats !

– Sale journée ? devine-t-elle.

– Pas plus que ça, mens-je à moitié.

– Tant mieux. Papa a demandé qu'on vienne déjeuner dimanche. Et maman a calculé que ça faisait vingt-trois jours que son fils prodige ne l'avait pas appelée. En fait, je ne sais pas pourquoi je l'appelle, moi, puisqu'on passe tous nos coups de fil à parler de toi.

– Je suis le préféré, c'est tout. Fais-toi une raison, Boulette.

– Appelle-moi encore une fois comme ça et je t'enfonce cette baguette dans le nez. Et encore, je suis bien gentille de choisir le nez.

Depuis toujours, nos parents nous surnomment « mon loup » et « ma boulette ». On n'a qu'un an d'écart mais on ne pouvait pas être plus différents petits, à l'exception de nos yeux bleus et de nos cheveux bruns en commun. Willa a toujours été l'enfant sage, la bonne pâte, l'élève modèle, couvée par sa mère et sur-gâtée par son père. Pendant qu'ils se faisaient du souci pour moi, le rebelle, le cancre, l'hyperactif qui n'avale rien, ne tient pas en place et ne sourit jamais. À 25 ans, je suis toujours une énigme pour eux. Et elle reste leur chouchoute, même si elle a fait le choix de bosser avec moi et qu'ils doivent maintenant se faire du souci pour deux.

– Je ne peux pas dimanche, je vais voir Judith, annoncé-je en choisissant une boîte en carton qui sent le graillon.

– Wolf, tu as conscience que tu t'es choisi pour meilleure amie ta vieille tante folle ? Et que c'est la seule personne de ton entourage qui réussit l'exploit d'être encore plus flippante que toi ?

– C'est pour ça que je l'aime. Et c'est de loin la plus intelligente de nous tous ! D'ailleurs, tu viens avec moi !

– Quoi ?

– Tu n'y vas jamais. Personne n'y va ! grogné-je en reposant déjà mon plat.

– Peut-être parce que les hôpitaux psychiatriques dépriment les gens normaux ? Et peut-être parce qu'elle me balance des horreurs à chaque fois ?

– Elle dit juste ce qu'elle pense parce qu'elle n'a pas d'inhibition. Vous pensez que c'est un trouble psy, je dis que c'est une chance. Judith est la seule personne que je connaisse qui ne ment jamais à personne et ne se ment même pas à elle-même.

– Mais je ne demande que ça, qu'elle mente ! s'emballe ma sœur. La dernière fois, elle m'a dit que mes joues étaient tellement grosses qu'on ne voyait plus mes yeux ! La fois d'avant, elle m'a empêchée de m'asseoir dans son fauteuil au cas où je le casserais !

– Tu lui as répondu que tu allais le lui fracasser sur le crâne et que ça lui remettrait peut-être le cerveau à l'endroit, Willa ! Elle est psychotique, pas sourde.

– Franchement, elle l'aurait mérité, ricane-t-elle.

Et je ris aussi, en me rappelant ce moment. La plupart de mes bons souvenirs dans la vie sont liés à ma sœur. Elle est l'un des rares humains sur terre à pouvoir m'arracher des sourires.

C'est en grande partie pour Willa que j'ai fondé mon agence. Parce qu'elle ne supportait plus d'être réduite à la mignonne boulette de l'enfance. Parce qu'elle étouffait dans son corps, à l'adolescence. Parce qu'elle en avait marre de cette injonction sociale qui pousse les gros à être toujours de bonne humeur. À arrondir les angles et se faire tout petits pour compenser la place qu'ils prennent. Willa a une personnalité piquante, un humour corrosif, une repartie cinglante qu'elle a longtemps muselée pour ne pas se faire remarquer. Alors que se faire remarquer, c'est à peu près ce qu'elle préfère dans la vie. Avec la mode, les fringues et les mecs.

Elle a testé tellement de régimes avant ses 20 ans, vécu tellement d'échecs qu'elle a décidé de s'accepter telle qu'elle était. Elle n'a plus jamais eu envie de maigrir, mais de poser, de défiler et de séduire, oui. Alors j'ai fait en sorte qu'elle devienne la première mannequin française « grande taille » à entrer dans le monde très fermé de la haute couture. Petit à petit, elle a su se faire une place dans des maisons audacieuses qui prônent la diversité. J'ai ouvert quelques portes pour elle – « défoncé » serait plus proche de la réalité – mais si elle dure dans ce métier, elle ne le doit qu'à elle-même. À sa force de caractère, son exigence, sa volonté… et peut-être sa façon de menacer de violentes représailles tous ceux qui ne sont pas d'accord avec elle.

– Tu sais qu'il y a un article sur moi dans le *Huffington Post* ? m'apprend Willa en reposant ses baguettes.

Elle déverrouille son téléphone en finissant ce qu'elle a dans la bouche puis me montre fièrement l'écran.

– J'hésite à te lire le passage sur toi, il est un peu trop dithyrambique.

Mais elle se lance quand même, avec les yeux qui brillent.

– « Il est immense, fin et musclé. Elle grande, plus que pulpeuse. Il a les traits aiguisés, elle un visage délicat aux lignes parfaites. Charisme glacial pour lui, alors que la mannequin sexy cultive son côté "hot". Malgré leurs physiques opposés, le frère et la sœur Larsson ne partagent pas qu'un simple nom de famille. Ceux qui les connaissent bien disent même qu'ils ont dû être jumeaux, dans une autre vie. »

– Attends, laisse-moi deviner la suite, la coupé-je. Ils vont dire qu'on a beaucoup en commun, qu'on est mariés à nos boulots, qu'on ne sait pas ce qu'est une vie privée mais qu'on s'en fout. Qu'on bosse dur et qu'on aime ça. Qu'on sait ce qu'on veut et ce qu'on ne veut surtout pas. Qu'on ne laisse pas nos sensibilités, nos névroses ou nos passés guider nos vies. Qu'on a une ambition démesurée et une envie de réussir qui peut passer pour de l'arrogance, alors qu'on est juste incapables d'accepter un « non » pour réponse.

Willa ouvre grand la bouche, grand les yeux, puis quitte l'écran pour venir me fixer :

– Attends... C'est presque mot pour mot ce qui est écrit... Comment tu... ?

– « Wolf et Willa prennent l'existence comme un défi à relever, parce qu'ils savent bien que, sinon, c'est elle qui vous malmène sans raison. » C'est juste, non ?

Elle lâche un rire qui me broie un tympan, puis me pince l'avant-bras.

– Tu as déjà appris l'article par cœur, espèce de malade ?

– Non. Cette phrase est de moi. Enfin tout le passage, en fait. Le journaliste du *Huff* m'a appelé pour me faire parler de toi. Je lui ai pondu son papier pour qu'il n'écrive pas n'importe quoi.

Je sais qu'elle hésite entre éclater de rire et m'engueuler. Alors, dans sa robe rouge colère, ma sœur ramasse les baguettes posées sur mon bureau et se met à me les jeter dessus en visant le visage.

– Mais fais-toi interner avec Judith, sale *control freak* !

– Je t'aime aussi, ma boulette, ajouté-je en me marrant.

– Heureusement qu'on n'est pas jumeaux pour de vrai... Tu ne mérites pas d'être une boulette, espèce de quignon de pain tout sec !

– Je dérange ? demande une voix au milieu de nos rires.

Mon cœur se décroche quand je découvre Léo sur le seuil de mon bureau. Willa se retourne et découvre cette fille surgie tout droit de notre passé. Qui parvient à nous rendre muets tous les deux. Léonore porte deux gros sacs qu'elle abandonne pesamment par terre et remonte sur son épaule une lourde besace ouverte qui déborde. Dans son jean blanc et son top noir à manches longues malgré la chaleur de juin, elle me fait un effet dingue. La fille qui s'est incrustée dans ma tête pour ne plus en ressortir joue nerveusement avec ses bagues avant de lâcher comme une bombe :

– Wolf, j'ai quelque chose à te dire.

9

L'erreur de ma vie ?

Léonore

– Wolf, j'ai quelque chose à te dire, balancé-je en même temps que mes sacs.

Ma voix est ferme, déterminée. Je n'ai pas peur de lui, de ses yeux de loup qui me détaillent et se plissent, de ses sourcils qui se haussent sous l'effet de la surprise, puis du mécontentement. Peu importe si je le dérange, si je ne suis pas la bienvenue dans sa bulle de verre ; je ne compte pas me laisser impressionner.

J'ai décidé qu'il allait m'écouter, pour une fois. J'en oublie même la présence d'une tierce personne dans la pièce.

– Je…

– Il est vingt heures trente, l'agence est fermée depuis longtemps, m'interrompt-il froidement.

Il quitte son fauteuil, fait le tour de son bureau et s'y assied, les chevilles croisées, l'air intouchable. L'enfoiré en costard se masse le poignet en me fixant intensément.

– Tu te fous de moi ?

– Reviens demain.

J'émets un rire sans joie, inspire profondément et lutte contre l'envie de lui faire bouffer son énorme montre en acier trempé. Entre nous, le jeu de regards peut commencer. Je plonge mes yeux dans les siens et ne lâche rien. Wolf ne cède pas non plus. Notre duel silencieux, glacial, haletant, s'éternise.

Soudain, la belle fille plantureuse avec qui il était en tête à tête avant mon arrivée laisse échapper un soupir agacé. Je prends enfin conscience de sa présence mais ne peux toujours pas la regarder : plutôt mourir que de le laisser gagner. Puis l'inconnue se lève, semble prendre un coup de fil ou fait peut-être semblant, mais elle quitte le bureau et nous laisse seuls tous les deux.

– Tu me harcèles depuis des semaines, je me pointe enfin et tu me fous dehors ?

– Les employés ont des horaires à respecter…

– Qui voudrait bosser pour un odieux connard comme toi ? éructé-je malgré moi.

– … et sont censés surveiller leur langage, gronde le grand méchant loup en se rapprochant d'un pas.

Cette voix grave, menaçante, terriblement virile me déstabilise. Mais je me suis juré de ne pas reculer. Alors j'avance vers lui, tête haute, yeux mitrailleurs et je balance ma besace sur son bureau de P.-D.G., où tout est parfaitement aligné, empilé et coordonné, à part des restes d'un dîner asiatique. J'envoie valser quelques dossiers et objets personnels au passage, sans que ce soit prémédité.

Lorsque je me penche pour ramasser un stylo doré, un tube de crème et un carnet en cuir, Wolf me retient par le bras.

– Pas la peine, lâche le ténébreux.

Je sens son souffle à la menthe polaire partout sur moi et je lutte contre les frissons qui m'assaillent. Je m'arrache brusquement à lui et sors un contrat de mon sac qui trône sur son bureau.

– Je suis venue pour ça, *seulement* pour ça ! Ne te fais surtout pas d'idées…

La bête se rapproche de nouveau, l'espace entre nous se raréfie, jusqu'à ne mesurer plus que quelques centimètres. On respire le même air. Mon foutu cœur s'emballe, je lui ordonne intérieurement de se comporter dignement. Un fugace instant, je crois entrapercevoir l'esquisse d'un sourire sur le visage de mon ennemi, mais Wolf se reprend. Il s'empare du document que je lui tends, y jette un œil et constate que je ne l'ai pas encore signé.

– Tu es venue pour négocier, Léonore ? Tu crois vraiment que je vais te proposer plus que *ça* ?

Le businessman cynique fait référence aux sommes astronomiques qui noircissent le papier, mais il ignore que ce n'est pas là-dessus que je compte marchander.

– Je veux l'assurance que tu restes professionnel, lui balancé-je avec aplomb. Que tu n'interféreras plus jamais dans ma vie privée…

– C'est une blague ?

– Non. Le fait que je bosse pour toi ne te donnera aucun droit sur moi, insisté-je.

Wolf Larsson me dévisage avec plus d'intensité encore, puis laisse échapper un son sexy, entre grognement frustré et rire désabusé, qui résonne partout en moi. Y compris entre mes cuisses.

– Tu crois vraiment que j'ai le temps pour ces enfantillages ?

– Parce que pourrir mon Instagram avec tes avis à la con, ce n'était pas puéril et gratuit ?

– Ce n'était qu'une manière de te faire venir à moi, se félicite l'arrogant. Une action stratégique qui a porté ses fruits.

– La prochaine fois, j'appelle les flics, le menacé-je. Je me ferai un plaisir de leur dire qui est cet Amadeus qui harcèle les honnêtes citoyens…

L'enfoiré glisse ses mains dans ses poches, l'air de n'en avoir rien à faire, puis murmure :

– Le commissariat le plus proche est à deux rues d'ici. Je t'en prie.

– C'était il y a huit ans que j'aurais dû le faire…

Sa nonchalance disparaît aussitôt, ses yeux polaires se posent une dernière fois sur moi avant de se détourner. Après avoir fait craquer sa nuque, Wolf recule pour retourner s'asseoir sur son bureau.

Émotion ressentie par le sujet : culpabilité.

– J'aurais dû te dénoncer, ça t'aurait peut-être appris la décence et l'humilité de payer pour ce que tu as fait…

– C'était un accident ! s'élève soudain une voix derrière moi.

Je me retourne et dévisage la brune au teint clair et au regard bleu perçant, de retour sur le seuil du bureau. Elle n'a pas tout à fait les mêmes yeux que le garçon qui a ruiné ma vie, mais pas loin. Je la reconnais soudain et n'en reviens pas. La fille que je connaissais, effacée, timide et complexée par ses rondeurs a apparemment laissé place à une femme pleine de poigne et d'assurance.

– Tu es…

– Willa, confirme-t-elle sèchement. La sœur de Wolf.

Dans sa robe rouge vif qui met en valeur chacune de ses courbes opulentes, l'avocate du diable se plante face à moi, l'air prêt à en découdre.

– Qu'est-ce que tu es venue chercher, Léonore ? Qu'est-ce que tu veux, à part remuer les souvenirs du passé ?

– Tu… bredouillé-je avant de me tourner vers Wolf. Elle est au courant ? De tout… ?

Il acquiesce en silence, et l'idée qu'il se soit un jour confessé à sa sœur me touche plus que ce que j'imaginais. J'ai du mal à atterrir, je cherche son regard mais le loup me fuit et préfère contempler les baies vitrées de sa tanière. Willa brise le silence et attaque de nouveau :

– C'est le fric qui t'intéresse, c'est ça ? Tu comptes le faire chanter ?

– Willa, fous-lui la paix, la rembarre son frère aîné.

– Elle n'a rien à faire ici, Wolf !

– Ce n'est pas ce que tu crois. C'est moi qui l'ai fait venir.

– Pas la peine de me défendre, sifflé-je dans sa direction. Je suis juste venue rapporter ce putain de contrat et le signer !

Je m'avance jusqu'à son bureau, m'empare du stylo doré, griffonne rageusement mes initiales en bas des dix pages, puis signe la dernière.

– J'ai besoin de fric, oui, mais je compte le gagner par moi-même ! Croyez-moi, si j'avais le choix, je ne croiserais plus jamais le chemin d'un Larsson !

Je les contemple tous les deux et j'ai 14 ans de nouveau.

Je me trouve face au garçon dont je suis tombée follement amoureuse sans même le connaître, juste parce qu'il était terriblement beau, charismatique, différent et hors de ma portée. Face à la fille que je pensais parfaitement innocente, inoffensive et qui a aujourd'hui choisi le camp ennemi.

– Je sais qu'on est naïve, à 14 ans, avoué-je d'une voix acide. Mais je ne pensais pas pouvoir autant me tromper sur les gens…

Willa garde son venin pour elle et se détourne, Wolf fait un pas vers moi, je l'esquive et récupère ma besace.

– Ne me touche plus jamais, lui ordonné-je en le fixant. Je vais juste bosser pour toi le temps de renflouer mon compte et de retomber sur mes pattes. Après ça, on disparaît de nouveau de nos vies respectives.

Ma voix tremblante trahit mon émotion, il est temps que je dégage d'ici. Sans plus lui offrir un regard, je ramasse péniblement mes sacs, les hisse sur mes épaules et m'apprête à quitter cette bulle où l'air est devenu irrespirable.

– Ne pars pas, murmure-t-il derrière moi.

Mon cœur rate un battement. Sa main se pose sur mon épaule droite et m'incite à me retourner vers lui.

– Lâche-moi, soufflé-je en me sentant vulnérable.

– Léo…

– Lâche-moi ou je vais tout raconter à la presse, rétorqué-je pour l'atteindre.

Son regard change. Perd quelques degrés. S'obscurcit. Wolf a beau dire que ce qui m'est arrivé est un accident, au fond de lui, il sait qu'il est coupable. Que j'ai failli y perdre la vie et qu'il n'a jamais assumé sa responsabilité.

– Tu dois signer deux exemplaires, précise-t-il d'une voix à peine audible.

– Quoi ?

– Signe le deuxième contrat et barre-toi.

***

Lorsque mes pieds retrouvent le bitume de la place des Vosges, la nuit est sur le point de tomber. J'ai réussi à fuir l'agence, le psychopathe qui la dirige et sa vitrine peinte en noir, mais je n'ai toujours pas repris mon souffle. Chargée comme une mule, un énorme point de côté me vrillant les côtes, je laisse tomber tout mon barda et m'offre une pause.

Je prends appui le long de la façade d'un bel immeuble en briques, ferme les yeux et sens le vent caresser mes cheveux. Légèrement apaisée, je me redresse, contemple la beauté des lieux, les allées du square Louis-XIII et prends enfin conscience que je viens de signer.

J'ai vendu une fraction de mon âme au grand méchant Wolf.

Un sifflement retentit, un peu plus loin. Je m'avance sur le trottoir et lève la tête en direction du bruit. C'est là que je l'aperçois, sur le balcon filant, deux étages au-dessus de la vitrine de Strange & Strong. Une liasse de documents à la main – probablement mon contrat –, Wolf agite le bras dans ma direction.

Histoire de bien me faire comprendre le message : « Je vais te manger toute crue, petite Léo… »

Est-ce que je viens de faire l'erreur de ma vie ?

10

Johnny Cash et croque-monsieur

Léonore

La ligne 1 me dépose au pied du château de Vincennes et à deux minutes de mon futur nouveau chez-moi. La nuit s'est installée pendant mon trajet en métro, je me surprends maintenant à grelotter, j'ai l'estomac vide et mes quinze kilos de sacs commencent sérieusement à me peser.

Heureusement, mon héros m'attend devant son immeuble des années soixante-dix, qui me rappelle tant de souvenirs d'enfance.

– Salut, papy.

– Donne-moi tout ça, tu dois avoir faim et froid !

– Tout va bien, je t'assure. Désolée d'arriver si tard et de prévenir au dernier moment.

– Mais non, j'ai eu pile le temps de préparer ta chambre et de faire des croque-monsieur. Tu aimes toujours ça ?

– Tu as mis beaucoup de fromage, dedans *et* dessus ?

– Bien sûr que oui, tu me prends pour qui ?

– Alors, je meurs de faim !

Mon grand-père adoré balance mes sacs dans l'ascenseur et me serre rapidement dans un de ses grands bras, en posant le côté de sa tête contre le côté de la mienne. Il a toujours fait ça. Et les souvenirs continuent d'affluer quand on sort sur le palier du dernier étage. Le cinquième. L'odeur familière dans le couloir, le paillasson avec le « Bienvenue » délavé. Puis le chat court sur pattes qui m'accueille en se frottant contre mes jambes. C'est un Munchkin roux et blanc qui ressemble à une peluche et qui m'avait rendue tellement jalouse, il y a dix ans, quand mes grands-parents l'avaient pris alors que mes parents refusaient catégoriquement. J'ai insisté pour l'appeler Leonardo DiCaprio, à l'époque ; ma grand-mère était presque convaincue mais papy a imposé Johnny Cash. Je crois qu'il a bien fait.

J'ai passé beaucoup de temps ici, les week-ends, les vacances scolaires, puis une année entière à ma majorité, après le drame que j'ai vécu, le divorce et tout le reste. Mon grand-père me faisait écouter ses disques de rock, ma grand-mère me laissait me confier à elle, ils cuisinaient pour moi, me cajolaient, me laissaient regarder la télé tard et manger des glaces au dîner, ils me racontaient de vieilles histoires sur mes parents pour que je les aime un peu plus, et me caressaient les cheveux quand je pleurais qu'ils ne m'aimaient pas assez.

Papy Georges et mamie Colette, ce sont les grands-parents rêvés. Ceux qui te font souhaiter, enfant, qu'un truc grave arrive et t'oblige à aller vivre chez eux pour toujours. La mort de ma grand-mère, il y a trois ans, a été un coup dur. Et a encore davantage distendu les liens de ma famille déjà éparpillée.

– Alors, pourquoi tu n'as plus de maison, toi ? demande mon grand-père en poussant un deuxième croque-monsieur dans mon assiette.

– Une histoire de garçon, papy, rien d'important…

– Tu veux que j'aille montrer à ce jeune homme que j'ai toujours une bonne droite, à 75 ans ?

– Non, ne te fatigue pas pour ça, dis-je en tapotant sur sa main.

Son beau visage souriant me met du baume au cœur. Il a les cheveux tout blancs mais des sourcils encore foncés et broussailleux, à l'image de sa fougue. Il arbore une barbe poivre et sel depuis que je lui ai dit que c'était à la mode, mais continue à se coiffer en arrière, à l'ancienne, comme ses idoles de rockeurs. Et ce que je préfère chez lui, ce sont ses pattes d'oie expressives autour des yeux, qui donnent l'impression qu'il sourit même quand il ne le fait pas. Il a perdu sa femme mais jamais sa joie de vivre. Et il est un remède à la morosité à lui tout seul.

Je serais venue habiter ici bien plus tôt si je n'avais pas cette énorme dette envers mon grand-père et ce sentiment de culpabilité qui me ronge dès que je pense à mamie. Je ne veux pas être en plus un fardeau pour lui.

– Pour le dessert, glace en cornet ou glace en bâtonnet ? me propose-t-il avec l'œil qui frise.

– Tu as fait le plein juste pour moi ?

– Non, j'en mange en cachette, moi aussi, m'avoue-t-il comme un petit garçon.

– En cachette de qui, papy ?

– Ta grand-mère n'est plus là mais elle voit tout.

– Ah oui ?

– Absolument. D'ailleurs elle voudrait que je me rase, que je perde un peu de ventre et que toi, tu te remplumes.

– Tout ça ? demandé-je en souriant.

– Ah oui, et elle me dit aussi que tu devrais appeler tes parents pour leur dire où tu vis, ce que tu deviens…

– Je le ferai, papy, promis.

Georges revient du congélateur avec deux cornets vanille-chocolat, déballe le sien et se colle l'emballage sur la tête comme un chapeau pointu, puis le petit carton sur le nez. Il continue à me parler comme si de rien n'était.

– Tu vois ton père tous les combien ? Une fois par mois ?

– Plutôt deux fois par an, ces derniers temps.

– C'est vrai que ça fait loin, la Côte d'Azur, tente-t-il pour être gentil. Et ta mère ?

– Elle est très prise avec les enfants, expliqué-je vaguement.

– Trois nouveaux marmots en si peu de temps, il y a de quoi être débordée…

– Tu n'as pas besoin de les défendre, papy. Ils ont choisi de refaire leur vie chacun de leur côté, ils ont voulu déménager, ont essayé de se reconstruire loin de mes drames, je ne leur en veux même pas.

– On n'abandonne pas un oisillon blessé au nid. Surtout un oiseau rare aussi joli !

– Je n'étais pas vraiment présentable, à l'époque, ironisé-je.

Il chasse ma phrase d'un geste de la main et retire son accoutrement. C'est le seul sujet sensible chez lui. Pendant mon interminable hospitalisation, ce sont mes grands-parents qui venaient me voir le plus souvent. Presque quotidiennement. Ce sont eux, aussi, qui tentaient de garder la famille unie. J'avais 14 ans, un chagrin d'amour en plus du traumatisme lié à l'accident, et je pensais ma vie foutue. C'est Georges qui a fait le pitre, tous les jours, jusqu'à ce que je retrouve le sourire. Qui a mis du rock and roll, du blues, du folk dans ma chambre d'hôpital. Qui m'a apporté des bonbons planqués dans des peaux de mandarine, et même le chat, une fois, enfermé sous son manteau. Pendant que ma grand-mère faisait le guet dans le couloir. Et revenait en disant que, quand même, ma blessure était bien plus belle et bien mieux placée que pour tous ces pauvres gens défigurés.

Les larmes roulent sur mes joues et mon sauveur intervient.

– Johnny Cash, viens par ici ! Il y a du chagrin à éponger avant que ça déborde.

Le chat roux saute sur la table, vient ronronner contre moi et frotter sa tête à mon menton, puis il repart vers mon grand-père pour quémander de la glace.

– Mamie ne va pas être contente, cède-t-il en un clin d'œil.

Puis il s'abrite sous un torchon, avec son matou amateur de vanille, en sort régulièrement un œil hilare, faussement inquiet, juste pour me faire rire encore.

***

Il est presque vingt-trois heures quand je regagne la petite chambre un peu vieillotte qui va me servir de refuge douillet le temps que je touche mon avance et que je me trouve un studio. Papy vient me dire bonne nuit en me répétant que je peux rester aussi longtemps que je le veux, et Johnny Cash, lui, s'invite sur ma couette pour me rappeler que je suis ici chez lui. Il s'étire et se roule comme un bienheureux pendant que je range mes affaires dans la commode.

Dans cette pièce, tout me rappelle ma grand-mère. Le décor, les bibelots, les couleurs, les odeurs, l'atmosphère un peu rance mais si chère à mon cœur. Une vague de culpabilité me gagne et, une fois encore, je m'empêche de repenser à ma trahison. Je vais me changer les idées sous une bonne douche, rejoins ma chambre et la bestiole qui y a élu domicile, grimpe dans mon lit une place d'adolescente et éteins la vieille lampe champignon qui trône sur la table de nuit. Le chat vient se lover contre moi, je passe mon téléphone en silencieux et ouvre machinalement Instagram.

Je retourne voir les photos que mon ennemi juré s'est amusé à dénigrer, juste pour me provoquer, peut-être même pour me blesser. J'efface tous les commentaires de Wolf, les uns après les autres, puis passe en revue le reste de mes photos. Et c'est au tour d'Élie d'en prendre pour son grade.

– Ciao, ange déchu !

C'est sans regret que je le fais disparaître de mon *feed*. Je supprime consciencieusement toutes les photos de nous, tous les clichés de lui. Je me désabonne aussi de son compte. Élie et moi, c'est terminé. Je n'oublie pas ce qu'il a fait pour moi, je ne réécris pas l'histoire, j'y mets juste un point final. Il m'a d'abord tendu la main, il a essayé de m'apprivoiser, de m'aimer, mais ça n'allait pas assez vite à son goût. Alors il m'a quittée et foutue à la rue d'une seule lancée.

En deux fois, j'imagine que ç'aurait été trop demander.

J'éteins mon téléphone, pousse un peu le matou qui prend trop de place malgré ses pattes de nabot et tente de trouver le sommeil. En vain. Je chasse l'intrus de mon lit, il va se rouler en boule sur un tas de fringues qui traînent par terre, je rallume mon portable.

– Siri, montre-moi tout ce que tu trouves sur Wolf Larsson, lancé-je à mon téléphone.

J'ai résisté pendant… huit ans. Je me suis demandé un demi-milliard de fois ce qu'il pouvait bien devenir, mais sans jamais m'autoriser à creuser. Depuis mon lit d'hôpital, depuis les bancs du lycée, puis ceux de la fac, depuis mes premiers flirts et mes petites peines de cœur, depuis mes nuits sans sommeil, je n'ai jamais cessé de penser à lui.

Le premier garçon que j'ai aimé.

Le premier garçon que j'ai haï.

Celui qui a détruit mes chances d'une vie normale.

Ma peau me lance, dans le dos, je me masse doucement la nuque et me retourne sur le ventre. Sur mon écran, Google s'ouvre et un nombre incalculable d'articles s'affichent. En français, en anglais, en suédois. Je plonge dans la vie de l'homme qui me hante et dont je ne sais rien, j'éclaire peu à peu les zones d'ombre. J'apprends qu'il a fini sa scolarité en Suède et quitté la France juste après « l'accident ». Un journaliste de *Time Magazine*, qui a rédigé le portrait du jeune entrepreneur, prétend qu'il est ensuite revenu quelques mois en France, s'est inscrit en fac de médecine puis a tout plaqué pour partir avec sa sœur aux États-Unis. Là-bas, il est devenu mannequin, s'est fait un nom, a défilé pour les plus grands et collectionné les conquêtes. Un article de *Vogue* raconte que, il y a quatre ans, Wolf Larsson et son meilleur ami ont ouvert Strange & Strong, en espérant réinventer les codes de la beauté. Tout le monde misait sur la fermeture de cette agence dans les six mois… Elle a non seulement survécu mais, en quelques années seulement, elle a connu un succès phénoménal. Rendu Willa célèbre. Et d'autres modèles extraordinaires après elle.

Parmi tous ces articles, pas une ligne sur sa vie privée. Aucun nom cité. J'imagine qu'il sait se protéger. Tout verrouiller, comme il l'a toujours fait.

11

La précieuse

Léonore

– Il fait mille degrés, je ne vais pas tarder à me désagréger tellement je m'ennuie et, dans deux semaines, les partiels vont m'achever, soupire Lise en s'éventant de la main dans l'amphi bondé.

Dans son *crop top* à rayures et col V, la jolie blonde attire pas mal de regards. Les décolletés, c'est son truc. Les décolletés *et* les questions indiscrètes.

– Au fait, tu as commencé à bosser pour ton agence de mannequins chelous ?

« Chelous ». Voilà tout ce qu'elle a retenu de mon laïus sur Strange & Strong et leur ambition de révolutionner les diktats de la mode et de la beauté.

– *Extraordinaires*, la corrigé-je avec un sourire.

– Je suis toute petite mais canon, je pourrais correspondre !

– Moins fort, soufflé-je en croisant, au loin, le regard agacé du prof de droit.

Je me penche sur mes notes pour faire bonne figure ;

Lise, qui se fout de tout, préfère mâchouiller son chewing-gum à la fraise en chantonnant « I'm a slave for you ».

– Au fait, c'est quoi, ta spécificité, à toi ? me demande-t-elle soudain. Tu es la plus belle fille de cette fac, c'est d'ailleurs uniquement pour ça que je traîne avec toi, mais c'est quoi, ton truc en plus ?

– Tu sais…

– Quoi ?

– J'ai eu un problème à 14 ans. J'ai dû me faire opérer, ça m'a laissé quelques traces.

La blonde prend quelques secondes de réflexion, puis me balance en chuchotant :

– C'est pour ça que tu te fringues comme une mormone ?

Je la fixe, les yeux écarquillés, hésitant entre éclater de rire ou la frapper.

– Non, mais une mormone classe et sophistiquée, hein. J'ai remarqué que tu montres souvent tes jambes, mais jamais le haut…

Lise fait un signe de tête en direction de mon short en cuir, puis de mon haut ras-du-cou en voile noir opaque. Je sais que mon amie manque de tact, qu'elle passe souvent pour une écervelée superficielle, parfois égoïste, mais je la prends comme elle est. Brute de décoffrage mais honnête, franche, entière. J'aime les gens qui ne prennent pas de pincettes, qui ne font pas semblant, même si, pour les fréquenter, il faut savoir se blinder.

– J'accepte le compliment, lui glissé-je avant de me reconcentrer sur le cours.

Pendant l'heure qui suit, je fais mon possible pour

l'ignorer, pour esquiver ses questions, ses fredonnements, ses soupirs, son dilemme inhumain – jeter son chewing-gum qui n'a plus de goût ou en prendre un deuxième –, et toutes ses tentatives de déconcentration.

Mais Lise finit par me faire craquer lorsqu'elle ouvre le dernier *Elle* et tombe sur une photo de Wolf et Willa.

– Encore lui ! C'est un signe… Lui et moi, on est reliés par une force invisible, le destin a parlé.

– Moins fort, le destin, grogné-je.

– Il est celui que j'attendais, continue-t-elle d'une voix ridicule.

– Change de page…

– Tu ne peux pas comprendre, personne ne peut comprendre à part nous… Lui, il sait.

– Lise, tais-toi.

– Ce mec est un dieu vivant. Le dieu des loups de la forêt des steppes de je ne sais où… Regarde-moi ces yeux…

Elle se met à gémir, maintenant. Je lui file un coup de coude, lui arrache son magazine, récolte des regards exaspérés des étudiants autour de nous… et ne sais vraiment plus comment la gérer.

– Dis donc, la chaudière, si je me fais virer à cause de toi, prépare-toi à un aller direct pour les steppes, sans billet retour ! la menacé-je.

***

Entre deux cours, l'amphi studieux et silencieux se transforme en arène bruyante, mouvante, effervescente. Ça discute, ça rit, ça flirte, ça s'embrasse, ça s'embrouille, ça s'échange des notes et des infos pour les futurs partiels et le stage de fin d'année.

– Ils me gonflent tous avec ça ! souffle Lise, qui revient s'installer, une canette de soda à la main. Tu as eu la réponse de la prison de la Santé, toi ?

– C'est bon, je suis prise, mais je n'ai pas encore reçu les papiers.

– Bien joué, marmonne la blonde. Moi, je n'ai toujours aucune piste.

– Au pire, tu bosseras pour papa.

Elle me frappe avec sa canette fermée mais finit par admettre que, oui, *Papa-Préfet* sera sûrement encore là pour la sortir du pétrin. Quoi qu'elle fasse, Lise retombe toujours sur ses pattes. Quand on a un père aussi influent que le sien, les portes s'ouvrent sans que l'on ait à les enfoncer.

– Si je foire mes partiels et que je ne trouve pas de stage, je pourrai toujours épouser Wolf Larsson, soupire-t-elle en s'éventant de nouveau.

Je l'ignore, me concentre sur la prof de sociologie criminelle qui vient de rentrer et commence déjà son cours. Passionnée comme moi par la psychologie des meurtriers, leurs déviances et les mécanismes du crime, Lise se tait enfin. Je suis le cours assidûment, jusqu'à ce que mon téléphone vibre sur la table.

Je consulte discrètement mes mails et découvre un message provenant de Strange & Strong, dont l'objet indique *Présence obligatoire*. Un peu fébrile, les yeux de loup ancrés dans mon esprit, je l'ouvre. Tout en bas, le prénom de Matthias s'affiche et j'ai du mal à me l'avouer, mais la déception m'envahit. C'est avec Wolf que je voulais en découdre. En cliquant sur la pièce jointe, je découvre enfin la raison de cet e-mail : une invitation à la soirée de gala qui se tiendra demain soir, afin de présenter les dernières recrues de l'agence à la presse.

Léonore Dumas, mannequin.

J'ai encore du mal à y croire. Et je ne sais pas ce qui me passe par la tête, peut-être le fait que la prof nous parle de schizophrénie entraînant le passage à l'acte, mais j'ouvre Instagram et tape un message destiné à Amadeus.

[Si tu as quelque chose
à me dire, inutile de passer
par ton associé. Sois courageux
pour une fois.]

Quatre interminables minutes plus tard, la réponse me parvient :

[Je n'ai pas l'habitude
de me faire traiter de lâche.
C'est mon associé qui gère
l'événementiel, tu as reçu
le même mail que les autres
mannequins. Ne te crois pas
si spéciale. Reste à ta place.]

Inutile de préciser que son arrogance me fait enrager.

[Pas la peine
que je vienne, alors.]

[Tu aurais dû lire ton contrat avant de signer. Ta présence aux galas de l'agence est obligatoire. Si tu ne viens pas, le contrat est rompu.]

[Et si c'est ce que je voulais ?]

[Je te poursuivrai en justice.]

[Tu me poursuis déjà dans
la rue. Un vrai psychopathe.]

[Ton avis m'importe peu, Léonore. Contente-toi d'honorer ton contrat.]

Un cri de frustration s'échappe de ma gorge et, dans l'amphi, tous les regards convergent sur moi. Y compris celui de la prof, qui m'invite à quitter son cours. Je m'excuse, insiste pour rester, mais la sentence est définitive : je suis exclue.

Sous le regard admiratif de Lise, qui m'applaudit en silence, je récupère mes affaires et quitte la grande salle, penaude et furieuse contre moi-même. J'ai laissé Wolf me mettre dans cette situation. C'est à cause de ce sociopathe psychorigide que je me retrouve à traverser cette cour déserte au lieu de me consacrer à mes études.

– Tu vas me le payer, enfoiré ! sifflé-je en me laissant tomber sur un banc, à l'ombre d'un arbre.

Je dégaine de nouveau mon téléphone, commence à taper ce que je pense de lui, de sa froideur, de sa suffisance et de ses manières de sauvage, quand mon portable se met à sonner.

Numéro inconnu. Je décroche.

– Tu ne tapes pas assez vite, gronde la voix grave à l'autre bout du fil. J'ai autre chose à faire qu'attendre que tu trouves d'autres *douceurs* à m'envoyer à la gueule.

Wolf, qui d'autre ? J'inspire profondément, puis riposte.

– Je ne me rappelle pas t'avoir donné mon numéro…

– Tu bosses pour moi, tu te souviens ?

– Ouais, ma vie est vraiment *formidable*, ironisé-je. Merci de me rappeler que je suis tombée si bas…

Silence, je perçois sa respiration de l'autre côté, comme un soupir blasé, puis Wolf reprend la parole :

– Sois là demain.

– Cinq minutes, lâché-je.

– Quoi ?

– Je viendrai cinq minutes, insisté-je. Et en baskets. Je n'ai rien à me mettre pour ce genre de soirée.

Il souffle, se racle la gorge dans un petit grognement sexy et ma stupide peau se couvre de frissons.

– Viens nue, tu seras parfaite.

Sa voix cassée vient de m'ouvrir en deux. J'ai du mal à respirer, tout à coup. Mon cœur fait les montagnes russes, je ne sais plus quoi dire, quoi faire. Alors je raccroche.

Immobile sur mon banc, essoufflée, bouillante, je me

demande s'il a mal au ventre autant que moi. Si le drame d'il y a huit ans le ronge, même juste un peu, ou si sa conscience s'en est sortie indemne. Je repense à mon premier baiser, à notre premier contact, à la myriade d'émotions que j'ai ressenties, ce soir-là. À cette porte qu'il a ouverte, en moi.

Avant de la refermer à double tour.

Ma cicatrice me lance, comme chaque fois que je repense à cette nuit maudite. À ce qu'il m'a fait.

Et de nouveau, je le hais.

***

Lise est venue me retrouver sur mon banc et m'a traînée dans un café. Après avoir hésité mille ans en lisant en long, en large et en travers la carte des cocktails, elle commande un pichet de sangria. Pour moi, c'est toujours la même chose : un café bien noir, puissant et amer, comme ce que je ressens pour *lui*.

Et le moins cher possible.

– Léonore Dumas, virée d'un cours, se marre ma copine. J'ai atterri dans un univers parallèle ?

– Ouais, une dystopie sans gentil garçon et sans happy end, grogné-je.

– Y a un antihéros sexy dans ton truc, au moins ?

– Le mec de ton magazine…

– Quoi ?

Je lui souris, elle s'étouffe dans son verre.

– Donc, tu le connais ? Tu lui as déjà parlé ? s'emballe-t-elle. Attends, vous avez couché ensemble ? Il est aussi bien monté que dans mes rêves les plus fous ?

– Lise, tu devrais consulter.

– Wolf Larsson est ton mec ?

– Personne n'a dit ça !

– Tu as couché avec lui, oui ou non ?

– Non.

– OK, j'ai encore mes chances.

Je me marre en la voyant réajuster ses bretelles de soutif pour remonter ses seins et me prends une nouvelle rafale de questions :

– Vous vous êtes déjà embrassés ? C'était quand ? Attends, il t'a vraiment embauchée ou tu es une adoratrice flippante, genre tu rôdes en bas de chez lui la nuit, tu le suis partout, tu…

– Il a été mon premier *crush*, mon premier baiser, mon premier chagrin d'amour… C'est tout. J'étais juste une gamine, résumé-je sans évoquer la fin tragique de l'histoire.

– Tu l'aimes toujours ?

– Bien sûr que non.

– Il paraît que les personnes qui ont subi un traumatisme sont particulièrement douées pour se mentir à elles-mêmes…

Je me force à ricaner, feins l'indifférence et commande un deuxième café.

Wolf Larsson est ma faiblesse. Comment est-il possible de haïr quelqu'un et de le désirer si fort ? Pourquoi est-ce que celui qui m'a détruite peuple encore mes songes ? Fait frémir ma peau ? Attise tout mon corps ? Malmène mon cœur ?

Pourquoi est-ce que je le veux après ce qu'il m'a fait ?

– Léo, tu vibres !

– N'importe quoi, rétorqué-je. Du calme, docteur Chaudière.

– Je parlais de ton téléphone, pas de ton cul ! Et c'est toujours docteur Chaudasse.

Elle a raison. Une alerte s'est affichée sur l'écran de mon portable. L'application que j'ouvre m'indique que l'objet que je recherche depuis deux ans a enfin été repéré sur un site marchand.

– Ma précieuse…

C'est comme ça que ma grand-mère la surnommait. Sa sublime bague de fiançailles, qu'elle m'a léguée juste avant sa mort, il y a trois ans, entourée d'un ruban sur lequel elle avait noté :

Pour être avec toi le jour où tu te marieras…

Ce saphir taillé en poire, qui ressemble davantage à une goutte ou une larme, selon moi, ce solitaire rétro monté sur un anneau en or blanc pavé de diamants, ce bijou si unique, si précieux, je l'ai sacrifié en voulant changer de peau. Il y a deux ans, je l'ai confié à un prêteur sur gages contre quelques milliers d'euros et je ne l'ai jamais revu. Le type m'avait promis de me le mettre de côté pendant un an. En réalité, il l'a vendu au bout de quelques jours.

– Léo, ça va ? Tu trembles…

– Je n'y croyais plus, soufflé-je en cliquant sur *Contact*.

Je dégote le numéro de téléphone et tente ma chance, le cœur battant. Une femme me répond, me demande la référence du « produit », je reviens en arrière, retourne sur la fiche de la bague, lui dicte les chiffres et lettres en question et enfin, j'obtiens l'adresse d'un antiquaire parisien.

J'avale une dernière gorgée de sangria et Lise me regarde

décoller et traverser la rue comme une furie. Je repère une station Vélib', m'empare d'un vélo et roule comme une folle jusqu'à Saint-Michel. Pour ma grand-mère, pour son souvenir, pour son amour, sa tendresse, aussi pour son mari qui est encore là et n'a aucune idée que j'ai laissé filer cet héritage si précieux, je *dois* la récupérer.

Complètement essoufflée, en nage, les jambes flageolantes, je passe la porte à clochette du vieux magasin et m'avance jusqu'au comptoir.

– Je peux vous aider ? me lance une vieille femme revêche.

– Je viens pour cette bague !

Je lui tends l'écran de mon téléphone, elle y jette un œil torve et s'éloigne en boitillant.

– Vous comptez me suivre ou vous restez plantée là ? ronchonne la vendeuse.

Je me rue jusqu'à la vitrine, qu'elle ouvre de l'intérieur, et retiens mes larmes en revoyant pour la première fois ma précieuse. Ma petite poire précieuse. Mon saphir au bleu intense, ma larme si profonde.

– Elle était à ma grand-mère…

– C'est neuf mille euros.

– Pardon ?

– Neuf mille euros, répète la vieille chouette.

– Je l'ai vendue trois mille euros il y a juste deux ans !

– Et vous voulez quoi ? me rudoie-t-elle. Que je perde de l'argent pour vos beaux yeux ?

– Je suis prête à y mettre cinq mille euros !

– C'est neuf mille, articule-t-elle comme si elle s'adressait à une débile.

Elle a gagné. Je fonds en larmes, consciente que je n'ai pas une telle somme sous la main et que, une fois de plus, le bijou qui compte tant pour moi risque de me passer sous le nez. Je ne peux pas tout lui dire, à cette vieille aigrie. Mais j'essaie de lui faire comprendre l'essentiel, en pleurant et en reniflant : le soutien sans faille de mes grands-parents, quand ma vie s'est effondrée, quand mes parents pouvaient à peine me regarder, puis la mort de ma grand-mère adorée, et cette bague qui a tant compté.

– Je l'ai vendue pour de mauvaises raisons…

Mais je ne peux pas non plus me résoudre à lui avouer le reste de la vérité : la chirurgie réparatrice dont je rêvais pour changer de corps, changer de vie. L'argent que j'étais prête à dépenser pour ça. Le médecin qui m'a fait miroiter un résultat parfait. Puis la prise de conscience qu'aucun chirurgien, sérieux ou charlatan, ne pourrait jamais effacer les marques sur ma peau.

– En sacrifiant cette bague, sangloté-je de plus belle, j'ai trahi ceux qui m'aiment et ne m'ont jamais lâchée…

– Je ne baisserai pas le prix, ma petite, confirme la vendeuse, adoucie. Mais je peux éventuellement te la réserver pendant deux semaines.

– Vraiment ?

– J'ai l'air d'une menteuse ?

Je me prosterne à ses pieds, lui propose un câlin, lui fais jurer une bonne douzaine de fois qu'elle ne vendra pas le bijou à un autre client, avant de quitter finalement sa boutique, vidée.

Deux semaines. Quatorze jours. C'est court, trop court. L'avance que je vais toucher tout de suite grâce à

Strange & Strong n'est « que » de cinq mille euros. Je ne réunirai jamais les quatre mille qui me manquent en si peu de temps…

À moins d'y laisser un petit bout supplémentaire de mon âme.

Wolf : je ne vois que lui.

12

Les voyeurs

Wolf

Ils sont tous là : ces journalistes exaltés qui se prennent pour des intellectuels pointus, des fins connaisseurs de la mode, des porte-parole de la tolérance, l'ouverture, la bienveillance. Mais ce ne sont que des opportunistes. La moitié d'entre eux est ici pour la bouffe et l'alcool gratuits. Un bon quart espère repartir accompagné. Tous ont un côté voyeur qu'ils n'assumeront jamais. Et la grande majorité est juste venue se montrer, parce que c'est *la* soirée branchée à ne pas rater, sur un *roof top* parisien secret, divulgué au dernier moment, dans des invitations énigmatiques et distribuées au compte-gouttes. Ça marche à tous les coups. Ce nouveau gala Strange & Strong a encore frappé fort.

Matthias joue à fond la carte de la sympathie. En costard Dolce & Gabbana, – un truc immonde en jacquard Lurex doré qu'il porte sans rien en dessous – mon associé serre des mains, tape des bises, plaisante et trinque, rit fort et chuchote sans doute des banalités aux oreilles de ceux qui n'attendent que ça. Je reste en retrait pour avoir un œil sur tout et m'assurer de loin que tout roule. Le mécanisme bien huilé de l'attente, du désir qui monte, des paris qui se murmurent sur nos nouveaux mannequins pas encore révélés.

Tout le monde me prend pour un connard asocial, arrogant, au-dessus de tout, mais ça me va très bien. Ça les empêche de m'approcher. Et ça me permet de bosser pendant qu'ils s'enivrent et s'oublient. Je guette les réactions. Prends le pouls de la soirée. Je fais régulièrement de légers signes de tête à Lorelei pour qu'elle demande au staff de sortir une autre cargaison de bouteilles, ralentir le rythme, augmenter le volume de la musique ou nourrir ce beau petit monde avide.

– On y va ? vient me glisser Strange. Ils sont très chauds, j'ai peur que ça retombe.

– Vas-y, envoie les mecs, ça va les refroidir un peu.

On commence toujours par présenter nos modèles masculins pour faire retomber la pression. Les journalistes hommes sont obligés de la jouer cool et détendu alors qu'ils crèvent de jalousie. Et d'expérience, les femmes savent – un peu – mieux gérer leurs hormones agitées. Elles se comportent à peu près calmement.

Matthias disparaît par l'escalier du toit et revient avec nos deux nouvelles recrues. Côme, un jeune Français aux traits fins et au corps glabre, sans le moindre poil ni cheveu sur le corps ou le crâne. Mon associé explique brièvement à la presse :

– Côme a une alopécie universalis, une maladie auto-immune sans conséquence si ce n'est… ce look incroyable qui le rend unique. On croit beaucoup en lui. Vous pouvez dire à tous les hipsters de Paris de commencer à prendre rendez-vous chez le barbier.

Tout le monde se marre. J'observe le modèle, qui a déjà signé une grosse campagne de pub pour une marque de rasoirs. Avec son corps musclé et son sourire doux, ce mec va faire un tabac.

Les curieux sont déjà massés tout autour de lui, à s'extasier, le photographier, lui demander ce qu'il porte, pour quelle maison il rêve de défiler et tout un tas d'autres choses qui ne les regardent pas. J'ai préparé Côme pour tout ça : il a les épaules.

En revanche, notre autre talent est plus fragile. Babacar a tout juste 17 ans et vit à Paris depuis peu. Je suis allé le chercher au Sénégal pour faire de lui l'un des plus grands mannequins du monde. Deux mètres et trois centimètres de grâce et de finesse. Il a des bras d'une longueur inouïe, pliés dans des angles improbables, un port de tête presque féminin et des postures maladroites qui le rendent tellement intéressant. Mais pour ça, il faudrait savoir regarder. Matthias le prend en charge pour attirer les journalistes vers lui.

Je suis déjà focalisé sur la suite.

– La quatrième est arrivée ? demandé-je discrètement à Lorelei.

– Pas encore. Son portable sonne dans le vide. Je réessaie ?

– Laisse-la se faire désirer. Elle ne va pas me faire ça, grommelé-je pour moi-même.

En réalité, Léo est tout à fait capable de me planter. Et cette idée me rend dingue. Mais je ne vais certainement pas la supplier.

– C'est quoi, cette tête, Wolf ? me lance Willa, une coupe à la main.

– C’est ma tête.

– Ah oui, pardon, j’oubliais que tu es le seul mec du monde qui fait la gueule quand il est content. Et qui sourit quand il a envie de chialer.

– Je te ferai signe quand ce que tu dis m’intéressera.

Ma sœur se marre et rend son sourire à un mec qui s’approche pour la prendre en photo.

– Pose avec moi, me susurre-t-elle, j’ai un ticket avec lui.

– Je ne pose pas, qu’il se démerde.

– Tu sais quelque chose sur lui ? Vautour ou ça va ?

J’essaie de distinguer le visage du journaliste à moitié caché derrière son appareil.

– Il bosse pour *Vogue Italie*, je crois. *Latin lover* mais pas connard, tu peux y aller.

– Parfait. Un Italien, je n’aurai pas à le rappeler demain. Merci, bro’ ! Bon gala !

Willa me laisse sa coupe, étire mon sourire de ses deux doigts sur mes lèvres et, dans sa robe fourreau vert amande qui épouse chacune de ses courbes, elle fonce droit vers sa proie. Elle a gagné : je lève les yeux au ciel mais je souris presque.

Un coup d’œil vers Matthias et il lance la suite des hostilités en allant chercher nos recrues féminines dans la loge. Il revient sur le toit avec Eugénie, Qin-Qin et Angèle. Léo n’est toujours pas là. Je sens que mes nerfs n’aiment pas ça.

– Je vous présente Angèle, 80 ans depuis peu, annonce mon associé en lui faisant un baisemain.

Et la foule de journalistes s’agite de nouveau. J’entends déjà les surnoms et les idées de titres fuser, « Mamie-Mannequin », « L’Ange aux cheveux blancs ». Et les plus idiots demander si elle a 80 ans et autant d'opérations de chirurgie esthétique à son actif. Matthias enchaîne en laissant la beauté naturelle d'Angèle agir.

– Voici Eugénie. Elle est métisse et elle aime tellement ses deux parents que sa peau n'a pas voulu choisir entre le noir et le blanc. C'est un vitiligo qui recouvre son corps et son visage de taches sombres sur sa peau claire. Ellc est un message contre le racisme à elle toute seule !

Je déteste ce discours démago. Mais Matthias a raison, la presse a des chances d'adorer ça. Et demain, je parie que Lorelei croulera sous les appels téléphoniques pour *booker* Eugénie.

– Et enfin, Qin-Qin ! poursuit Strange sans laisser de répit aux pauvres journalistes survoltés. Ça s'écrit avec des Q mais ça se prononce Tsin-Tsin, répétez après moi ! Non, pas « Tchin-Tchin », les gars, ça, je sais que vous savez faire.

Mon associé continue son sketch et présente cette jeune Française d'origine chinoise et atteinte d'albinisme. Elle a des cheveux raides comme des baguettes, d'un blond presque blanc, une peau de porcelaine et des yeux bleus très fendus qui lui donnent un regard indéchiffrable. Pourtant, elle a une personnalité fraîche et spontanée, peut-être même un peu naïve, surexcitée.

– Qin-Qin signifie « bisou » en chinois ! lance-t-elle gaiement avant d'embrasser Matthias sur la joue.

Tous les mecs deviennent fous. Je rejoins l'estrade avant que ça ne dégénère et pose avec les modèles pour la traditionnelle séance photo du gala Strange & Strong. Une invitée manque toujours à l'appel et je sens que je vais avoir l'air encore plus sévère, fermé et dédaigneux sur ces foutues photos qui paraîtront demain dans la presse.

Willa nous rejoint, à la demande des photographes, puis je la vois chuchoter à l'oreille de Qin-Qin, qui se pend à mon cou en riant et dépose des bisous sur ma joue, de plus en plus et parfois tout près de ma bouche. Je déteste ça mais la foule adore. Alors je joue le jeu, je fais le mec embarrassé mais tiens Qin-Qin par la taille tout en regardant ailleurs. Brouiller les pistes pour mieux faire parler. Tant mieux si tout le monde nous croit ensemble, ce sera bon pour les affaires.

– De rien, siffle ma sœur à côté de moi.

– Ne me cherche pas trop, Boulette ! Contente-toi de te taper des journalistes, pas la peine de m'arranger des coups.

– Je savais que t'adorerais ça, ironise-t-elle. Tiens, mais qui voilà ?

Je la repère avant même que ma sœur ait à prononcer son prénom. Elle se fait petite, dans un coin, les bras croisés et le visage tendu. Soudain, son regard bleu marine se fige dans le mien et je lâche Qin-Qin par réflexe, comme un con. Je ne sais pas si Léo a l'air jalouse ou si elle n'a juste pas du tout envie d'être là. Je me frotte le poignet et je sens mon pouls qui cogne sous mes doigts. Alors je quitte l'estrade, marche vers elle, attrape une coupe sur un plateau au passage, la vide à moitié et la repose, avant de me planter devant Léo.

– Tu es en retard.

– Très observateur, rétorque-t-elle froidement.

– Mais tu es venue, continué-je avec un petit air victorieux qu'elle va détester.

– En baskets, comme prévu.

L'emmerdeuse est de retour. Toujours réponse à tout, toujours dans la contradiction, et je ne peux même pas retenir ce léger sourire en coin qu'elle fait naître chez moi alors que je devrais être furieux contre elle.

Je recule d'un pas en me mordant les joues, la détaille de haut en bas et décide de la jouer encore plus coriace qu'elle. Elle porte un pantalon de smoking noir moulant, plutôt avantageux, et une blouse ample en soie blanche à col roulé rétro. Classe, mais trop habillé.

– C'est dommage. Tu es belle mais tu as l'air banale. Ce n'est pas ce que je veux pour mon agence.

Elle encaisse, ne fait pas semblant de ne rien ressentir, mais accuse le coup en soutenant mon regard.

– Qu'est-ce que je dois faire ? Me raser la tête ou te lécher la joue toute la soirée, pour être assez bien pour toi ?

Ça aussi, ça me donne envie de sourire. Et d'agir. Je réprime toutes les idées indécentes qui me viennent et prends Léo par la main pour l'emmener ailleurs. Elle résiste d'abord et récupère sa main :

– Je veux quatre mille de plus. Pour mon avance.

– C'est cinq mille, répliqué-je fermement. C'est déjà très généreux.

– Mais ce n'est pas assez. Et pas assez rapide.

– Cinq mille euros tout de suite, c'est *très* rapide. Et tu toucheras de l'argent quand tu auras rempli ta première mission. Il te suffit de bosser.

– J'ai besoin de neuf mille, maintenant. Raisons personnelles.

– Il va me falloir une meilleure raison que ça. Suis-moi, on va en discuter au calme.

Elle réfléchit puis cède. Observe la foule dense devant elle et re-glisse sa main dans la mienne.

– Juste pour information, je n'ai pas besoin qu'on me tienne la main dans la vie. C'est seulement que je ne sais pas où on va, précise-t-elle.

Je hoche la tête sans rien répondre et la fais quitter le *roof top* pour l'emmener un étage plus bas. Dans les escaliers, je croise Willa en train d'embrasser à pleine bouche un mec qui n'a pas l'air d'être l'Italien de tout à l'heure. Lorelei, qui me demande si elle peut aider, se ravise en déchiffrant mon regard.

– On va où ? m'interroge Léo, un peu perdue.

– Dans la loge où tu étais censée te préparer avec les autres mannequins.

– Je ne suis pas une poupée qu'on coiffe et qu'on habille quand on veut…

Elle suspend sa phrase en découvrant les portants bien garnis, les rangées de fringues et de chaussures, les coiffeuses et les miroirs un peu partout.

– OK, c'est exactement ce qu'on est venus faire ici, comprend-elle.

– Si seulement tu acceptais de te laisser guider, au lieu de te braquer par principe.

– Ce n'est pas par principe, mais par expérience, me rappelle-t-elle à voix basse.

J'accuse le coup mais ne réagis pas. Je ferme doucement la porte derrière nous et vais me placer dans son dos.

– Je ne suis pas là pour te blesser, soufflé-je près de ses

cheveux. Juste pour t'aider à obtenir ce que tu veux. Ce que je veux aussi.

Ma voix s'enroue et des milliers d'alarmes s'allument en moi pour m'interdire d'aller par là. Je croise les yeux brillants de Léo dans un miroir en diagonale ; je la regarde réfléchir, hésiter, trembler ; j'ai une stupide envie de l'enlacer pour l'aider à s'abandonner. Mais à la place, j'attrape délicatement le bas de sa blouse en chuchotant :

– Je peux ?

Elle s'accroche à mon regard quelques secondes de plus et acquiesce finalement, d'un geste lent de la tête. Toujours posté dans son dos, je retire délicatement sa blouse et découvre qu'elle ne porte strictement rien en dessous. Une vague de chaleur s'abat violemment sur moi mais je m'interdis de contempler son reflet. Je lui laisse son intimité. Je suis un enfoiré, pas un voyeur.

Léonore croise rapidement ses bras sur sa poitrine, en ne me quittant jamais des yeux. La pièce est exiguë, sans fenêtre ni air. Respirer devient difficile. Malgré mon col de chemise ouvert et mes manches relevées, je crève de chaud entre le mur et Léo. Je recule d'un pas, comme pour m'empêcher de la toucher. Même si elle est toujours à portée de doigts.

Dans un silence qui m'étourdit, je découvre enfin sa cicatrice, en vrai. Cette vision me coupe le souffle.

Je ne l'ai vue qu'une seule fois, en photo, il y a huit ans, quelques mois après l'accident. C'est Léonore qui me l'a envoyée, depuis l'hôpital, alors que j'essayais d'entrer en contact avec elle. Sous l'image, cette unique phrase :

[PS : Oublie-moi.]

Je n'ai jamais pu oublier.

– Cette cicatrice est une œuvre d'art vivante, murmuré-je tout bas. Elle semble en mouvement. Comme un volcan en éruption, qui laisse s'écouler sa lave pourpre en recouvrant ta peau. C'est à la fois violent et beau. Fort et émouvant, comme toi. Tu es unique, Léo.

Elle ne répond rien mais tremble sous mon regard. Je me surprends à penser que cette blessure colle si bien à sa personnalité explosive. Pourtant, ça semble encore la torturer, lui faire mal comme au premier jour. Un sentiment de culpabilité m'assaille et me broie le cœur. J'ai envie de le lui dire mais je me tais. J'inspire fort. Je m'autorise enfin à affronter son regard, dans le reflet du miroir. Des larmes douloureuses remplissent ses yeux marine, mais elles ne coulent pas. La lionne lutte. Je trouve ça plus sublime encore.

– Tu es follement belle, Léonore, et tu ne le sais même pas, susurré-je à son oreille.

– Je ne laisse personne, jamais, me regarder comme ça… avoue-t-elle en frémissant.

– Je ne suis pas « personne ».

J'approche doucement une main pour frôler la cicatrice sur son épaule, du bout des doigts. Léo se fige à ce contact, vient attraper ma main et ne la lâche plus. Elle ne veut pas que je la touche. Ou alors elle le veut, aussi puissamment que moi, et elle déteste ça. Je prends sur moi, de toutes mes forces, pour ne pas la retourner et la plaquer contre ce mur. Pour ne pas faire une connerie que je regretterai longtemps.

Je m'éloigne un peu et vais choisir une robe sur l'un des portants, je prends mon temps, je fais redescendre la tension, je me répète de ne pas déconner, je me masse les poignets et trouve enfin le dos-nu vertigineux que je cherchais.

Je viens glisser l'étoffe légère sur le corps de Léonore. Dans le dos, le décolleté descend jusqu'aux reins et montre tout ce qu'il faut. La lionne prend elle-même l'initiative de retirer son pantalon de smoking et elle l'abandonne sur le sol. Toujours sans parler, je retire l'élastique de sa queue-de-cheval basse et réunis sa crinière en un chignon haut qui révèle merveilleusement sa nuque. Elle frissonne, je le sens jusqu'ici. Et je réprime une envie puissante de poser ma bouche juste là. De goûter à cette peau meurtrie, qui m'aimante sans que je comprenne pourquoi.

Léo se retourne brusquement et me fait face, je n'ai pas le temps de me composer un visage. Elle semble lire en moi ce désir que je réprime. Et je déteste ça. J'ignore quel effet je lui fais, mais elle ne part pas. Ne parle pas. Je fixe sa bouche entrouverte et me maudis aussitôt. Je tente de reprendre le contrôle en m'occupant de la tenue, ajuste les manches pour découvrir ses épaules, touche la robe pour ne pas la toucher, elle. Mais tout m'attire et me trouble, son corps, ses lèvres, son expression vulnérable et son envie de se montrer invincible. Elle affronte son pire cauchemar en restant face à moi, dénudée, enfermée. Et cette fille me subjugue.

– Tout le monde t'attend là-haut, énoncé-je d'une voix forte. Je vais demander à Matthias de te présenter. Et pour l'avance, c'est non. Tu ne peux pas tout obtenir de moi, Léonore Dumas.

J'ouvre brusquement la porte de la loge et me tire de là. Le gala Strange & Strong, c'est terminé pour moi.

13

Un, deux, trois

Wolf

Je n'ai jamais aimé les SMS. Trop longs, trop courts, trop vagues, remplis d'émoticônes débiles, sans ton ni substance. Et je les apprécie encore moins quand ils proviennent de ma sœur, en rafale, un dimanche matin, lendemain de gala, et que je viens de me taper une nuit blanche.

[Tu es vivant, lâcheur ?]

[Je te parle…]

[Wolf Larsson, réponds-moi.]

[Tu sais comment je suis
quand je m'inquiète…]

[Tu as deux minutes pour
me donner signe de vie.]

[UNE MINUTE !]

J'hésite. L'idée de la faire mariner un peu plus ne me déplaît pas, mais je suis conscient des risques. Willa serait capable de débarquer chez moi pour vérifier que je ne suis pas en état de décomposition. Pire, elle pourrait appeler les parents et leur faire part de ses inquiétudes. Cette éventualité me fait taper une réponse plus vite que la lumière.

[Lâcheur ? Tu n'étais pas
vraiment seule
quand je suis parti…]

[C'est une raison pour
disparaître toute la nuit ?]

[J'avais mieux à faire.]

[Mieux que tenir compagnie
à ta sœur préférée ?]

[Oui.]

[Mieux que contrôler de A
à Z le gala de ton agence
adorée… ?]

[Encore oui.]

[Tu me caches quelque chose ?]

[Non.]

[Tu peux développer ?]

[Toujours non.]

[J'ai un peu envie
de te gifler…]

[Pas mon problème.]

[Continue comme ça
et je parle de Léonore
pendant le déjeuner.]

La menace est sournoise, mais elle fonctionne. Je me lève de mon canapé, sur lequel j'ai bossé toute la nuit, retire ma chemise froissée, étire mon dos douloureux et vais me faire un café serré. J'avais oublié que ma sœur allait voir nos parents à midi. Qu'elle arrivait encore à les supporter, contrairement à moi.

[Si tu dis quoi que ce soit
sur qui tu sais, tu peux m'oublier.]

[Sujet sensible
à ce que je vois…]

[Willa ?]

[Quoi ?]

[Ne me torture pas avec ça.]

[Désolée. Je serai là pour
écouter quand tu seras prêt
à en parler.]

[Je n'ai besoin de rien.]

[Ni de personne, je sais…]

J'abandonne cette conversation qui s'éternise et saute sous la douche. Pendant de longues minutes, je laisse l'eau chaude détendre mes muscles, délasser mon corps et laver mon esprit.

Elle.

Je ne pense qu'à *elle*, bordel.

La voir à demi nue, découvrir sa cicatrice, sentir sa vulnérabilité et la trouver plus belle et désirable que jamais, ça m'a secoué. J'étais à deux doigts de craquer, de la plaquer contre un mur et me jeter sur elle. Pour la sentir trembler contre moi, manquer d'air, la toucher là où je n'ai jamais pu le faire, la goûter une nouvelle fois, m'oublier en elle. Mais j'aurais pris le risque de la blesser. Encore.

Je me lave les cheveux, me frotte le crâne comme un acharné, sors de la douche, me rase et m'entaille la peau comme un débutant. Cette fille m'a jeté un sort.

Mon téléphone se met à chanter dans la pièce d'à côté. Je quitte ma salle de bains à poil, une serviette posée sur la nuque et accélère pour aller répondre.

– Qu'est-ce que t'as foutu, hier soir ? beugle la voix de Matthias.

– Rien de spécial.

– Tu te fous de ma gueule ?

Je le laisse me traiter de tous les noms, puis redescendre.

– Sérieux, tu n'étais pas là au moment du discours final, tu m'as planté, Wolf ! Strange, ce n'est pas la même chose sans Strong !

– Désolé, j'avais un truc à régler.

– Un truc grave ?

– Je ne sais pas encore.

Qu'est-ce que tu en dis, Léonore ? Tu comptes bientôt sortir de mon crâne et me laisser vivre en paix ?

– Bon, en tout cas, on a marqué les esprits, continue mon associé. Eugénie a fait sensation, on parle d'elle partout ce matin ! Et Léo…

– Quoi, Léo ?

– Sa brûlure… Mec, c'était elle depuis tout ce temps ?

– Oui, soufflé-je malgré moi.

– Tu aurais dû me le dire…

– J'ai fait la paix avec ça il y a longtemps, détends-toi.

C'est faux, mais il n'a pas besoin de le savoir. Ça remonte à loin maintenant, mais j'ai raconté l'accident à Matthias, une seule fois, quand on s'est rencontrés à New York et que l'on a vidé nos sacs. On avait besoin de se décharger des poids qui nous retenaient dans le passé et nous empêchaient d'avancer, lui et moi. Il savait que cette fille existait quelque part, il ignorait juste qu'il s'agissait de Léonore et qu'elle avait rejoint notre agence.

– Elle a peu parlé mais elle a beaucoup plu… Et je crois qu'elle s'est éclatée, hier soir, me glisse-t-il en faisant son malin. Tu n'as pas vu passer la photo ?

– Si…

Sur TikTok, Instagram et partout ailleurs. C'est en partie cette putain d'image qui m'a empêché de trouver le sommeil. Léo sublime, complètement éméchée, son sourire de *killeuse* et ses yeux brillants de défi, perchée sur les épaules de Côme.

Ce connard avait l'air en transe.

– Je dois y aller, grogné-je.

– C'est quoi, cette voix ? T'es jaloux ou quoi ?

– C'est ça, marre-toi… Allez, salut, enfoiré, je vais à l'HP.

– Pour Judith ou pour toi ?

– Ha, ha.

Je ris jaune et lui raccroche au nez, avant d'aller une nouvelle fois mater cette photo qui me hante.

***

Je n'ai jamais connu ma tante vivant ailleurs qu'ici, à Sainte-Anne. Son unité porte un nom à rallonge, qui parle d'accueil, d'accompagnement et de soins à long terme, mais la vérité crue, c'est qu'elle est internée en hôpital psy depuis près de la moitié de sa vie. Et qu'elle va probablement mourir ici, avec sa dépression, ses TOC, et tous les médocs qu'elle prend pour éviter la paranoïa, les voix, les hallucinations et autres crises de démence.

Mais sa folie ne me fait pas peur : elle me fascine. Je sais que ma sœur, nos parents et tous ceux qui ne viennent plus lui rendre visite trouvent Judith insupportable. D'ailleurs, personne à part Willa et Matthias ne sait que je viens la voir régulièrement depuis quatre ans.

Judith parle beaucoup, écoute peu, s'agite, dit tout ce qui lui passe par la tête et ne retient ni les insultes ni les gestes agaçants et répétitifs. Ça peut être horripilant. Mais je fais juste abstraction. Parce qu'elle est aussi une artiste et que l'on a beaucoup en commun : une certaine sensibilité, un côté esthète poussé à l'extrême, l'amour des visages et une passion pour la singularité. Je ne retrouve ça chez personne d'autre.

– Salut, Judith, c'est moi, Wolf.

– Un, deux, trois… Je sais que c'est toi, je te reconnais, je ne suis pas folle, tu sais ?

– Ah, tu t'es remise à compter avant chaque phrase ?

– Un, deux, trois… Non, je ne vois pas pourquoi tu dis ça. Bonjour, mon loup.

– Comment ça va ?

On ne s'embrasse pas. Les effusions, on n'aime ça ni l'un ni l'autre. Elle a 55 ans mais en fait dix de plus. Contrairement à ma mère, sa sœur aînée, si fière d'en paraître dix de moins. Ses yeux clignent beaucoup. Sa bouche se tord dès qu'elle ne dit plus rien. Et sa main gauche se lève tout droit, sans arrêt, comme une bonne élève qui voudrait absolument qu'on lui donne la parole. Mais qui ne sait plus ce qu'elle voulait dire quand son tour arrive.

– C'est bien, tes thérapeutes ont réussi à te faire arrêter le salut hitlérien, remarqué-je.

– Un, deux, trois… Ah bon, tu trouves ça mieux ? demande-t-elle en brandissant encore la main en l'air.

– Oui, c'est sympa comme ça, vers le haut, bien droit.

C'est dynamique, mais moins agressif.

– Un, deux, trois… Je vois. Je crois que tu te moques de moi, mais je m'en fous, petit bon à rien. Pousse-toi, tu marches sur ma toile.

– Ah, pardon, dis-je en rigolant.

Judith n'est presque jamais dans sa chambre. Je la retrouve toujours à quatre pattes, dans le hall d'accueil de son unité, là où les médecins l'ont autorisée à commencer une fresque infinie. À force de la prendre en train de dessiner sur les murs, où c'est interdit, ils ont essayé les contentions et l'enfermement. Mais ma tante a rapidement pété les plombs. J'ai suggéré de transformer cette transgression en thérapie par l'art. Et en main-d'œuvre gratuite pour eux. Ce hall était tellement immonde, carrelage gris perle, murs blanc cassé, portes vert passé : il méritait largement une restauration.

Depuis plusieurs mois, Judith peint sur chaque carreau gris un portrait en couleurs. Elle fait ça toute la journée, ça l'occupe et l'apaise. Et ses psys ont bien été obligés de reconnaître son talent, puisqu'ils sont tous dessinés par terre, dans une expression souvent très juste. Dans sa folie, ma tante a le génie de mémoriser instantanément tous les visages qu'elle croise et elle est capable de les reproduire avec une étonnante précision. Âme comprise. Je trouve ça renversant. Quand elle est à court d'inspiration, je lui apporte même les photos de mes mannequins pour avoir son avis et lui donner de nouveaux modèles.

– Tiens, voilà Angèle, Qin-Qin et Eugénie.

– Un, deux, trois… La vieille est belle, commente-t-elle. L'albinos a l'air gentille mais malheureuse. Et celle-ci, elle est blanche ou noire ?

– Un peu des deux.

– Un, deux, trois… Je n'ai jamais peint un visage comme ça, j'aime bien. Merci, mon loup. C'est tout ?

J'hésite une seconde… et je range la dernière photo dans la poche intérieure de ma veste. Ce visage de lionne, je ne suis pas encore prêt à le partager. Et à le voir en grand chaque fois que je mettrai les pieds ici.

– Un, deux, trois… Connasse !

La main gauche s'agite, les clignements s'accentuent, la bouche tressaute dans une moue de dégoût.

– Qui ça ? Cette infirmière ?

– Un, deux, trois… Connasse, connasse, connasse !

– Respire, Judith. C'est celle en rose ? Montre-moi plutôt sa tête sur la fresque.

Remplie de TOC et d'angoisses, ma tante rampe jusqu'au carreau gris clair et me désigne un visage à la bouche grande ouverte, l'air moqueur.

– Elle se moque de toi, c'est ça ? Tu veux que je foute un laxatif dans son café ?

J'essaie de la faire rire mais Judith est bloquée, en boucle sur ses insultes et ses peurs. Alors je retire ma veste, je la jette sur le portrait de l'infirmière et m'assieds par-dessus, en tailleur à côté de ma tante.

Son visage s'apaise, sa main se lève, elle compte jusqu'à trois et part dans un discours décousu et un peu scato, comme un enfant qui a besoin de dire « caca boudin » pour se défouler. Si ça peut lui faire du bien…

Je l'écoute à moitié, ignore les regards posés sur nous, détends mes muscles qui ont si souvent l'habitude de rester crispés, puis laisse mon esprit s'évader jusqu'à la loge. Je repense à ma sensation d'étouffer, à l'effet de Léo sur moi, à pourquoi je suis resté là, avec elle. En fait, cette fille me rend libre. Elle me fait oublier mes principes : ne pas sourire, ne pas toucher, ne rien ressentir.

Et c'est bien ça, le plus grand danger.

14

Deux minutes

Léonore

– Côme a essayé de te pécho, toi aussi ? me demande Qin-Qin en agitant son carré blond, presque blanc.

Je me marre en croisant son joli regard fendu et interrogateur, repose mon *macchiato* vanille et fais non de la tête.

– Pas vraiment, je crois qu'il en avait après quelqu'un d'autre… Je me trompe ?

Je me tourne vers Eugénie, occupée à passer de l'huile d'amande douce sur sa peau bicolore.

– Il embrasse mal : trop de langue, trop de salive, pas assez de mystère, lâche la métisse pour toute réponse.

Qin-Qin – que j'ai rebaptisée Bisou – pousse un cri strident qui fait se retourner toute la terrasse du Starbucks. Je ne peux retenir une grimace et plonge la tête dans mon café vanillé. Ça fait plus d'une heure que l'on a investi cette table et que l'on fait connaissance, toutes les trois. Je ne m'attendais pas à me sentir à l'aise en compagnie d'autres mannequins, mais ces filles m'ont tapé dans l'œil au gala. Après quelques verres, j'ai sympathisé avec elles, puis dansé toute la nuit en leur promettant de devenir leur amie.

– J'ai mon premier gros *shooting* demain ! nous apprend Bisou.

– Déjà ?

– Tu n'as pas commencé, Léo ? me demande Eugénie. J'ai déjà fait trois missions depuis le gala…

– Laisse-nous un peu de boulot, sois cool, ironise la blonde.

– Je note : ne plus traîner avec Beyoncé, grommelé-je.

C'est comme ça que j'ai surnommé Eugénie : à première vue, la reine des *charts* et la fille au vitiligo n'ont pas grand-chose en commun, mais elles partagent ce regard à la fois doux et terriblement confiant, qui vous happe en un rien de temps. Elle a aussi les pieds sur terre, contrairement à sa copine, plus survoltée.

– J'ai rarement croisé un visage comme le tien, Léo, lance Qin-Qin en souriant. Crois-moi, tu vas vite décoller et nous faire de l'ombre…

– Mon corps, c'est une autre histoire, murmuré-je sans essayer de m'apitoyer.

– Non, c'est *ton* histoire, rétorque Eugénie. Tu es une survivante, une putain de battante, comme nous toutes qui devons vivre dans une société où la plus conne et la plus insignifiante des différences effraie. On revient de loin, on en a chié, mais on a trouvé notre place ! Sois fière !

Je lui souris, remarque qu'elle a les larmes aux yeux et lui tends une serviette.

– Si vous êtes Bisou et Beyoncé, je suis qui, moi ? demandé-je soudain.

– *Be You* ! lâche la métisse en croquant dans son sandwich.

– Biyou ? répété-je.

– En deux mots et en anglais ! se marre la blonde. Putain, heureusement que t'es belle, toi !

Les mecs en costard de la table d'à côté nous matent avec insistance, Eugénie leur demande s'ils veulent notre 06 ou juste notre photo, et les types ne savent plus où se mettre.

– Mon cœur n'est plus à prendre, de toute façon, laisse échapper Qin-Qin.

– Tu as un mec ?

– Non, mais je suis folle amoureuse. Du genre pathologique.

– On le connaît ?

– Le big boss… Wolf Larsson, souffle la mannequin aux yeux bridés.

Je ne relève pas, mais je sens ma poitrine se serrer.

– Je ne voudrais pas briser ton rêve, mais il paraît qu'il ne sort jamais avec ses mannequins, précise la brune.

– Je sais, soupire la *drama queen*. Si beau. Si charismatique. Si près. Et si insaisissable.

Elles se marrent, je me force à sourire tout en cherchant comment faire dévier cette conversation.

– Vous connaissez sa sœur, Willa ? demandé-je alors.

– Super mannequin, commente Eugénie. Mais une garce, d'après ce que j'ai entendu dire. Méfiez-vous d'elle.

– Tu es sûre ? s'étonne Bisou. Elle m'a vue pétrifiée avant le gala et elle est venue me parler pour me détendre. Je l'ai trouvée plutôt bienveillante, moi…

La métisse n'a pas l'air convaincue mais accepte de mettre de l'eau dans son vin :

– Disons que les Larsson ne sont pas faciles à séduire… Ni à cerner.

Je pourrais leur pondre un roman sur le sujet, témoignages à l'appui, mais je m'abstiens et fixe les bagues fines et variées qui brillent à chacun de mes doigts.

– Biyou ? souffle Qin-Qin en agitant sa main devant moi. On t'a perdue en chemin ?

– Non, désolée. Je pensais à mes partiels !

Pas totalement vrai… mais pas loin non plus de la vérité.

***

Je vis dans une autre dimension pendant une semaine. La dernière de juin. Cinq jours d'examens pendant lesquels je m'acharne à valider chacune des matières que j'ai cochées en début d'année.

Rien ne vient me déconcentrer : ni Lise et ses monologues salaces, ni les tentatives de corruption de mon grand-père, qui me soutient que la consommation modérée de vin rouge développe la mémoire, ni ma bague qui crie au loin en me rappelant qu'elle ne me sera bientôt plus réservée, ni les appels de l'agence qui me propose mes deux premières missions au pire moment.

Refuser ces deux *shootings* photos me coûte énormément, mais mes études passent avant tout. Avant mon besoin vital d'argent. Je veux m'en sortir, réussir. Aller jusqu'au bout de mes rêves. Je me le suis promis il y a huit ans : quand on se relève après être tombée si bas, ce n'est pas pour aller nulle part.

Plus que déterminée, je me présente en avance aux écrits, très en avance aux oraux et fais mon maximum pour effacer tout le reste de mon radar.

Y compris *lui*.

Lui qui, le vendredi soir, m'attend en bas de chez mon grand-père, sans avoir été invité. Depuis son bout de trottoir, les bras croisés sur le torse, Wolf me fusille allègrement du regard. Il a renoncé à la veste, porte un jean gris et une chemise noire.

Dire qu'il est beau et qu'il réveille des trucs en moi est un doux euphémisme.

– J'ai beau changer d'adresse, tu reviens toujours, marmonné-je en le dépassant pour aller pianoter le code de l'immeuble.

– Tu ne réponds pas à ton téléphone, gronde le loup mal luné.

– J'ai la fin de mes partiels à fêter, je me change et je repars. Tu as deux minutes.

Sa main s'enroule autour de mon bras et me retourne sans violence, mais avec fermeté.

– Je ne suis pas venu pour faire mumuse, Léonore.

– Une minute cinquante secondes…

– Tu comptes prendre ta carrière au sérieux, oui ou merde ? s'emporte-t-il soudain.

Je recule d'un pas, il se mord la lèvre inférieure et reprend, plus calmement :

– Les *shootings* que tu as refusés, c'est du gâchis.

– J'avais mes raisons.

– Qui sont… ? s'impatiente-t-il en plissant les yeux.

– Mes études passent avant tout.

– Tu étudies quoi ?

– La criminologie.

Il hausse un sourcil, s'apprête probablement à me chambrer mais se ravise.

– Et ça mène à quel métier, la criminologie ?

– Flic, avocat, psy, magistrat, je ne sais pas encore.

– Tu comptes étudier pendant dix ans ?

– Vingt ans, s'il le faut. Je veux me rendre utile et faire un métier qui me passionne.

Il a l'air décontenancé, tout à coup. Sa colère semble apaisée, son mépris envolé. Plus détendu, Wolf décroise les bras et pose les mains sur ses hanches.

– Je ne te pensais pas aussi…

– Ambitieuse ?

– Passionnée !

Je l'observe me contempler, sens une drôle de chaleur se répandre sous ma peau et me détourne.

– À bien y réfléchir, ça ne m'étonne pas tant que ça, ajoute-t-il. À 14 ans déjà, tu voulais mettre le monde à tes pieds. Tu n'avais peur de rien…

– Pas même de toi, précisé-je.

– Tu aurais dû, souffle-t-il.

Un silence nous engloutit, mon désir de rébellion s'affaiblit, je suis presque tentée de sonder son cœur pour chercher à le comprendre, savoir ce qu'il a gardé de tout ça… Mais ce qui sort de ma bouche n'a rien de tendre.

– Peut-être, mais ça n'a pas changé. Tu ne m'impressionnes pas, Wolf. Tu ne me feras jamais taire, tu ne dicteras jamais ma conduite. Je suis libre comme l'air. Bosser pour toi ne changera *rien* à tout ça.

Amusé, il fait un pas vers moi et, machinalement, je recule. Le sourire en coin qu'il me balance me fout en rogne. Je devrais le gifler pour lui prouver que je n'ai pas froid aux yeux, qu'il n'a aucune influence sur moi, mais je déteste la violence.

– Tu te crois supérieur à tout, hein ?

– Je crois que j'ai trouvé mon égale. Tu es particulièrement belle, quand tu es en colère. Et très divertissante.

Nouveau pas en avant mais, cette fois, je lutte contre l'envie de fuir et reste plantée face à lui.

– J'aime bien quand tu me résistes, retentit sa voix grave.

– Tu serais un cas d'étude intéressant, riposté-je en sentant mon cœur s'emballer.

– Tu veux m'étudier, Léo ?

Cette voix. Cette insolence. Il se rapproche encore, ma respiration s'accélère, je me bats contre mes instincts les plus primaires.

– Arrête de croire que tu as tout le pouvoir.

– Ce n'est pas le cas ?

– Pas avec moi ! asséné-je en me hissant sur la pointe des pieds.

J'attrape sa chemise et l'attire brusquement à moi. Mes lèvres rencontrent les siennes, nos souffles se rejoignent, se mélangent, je l'embrasse rageusement, sans tendresse, puis lui mords la bouche avant de le repousser.

Lorsque j'en ai fini avec lui, Wolf passe son pouce sur sa lèvre endolorie et me bouffe du regard. Je n'en reviens pas d'avoir fait ça. D'avoir embrassé mon ennemi juré, juste pour le faire taire et lui prouver que je ne suis pas n'importe qui.

– Ça ne m'a rien fait, lui balancé-je en sachant pertinemment que c'est faux. Et toi ?

– Tu embrasses bien, mais tu mens mal.

– Désolée, c'est venu comme ça, me justifié-je. Pendant une seconde, j'ai eu l'impression d'avoir 14 ans de nouveau, d'être face à un mec potable mais pas pour moi, en bas de chez mon grand-père, qui nous épie probablement par la fenêtre…

Wolf se retient de sourire en se mordant la joue, mais me lance un regard amusé. Puis il lève les yeux pour vérifier que personne ne nous surveille, là-haut.

– Si j'en crois l'intensité de ce baiser, tu en mourais d'envie depuis longtemps !

– Si ça te fait plaisir de le croire, concédé-je en haussant les épaules.

Son regard bleu polaire me transperce, ses muscles se tendent, ses mâchoires se contractent et ses fossettes profondes se creusent encore un peu plus. J'ai du mal à déglutir, mais je ne montre rien.

– Je ne t'ai pas attendu pour embrasser qui je veux, Wolf.

Le loup plisse son regard courroucé, se penche sur moi, tout près, vraiment très près, et réplique :

– Tu veux jouer à ce jeu-là, Léo ? Sur ce terrain, tu crois vraiment que tu peux l'emporter ?

Je frissonne au son de sa voix cassée, son souffle mentholé m'enveloppe, je serre les poings pour garder le contrôle.

– Moi aussi, je vais me passer de ton autorisation…

Un fil, sa voix n'était plus qu'un fil qui se brise au moment où sa bouche s'abat sur la mienne. Wolf se fait plus pressant que moi, ses lèvres forcent l'entrée et rapidement, sa langue chaude s'enroule autour de la mienne. Je gémis lorsque mon dos heurte le mur de l'immeuble, que ses mains encerclent mes poignets pour les ramener de chaque côté de mon visage assiégé.

Je n'ai jamais ressenti ça lors d'un baiser. Jamais vibré si fort.

Le loup est en train de me dévorer.

Tout à coup, Wolf rompt notre étreinte et recule d'un bond, comme si une force invisible l'arrachait à moi. Passant nerveusement la main dans ses cheveux, puis autour de son poignet, l'air furieux contre lui-même, il lâche :

– Merde, je n'aurais pas dû !

Nos regards se croisent et se fuient aussi vite.

– Je… Désolé, grogne-t-il.

– Je suis toujours entière, plaisanté-je, déstabilisée par sa réaction.

– Je sais, ce n'est pas la question ! Je n'embrasse pas mes mannequins, bordel !

L'excuse est pathétique. Je ne sais pas à quoi je m'attendais, mais je tombe de haut. Quelque part, mon petit cœur débile pensait sûrement que le grand méchant loup allait s'en vouloir d'avoir embrassé la fille innocente qu'il a blessée huit ans plus tôt. Qu'il avait une conscience et une humanité, cachées quelque part derrière ces yeux surnaturels et ces méthodes de voyou.

Mais non, en réalité, ça se résume à ça : « Monsieur ne fricote pas avec ses employées. »

– Tes deux minutes sont largement dépassées, maugréé-je en m'apprêtant à le quitter. Ne reviens plus jamais ici.

Wolf se moque totalement de mes menaces, ne m'adresse pas le moindre regard mais s'empare de son téléphone, qui sonne dans sa poche. En passant devant lui, mes yeux se posent sur l'écran et reconnaissent un nom familier.

Élie Delaunay.

Le loup serre les dents, tout à coup très sérieux, et fait volte-face pour tenter de s'éloigner. Je ne sais pas exactement ce qui se passe, ce que me cachent ces deux-là mais je vois rouge. Je retiens Wolf par l'avant-bras et parviens à lui subtiliser son portable.

Je décroche à sa place.

– Tu ne m'as pas menti, Stockholm est une mine d'or ! Merci pour le job de rêve !

Cette voix, je la connais. Je l'ai entendue chaque jour pendant des mois. Elle m'a fait rire, m'a séduite, m'a rassurée, sermonnée, accompagnée. C'est bien la voix de mon ex.

– Rends-moi ce téléphone, m'ordonne l'homme qui me cache tant de choses.

– Wolf, tu es là ? continue Élie.

Ils se connaissent. Mais depuis quand ? Je me souviens que c'est Élie qui m'a envoyée passer ce casting à Strange & Strong… et, petit à petit, je recolle les morceaux du puzzle.

Et raccroche au nez de l'autre con.

– C'est comme ça que tu m'as attirée dans tes filets ? hurlé-je soudain. En passant par lui !

Je lui rends son téléphone en lui balançant de toutes mes forces. Il l'attrape de justesse.

– Ça n'a aucune importance.

– Attends, le coupé-je soudain. C'est donc toi qui lui as proposé ce boulot pour l'envoyer en Suède et l'écarter de ta route ?

– Ce type n'était pas pour toi, s'explique calmement l'enfoiré. Je t'ai rendu service.

Je lâche un cri rageur et me prends la tête dans les mains.

– Tu es taré, gémis-je. Complètement taré. Je commençais à croire que tu étais humain, mais je suis trop conne. Tu m'as manipulée depuis le début. Tu m'as mise à la rue juste pour que je signe ton putain de contrat ! Ça t'arrive de penser à quelqu'un d'autre que toi ? Ça t'arrive de ne pas blesser les gens ?

Wolf Larsson passe la main sur sa nuque et fixe ses pompes, l'air froid et détaché.

– Je ne te laisserai plus jamais me pourrir la vie ! le menacé-je d'une voix tremblante. Oublie-moi, putain !

Une grande quantité d'eau se déverse soudain sur le trottoir, à deux pas de Wolf. Je sursaute tandis que le loup recule et évite l'averse de justesse. J'observe la façade et aperçois mon grand-père, un vase à la main. Même de si loin, je peux voir qu'il dévisage mon ennemi juré avec des yeux noirs et des sourcils pas contents du tout.

Mon héros...

15

Saphir et saule pleureur

Léonore

– Un petit déjeuner à six heures du soir ? me demande mon grand-père dans la cuisine.

Il fait danser ses sourcils bruns suspicieux sous ses cheveux blancs soigneusement coiffés en arrière.

– Oui, j'ai besoin de tous les trucs régressifs qui existent, là…

– Le garçon est revenu t'embêter ? s'inquiète-t-il.

– Non, pour une fois, le garçon n'y est pour rien.

– D'accord, je vais mettre un morceau de Johnny Cash, alors. Et je reviens pour te faire des tartines avec un peu de beurre et beaucoup de chocolat en poudre. Tu me racontes tes misères après !

Les voix rétro de Johnny Cash et June Carter s'élèvent dans le salon et je reconnais « Cause I love you », que papy Georges et mamie Colette me chantaient souvent en duo quand j'étais petite. Je souris déjà. Puis mon héros revient dans la cuisine en dansant et chantonnant en yaourt des histoires d'épaules pour pleurer, d'oreilles pour écouter, de bras prêts à m'entourer jusqu'à ce que le soleil brille de nouveau.

– Je sais que tu es là pour moi, papy. Tu es toujours là.

– Qu'est-ce qui t'arrive, ma beauté ?

Un certain baiser me vient à l'esprit, suivi d'un autre, encore plus torride, puis une engueulade phénoménale sur le trottoir… mais je choisis de zapper ces épisodes parmi ma tonne de contrariétés actuelles. C'était il y a plus d'une semaine, mais ça ne m'a toujours pas quittée.

– J'ai réussi mes partiels, je valide ma licence de criminologie…

– Bravo, ma Léo ! C'est une mauvaise nouvelle ?

– Non, mais j'ai besoin d'un stage avant de commencer mon master. Et je viens d'apprendre que ma copine de fac a obtenu ma place à la prison de la Santé. J'ai posé ma candidature il y a des mois, j'avais reçu un accord verbal mais rien d'officiel. Cette peste a réussi à me doubler !

– Je n'appelle pas ça une amie. Tiens, mange ça.

Je mords avec rage dans une tartine. Je savais que Lise n'était pas vraiment fiable et bourrée de principes, mais je ne la pensais pas capable d'une telle traîtrise. J'imagine que ça n'a pas été très difficile pour son papa préfet d'intervenir en sa faveur à la dernière minute. Les seuls textos d'excuses que j'ai reçus d'elle ce matin disaient :

[Déso, Léo. J'ai eu des notes
pourries. Ce stage, j'en ai
plus besoin que toi. J'espère
que tu comprendras…]

[En plus, t'es mannequin,
maintenant. Ton été va être
bien occupé ! Tiens-moi au
courant si tu arrives à choper
le loup des steppes...
Je te le laisse !]

[Je suis vraiment trop sympa,
hein ? Pardonne-moi, copine,
je suis un boulet.]

[(mais canon, le boulet !)]

[(« boulet de canon »,
t'as saisi la blague ou pas ?)]

Cette traîtresse a presque réussi à me faire sourire pendant que j'enrageais. Mais j'ai décidé de ne rien répondre et de passer à autre chose. Hop, hop, hop, la vie qui continue, rebondir sans perdre de temps, réagir sans ressasser. Je n'oublie pas, je ne pardonne pas... mais j'avance tout droit.

– On est déjà en juillet, j'ai à peine deux jours devant moi pour me trouver un autre stage, expliqué-je à mon grand-père.

– Tu te souviens de ce que disait mamie ? Si tu t'es sortie de *ça*, tu pourras te sortir de n'importe quel mauvais pas ! Et ta grand-mère avait toujours raison, ajoute-t-il en haussant le ton, pour qu'elle l'entende bien de là où elle est.

Je lui souris, gratte du bout de l'orteil le menton de Johnny Cash – le chat, cette fois, pas l'autre –, venu se frotter à moi – le chanteur mort se frotte rarement à moi, il faut dire –, et j'avoue la vérité à mon papy :

– En fait, j'ai déjà passé la journée à écumer les petites annonces des commissariats, des cabinets d'avocats, des tribunaux, des services sociaux… Tous les postes intéressants sont pourvus. Et je voulais tellement bosser en milieu carcéral, au plus près des criminels !

Georges réfléchit en fronçant ses sourcils broussailleux, tout en continuant à me tendre des tartines bien garnies.

– Si tu veux mon avis, les plus zinzins ne sont pas en prison… mais en hôpital psychiatrique !

– Pas bête. Il faut que je contacte tous les hôpitaux de Paris ! Ils ont forcément besoin de mains supplémentaires pour gérer les patients psy ! Mais t'es un génie, papy !

Je pousse un grand cri de joie et mon souffle envoie du chocolat en poudre partout, des cheveux blancs de mon grand-père au pelage roux et blanc du chat.

– C'était juste pour voir si vous seriez mieux en brun, tous les deux ! plaisanté-je.

Et je cours m'enfermer dans ma chambre vieillotte pour envoyer des candidatures, au son entraînant et enveloppant de Johnny Cash.

Je n'en ressors que vers vingt heures pour découvrir que papy Georges est déjà sorti. Apparemment, un veuf de 75 ans fait plus la fête le samedi soir que sa petite-fille étudiante de 22.

Un nouveau texto arrive sur mon portable.

[Au fait, Dr Chaudasse reste
joignable tout l'été pour
consultations gratuites et
illimitées. Lubriquement,
Lise Marchal.]

Hors de question de répondre à cette provocation en lui proposant un verre ou son absolution. Je m'en sors très bien toute seule.

Je décide d'aller me dégourdir les jambes jusqu'au château de Vincennes tant qu'il fait encore jour. Puis j'attrape un Vélib' sur un coup de tête, pour aller me balader dans la douceur du soir. Je ne réfléchis pas, ni à ce que je fais ni où je vais, je me laisse porter par ce vent d'espoir. Par ce début d'été qui change le visage de Paris, qui remplit les terrasses et les rues de corps dénudés, pendant que je crève de chaud sous ma marinière à manches longues.

Je repense à Strange & Strong. Au fait que je n'ai toujours pas rempli la moindre mission, tourné la moindre pub, pris la moindre pose face à un objectif, mais que j'ai reçu mon avance, ça y est, et que je n'ose pas en dépenser un centime. Bêtement, je crois que j'attends toujours un miracle pour réunir neuf mille euros et pouvoir racheter ma bague.

Mais je choisis de tout oublier pour ce soir, j'écoute la joie, l'amour et l'amitié qui animent les rives du canal Saint-Martin. Je pédale plus vite pour traverser la Bastille et ne pas penser à Élie. C'est déjà du passé. Je reprends la rue Saint-Antoine en me disant que la place des Vosges n'est pas loin, que Wolf est peut-être encore à l'agence, en train de bosser… ou de martyriser je ne sais quelle fille qu'il trouve belle, mais pas assez, qu'il s'interdit d'embrasser, avant peut-être de céder.

Je chasse ces images en prenant brusquement un dangereux virage à gauche. Un chauffeur de taxi me frôle en me traitant de folle par sa fenêtre ouverte. Je le remercie du compliment et continue ma route en admirant l'Hôtel de Ville. Je prends le pont Notre-Dame pour traverser la merveilleuse île de la Cité, avant de débouler dans le quartier Saint-Michel, bourré de touristes et de magasins de souvenirs. Maintenant que mon inconscient m'a menée là, je roule jusqu'à la boutique de l'antiquaire et y arrive, essoufflée, avec le cœur qui bat comme à un deuxième rendez-vous quand on a tant aimé le premier.

Le vieux magasin est fermé à cette heure mais la vitrine encore visible, à peine éclairée. La bague de ma grand-mère y a retrouvé sa place, puisque je n'ai pas pu réunir les neuf mille euros nécessaires : la vendeuse revêche n'a pas attendu un jour de plus pour remettre ma précieuse à la vente. Et les pensées se bousculent dans ma tête. Le saphir me semble encore plus gros que dans mon souvenir, aussi gros que les larmes qui roulent sur ma joue. Les diamants encore plus clairs, l'or blanc plus brillant. J'ai l'impression que tout Paris va vouloir acheter cette bague, la plus somptueuse de toutes. Alors qu'elle n'appartient qu'à moi, la petite-fille de Colette, l'adolescente trop pressée de vivre. Ma cicatrice me lance et je m'entends murmurer :

– Pardon, mamie.

Je prends la bague en photo et mon reflet dans la vitrine. Au cas où l'on serait réunies pour la dernière fois. Et je poste la précieuse sur Instagram pour qu'on la voie, pour que le monde sache ce qu'elle représente pour moi. Je tape cette légende qui me vient spontanément :

« Parfois, vos erreurs de jeunesse ressemblent à ça… À un saphir qui pleure de ne pas pouvoir sortir de là. »

Le cœur lourd, je repars à pied en poussant mon Vélib' dans les rues piétonnes et pavées de Saint-Michel. J'attends que la foule dense se dissolve et s'évapore avec la nuit qui tombe, avant de remonter à vélo pour rentrer chez moi.

***

Une fois chez mon grand-père, je me réfugie dans la petite chambre en évitant soigneusement toutes les photos de mamie disséminées dans l'appart. Je file sous la douche, puis enfile un long tee-shirt sur ma peau encore mouillée, allume la lampe champignon sur la table de chevet et vais m'allonger à plat ventre sur ce lit une place qui me fait office de refuge. Je consulte mon téléphone machinalement, parce que je sais qu'il me tient toujours compagnie, même quand la solitude m'étreint un peu trop fort. J'ouvre Instagram : ma précieuse a déjà récolté quelques « j'aime », mais bien moins que quand je publie une photo de pseudo-mannequin. Tant pis. En revanche, j'ai un nouveau message privé en provenance d'Amadeus. Ce pseudo me fait rater un battement de cœur.

[Moi, mon erreur
de jeunesse ressemble à ça :]

Et juste en dessous, une photo de moi de dos, le soir du gala de l'agence, dans cette robe au dos-nu vertigineux, en train de danser, les bras en l'air, le chignon un peu défait et le corps déhanché, avec ma cicatrice immonde qui a oublié que tout le monde la voyait.

Ce cliché me fait mal, d'abord. Cette insouciance dans ma posture, alors que mon plus grand secret est à nu, à vif. Et cette photo prise à mon insu, je ne sais pas quand ni par qui. Mais je relis les mots de Wolf, je le revois m'enfiler cette robe dans la loge, me glisser à quel point il me trouve belle. Et je ne sais pas pourquoi, je le crois. Pour la première fois depuis huit ans, j'ai l'impression qu'il s'en veut de ce qu'il m'a fait, qu'il culpabilise juste un petit peu.

Alors je lui réponds simplement, sans chercher à le blesser ni à le provoquer :

[C'est ta façon de me demander pardon ?]

[Non.]

[Bien trop fier…]

[Bien trop con.]

Son sens de la repartie m'épuise. Son obstination me tue. Le sourire invisible dans chacun de ses mots, les émotions contradictoires dans chacune de ses phrases : ce mec est à l'image de ses yeux, insondable, intrigant, indomptable, effrayant… et pourtant fascinant.

Je me relève pour aller me planter face au miroir en pied de la chambre. Je retire mon tee-shirt et me retourne lentement. La vieille lampe n'éclaire que peu ma peau nue. Mais assez pour me faire serrer les dents. Je me tords le cou pour me plier à cet exercice cruel : affronter ma cicatrice droit dans les yeux.

Pendant ma convalescence, la psychologue m'a dit que j'avais de la chance, que je pouvais choisir d'ignorer ma blessure en la cachant sous des vêtements ou simplement en ne me regardant qu'en face. D'autres sont défigurés, c'est vrai. Certains ont perdu leur visage, d'autres leurs mains. Mais tous les grands brûlés ont cette horreur en commun : on a abîmé leur peau, on a touché à cette barrière intime, on a détruit l'enveloppe censée les protéger du monde extérieur.

Je ferme les yeux et les souvenirs affluent, brûlants et douloureux.

J'avais 14 ans. J'étais à une soirée du Nouvel An où personne ne m'avait invitée. En fait, je m'étais invitée moi-même à la fête d'un certain Wolf Larsson. Je voulais lui parler. Je voulais plus que ça. Et je l'ai obtenu, ce soir-là, mon premier baiser de lui, le premier baiser de toute ma vie, celui qui m'a renversée, bouleversée, qui s'est imprimé sur mes lèvres pour toujours : je m'en souviens comme si c'était hier, la douceur de ses lèvres, le goût sucré de sa langue, le parfum enivrant de ce garçon plus vieux, plus beau, plus rebelle et plus intouchable que je pouvais imaginer. Et qui me touchait moi, m'embrassait moi, dans sa chambre où personne n'avait le droit d'aller.

Je ne savais pas encore quel prix j'allais payer pour la

plus belle minute de ma vie : un feu ravageur, attisé en quelques secondes, des heures de frayeur, des semaines de souffrance, des mois et des mois d'hôpital, des années de traumatisme, d'insomnies, de cauchemars, de séquelles invisibles.

Et cette cicatrice.

Je rouvre les yeux pour observer son dessin, qui n'a pas changé. Je le connais par cœur : c'est un saule pleureur d'une tristesse infinie, qui naît sur ma nuque et déploie ses branches lourdes, inégales, partout sur mon dos, mes épaules, mes omoplates, mes flancs, jusqu'au creux de mes reins. C'est un arbre qui meurt à l'automne, ployant sous le poids de je ne sais quel malheur, avec ses feuilles dentées qui dégringolent dans des nuances ignobles d'orange, de rouge, de rose et de mauve. C'est un coucher de soleil mélancolique qui porte au cœur et finit par vous donner la nausée.

Je la hais, cette ennemie qui a mordu ma chair et pris possession de toute ma vie. Huit ans après l'incendie, je peux encore entendre mon cri, sentir les flammes qui me lèchent la peau, cette douleur inouïe qui me fait perdre connaissance. Je me souviens du réveil, violent. Des mois passés sur le ventre, immobile. De chaque greffe de peau, de chaque pansement à refaire, chaque jour d'école raté, de cette année redoublée pendant que mes parents divorçaient. Je me rappelle la peur et l'ennui, la solitude et la culpabilité, la colère et le désespoir. L'impression que tout part en lambeaux, et pas seulement ma peau.

16

Challenge accepté

Wolf

Cette photo d'elle que je lui ai envoyée hier, ce n'était pas une façon de lui demander pardon. Ma culpabilité, ce que je ressens depuis l'accident, ça ne la regarde pas. Je voulais juste que Léo comprenne que je n'ai pas oublié. Et qu'avec ou sans cicatrice, je n'ai jamais rien connu de plus beau qu'elle. Et de plus imprévisible, borné, frustrant.

– Lorelei, viens chercher ton cochon d'Inde ! beuglé-je depuis ma bulle de verre.

Ma secrétaire en robe à pois et fichu rose fuchsia se précipite dans mon bureau et récupère son carlin, qui se roulait comme un nem sur mon tapis à poils longs.

– Vous vexez Lolita chaque fois que vous dites ça ! râle la pin-up.

– Elle n'a qu'à pas venir se frotter partout en poussant des petits cris porcins, balancé-je en l'invitant à sortir.

– Votre prochain rendez-vous a été annulé.

Elle m'annonce ça sans chercher à masquer son sourire narquois. Je soupire.

– Et pourquoi est-ce que j'ai l'impression que ça te fait plaisir ?

– Parce que vous me faites bosser un dimanche.

– Payé triple…

– Oui, mais quand même.

– Vas-y, soupiré-je. Je m'occupe de fermer la boutique.

– Quelle boutique ?

– C'est une expression, Lorelei…

Elle pouffe, ramasse son chien à groin et m'envoie :

– Je le sais parfaitement, je voulais juste vous voir lever les yeux au ciel.

Il n'est même pas onze heures, le photographe brésilien qu'il me tardait de rencontrer vient de me planter et mon planning du reste de la journée est désespérément vide.

Je hais le dimanche – surtout celui-là. Les jours fériés, aussi. Tous ces moments où votre esprit est trop libre, inoccupé et se met à divaguer. J'attrape mon téléphone, ouvre mes photos et je la regarde, de nouveau.

Cette robe dos-nu n'aurait pas pu être mieux portée.

Sans savoir dans quoi je m'embarque, je vais dans mes SMS et laisse mes doigts taper ce qui les démange :

[J'ai pris une grande décision,
Léonore.]

[Cesser d'exister ?]

Elle est forte.

[Tu ne veux pas savoir laquelle ?]

[Non.]

Cette fille aura ma peau.

[OK. Je m'ennuie,
alors vas-y…]

Un peu plus et elle va réussir à me faire sourire.

[J'ai décidé d'être un peu
moins con.]

[Excellente nouvelle.]

[Si tu pouvais décider d'être
un peu moins têtue…]

[Je ne promets rien.]

[Je suis à l'agence, viens…]

[Non.]

Je me marre en relisant notre échange. Ce n'est pas comme si je m'attendais à ce qu'elle débarque à l'appel du loup…

[J'ai une vie, moi aussi.
Je bosse.]

[On est dimanche…]

[Le dimanche,
je suis dogsitter.]

[C'est ça, moque-toi,
je t'entends d'ici…]

[Tu es où ?]

[Bois de Vincennes.]

[Et plus précisément ?]

[Entre deux caniches nains
et un sac à crottes.]

[Démerde-toi.]

Challenge accepté. J'attrape la feuille de papier imprimée hier, glisse mon téléphone dans ma poche, chope mon casque, éteins mon ordinateur et mon double écran, ferme l'agence en moins de deux minutes, et saute sur ma Curtiss Zeus, un prototype de moto électrique qui n'est pas encore disponible sur le marché.

Je connais des gens qui connaissent des gens…

Je roule à bonne allure jusqu'au douzième, débarque Porte Dorée et me range sur le bas-côté pour tenter ma chance. Je me connecte à Instagram et y trouve facilement ma réponse. Je redémarre, accélère et me range en épi quelques minutes plus tard, attirant les regards des amateurs de belles bécanes.

Je la repère presque instantanément, assise au milieu d'une grande pelouse, près du lac, entourée de quatre bestioles remuantes. Elle porte un mini-short en jean et un tee-shirt rose au col serré. Jambes de rêve et peau cachée.

– Comment tu m'as trouvée ?

– À ton avis ?

– Tu me fais flipper, Wolf…

– Arrête de poster toute ta vie sur Instagram.

Elle accuse le coup, caresse l'espèce de grosse saucisse couchée dans l'herbe à côté d'elle et siffle un berger allemand.

– Tu es venu t'excuser ?

– Pour ?

– Élie.

– Ah, ça ? soufflé-je. Non.

– Non ?

– Pas le moins du monde.

C'est jubilatoire. J'adore la provoquer. La belle serre les dents, puis balance une balle de tennis à un caniche abricot.

– Wolf, tu peux t'en aller maintenant, lâche-t-elle simplement.

– Je viens d'arriver…

– Alors c'est moi qui m'en vais.

Léonore fait mine de se lever, je la retiens doucement par le poignet.

– On peut parler, non ?

– Je n'ai rien à te dire, rétorque-t-elle froidement.

Elle récupère sa main, rappelle tous ses chiens, les rattache les uns après les autres et me glisse les laisses dans la main.

– J'ai une soudaine envie de courir… Je vais faire quelques tours du lac, ne les laisse pas s'échapper.

Et l'effrontée se redresse d'un bond, sautille sur ses pieds, étire les muscles de ses cuisses, ses mollets et part en courant vers la piste.

Et moi, je la regarde faire, comme un con.

***

Sa petite échappée belle n'a duré qu'un tour. Je l'attendais au tournant, encombré de ses clébards et bien décidé à lui toucher deux mots.

– Tous vivants ? Tu t'es amélioré, commente la jolie peste en récupérant les laisses.

– Tu parles comme ça à tous les hommes que tu croises, ou seulement à moi ?

– « Comme ça » ?

– Avec cette insolence qui donne *légèrement* des envies de meurtre…

– Tu le mérites, non ? me dit-elle en souriant.

– Tu trouves ?

– Pas toi ?

– Je t'ai posé la question en premier.

Une fois encore, on se cherche, on se provoque, on se pousse à bout l'un l'autre, on laisse la tension monter en sachant pertinemment que ça va mal finir. Elle me défie, me malmène, me remet constamment à ma place et j'en redemande.

Elle et moi, on est comme ça. On était déjà comme ça il y a huit ans. Deux têtes dures qui ne lâchent rien, même si le combat est perdu d'avance. Et il faut avouer que c'est assez… stimulant.

– Qu'est-ce que tu veux, Wolf ?

– Reparler de ton contrat.

Je sors la feuille de ma poche et la déplie pour lui mettre sous le nez. Elle se concentre, tout à coup. Ses yeux bleu marine sondent les miens avec sérieux, avant de retourner sur le papier.

– Tu ne peux plus refuser aucune mission, affirmé-je.

– Et si je suis bloquée dans un ascenseur ? Kidnappée par un gang ? En train de m'envoyer en l'air ? Dans le coma, entre la vie et la mort ?

– Ça ne m'amuse pas, grondé-je.

T'envoyer en l'air ? Avec qui, bordel ?

– Imaginons que je dise oui à tout, reprend-elle. J'obtiens quoi en échange ?

– Une augmentation de 5 %.

– Dix !

– Cinq, insisté-je.

– Et une avance supplémentaire ?

– Non. Pas avant d'avoir bossé au moins une fois.

Elle marmonne je ne sais quoi, je l'interromps et lui fais signe de *bien* m'écouter.

– Prends ce job au sérieux, Léonore. Je t'offre la chance de gagner beaucoup d'argent maintenant et de choisir plus tard une carrière qui te rapportera moins, mais te nourrira, là…

Je pose mon index sur son front, puis enchaîne.

– Il n'y aura plus de dérapage entre nous.

Je crois la voir frémir, un instant, puis elle me renvoie

dans les dents, plus sûre d'elle que jamais :

– Aucun risque.

– Parfait, commenté-je. Plus de baiser d'adolescents sur les trottoirs, plus d'engueulade stupide ni de coup de Trafalgar, je vais te rendre riche et célèbre, tu vas me rapporter beaucoup d'argent et on pourra reprendre sereinement le cours de nos existences. Compris ?

– Compris.

Sa main se pose sur ma nuque, je réprime un sursaut de surprise, elle me force à me pencher en avant, et la lionne maligne se sert de mon dos comme d'une table pour signer le bout de papier.

Elle ne sait pas l'effet que ce simple contact me fait.

– Ouch ! grogné-je lorsque la mine de son stylo dérape et me griffe la peau.

– Oups…

Je me masse la nuque tandis qu'elle me tend la feuille signée et me demande, tout sourire :

– Ça va aller ou tu as besoin d'une greffe de peau ?

Elle me cherche un peu trop, là. D'un geste soudain, je m'empare des quatre laisses, les jette au sol, récupère la balle de tennis et la lance le plus loin possible pour inviter les chiens à fuir. À part la saucisse à ras du sol, tous les clébards s'élancent à toute allure.

– Tu avais envie de courir, non ? balancé-je à l'insolente.

Tout en m'insultant allègrement, Léonore se précipite à la poursuite des chiens, tandis que je me marre et retourne à ma bécane.

Une autre emmerdeuse m'attend.

***

– Un, deux, trois… Non, pas ça !

– Tu comptes quoi, Judith ? Mes bourrelets ?

– Un, deux, trois… Tes mentons !

Je retrouve ma tante dans sa chambre d'hôpital, au milieu d'une discussion improbable avec ma sœur.

– Willa, c'est bien toi ? demandé-je en me frottant les yeux.

– Oui, ça va, pas la peine d'en faire des tonnes.

– Un, deux, trois… Tonnes ! s'écrie Judith avec une joie enfantine.

– Oh, putain ! J'en peux déjà plus d'elle. Comment tu fais pour la supporter ? Et ne pas la violenter… ?

– Elle t'entend, tu sais ? En fait, tout le couloir t'entend !

Je ricane, salue ma tante assise dans son fauteuil et vais m'allonger sur le lit vide.

– Tu n'es pas en train de peindre, Judith ?

– Un, deux, trois… Boulette m'a forcée à venir ici pour te faire une surprise.

Ma tante brandit une main en l'air et se plaque l'autre sur la bouche, pendant que Willa se tape lentement la tête contre le mur blanc cassé.

– On avait dit que tu ne lui disais pas… Il n'y a plus de surprise, là, souffle ma sœur, au bout du rouleau.

Puis une infirmière déboule dans la chambre, avec un malheureux muffin au chocolat surmonté d'une bougie qui chante.

– Joyeux anniversaire, monsieur Larsson !

– Bon anniversaire, grand frère ! Tu ne crois pas que

j'allais rater une occasion de te choper pour fêter ça ?

La garce. Willa sait que je ne le célèbre jamais, ce jour-là. Et que je m'arrange toujours pour ne voir personne susceptible de se pointer avec un gâteau et un chapeau pointu. J'aurais dû m'en douter dès que je l'ai vue : c'est pour ça qu'elle s'est forcée à rendre visite à Judith, elle savait qu'elle me trouverait là.

– Un, deux, trois… Soleil ! s'exclame ma tante, un peu submergée. Bon anniversaire, mon loup. Souffle ! Non, pas toi, pute, pute, pute !

– C'est reparti ! grince ma sœur.

– Ça va aller, Judith.

Je me relève pour m'approcher d'elle et tenter de l'apaiser.

– L'infirmière va juste poser le muffin ici. On ne peut pas souffler, tu sais ? On n'a pas le droit aux briquets, ici. C'est une putain de bougie qui chante sans s'arrêter.

– Un, deux, trois… Nous irons aux bois ! Ah, la pute, quelle pute ! Elle confisque toujours tout. Rien sous la blouse, toute nue, toujours toute nue !

Ma tante parle de plus en plus fort et semble de plus en plus confuse, se lève puis se rassied, brandit sa main et ne la baisse même plus, tourne sur elle-même en clignant des yeux, du nez et de la bouche.

– Ce n'est pas très mignon, ça, Judith, couine l'infirmière sur un ton insupportable. Je ne vais plus être votre copine, moi ! Mon nom, c'est Mireille. MI-REIL-LEU. Pas « pute » ou je ne sais quoi. Mais c'est remarquable, vos petits dessins dans le hall, là ! Il faut continuer comme ça, d'accord ?

– Vous pouvez lui parler normalement, vous savez ? Elle n'a pas 4 ans, interviens-je, agacé.

– Votre tante a été très agitée, aujourd'hui.

– Elle fait ce qu'elle peut, grogné-je en invitant l'infirmière à sortir.

– Et un peu aussi ce qu'elle veut, ajoute ma sœur entre ses dents serrées.

La fameuse Mireille s'éclipse et je jette un coup d'œil dans son dos pour vérifier la théorie de la blouse : elle porte bien une culotte, à mon plus grand soulagement.

– J'ai regardé moi aussi, me chuchote Willa en riant. Tiens, ça, c'est pour toi.

Ma sœur m'offre une montre Flik Flak pour enfant, même pas emballée, avec un gros cœur rouge à l'intérieur du cadran. Ça me laisse sans voix, pour une fois.

– Je trouvais que ta grosse montre qui brille, c'est un peu cliché pour un jeune chef d'entreprise aux dents qui raient le plancher.

– OK… Je trouve que ton jean destroy déchiré aux genoux, ça fait un peu ado immature pour une célèbre égérie, répliqué-je par principe.

– Judith, tu ne veux pas m'aider et l'insulter un peu, là ?

– Un, deux, trois… Je l'aime trop, mon Wolf. Ce cadeau, c'est de la camelote. Moche, moche et re-moche ! Comme le pantalon plein de trous, affreux !

– Tu vois ? jubilé-je.

– De toute façon, tu as déjà tout et tu n'aimes jamais rien, ronchonne Willa. Si tu crois que je ne sais pas que tu refiles tous mes cadeaux à Yumi…

– Elle va adorer le cœur, merci, admets-je en souriant.

Un autre infirmier s'invite dans la chambre pour faire la distribution des médicaments.

– Bonjour, tout le monde ! Comment ça va, Judith, aujourd'hui ? Tiens, on fête quelque chose ici ?

– Les 26 ans de cet homme charmant, enchaîne rapidement ma sœur. Si vous voulez l'interner lui aussi, surtout n'hésitez pas.

– 26 ans ? répète le type. C'est marrant, on va fêter le même anniversaire pour Judith prochainement ! J'ai vu ça dans son dossier ce matin. Dans quelques jours, ça fera vingt-six ans que votre tante est arrivée ici.

Tout mon corps se tend quand je croise le regard de Willa. Ma sœur aussi a eu froid dans le dos en entendant ça.

– Quoi ? lâche-t-elle. Vous êtes sûr ?

– C'est ce qui est écrit, confirme le mec aux gros bras.

Soudain, un drôle de sentiment m'étreint.

– Je ne comprends pas, murmuré-je. Pourquoi est-ce que personne ne nous a jamais dit qu'elle a été internée juste après ma naissance ?

Ma voix n'était qu'un souffle. Willa me jette un regard… qui me glace.

Je déteste les coïncidences.

17

Faire le job

Léonore

Cette fois, je ne peux plus reculer. L'agence m'envoie à Londres pour mon tout premier job en tant que mannequin Strange & Strong. Et ce sera une publicité pour une grande marque de sport.

Ce n'est pas comme si j'avais un stage super important, un mec ou même une meilleure amie qui me retient à Paris… mais j'ai hésité quand même. Peur de me lancer, de ne pas être à la hauteur, gros doute sur mes talents d'actrice et mes potentielles performances physiques : je suis en train de développer le fameux syndrome de l'imposteur.

Mais entre le manque d'excuses et le besoin d'argent, j'ai bien été obligée d'accepter. Le salaire est généreux, les conditions de tournage plutôt sympas et je vais partager cette aventure de quelques jours avec quatre autres modèles de l'agence. Ça me rassure un peu. Matthias a loué un loft pour que l'on soit hébergées toutes les cinq ensemble et m'a vendu une « super ambiance colonie de vacances ». Wolf n'a rien dit, lui, puisqu'il fait en sorte de ne pas s'occuper des affaires qui me concernent.

Par lâcheté... ou instinct de protection ?

Une fois installée dans un super appart de Camden avec mes copines de galère, je tente d'exorciser mes angoisses en les partageant.

– Bon, qui a peur de ne pas comprendre les consignes en anglais ? De ne pas savoir faire deux pompes quand ils nous en demanderont dix ? Et de tomber violemment en faisant trois roulés-boulés, en cassant du matériel et en blessant cinq personnes ?

Eugénie se marre et lève la main juste par solidarité. Deux filles rient mais choisissent de m'ignorer. Et la dernière se présente :

– Je m'appelle Paloma, je suis amputée des deux jambes et on m'a dit presque toute ma vie que je ne pouvais pas faire ci ou ça, que c'était trop difficile, trop loin ou trop haut pour moi. Et tu sais quoi ? C'est faux. Si tu décides que tu peux le faire, tu le feras. T'en es capable ! Les seules barrières, elles sont dans ta tête.

– OK...

J'acquiesce comme un enfant face à son coach tellement motivé qu'il en devient flippant. Vu la carrure de cette fille, ses cuisses dessinées et son esprit compétitif, je parierais qu'elle est sportive de haut niveau.

– Paloma, tu fais un peu de sport, non ? T'es super musclée, tenté-je timidement.

– Championne de France d'athlétisme handisport. Sur cent mètres, deux cents mètres, saut en longueur...

– Ah oui, juste un peu sportive, quoi. Pas de quoi nous mettre la pression du tout !

J'essaie de faire de l'ironie mais personne n'y semble sensible, à part Eugénie-Beyoncé. Tout le monde se prépare en se recoiffant, se remaquillant, en grignotant une pomme ou un BLT, en ajustant ses prothèses ou sa tenue. Paloma frappe même régulièrement dans ses mains pour s'encourager. Je sursaute chaque fois. Je ne sais pas trop comment participer à cet échauffement collectif, alors je me glisse près de ma copine métisse, occupée à s'étaler de la crème partout sur le corps, et je lance à haute voix :

– OK, ma cicatrice, sois moche et tais-toi, c'est tout ce que je te demande !

Eugénie glousse et un membre de l'équipe de tournage s'annonce : il est venu nous chercher en mini-van, direction le plateau. Dans un français parfait, avec un petit accent *british* qui me fait penser à celui de Wolf, en nettement moins sexy, le type se met à nous briefer.

– Le slogan de cette campagne est le suivant : « Qui que vous soyez, vous êtes parfaite. Quoi que vous fassiez, donnez le meilleur ! »

– J'adore ! s'exclame Paloma en frappant son poing dans sa main.

– Cette personne me fait peur, avoué-je discrètement à Eugénie. Reste avec moi tout le temps, d'accord ?

L'Anglais poursuit :

– Vous n'aurez pas de réplique, on va principalement vous filmer en train de sauter sur place, de vous taper dans les mains, de vous éponger le front ou d'avoir l'air essoufflées…

– Ouais, les trucs habituels, commente une blonde très pulpeuse.

Et apparemment blasée.

On se fait déposer sur le plateau de tournage, mener jusqu'aux coulisses puis dans une loge, où l'on est de nouveau coiffées, maquillées et crémées des pieds à la tête avec un produit bronzant et lissant qui me rend orange.

– Pas hyper naturel, pour une pub qui scande « Vous êtes parfaites comme vous êtes ! », commenté-je.

– Tu confonds, me répond Eugénie de loin, ça, c'est le slogan de McDo.

– Ah oui, à peu de choses près, ça explique pourquoi je n'ai pas les abdos de Pamela.

– C'est Paloma ! rectifie la sportive. Et arrête de te dénigrer, tu es la plus belle de nous toutes !

Je crois que nos sens de l'humour sont totalement incompatibles.

Enfin, un représentant de la marque vient nous distribuer des paquets marqués à notre prénom, qui renferment nos tenues du jour. Je me change dans un recoin, de profil et pliée en deux pour cacher ce que je peux, pendant que les quatre autres envoient leur pudeur au vestiaire. Je n'ai jamais vu autant de seins et autant de fesses d'un coup : en fait, je viens d'en mater plus en trois minutes que ces vingt dernières années.

Le type chargé de vérifier que toutes les fringues sont bien portées n'a pas un boulot de dingue : on se retrouve toutes vêtues de minuscules shortys colorés à bandes blanches et de hauts riquiquis, débardeur, *crop top* et évidemment brassière minimaliste pour moi. Je ne sais pas à quoi je m'attendais. Un jogging intégral à capuche ? Une styliste vient même arranger les bretelles sur ma cicatrice, pour en montrer un peu plus. Et elle m'ajoute une paire de chaussettes blanches à remonter jusqu'aux genoux.

– Je crois que mes jambes sont sur le point de se vexer, lancé-je à Eugénie. Ça va, ton vitiligo est bien traité ?

– Ils m'ont collé la tenue à rayures noir et blanc, histoire qu'on ne sache pas si je suis toute nue ou habillée.

– T'as à peu près autant envie d'être là que moi, hein ?

– Ouais… mais j'ai trop envie de me voir à la télé ! s'emballe Beyoncé avec une grimace d'excitation.

Par chance, Paloma est envoyée faire les trucs les plus physiques à l'extérieur. Eugénie et Daphné, la blonde plantureuse, sont associées pour courir sur place en ayant l'air de s'arracher pour la victoire. Et je suis couplée à une certaine Lauranne, une brune à cheveux rasés qui ne m'a toujours pas adressé la parole jusque-là, pour jouer au foot. On me lance le ballon et je me planque en me protégeant la tête au lieu de l'arrêter. Puis je l'attrape avec les mains pendant qu'une Anglaise agacée derrière la caméra me crie « No basket-ball ! » Puis je fais des passes à ma coéquipière, qui les rate à tous les coups. Et je manque immanquablement les siennes… jusqu'à ce que je comprenne que Lauranne est malvoyante.

– Désolée, je n'avais pas saisi. Il va falloir qu'on communique un peu plus, peut-être, dis-je en m'approchant d'elle.

– Oui… Je suis timide. C'est la première fois que je fais ça.

– T'inquiète, moi aussi. En plus, je ne vois rien, avec tous les projecteurs.

– Ben… je ne vois pas grand-chose non plus, me répond la brune, qui se déride enfin.

– Merde, pardon ! Je ne dis que des conneries quand je suis mal à l'aise. Pas l'habitude d'être aussi peu habillée devant autant de personnes.

– Ça, c'est le seul avantage de ne pas voir clair ! rétorque Lauranne en se marrant.

On arrive presque à se détendre et à passer un bon moment quand je perçois une phrase en anglais qui veut à peu près dire :

– Ces mannequins sont beaucoup plus *strange* que *strong* !

Ma première pensée est pour Wolf, qui serait furieux d'entendre ça. Puis pour Matthias, qui risque de s'en prendre plein la tête si cette mission foire. Puis pour mon grand-père qui trouverait sans doute que je ne m'en sors pas si bien que ça, pour une débrouillarde comme moi. Et pour Wolf de nouveau, parce que je déteste l'idée de le décevoir, de le faire douter de moi et du contrat qu'il m'a proposé, par fierté. Mais ce que je déteste par-dessus tout, c'est l'éventualité de lire la déception dans ses yeux de loup. Ils seraient capables de me mortifier.

– On peut la refaire ? demandé-je au réalisateur. Je suis surmotivée, là !

– On verra ça demain, répond-il avec un sourire. C'est tout pour aujourd'hui, merci à toutes.

Les caméras coupent, les projecteurs s'éteignent. Et mon petit cœur aussi.

***

Le lendemain, je demande à Paloma de m'échauffer et de me préparer comme une championne. J'arrive galvanisée sur le plateau de tournage, prête à me donner à fond, quand je constate que c'est la journée des maillots de bain. Parfait pour se sentir à l'aise, au top de sa liberté de mouvement.

On est réunies à quatre pour improviser un match de *beach-volley* dans un carré de faux sable : Eugénie, Paloma la sportive, Daphné la blasée et moi. Le réalisateur poste Lauranne près du filet en lui demandant de jouer les arbitres… ce qui me semble assez peu judicieux au vu de son handicap. Mais je m'abstiens de tout commentaire.

J'ai décidé de la jouer pro, aujourd'hui. Pour la réputation de Strange & Strong… et un peu pour mon propre ego.

Je tombe plusieurs fois dans le sable mais, assez vite, je remarque que le cameraman adore ça et vient zoomer sur mon dos dès qu'il le peut. Il ne rate pas non plus une miette des formes voluptueuses de Daphné qui s'échappent parfois de son bikini. Ou des corps enlacés de Paloma et Beyoncé chaque fois qu'elles se donnent une accolade victorieuse. Dans tous les cas, le réalisateur et le représentant de la marque semblent très satisfaits de cette journée.

Le troisième jour, on filme exclusivement nos visages : avec de la fausse sueur vaporisée sur nos fronts, de fausses traces de terre sur nos joues et du faux vent qui met le bordel dans nos cheveux. On me demande de jouer la fatigue, le désespoir, la douleur physique… et, bizarrement, je m'en tire bien. C'est à Paloma que l'on commande le cri de hargne et le poing levé. À Eugénie que l'on réclame son sourire le plus sexy. Et à Lauranne que l'on fait ouvrir et fermer cent fois les yeux… Pas très subtil, mais je commence à m'habituer.

Le quatrième et dernier jour, je me sens enfin à l'aise

avec mes copines… et presque avec mon corps. Heureusement, d'ailleurs, puisque l'on nous annonce que l'on va filmer une scène de douche collective. La styliste vient nous remettre des culottes couleur chair, et le gars chargé de nous briefer précise :

– Ne vous inquiétez pas, la marque est très claire avec ça, pas de nudité !

– On est quand même environ à poil, là, souligné-je.

– Oui, parce que c'est plus pratique. Mais au montage, on ne gardera que les images qui en montrent peu, épaules, décolletés, ventres, hanches, etc.

– Oui, on sait tout ça ! soupire Daphné. On peut commencer ?

Je suis le mouvement sans broncher et me retrouve dans une grande douche ouverte, trempée sous un jet d'eau tiède pas franchement agréable.

– C'est bien, ça fait pointer les seins ! commente Paloma, toujours positive.

– Je croyais qu'ils ne filmaient pas ça, bredouillé-je.

– Tu n'as pas encore compris ? me lance la blonde agacée. Ils vont zoomer sur mes rondeurs, sur ta cicatrice, sur les taches de ta copine, sur ses cuisses musclées qui s'arrêtent aux genoux et sur ses yeux transparents. C'est comme ça, c'est ce qu'ils cherchent… Alors arrête de te rebiffer et fais le job !

Cette mégère vient de me couper le sifflet… et je dois lutter très fort pour ne pas lui pincer un téton. Eugénie vient à mon secours.

– Ce qu'elle veut dire, c'est qu'on a toutes des complexes et qu'on doit les dépasser.

– Et qu'on ferait mieux de se serrer les coudes ! enchérit la douce Lauranne.

– Et d'être efficaces et pro si on veut continuer à être appelées pour bosser ! insiste la performeuse Paloma.

– Bien, je préfère quand c'est dit comme ça…

– Allez, les filles ! nous lance le réalisateur. C'est la scène finale de la pub, vous devez avoir l'air cool, complices et libérées, ça dira un truc comme « Finalement, on est toutes pareilles ! »

– Je ne serai jamais pareille que cette garce donneuse de leçons, grommelé-je à l'intention d'Eugénie.

– Donnez-vous à fond ! relance le réal. En plus, le big boss de Strange & Strong vous regarde !

Je sursaute et me retourne. Puis me tourne de nouveau quand je prends conscience que je suis seins nus. Puis me tourne encore pour ne pas lui révéler ma cicatrice en pleine lumière. Je ne sais pas quoi faire de moi, ni depuis combien de temps Wolf est là. Mais ses yeux glacés ne quittent pas les miens. Et parviennent à me donner chaud.

Le loup surgit toujours du bois quand on ne l'attend pas. En jean brut, tee-shirt clair et veste classe. Je dois reconnaître qu'il reste parfaitement professionnel, à distance, bras croisés sur le torse et allure nonchalante, pas un seul coup d'œil sur nos corps, pas le moindre jugement traversant son visage imperturbable.

Pourtant, je ne supporte pas son regard sur moi. Quoi qu'il fasse ou ne fasse pas, je me sens nue, épiée, fragile, à la fois pétrifiée et bouillante. Et je finis par me jeter hors de la douche et quitter le plateau de tournage en culotte. Dans ma course, j'ai juste le temps de voir le réalisateur essayer de me rattraper. Et Wolf qui l'arrête d'une main en assénant de sa voix rauque et ferme :

– Finissez de tourner, on n'a pas de temps à perdre.

Je vais m'enfermer dans la loge des mannequins et m'entoure d'une serviette le temps de reprendre mon souffle. Mes cheveux dégoulinent, ma cicatrice me lance et je me sens stupide. Deux coups secs résonnent contre la porte.

– Léo, c'est moi.

– Va-t'en !

– Je ferme les yeux et j'entre, lâche-t-il en s'exécutant.

Cet emmerdeur s'invite dans la loge, une main cachant ses yeux et l'autre refermant la porte derrière lui.

– On ne peut pas faire une pub pour des fringues de sport sans porter de fringues ! Ça n'a aucun sens ! me justifié-je avant que les reproches ne pleuvent.

Et Wolf se marre, en faisant glisser sa paume de ses paupières à ses mâchoires, pour masquer son sourire amusé.

– Je n'ai pas dit que tu pouvais regarder !

– Ne gâche pas tout par fierté, souffle-t-il, redevenu sérieux.

Et mon cœur bat tellement fort dans ma poitrine que je l'ai impression qu'il peut le voir.

– Tu as un contrat à honorer, la moindre des choses est d'aller jusqu'au bout, me sermonne-t-il froidement.

– Ou sinon quoi ? sifflé-je.

– Je ne te menace pas, Léonore. Tu seras payée dès demain si tu remplis ta mission, je sais que tu as besoin de cet argent…

– Je m'en fous, de tout ça ! le coupé-je. Du contrat, du fric ! Tu n'as pas la moindre idée de l'épreuve que c'est pour moi. De me dévoiler, de rester à moitié nue devant tous ces gens, de faire comme si je m'aimais alors que la moitié de mon corps me dégoûte !

– Arrête !

Wolf a soufflé ce mot sur ma bouche en prenant mon visage entre ses mains. Son goût de menthe polaire s'insinue partout en moi.

– Arrête de t'infliger ça. Tu es une lionne, moi, je le vois. Tu as une beauté hors norme, pas parce que tu es différente ou blessée ou abîmée… Juste parce que tu es renversante. Lumineuse. Télégénique. Intense. Tu crèves l'écran, Léo. Tout le monde le dit sur ce plateau. Si seulement tu acceptais de le voir aussi et d'arrêter de te cacher. Arrête de lutter, bon sang. La force que tu dégages, sers-t'en !

J'arrête de respirer pendant qu'il déverse ses mots sur moi, essoufflé, tout près de mes lèvres, si près que chaque son me percute. J'ai les jambes coupées, le cœur en arrêt, la peau en transe. Je ne suis debout que parce qu'il me retient.

Mais dans le silence qui suit, Wolf s'éloigne de mon visage et recule d'un pas, tout en glissant ses mains derrière sa tête pour s'empêcher de les mettre sur moi. Au fond de ses yeux de loup, je lis un désir fou, une tempête qui fait rage et assombrit son bleu acier.

Alors je lâche ma serviette, sans réfléchir. Je la laisse tomber à mes pieds et je m'offre à la vue de Wolfgang Larsson, le seul homme sur terre dont le regard me fait autant de mal que de bien. Et après quelques secondes de ce plaisir cruel, de ce trouble merveilleux, je me jette sur lui. Il se jette sur moi. Je l'embrasse passionnément. Je me colle à son corps tendu à l'extrême. Et je sens ses mains brûlantes parcourir ma peau mouillée et s'enfouir dans mes cheveux trempés, ses doigts passer sur mes lèvres, qu'il dévore, descendre sur mes seins, qu'il frôle, et empoigner mes fesses, qu'il pétrit.

J'oublie tout.

Wolf me plaque contre un mur en faisant tomber une lampe. Il remonte ma cuisse le long de sa jambe, presse son torse musclé contre ma poitrine, je vacille. Il enfouit son visage dans mon cou, lèche ma peau pendant que je le décoiffe en gémissant. Je m'attaque à sa veste en la descendant sur ses bras, remonte son tee-shirt pour mieux le toucher, effleure la bosse qui déforme son pantalon et vient s'écraser entre mes cuisses. Il grogne et je meurs de désir pour lui. Nos gestes impatients s'emmêlent, nos baisers s'embrasent, nos caresses s'affolent… et on tambourine à la porte de la loge.

– Léo, on t'attend ! braille une voix excédée.

Le loup bondit au milieu de la pièce en m'abandonnant contre le mur. Il émet un juron guttural et rajuste sa veste. Haletant, les cheveux en désordre et le regard brillant, il me fixe à m'en faire rougir. Je n'ai pas ressenti quelque chose d'aussi fort… de toute ma vie. Mon corps bouillonne encore mais mon esprit tente de recoller les morceaux.

Il est mon boss.

Mon premier amour et mon ennemi juré.

Mon impardonnable bourreau.

Pourquoi je me donne à lui ?

Je ramasse ma serviette, quitte la loge sans me retourner et rejoins le plateau. Je dois finir le boulot.

18

Cicatrices invisibles

Léonore

J'ai survécu à cette première mission. Je quitte Londres avec quelques séquelles, le corps éprouvé et le cœur en bordel, mais l'Eurostar me dépose gare du Nord et je retrouve mon Paris. Mon Vincennes. Mon papy.

– Je vais pouvoir te payer un loyer ! Et demain, je t'emmène faire les courses.

– Hors de question.

– Papy, je n'ai pas braqué une banque, ce n'est pas de l'argent sale ! J'insiste…

– Tu as souri à la caméra ? m'interrompt-il en déposant devant moi une grosse orange coupée en quartiers.

– Ma cicatrice les intéressait plus que mon sourire.

– Elle fait aussi partie de toi, me rappelle le philosophe en pantoufles. Et je trouve ça bien qu'ils la mettent en avant. Tu n'as rien à cacher, tu es parfaite comme tu es.

Je m'étouffe dans mon verre d'eau en l'entendant reprendre le slogan de la marque, presque mot pour mot. Plus légère depuis que je l'ai retrouvé, je croque dans le fruit juteux qu'il m'a tendrement préparé et, aussitôt, l'amertume envahit ma bouche.

– C'est imbouffable, ce truc !

– *Immangeable*, me corrige mon grand-père, sourcils froncés. Sous ce toit, on parle joliment. Et oui, ce pamplemousse est immonde. Une vraie merde.

On rigole comme deux gosses. Attiré par notre raffut, Johnny Cash version chat vient se frotter contre mes jambes. Je lui tends un quartier de pamplemousse, ce qui me vaut un concert de miaulements et crachats.

– Pas fan non plus, à ce que je vois…

– Personne n'aime ce satané fruit, mais le docteur tient à ce que j'en mange un par jour, ronchonne le vieil homme en face de moi.

– Tu as essayé d'ajouter environ douze cuillerées de sucre ?

– Le sucre est mon ennemi, soupire mon papy en se forçant à mâcher.

Son ennemi.

Le mien se matérialise dans mon esprit. Wolf, ses yeux dangereux, ses lèvres douces, sa langue ravageuse et ses mains partout… J'en frissonne.

– Tu devrais aller te coucher, Biyou, me lance papy en me voyant perdue dans mes pensées.

– Je ne t'ai pas autorisé à m'appeler comme ça, je crois…

Je n'aurais jamais dû lui raconter cette histoire de surnom. Je prends note mentalement d'arrêter de raconter toute ma vie à toutes les oreilles qui traînent.

– Et je ne t'ai pas autorisée à ne pas m'autoriser quoi que ce soit, rétorque mon grand-père en se levant de table.

C'est encore moi, le vieux sage de cette maison et le maître des lieux !

– Ne l'écoute pas, Johnny, il déraille, soufflé-je au matou, qui nous observe. On sait tous que, bientôt, les chats domineront le monde.

Mes deux colocataires vont s'installer sur un vieux fauteuil en velours moutarde. Comme presque tous les soirs, mon grand-père met du jazz et sort un vieil album photos. Il est capable de s'y plonger pendant des heures, pour revivre son bonheur passé avec la femme qu'il a tant aimée.

– C'est cruel d'aimer autant pour, un jour, être séparés, murmuré-je.

– J'irai bientôt la rejoindre, me glisse le vieil homme ému.

– Pas tout de suite ! lancé-je égoïstement.

– Ne t'inquiète pas, j'ai un rendez-vous galant la semaine prochaine. C'est Colette qui me pousse à le faire… Elle dit que j'ai encore de l'amour à donner sur cette terre !

Son rire couvre la musique, mais ses yeux sont pleins de larmes. Et je me dis que mon héros en est vraiment un. Il s'accroche à la vie, quand ce qu'il aime le plus au monde se trouve de l'autre côté, d'où l'on ne revient jamais, peu importe la souffrance que cela cause à ceux qui sont restés.

***

Une fois entre les quatre murs de ma chambre de gamine, je me connecte en ligne à mon compte bancaire et constate que le virement a été fait. Le tournage de Londres m'a permis d'empocher près de deux mille euros et la ligne en gras m'indique que je dispose maintenant de 7 067,12 euros.

Je suis pour ainsi dire milliardaire.

Wolf ne m'a pas menti : si je le prends au sérieux, si j'arrive à me faire une petite place dans ce milieu si fermé, ce job pourrait me permettre d'économiser beaucoup d'argent. De continuer mes études aussi longtemps que ça me chante, tant que j'arrive à concilier les cours et les missions pour l'agence. De me prendre un studio, peut-être même un deux-pièces, dans les mois qui viennent.

Mais d'abord, je prie pour que cet argent m'aide à récupérer l'héritage de ma grand-mère adorée. Mon saphir, ma goutte bleue, ma larme salée qui est toujours en vente sur le site spécialisé en bijoux anciens. Je vérifie chaque jour qu'elle ne s'est pas envolée, que la vieille chouette n'a pas encore réussi à s'en débarrasser. Je n'ai pas tout l'argent, mais il faut que j'arrive à négocier…

– Demain, soufflé-je. Demain, je serai de nouveau à découvert, de nouveau endettée, mais demain je la récupère.

J'enfile le tee-shirt et le shorty qui me servent de pyjama, laisse la fenêtre entrouverte pour que l'air de la nuit vienne rafraîchir ma chambre et je me couche en luttant contre les images qui m'assaillent.

Les sensations.

Les frissons.

J'étais à deux doigts de coucher avec lui. Avec le type qui a bousillé ma vie, huit ans plus tôt. Avec mon premier amour d'adolescente, qui m'a clouée à un lit d'hôpital et n'a pris de mes nouvelles qu'une seule fois, quand je lui ai répondu « Oublie-moi ». Dans cette loge, contre cette porte, je mourais d'envie du contraire, qu'il ne m'oublie jamais, et surtout qu'il me prenne sauvagement. Je voulais que ce soit fait. M'abandonner à lui, goûter à sa peau, subir sa fougue… et enfin, pouvoir passer à autre chose. Tourner la page.

Wolf Larsson m'obsède. En sa présence, mes neurones me lâchent et mon corps ne m'obéit plus. Pour reprendre le contrôle une bonne fois pour toutes, je devais tout tenter. Lui offrir ma peau une fois, une seule, pour exorciser nos démons. Mais cette délivrance ne nous a pas été accordée.

Mon téléphone vibre, sur ma table de nuit. Je me précipite, espérant bêtement qu'*il* pense à moi au moment même où je pense à lui, mais le prénom de Lise s'affiche. Je refuse l'appel, éteins mon téléphone, ma petite flamme d'espoir et mon cœur qui bat.

– Évidemment, que tu ne penses pas à moi, murmuré-je en me tournant vers le mur.

Il s'est volatilisé. Il m'a embrassée, m'a touchée et m'a rendue dingue de désir, puis il a disparu aussi vite qu'il était apparu. En laissant ce vide immense en moi.

***

Après une nuit sans rêves, je fonce sous la douche, m'habille en vitesse, croque dans le toast beurré que me tend mon ange gardien et quitte la maison en dévalant les escaliers comme si j'avais la mort aux trousses. Je file jusqu'à la station Vélib' la plus proche, enfourche mon fier destrier dans la chaleur du mois de juillet, et pédale comme une dératée jusqu'à Saint-Michel.

Dans la besace qui me scie l'épaule, mon chéquier. Je suis fin prête à me délester de quelques milliers d'euros. Et à négocier dur s'il le faut.

J'arrive à destination avant que la petite aiguille de ma montre n'atteigne le neuf ; le magasin d'antiquités n'a toujours pas ouvert ses portes. Je trépigne, fais les cent pas, vais m'asseoir sur le rebord d'une fontaine, me rafraîchis la nuque, trépigne encore. À neuf heures et trois minutes, la vendeuse remonte enfin son rideau de fer, mais avec difficulté. Je m'élance et tente de l'aider ; elle balance un rapide coup de coude dans le vide en me demandant sèchement de reculer.

– Elle n'est plus là, votre bague, m'annonce la sorcière.

– Quoi ? Mais elle est toujours en ligne sur le site !

Je sens les larmes se pointer.

– Ah ça, c'est pas mon problème. La page n'a pas dû être… comment vous dites, déjà ?

– Actualisée, lâché-je en sentant mon cœur s'émietter.

– En tout cas, je l'ai vendue il y a trois jours. À une autre dame.

Je prends sur moi pour ne pas lui faire de mal.

– Elle a payé comment ? Vous avez son nom ? Son adresse ? débité-je en y croyant encore un peu.

– Cash. Et je ne suis pas une délatrice, jeune fille.

Un sanglot me secoue, une profonde tristesse m'envahit.

– Cette bague, c'était la mienne. Celle de ma grand-mère… J'ai cru que j'allais y arriver, que vous alliez me la garder.

– J'ai tenu parole, vous aviez deux semaines.

– J'ai réuni presque tout l'argent, j'allais… j'allais vous

donner une grosse partie aujourd'hui et…

– C'est trop tard.

Sa froideur me révulse.

– Vous saviez à quel point elle comptait pour moi ! Je vous ai tout raconté !

– Je croule sous les dettes, moi aussi, soupire-t-elle enfin, en montrant un peu d'humanité. Je suis désolée, je ne pouvais plus attendre.

– J'aurais dû venir plus tôt, j'aurais dû…

– C'est fini, ma petite. Ce n'est qu'une bague. Ce qui compte, ce n'est pas que vous la portiez ou non, ce qui compte, c'est ce qu'elle représente, non ? Et tout est là…

Elle pointe son doigt crochu en direction de mon cœur. Je lâche une nouvelle vague de larmes chaudes et fais finalement demi-tour, mon chéquier intouché et mes espoirs envolés.

***

Je n'avais rien d'autre de prévu, aujourd'hui. Une unique chose à accomplir : rentrer à la maison avec l'héritage de ma grand-mère bien au chaud contre moi pour, dans quelques années, me marier en le portant à mon doigt.

Pour qu'elle soit un peu là. Pour la faire revivre à travers moi.

J'ai échoué, lamentablement foiré mon plan. Alors j'erre dans cette ville qui, il y a une heure encore, m'inspirait tant de joie et de vitalité, tant d'amour et d'espoir. Je ne capte plus sa lumière, sa folie, sa chaleur. Je croise des visages sans les voir, comme aspirée dans un trou noir.

J'ignore combien de temps dure mon périple en solitaire mais, de ruelles en grandes avenues, mes pas me mènent place des Vosges.

J'atteins la vitrine peinte en noir et le logo aux yeux perçants, je pousse la porte de l'agence, croise Lorelei en robe à sequins, qui aboie dans un téléphone et disparaît. Je m'écroule sur un pouf violet et remarque une belle Asiatique, une brune à frange riquiqui et carré court, des piercings un peu partout sur le visage et quelques tatouages sur les bras, qui m'approche en me tendant un café.

– Je l'ai préparé pour moi mais je crois que tu en as plus besoin… Tout va bien ?

Elle me dévisage, l'air un peu inquiet. Je dois avoir les yeux bouffis et un teint aussi frais qu'un surimi laissé trop longtemps au soleil.

– Merci, réponds-je simplement.

– Tu es Léo, non ?

– Oui.

– Moi, c'est Naoko. Je t'ai vue au gala de l'agence, j'étais la potiche au bras de Matthias.

Ça me revient, maintenant.

– Sa copine ?

– Sa femme. La mère de sa progéniture.

– Félicitations.

– Je ne sais pas pourquoi tu me félicites, mais merci quand même, dit-elle doucement. Tu es sûre que ça va ?

– Non, mais le café aide un peu.

Je trempe mes lèvres dans le breuvage chaud et vois la fille trottiner jusqu'à un espace de travail plus ou moins fermé. Elle se penche entre des étagères et des plantes, prononce quelques mots à voix basse et reviens dix secondes plus tard, accompagnée de son Strange.

Je me demande soudain où est passé Strong.

– J'ai besoin de bosser, lancé-je à Matthias sans préambule. N'importe quoi, tant que ça m'occupe.

Le tatoué me scanne des pieds à la tête. J'en déduis que sa femme l'a appelé à la rescousse en le prévenant qu'il allait me trouver dans un état pitoyable. Il est en train d'évaluer les dégâts.

– Je n'ai rien pour toi aujourd'hui, Léo…

– Tu peux trouver !

– Tu as mangé quelque chose ?

– Le ménage, je peux faire le ménage ! Je suis la reine de l'aspi' !

– Ce n'est pas exactement dans ton contrat…

– La compta ! Je suis très bonne en chiffres ! Ou Lolita a peut-être besoin d'être sortie ?

– Léo…

– Du baby-sitting ! Vous n'avez pas des mini mannequins que je pourrais garder ?

Il soupire et jette un regard inquiet à sa femme, qui me répond doucement :

– On n'exploite pas les enfants dans cette agence ! Mais il y en a une que j'aimerais bien caser…

– Nao ! tente de l'arrêter son tatoué.

– Quoi ? Ma mère devait garder Yumi ce week-end, mais elle s'est coincé le dos avant de monter dans l'avion ! Juste deux jours en tête à tête, c'est tout ce que je demande. Ce n'est pas arrivé depuis… quatre ans et demi !

Matthias inspire profondément, perplexe. Il semble

hésiter, je repère la faille et m'y engouffre.

– Yumi ? répété-je. C'est qui, Yumi ? J'adore déjà Yumi !

– Notre fille, m'apprend Naoko. Tu ne frappes pas les gosses, hein ? Même ceux qui te poussent à bout ? Tu sais les garder en vie ?

– Je les tue avec mes bisous.

– Vendu ! s'écrie la Japonaise.

Je ne les entends pas approcher, derrière nous. Je perçois simplement un changement d'atmosphère, comme si le soleil s'était voilé, tout à coup, que le vent s'était levé. Je me retourne au son d'un homme qui se racle la gorge et tombe sur… *lui*. Et *elle*.

– Les Larsson sont de retour ! lance Naoko en allant serrer Willa dans ses bras.

Je croise le regard de Wolf, qui me dévisage durement, lutte contre les flash-back de notre étreinte interdite, puis m'avance vers lui sans savoir quoi lui dire. Juste pour avoir l'air normale, polie. Avant que je n'aie pu entrouvrir les lèvres, le loup décampe pour aller s'enfermer dans sa bulle de verre.

– Léonore, je peux te parler ?

Willa enroule son bras autour du mien et m'emmène à l'écart, sans me demander mon avis. Elle m'entraîne vers l'espace jeux et ne me lâche toujours pas.

– J'ai deux trois trucs à mettre au point avec toi, me prévient-elle.

– Tu peux commencer par me rendre mon bras.

Je m'écarte d'elle et la fixe sans détour, droit dans les yeux. Les Larsson ne me font pas peur, je ne compte pas me laisser piétiner, ni par le frère ni par la sœur.

– Je t'écoute, la défié-je.

– Je ne sais pas ce qui se passe entre Wolf et toi, mais mon frère n'est plus le même depuis peu. Depuis que tu bosses pour lui, en réalité. Et j'espère pour toi que ce n'est pas lié…

– C'est une menace ? demandé-je en lâchant un rire sans joie.

Elle se raidit, probablement vexée par ma réaction. Puis recule pour s'appuyer à la table de billard.

– Tu es au courant que c'est lui qui m'a fait du mal, il y a huit ans ? murmuré-je d'une voix sombre.

– Oui, je ne suis pas stupide…

– Et tu ne te dis pas une seconde que c'est moi qui devrais me protéger de lui ?

– Non.

– Tu n'es qu'une hypocrite !

– Et toi une ignorante ! riposte-t-elle. Contrairement à ce que tu crois, il n'est pas sorti indemne de cet accident, lui non plus !

– Quel accident ?

Cette question, je la voulais insolente, violente, fracassante. Je souhaitais faire comprendre à cette fille que je ne pardonnerai jamais à son frère. Que cette nuit-là, son arrogance et son égoïsme m'ont envoyée tout droit dans les flammes.

Wolf n'est pas innocent.

– Ne joue pas avec les mots, Léo, contre-attaque la brune. Il y a des cicatrices qui sont invisibles. Tu ne sais rien de lui, de sa vie…

– Dis-moi tout, alors, la provoqué-je. Apprends-moi ce

que j'ignore, sur le grand, l'irrésistible, l'intouchable Wolf Larsson ! Éclaire ma lanterne…

Un orage passe sur son visage aux traits si délicats. Elle soupire, joue nerveusement avec les dizaines de bracelets dorés qui encerclent son poignet, puis m'envoie :

– Tu n'es pas celle que je croyais, Léonore.

Avant de me planter là.

Je suis soufflée par le culot de cette fille, par les œillères qu'elle porte, par les accusations qu'elle vient de me jeter au visage. Willa serait prête à tout pour défendre son frère. Sa loyauté est clairement sans limites.

Pourtant, si je me souviens bien, c'est moi qui ai failli y passer…

19

Dans le tourbillon

Wolf

Je fous les pieds chez mes parents le moins souvent possible. Nos relations sont merdiques depuis des années et ont vraiment basculé il y a huit ans, après l'accident. En disant me protéger, parce qu'ils voulaient que je me fasse oublier, ils m'ont envoyé finir le lycée en Suède, le pays de mon père. Ils ont affronté ce « problème » comme tous les autres, en faisant l'autruche, leur spécialité, et en n'en parlant plus jamais. Après ça, ils ont mal vécu le fait que j'entraîne Willa avec moi aux États-Unis pour tenter une autre vie loin d'eux. À notre retour, ils ont mal supporté que je garde mes distances sans me plier à leurs exigences.

Aujourd'hui, ils se disent fiers de la célébrité de ma sœur… mais détestent qu'elle ait choisi la voie du mannequinat à cause de moi. Ils admirent mon succès, en théorie, mais digèrent mal de ne pas en faire partie. Ils me voudraient reconnaissant, affectueux, pas rancunier, sans jamais chercher à comprendre ce qu'ils ont peut-être raté.

Je n'ai pas de rancune envers eux. Je sais que j'ai hérité de la droiture extrême de mon père, bourré de principes, d'esprit de sacrifice et qui ne se plaint jamais. Mais contrairement à moi, il fuit les conflits et ne sait pas s'imposer. De ma mère, j'ai récolté cette froide détermination, cette volonté, ce goût de l'effort et du travail bien fait, et malheureusement aussi cette manie de vouloir tout contrôler, y compris les gens.

J'en ai conscience... C'est déjà un début.

Dure avec moi, étouffante avec Willa, elle a toujours fait une différence entre nous, pendant que mon père essayait de nous aimer comme on était. Au fil des années, ma mère s'est montrée séductrice, carriériste et manipulatrice, tandis qu'il restait effacé, discrètement attentif aux autres et de plus en plus taciturne. Je ne sais pas très bien ce qui les lie encore, à l'approche de la soixantaine, mais je sais très bien qu'ils m'ont donné envie de ne jamais me marier. Et j'ignore comment fait ma sœur pour passer du temps avec eux sans s'arracher les cheveux.

Je préférerais cohabiter avec Judith dans une chambre d'hôpital de cinq mètres sur trois.

D'ailleurs, je n'accepte de dîner chez mes parents qu'à deux conditions : jamais plus d'une fois par mois et toujours en présence de Willa.

– Joyeux anniversaire, mon fils ! souffle mon père en souriant.

Il m'offre une bonne bouteille. Puis il fait tinter son verre de whisky contre le mien, un de nos rares centres d'intérêt communs.

– Wolf n'a plus 10 ans pour qu'on lui fête son anniversaire

avec des cotillons et des cadeaux, commente ma mère de sa voix acide.

– Il a adoré ma petite surprise de l'autre fois pourtant, ironise Willa.

– Ferme-la, grogné-je.

– Je croyais que tu avais demandé de ne plus jamais rien faire pour l'occasion !

– C'est exactement ce qui se passe et ce qui va continuer à se passer, confirmé-je à mes parents.

– Tant mieux, parce que je n'ai ni gâteau ni bougie ! annonce ma mère en boudant.

– Oh, même pas celle qui chante à tue-tête ?

Je fusille ma sœur du regard, elle me sourit en me demandant silencieusement « Bah quoi ? ».

– Tu as maigri, non ? enchaîne ma mère. Ou tu es plus fatigué. De toute façon, depuis tout petit, je trouve que tu as l'air en mauvaise santé.

– Mon visage est juste comme ça, maman, sec et anguleux comme ton cœur.

Elle accepte la pique en souriant jaune et passe rapidement à autre chose.

– J'ai vu ton dernier défilé, Willa, c'était grandiose. Ces chapeaux, ces coiffures, tout t'allait à ravir !

– Tu étais magnifique, Boulette, acquiesce mon père.

– Merci, merci. Wolf a réussi à me *booker* dans de grandes maisons, cette année !

– Il n'y a que ces maquillages de drag-queen que je n'aime pas, c'est tellement vulgaire, ajoute ma mère. Je ne vois vraiment pas ce que cette mode vient faire là.

– Les drag-queens sont des artistes, maman, ils ou elles

chantent et dansent dans les cabarets, ce n'est pas une mode et ça n'a rien à voir avec le mannequinat.

Je tente de lui expliquer sans m'énerver, mais rien de ce qu'elle ne connaît pas peut trouver grâce à ses yeux.

– Et pourquoi ils ne te font jamais porter la robe de mariée, Willa, en fin de défilé ? renchérit-elle en m'ignorant sciemment.

– Parce qu'ils pensent que les mecs qui regardent ça n'ont pas envie d'épouser une fille comme moi, lui répond Willa en souriant exagérément.

– Mais ce sont les femmes qui regardent les défilés, enfin. Les femmes et les homos !

– Putain, les clichés !

Je grogne et quitte la table du dîner pour aller finir mon whisky près de la fenêtre. J'étouffe. Je fixe ma montre pour savoir si je peux décemment m'éclipser sans créer un esclandre qui risque d'être encore plus ingérable.

– Et toi, Wolf, du nouveau dans tes affaires ? tente doucement mon père.

– Pourquoi Judith a été internée, la toute première fois ?

J'ai lancé ça comme ça. La question mouline dans un coin de ma tête depuis l'histoire de l'anniversaire. Mon père vide son verre d'un trait, Willa s'étouffe avec une tomate cerise et ma mère, visage fermé, choisit de débarrasser la table à ce moment-là.

– C'est un sujet douloureux, tu le sais, bougonne-t-elle. Je ne vois pas l'intérêt de remuer tout ça, surtout en ce moment.

– Moi, ça m'intéresse.

– Moi aussi, ajoute ma sœur en soutien.

– Et toi, tu préfères picoler que répondre ? balancé-je en alpaguant mon père.

Il me sourit tristement sans rien dire, conscient que j'ai raison. Mais pas décidé à sortir sa tête enfouie dans le sable. Willa me rejoint, entrouvre la fenêtre et s'allume une cigarette.

– Ç'a été une période très compliquée à l'époque, pour ta mère, pour nous tous, chuchote notre père d'un air absent. Et, même si elle en parle peu, c'est encore difficile aujourd'hui.

– Pour Judith en premier, lui rappelé-je sèchement.

– Ne t'en prends pas à lui, grommelle ma sœur.

Elle souffle sa fumée en l'air, me tend la clope mais je décline.

– On ne peut jamais discuter de rien, ici. Pourquoi on vient ? Pour entendre les critiques de l'experte en mode et maquillage ?

Ma presque jumelle ricane et hausse les épaules : ça lui passe au-dessus.

– Bon, on se tire avant le dessert ? proposé-je.

– Attends, j'ai une bonne idée de discussion pour finir en apothéose, jubile Willa.

Ma mère revient s'asseoir à table avec des verrines, les yeux un peu rougis, puis se force à sourire comme si aucun échange houleux ne venait de se produire.

– Le nouveau dans les affaires de Wolf, quand même, c'est qu'il revoit Léonore Dumas ! annonce ma sœur en lâchant une bombe.

– Quoi ?

– Vous plaisantez ?

– Putain, Willa, mais qu'est-ce qui me retient de te foutre par la fenêtre ? enragé-je.

– Wolf, dis-moi que ce n'est pas vrai, me supplie ma mère.

– Non seulement c'est vrai, mais elle bosse pour lui. Si ce n'est plus…

Je plaque ma main sur la bouche de ma sœur, pendant que mon père fixe son whisky, visage défait. Et que ma mère laisse échapper une verrine qui vient se briser par terre.

– Je sais ce que je fais, OK ? Et ce qui se passe dans mon agence ne vous regarde pas, réponds-je tranquillement.

– Ça va mal finir, Wolf, soupire ma mère.

– C'est exactement pour ça qu'on t'a envoyé en Suède, pour te mettre à l'abri, marmonne son mari.

– Cette fille ne t'a pas dénoncé à l'époque… mais elle pourrait encore le faire ! Il n'y a pas prescription, s'emballe sa femme.

– Fais très attention…

– Arrêtez vos délires, là ! J'assumerai mes responsabilités, moi.

Je repose mon verre en le faisant claquer sur la table basse, vais récupérer ma veste sur le canapé et reviens m'approcher de Willa.

– Ne me refais plus un coup comme ça.

– Il te faut un garde-fou pour t'empêcher de déconner, m'explique-t-elle en soutenant mon regard. Le dire aux parents, c'est tout ce que j'ai trouvé.

– Merci, espèce de boule puante.

– Bonne soirée, loup enragé !

***

Ma moto traverse Paris dans la nuit et m'amène tout droit chez Matthias. Je sais que je peux débarquer chez lui à n'importe quelle heure, sans raison et sans prévenir. Il est presque vingt-deux heures quand il vient m'ouvrir, en short de basket, chemise à fleurs et du vernis de toutes les couleurs sur les orteils.

– Atelier manucure-pédicure pour Yumi qui n'arrive pas à dormir, m'explique-t-il d'une voix neutre.

– Je peux te parler ? J'ai du bon whisky.

– T'es à moto, espèce d'abruti ? Entre, je vais faire du café.

– Je suis parfaitement clean, me justifié-je comme un con.

– Yumi, viens faire un bisou à ton parrain et après on va se coucher !

La petite court pour se jeter dans mes jambes, suivie de sa mère qui m'adresse un léger signe de la main.

– Tes mains sont tristes sans vernis ! décrète ma filleule avec une moue. Tu préfères le rose ou le fuchsia ?

– Une autre fois, Yumi-Fourmi, OK ? Elle est sympa, ta montre Flik Flak.

Elle me sourit, trop fière ; je me penche pour l'embrasser sur le haut du crâne et elle m'imite en déposant un bisou sur mon front.

– Je vais m'occuper d'elle, annonce doucement Naoko à Matthias. Occupe-toi de ton pote.

Ils échangent une brève étreinte qui parvient quand même à me tordre le bide. Je les contourne pour aller m'affaler dans un fauteuil du salon.

– Boulot, famille, meuf, c'est quoi ? me demande mon ami en revenant avec deux mugs de café.

J'ouvre le cadeau de mon père et ajoute une rasade de whisky dans ma tasse fumante.

– OK, tu dors sur le canapé, décide le tatoué.

Il me tend son mug pour avoir le droit à son petit supplément puis croise ses pieds multicolores sur la table basse.

– Rien de nouveau, réponds-je enfin. Dîner chez mes parents qui ne pigent rien, petite sœur qui me rend dingue en essayant de prendre soin de moi…

– Eh ouais, mec, mais c'est la seule famille que tu as. Soit tu fais avec… soit tu coupes les ponts et tu t'en fabriques une autre pour essayer d'être heureux.

– Je vois encore une autre option, soupiré-je.

– Vivre seul, on sait toi et moi que ce n'est pas la solution.

Matthias fait non de la tête pendant que je m'étire en réfléchissant.

– Chaque fois que tu traverses une épreuve, Wolf, tu te renfermes, tu te noies dans le travail, tu ne parles plus, tu t'isoles pour gérer ça dans ton coin, tu t'endurcis pour ne rien montrer… et tu commences à déconner.

– Note ce laïus pour te le faire tatouer sur le cul, bougonné-je.

– Si tu veux, du moment que tu te l'imprimes dans le crâne. Willa a raison de te mettre des barrières. Ça fait longtemps que je ne t'ai pas vu comme ça…

– Je maîtrise la situation.

– Tu le dis pour me convaincre ou t'en convaincre, toi ?

m'interroge mon associé, qui me connaît trop bien.

Je bois une longue gorgée d'irish coffee en fixant le plafond.

– Je pensais être plus fort que ça dans ma tête, avoué-je finalement. J'avais juste besoin d'affronter le passé, ce que j'ai fait. Je ne pensais pas que Léo allait…

Je laisse ma phrase en suspens parce que je ne sais même pas comment la finir. J'ignore encore si c'est mon corps ou mon cerveau qu'elle perturbe à ce point, et lequel est en train d'entuber l'autre. Quant à mon cœur, je ne veux surtout pas y réfléchir.

Zone interdite.

Scène de crime.

Ne pas franchir.

– T'es peut-être un loup solitaire et un vrai requin dans les affaires, commence Matthias, mais je suis content de voir qu'il y a quand même une meuf sur terre qui te transforme en canard !

Ce con se marre en relevant ses grands bras tatoués pour mimer les ailes pliées d'un putain de caneton qui n'arrive pas à décoller.

Naoko ressort finalement de la chambre de Yumi et vient s'effondrer sur le canapé à côté de son mari.

– Qu'est-ce qui est drôle ? demande-t-elle.

– Les talents d'imitateur de ton mec, répliqué-je.

– Au fait, tu sais que Léo a gardé ta filleule le week-end dernier ? Yumi l'a adorée. Elle a réussi à l'endormir en moins de deux et à lui faire manger des brocolis !

– Sérieux ?

– Ouais, confirme Matthias. Elles se sont déguisées en

détectives pour savoir quel brocoli avait empoisonné la poupée, elles lui ont fait une autopsie façon médecin légiste et Yumi a bouffé tous les légumes sauf celui-ci ! Cette meuf est complètement tarée…

– Complètement… répété-je en m'empêchant de sourire.

– Non, moi je l'adore aussi ! s'emballe Naoko. D'ailleurs, j'ai un mec à lui présenter.

– Waouh, waouh, waouh !

Je m'entends protester et je me tais avant d'en avoir trop dit.

– Va pas nous l'énerver, il commençait juste à redescendre, intervient mon pote.

– Pour bosser correctement, il vaut mieux qu'elle reste célibataire, improvisé-je. Dès qu'elles sont amoureuses, elles partent en vrille !

Matthias et Naoko échangent un petit regard que je choisis d'ignorer. Je finis mon café alcoolisé d'une traite et j'ai la tête qui commence à tourner. Je me renverse en arrière pour profiter de l'ivresse.

Dans le tourbillon : un corps sculpté à la peau mouillée qui m'échappe en courant. Dans l'œil du cyclone : un visage unique, hypnotisant. Une frange mystérieuse, un regard intense, une bouche à tomber.

Je m'endors avant même d'avoir pu chasser la lionne de mes rêves.

***

Nuit trop courte, fauteuil trop raide, gueule de bois et courbatures. Je m'esquive avant que le trio ne se réveille et ne me voie dans cet état. Je vais leur acheter des croissants et trois vernis à paillettes pour Yumi. Je dépose tout ça discrètement sur leur table et rentre chez moi. Un saut sous la douche, une heure sur mon tapis de course, une autre face à mon sac de frappe, une nouvelle douche et je ressors.

J'ai envie de parler à Judith. De creuser cette question qui me taraude. Ou juste de l'écouter insulter les infirmières en peignant leurs visages, qu'elle déteste.

Je me rends à Sainte-Anne, un peu moins tendu depuis que j'ai pu me défouler, mais en regrettant d'avoir vidé mon sac face à Matthias. Il faut que je verrouille tout ça.

Je ne trouve pas Judith dans le hall de l'hôpital. Pas plus que dans sa chambre ou dans les parties communes de l'unité. Je commence à me crisper, croise l'infirmier à la carrure de bodybuilder, qui me donne le numéro d'un étage, la lettre d'un bloc et un sigle que je n'ai jamais entendu.

UMD.

Je n'aime pas ça.

Je me rue au bon endroit, passe un premier sas, suis forcé de remplir un formulaire de visiteur en laissant ma carte d'identité, puis on m'explique que Judith a été transférée dans l'unité pour malades difficiles. Elle a agressé une infirmière il y a quelques jours. Et se trouve confinée dans une chambre sécurisée, là où elle ne peut blesser ni elle-même ni les autres.

– Vous n'êtes pas censé prévenir la famille ? éructé-je, hors de moi.

– Nous l'avons fait. Madame Larsson, je crois, la tutrice légale.

– Je veux voir ma tante !

Un type me guide jusqu'à une pièce sans fenêtre, à l'exception d'une ouverture carrée dans la porte rose pâle. J'y passe la tête, aperçois Judith allongée sur le lit, inerte. Cette vision me fait mal au cœur. Mais la suivante me frappe en plein ventre : Léo est là, debout près du lit, en blouse blanche et queue-de-cheval haute.

Elle bosse ici ? Mais comment ? Pourquoi ?

Léonore Dumas, pourquoi tu es partout dans ma putain de vie ?

20

La fille dans la télé

Léonore

Léonore Dumas
Psycho-criminologue stagiaire

Voilà ce qui est imprimé sur la carte plastifiée collée à la poche de ma blouse. Ici, on ne se l'accroche pas autour du cou : trop imprudent, risque de strangulation. C'est mon troisième jour dans cette unité réservée aux patients les plus dangereux de l'hôpital Sainte-Anne. Ce stage inespéré, je l'ai obtenu comme par miracle : un désistement de dernière minute, un service qui manque cruellement de personnel et mon CV, arrivé il y a quelques semaines, qui traînait encore sur le bureau d'un des RH.

Bref, je n'ai commencé mon stage qu'avant-hier et j'ai un peu de mal à prendre mes marques. Le chef de service, l'équipe de psychiatres, les infirmiers et aides-soignants : ils m'ont tous mise en garde. On ne plaisante pas à l'UMD. On aide les patients, on traite au mieux ces malades jugés irresponsables de leurs actes, mais on fait aussi et surtout attention à sa propre vie. Le risque est partout, omniprésent.

Depuis mon arrivée, j'ai reçu environ dix mille règles de sécurité, recommandations et astuces de survie des uns et des autres, les ai gribouillées dans le carnet de notes rangé dans la poche de ma blouse, sans en retenir le quart. Et en laissant soigneusement mon stylo pointu au vestiaire.

Quoique, certaines règles sont quand même restées gravées.

Ne baisser la garde à aucun moment.

N'autoriser aucun contact physique.

Ne jamais pénétrer seule dans les chambres d'isolement. Être toujours accompagnée d'un soignant.

Ne pas me faire voler mon badge électronique, un malade pourrait s'en servir pour fuguer.

Ne pas s'attacher aux patients.

Ce dernier point me fait tiquer. Sous la surveillance d'un aide-soignant, je viens de passer presque une heure à discuter avec une certaine Judith et je voudrais déjà l'adopter. Je vais bientôt vouloir tous les adopter. Durant notre entretien, cette femme rongée par la dépression et les TOC m'a fait rire, m'a insultée, m'a émue, m'a parlé avec une sincérité qui m'a ébranlée. J'ai compté qu'elle avait passé presque la moitié de sa vie entre les murs d'un hôpital et j'ai eu envie de l'aider à s'évader.

Comment ne pas s'attacher à quelqu'un d'aussi fascinant ?

– On peut parler de l'incident maintenant, Judith ? lui demandé-je doucement.

– Quatre, cinq, six… Non, toujours pas !

Ses mains fines et contractées s'abattent sur son crâne ; la patiente se porte régulièrement des coups à la tête comme si elle espérait faire disparaître les souvenirs de son passage à l'acte.

– Il faut que vous essayiez de rester calme pour qu'on ne vous remette pas les contentions, vous vous souvenez ? lui rappelé-je calmement. Contentez-vous de lever les mains en l'air, si vous préférez. Voilà, comme ça. Vous avez agressé votre infirmière, Judith, vous voulez me raconter ce qu'il s'est passé ?

Elle arrête de se frapper, mais reste muette.

– Vous pouvez essayer de vous rappeler comment vous vous sentiez... ? Vous aviez des hallucinations ? Des angoisses ?

– Quatre, cinq, six... Je... Je regrette. Je crois qu'elle ne méritait pas ça.

– Vous ne voulez plus lui faire de mal ?

– Quatre, cinq, six... Je ne veux faire de mal à personne !

Je lui souris et constate qu'elle semble moins crispée qu'à mon arrivée. Je n'ai pas le sentiment qu'elle soit à sa place dans cet endroit qui a tout d'une prison haute sécurité, mais je n'ai aucune expérience en la matière. Je garde donc mes doutes pour moi.

N'importe qui est capable du pire, en particulier les gens atteints de pathologies mentales aiguës.

– Le psychiatre va bientôt arriver, Judith. Il y a encore quelque chose que vous voudriez me dire ?

– Quatre, cinq, six... Enfoiré, enfoiré, connard d'enfoiré !

Karim, l'aide-soignant, se rapproche au cas où, mais je lui fais signe de se rasseoir. Je ne me sens pas en danger.

– Judith, essayez de respirer. Vous ne voulez pas voir le psychiatre ? Comptez si ça vous aide.

– Un… deux… Je ne peux pas le piffer, lui ! Pas Weber, je ne veux pas Weber !

Pr Weber, le grand chef de cette unité. Un immense homme fin et austère, à la bouche arquée vers le bas et au regard intimidant. Il n'a pas l'air commode, mais c'est lui, hier, qui m'a rappelé avec sagesse : « Vous allez vous retrouver face à des individus dangereux, parfois des criminels, mais ce sont avant tout des malades. »

Sa longue silhouette en blouse blanche passe justement devant la vitre blindée de la chambre d'isolement dans laquelle je me trouve. Je jette un coup d'œil autour de moi pour vérifier que tout est en ordre. L'inventaire est vite fait : dans cette chambre, pas de meubles si ce n'est un lit fixé au sol et une table de chevet en mousse. Il ne faut pas que les patients puissent utiliser le mobilier pour se mutiler.

Heureusement, Judith a été autorisée à emporter son matériel de dessin, à l'exception des outils les plus pointus. Tout à l'heure, je l'ai laissée me croquer à la craie grasse, en faisant connaissance avec elle.

– Vous avez un talent fou, Judith, lui murmuré-je tandis que Weber fait son entrée.

– Quatre, cinq, six… « Fou », ce mot était fait pour moi !

Je plaque ma main sur ma bouche et ris doucement avec elle, gênée de ma maladresse.

– Ne mélangez pas tout, mademoiselle Dumas, retentit la voix du médecin. Vous n'êtes pas ici pour vous faire des amis.

– Un, deux, trois… Connard, connard, enfoiré de connard !

Judith se lève pour tourner sur elle-même et évacuer la

tension qui monte en elle, mais Weber la met en garde.

– Remettez-vous sur votre lit ou j'utilise les contentions, Judith.

– Un, deux, trois... Connard, connard, enfoiré de connard !

– Éloignez-vous, Léonore. Je vais lui parler.

Je m'écarte un peu à regret et vois Judith s'allonger docilement, l'air soudain épuisé. Abattu. Vidé.

– Judith, ce que vous avez fait l'autre jour ne doit plus *jamais* se reproduire. Vanessa a reçu des points de suture, elle ne s'occupera plus de vous. On va augmenter les doses de votre traitement, on va vous aider à redescendre ici pendant quelque temps et, quand vous serez prête à nous parler, on essaiera de comprendre ce qu'il s'est passé. Entendu ?

Sans attendre l'avis de la patiente, le médecin se retourne et fait signe à l'aide-soignant de sortir en même temps que lui. Je les suis, par respect du protocole, mais adresse un petit signe de la main à Judith avant de partir.

Soudain, des yeux de loup me happent. Wolf débarque, l'air furieux, et nous empêche tous les trois de sortir.

C'est une mauvaise blague ?

Qu'est-ce que cet enfoiré fait là ?

– Docteur Weber, c'est ça ? grogne-t-il en direction du grand ponte. Je peux savoir ce que ma tante fait en taule ?

– Calmez-vous, monsieur...

– Larsson, siffle mon ennemi juré.

– Suivez-moi, je vous prie.

On rejoint tous le couloir et l'aide-soignant me montre comment verrouiller correctement la porte de Judith après notre passage. À quelques mètres de nous, le psychiatre et le furax s'expliquent à voix basse, puis les deux hommes se séparent. Wolf vient alors se planter face à moi, de sa démarche de tueur à gages, les mains prêtes à dégainer et les crocs prêts à mordre.

– Qu'est-ce que tu fous là, putain ?

Je me contente de lui montrer ma poche de blouse et regrette qu'elle soit située juste sur mon sein. Il lit rapidement l'étiquette et soupire en levant les yeux au plafond. Sa pomme d'Adam ressort sur sa peau claire, et j'ai comme une envie de la croquer.

– Tu sais que le danger est partout, ici ? reprend-il. Que tu pourrais te faire agresser par n'importe quel patient ?

– Judith est ta tante ? lui demandé-je en ignorant son sermon.

– Démissionne, Léonore.

– Non.

– Démissionne ou je te vire de l'agence.

– Fais-toi plaisir. Ça réglera mon principal problème.

– Qui est ? gronde-t-il.

– Toi !

Je fais mine de m'éloigner, il accélère le pas et me dépasse, puis réussit à me coincer au détour du couloir suivant.

– Dégage ou je fais en sorte qu'ils t'internent, le menacé-je.

– Arrête tes conneries ! Cet endroit n'est pas fait pour toi.

– Fous-moi la paix.

– Et cette blouse me donne beaucoup trop envie de te faire des trucs…

– Le seul danger, le seul psychopathe, le plus grand taré dans ma vie, c'est *toi* !

Wolf s'apprête à contre-attaquer, mais Karim se pointe et prend ma défense :

– Un souci ?

– Aucun, grommelle Wolf. Faites juste en sorte de la garder vivante…

Cette phrase me fait tiquer : je le pensais en colère de me voir entrer dans sa sphère privée… mais je mesure qu'il est aussi inquiet pour moi. Et c'est la première fois qu'il le reconnaît à haute voix. Ça me touche, que je le veuille ou non.

Le loup remballe ses crocs et son arrogance, se masse un poignet, balance sa veste de costard sur son épaule et prend la sortie.

***

Il est partout. À l'agence. En bas de mon immeuble. Sur les plateaux de tournage. À l'hôpital. Alors que je rentre enfin chez moi en métro après cette journée éreintante, je n'arrive même pas à laisser la musique m'emporter. Wolf s'est immiscé dans tous les pans de ma vie. Même Radiohead ne peut rien contre lui.

Je retire mes écouteurs, colle mon front contre la vitre et regarde défiler le paysage souterrain. Je ne savais pas que quelqu'un de sa famille était interné. J'ignorais qu'il vivait cette souffrance-là. Juste avant de partir, j'ai découvert dans le dossier de Judith qu'il était son principal et presque unique visiteur, et que sa présence faisait beaucoup de bien à la patiente.

Wolf Larsson aurait finalement un cœur qui bat.

Mon cœur à moi ne bat pas mais explose lorsque je passe la porte et suis accueillie par trois mômes en plein *sugar rush*. Leur mère est affairée un peu plus loin. *Ma* mère. Iris, Eliott et Titouan – 6 ans et deux fois 4 – me sautent dessus et me couvrent de Nutella.

– Qu'est-ce que vous faites là, vous ? demandé-je à mes petits frères et sœur.

– Titouan est bigleux, il avait rendez-vous chez l'ophtatruc ! commence Eliott, le plus téméraire des trois.

– Ça s'appelle l'ophtalmo ! le corrige l'aînée à lunettes, en lui filant un bon coup de pied.

– Maman, elle l'a tapé ! se met à hurler l'autre jumeau pour défendre son frère.

Je ne les ai pas vus depuis presque quatre mois. Ma mère n'a plus le temps de rien et vient rarement à Paris depuis qu'elle a refait sa vie il y a sept ans avec un mec un peu plus jeune et imbuvable, qui l'a fait déménager en banlieue avant de lui faire trois rejetons. On a même perdu l'habitude de se dire bonjour, elle et moi.

– Léo, tu rentres tard ! lâche-t-elle en venant nous rejoindre dans l'entrée. Les garçons, allez finir vos crêpes et on y va.

– Non, non, je n'ai pas faim, merci, ironisé-je.

– Tu manges des crêpes, toi ? Il paraît que tu es devenue mannequin…

Elle me fixe de la tête aux pieds, pour vérifier que rien n'a changé.

– Ça rapporte bien, alors ?

Évidemment, c'est tout ce qui l'intéresse.

– J'ai eu ma licence, précisé-je en me rendant au salon. Et j'ai commencé un stage à l'hôpital.

– Ton grand-père est gentil de t'héberger ! C'est fini avec ton photographe ?

– Elle est ici chez elle ! braille papy depuis son vieux fauteuil qu'il refuse de quitter. Non, je ne jouerai pas au foot avec vous, bande de voyous ! Laisse ce pauvre chat, Eliott ! Titouan, si tu inclines encore une fois mon siège, je te…

Je commence à ramasser les assiettes pleines de crêpes éventrées qui jonchent la grande table et prends la direction de la cuisine, ma mère sur les talons.

– Tu pourrais venir garder les petits à la maison, de temps en temps. Poissy, ce n'est pas si loin !

– Je n'ai pas beaucoup de temps pour moi, maman. J'essaie déjà de m'en sortir avec deux jobs, là…

– Quand même, ce sont tes frères et ta sœur.

– Parce que toi, tu arrives à tout concilier ? Ton père, par exemple, tu viens souvent prendre soin de lui ? lui balancé-je dans les dents en rangeant tout le bordel qu'ils ont laissé derrière eux.

Ma chère maman m'adresse une moue qui signifie que j'exagère, puis retourne au salon en faisant claquer ses talons plats.

– J'aime ma famille, me répété-je maintes et maintes fois, en passant l'éponge.

Et si je me fais interner un jour, pitié, que personne ne se sente obligé de me rendre visite !

Les quatre encombrants s'apprêtent à plier bagage mais,

au dernier moment, Iris a la bonne idée d'allumer la télé. Vingt heures cinquante-huit, l'heure des pubs.

L'heure de *la* pub.

Titouan me repère en premier et pousse un cri aigu. Résultat, tous nos regards suivent le même trajet et atterrissent sur mon corps (trop) bronzé et (bien trop) exposé. Eugénie, Paloma, Lauranne et Daphné... Elles sont toutes à mes côtés... mais je ne vois que moi. Que la fille à la cicatrice.

– Léo, t'es belle à la télé ! s'exclame Eliott. Mais c'est quoi, dans ton dos ?

– Une cicatrice.

– C'est sa brûlure, lui explique Iris, un peu plus au courant.

C'est la première fois que les jumeaux la voient. La première fois que je suis contrainte et forcée de l'assumer, au pied du mur. Me voir à l'écran, la contempler à la télé, c'est irréel. Flippant. J'en tremble un peu, mais tente de me contrôler. Je ne veux pas dévoiler mes faiblesses à ma mère. J'essaie de rester forte, digne, entière.

Même si un bout de moi vient de s'envoler en fumée.

– Avec toi, c'est vraiment tout ou rien, soupire ma mère.

– Tu es magnifique, Biyou, me glisse papy.

– Il reste des crêpes ? demande un des affamés.

Ce soir-là, après les premières diffusions de la publicité dont tout le monde parle, je reçois des SMS d'un peu partout. Du représentant de la marque de sport, d'Eugénie et Qin-Qin, de Lise, d'autres copains de la fac, d'anciens potes du lycée, de mon père aussi. Tout le monde complimente ma prétendue beauté, se réjouit du message de tolérance que je propage, me félicite pour mon « courage ».

Tout le monde, sauf *lui*.

Alors que la nuit est bien avancée et que je m'apprête à me coucher, mon téléphone vibre une dernière fois. J'y crois encore. Wolf est capable de me surprendre. De faire battre le cœur de la fille à la cicatrice. Mais c'est raté, c'est le prénom de Naoko qui s'affiche.

J'ouvre le message, découvre des photos de Yumi et moi, datant du week-end dernier. Elle m'a donné du fil à retordre, cette petite, mais elle m'a aussi permis d'oublier. Toutes les deux, on a passé une bonne heure sur Snapchat, à tester tous les filtres possibles et imaginables. Entre autres activités.

Puis je reçois un nouveau message. Une vidéo de la petite diablesse, cette fois.

– Léo, je t'ai vue dans la télé ! Tu étais la plus belle !

– Beau travail, nouvelle recrue ! beugle Matthias, derrière elle.

– Strange & Strong est ta nouvelle famille, lâche Naoko en apparaissant à son tour. Bienvenue chez toi !

Ils ne le savent pas mais, ce soir, j'avais terriblement besoin d'entendre ça.

21

S’habituer

Léonore

La publicité passe sur les écrans depuis plus d’une semaine maintenant et je me suis presque habituée à me voir à la télé. À *la* voir à la télé. Ma cicatrice, mon saule pleureur, ma plus grande faille.

Le mois d’août s’écoule lentement, Paris se vide, les habitants partent en vacances et les touristes désertent peu à peu la capitale. Moi, j’ai enfin pris mes marques à l’UMD. Je m’y rends tous les jours de la semaine et je ne compte pas mes heures, dépassant largement mes horaires de stage. Même si l’expérience est éprouvante, je porte fièrement mon badge. Malgré mon manque d’expérience, je fais mon maximum pour servir à quelque chose. Pour moi, une vocation est peut-être en train de naître.

Au contact des soignants, des patients et de leurs proches, j’ai développé ma capacité d’écoute, appris à poser les bonnes questions, à me taire quand c’est nécessaire, à rassurer les malades quand l’angoisse les prend à la gorge. C’est toujours un peu le cirque ; les patients internés ici sont imprévisibles, lunatiques, parfois violents mais, à ce jour, je n'ai aucun incident à déplorer.

– Tu sonnes, me fait remarquer Karim en réorganisant les draps et serviettes de toilette sur son chariot.

Il a raison, mon téléphone vibre dans la poche de ma blouse. En pleine conversation avec Judith, qui tente de m'apprendre la différence entre le fusain et la sanguine, j'envoie l'appel sur messagerie. Je la préviens que ma visite touche à sa fin et la vois sortir ses craies grasses dans un soupir. Le dessin : son dernier rempart contre la solitude. Je quitte la chambre aux côtés de l'aide-soignant, mon portable s'anime de nouveau.

– Je ferme, tu peux répondre, précise mon collègue en sortant son gros trousseau de clés.

Je m'éloigne de quelques pas, réponds d'un signe de la main à son « Bon week-end ! » et décroche enfin :

– Léo, c'est Matthias. Une place vient de se libérer pour toi. Trois jours à Séville, ça te dit ?

– Quand ?

– Samedi, dimanche, lundi. On décolle demain.

Même pas besoin de dégainer mon agenda : je sais que je suis libre tout le week-end. Et j'ai fait bien assez d'heures supplémentaires pour pouvoir demander mon lundi.

– C'est pour quoi ? lui demandé-je.

– Desigual. Sa nouvelle ligne de…

J'*adore* Desigual.

– C'est une blague ?

– C'est oui ou c'est non ? s'impatiente Strange.

– Rendez-vous à quelle heure ?

– Sept heures à Orly ! Tu signeras ton contrat sur place.

– Qui part avec moi ?

Ma question reste en suspens : l'homme pressé a déjà raccroché.

***

Terminal 4. Niveau 0. Porte E.

Il y a un mois, Strange & Strong m'envoyait à Londres. Cette fois, c'est pour l'Andalousie que je m'apprête à prendre mon envol. Je crois que je pourrais vite m'habituer à tous ces voyages et ces aventures impromptues qui me font sortir de ma zone de confort. J'arrive une bonne demi-heure en avance dans le grand hall de l'aéroport, accompagnée d'une minuscule valise à roulettes. Pour éviter les queues interminables aux dépose-bagages, j'ai appris à voyager léger et à me contenter de l'essentiel.

Eugénie est la première à me rejoindre, mal réveillée, la crinière en vrac mais le sourire flamboyant. La belle métisse m'apprend que l'agence envoie ses six mannequins « vedettes » de l'agence pour ce *shooting* et j'ai soudain du mal à comprendre pourquoi je fais partie du voyage.

– Un désistement, me rappelé-je.

– Quoi ?

– Rien, laisse tomber, soufflé-je en riant de moi. Tu sais qui est sur la liste ?

– Willa, Qin-Qin, Côme, Elias, toi et moi.

Willa...

Instinctivement, mes mâchoires se serrent.

– Je ne connais pas le deuxième mec, indiqué-je en la suivant jusqu'au banc le plus proche.

– Elias ? Cheveux plus longs que toi, canon, super sympa… et en fauteuil roulant, résume-t-elle.

Les mannequins se pointent les uns après les autres ; j'offre ma tournée de cafés, Côme les croissants. Ne manque plus que Willa, qui se présente tout juste à l'heure, drapée dans une sublime robe à volants multicolore et entourée de deux gardes du corps.

– Les boss nous accompagnent ? demande Qin-Qin en serrant son croissant dans sa paume.

Les joues en feu, le cœur en vrac, je mate mes pieds pour ne pas avoir à croiser le regard abyssal et farouche de celui qui m'ignore depuis notre clash à l'UMD. Wolf ne dit pas un mot, Matthias salue tout le monde et Willa nous rappelle qu'il est plus que temps d'embarquer.

– Ce n'est pas comme si on vous attendait depuis trois plombes, asséné-je, les dents serrées.

– Un problème, Léonore ? entends-je grogner le loup.

Je m'abstiens toujours de le regarder en face, m'empare de ma valise et rejoins Eugénie pour passer la porte d'embarquement.

– Allons-y gaiement, ironise Matthias, un sourire aux lèvres.

Avec son fauteuil, Elias embarque en priorité et, à la première difficulté, je vois Wolf et Matthias se précipiter sur lui pour lui donner un coup de main.

– Classe, les mecs, commente Bisou derrière moi.

J'avoue que cette facette de Wolf m'était inconnue il y a peu. Plus je creuse et plus je le découvre tourné vers les autres, bien moins égoïste que dans mes souvenirs. Plus séduisant, encore.

Mais toujours aussi complexe, impossible à cerner.

On s'installe en première et je fais connaissance avec le luxe et le confort pour la première fois. Eugénie, Qin-Qin, Côme et moi occupons tout un rang, Elias, Willa, Matthias et Wolf s'asseyent derrière.

Il s'assied juste derrière moi.

Côme a tout prévu : magazines de mode, de voitures, people, cinéma, mots croisés… Soit il essaie de marquer des points, soit ce mec est un vrai gentil. Je prends le *Télérama* qu'il me tend et rigole lorsqu'il geint en prétendant qu'il *rêvait* de le lire et que je le prive *cruellement* de son unique plaisir. Soudain, je sens mon siège bouger vers l'arrière. Je me retourne et croise le regard intense et mordant de Wolf, agrippé à mon fauteuil.

– Il est tôt, si vous pouviez la mettre en veilleuse…

– Désolé, boss, s'excuse mon voisin.

– Je crois qu'il y a des places libres tout au fond de l'avion, rétorqué-je en fixant le loup droit dans les yeux.

Ses iris glacés s'embrasent, ses paupières se plissent, un sourire arrogant se dessine sur ses lèvres.

– Une autre remarque de ce genre et tu passes par le hublot…

***

À la descente de l'avion, Matthias nous annonce que, pour loger tout le monde, l'agence a loué une villa sur trois niveaux en plein cœur de Séville, à deux pas de l'Alcazar. Un van noir aux vitres teintées nous mène à destination mais, au lieu d'intégrer la maison, on décide à l'unanimité d'aller se dégourdir les jambes.

Mon histoire d'amour avec l'Andalousie peut commencer.

Dans cette ville colorée, vivante et chaude, mon esprit s'évade déjà à mille lieues de Paris et mon cœur bat la chamade. C'est ma première fois à Séville et je me promets déjà d'y revenir. Je découvre, émerveillée, ses labyrinthes de ruelles, ses vieux pavés, ses patios fleuris, ses palais anciens, ses jardins luxuriants, son architecture unique. Il est midi passé. Wolf, qui mène la marche, s'engouffre dans un petit bar à vin servant des tapas, va serrer la main au patron derrière son comptoir en bois sombre et nous fait signe de nous installer en terrasse.

Il fait une chaleur à crever, j'évite l'alcool et commande un thé glacé. On déguste des tapas en s'essayant à l'espagnol ; ce n'est pas glorieux, mais les plats sont délicieux. Wolf ne nous rejoint qu'en fin de repas et s'assied sur la seule chaise libre. Celle qui jouxte la mienne.

Nos bras nus se frôlent, je m'empêche de retirer le mien, bien décidée à m'imposer.

– La lionne indomptable est de sortie, à ce que je vois, chuchote mon ennemi juré.

– Non, c'est juste moi, Léo, rétorqué-je tout bas.

Je vérifie d'un coup d'œil que personne ne nous écoute, mais toute la bande est prise dans un débat animé sur le classement des plus belles villes d'Europe.

– Je ne suis ni docile, ni innocente, ni la victime que tu crois, ajouté-je en soutenant son regard.

– Cette colère…

– Elle est justifiée, Wolf.
– Elle te rend encore plus belle. Plus désirable. Plus à mon goût…

Lentement, insolemment, il porte son verre à sa bouche et boit une longue gorgée de bière brune. Je suis soufflée, mais pas vaincue. Je repousse discrètement son bras, et tente de participer à la conversation générale pour me détourner de lui. Mais mes pensées tournent en boucle.

« Plus à mon goût… »

– On va y aller, nous annonce Matthias. Deux d'entre vous devront partager une chambre double. Je précise pour ceux qui s'apprêtent à râler que c'est la plus grande chambre de la maison et la plus tranquille, puisqu'elle est la seule à être située au dernier étage. Et quand vous verrez la terrasse…

Sans qu'il ait besoin d'insister davantage, Eugénie et Qin-Qin décident de l'occuper. Puis s'engueulent en chemin. J'ignore ce qui provoque le conflit mais, une fois arrivées au pied de la villa, elles ne souhaitent plus partager une chambre. Embêté, Matthias évalue les possibilités, interroge Wolf, qui a mieux à faire, pendu au téléphone, et ne se prononce pas. Alors le tatoué se tourne vers moi un instant, puis contemple celle qui ne m'a pas adressé un seul mot depuis notre départ.

– Léo, Willa, vous voulez bien vous sacrifier ? Je ne peux pas envoyer Elias là-haut. Et on ne va pas faire de chambre mixte, ça vaut mieux pour tout le monde.

La brune voluptueuse me fixe alors, elle me jauge en silence tandis que je fais de même. Pas enchantées mais conscientes qu'on est loin, très loin de vivre un drame, on décrète l'une après l'autre :

– C’est juste pour deux nuits…

– On devrait réussir à survivre…

Willa a choisi le côté droit, moi le gauche. Équipée de deux lits doubles très espacés, notre chambre au plafond démesuré doit faire environ quarante mètres carrés. Ébahie, je promène mes yeux sur le mobilier clair, les miroirs précieux, le coin lecture, la télévision à écran plat, les quatre grandes portes vitrées arrondies qui s’ouvrent sur une terrasse arborée.

– Cet endroit est parfaitement indécent, lâché-je en ouvrant ma valise.

– Tu vas t’habituer, murmure Willa en se rendant vers notre salle de bains privée. Strange & Strong te fera toujours voyager dans ces conditions.

J’enregistre cette information et l’observe, tandis qu’elle referme la porte derrière elle.

– On a réussi à échanger trois mots sans s’entre-tuer, commenté-je dans le vide. On progresse.

– Arrête de radoter dans ton coin et prépare-toi pour ton premier *shooting* !

Je ricane, me laisse tomber sur mon lit et rédige un texto pour prévenir mon grand-père que je suis bien arrivée. Dans un second message, je lui rappelle de prendre ses médicaments, de nourrir le chat et de s’hydrater correctement, juste pour le voir me répondre qu’il n’est pas encore sénile, que je ne suis qu’une petite insolente mais qu’il m’aime malgré tout.

– Tu glousses toute seule, maintenant ? maugrée Willa en sortant de la douche, enroulée dans une grande serviette de bain.

Je l'ignore et déverrouille mon portable, qui vient de vibrer. Le message que j'ouvre vient de Lise.

[Dr Chaudasse est
en manque de toi.]

[Si ça peut te consoler,
ce stage en prison, c'est l'enfer.
Je me fais chier comme
une ratte morte, sauf quand
c'est l'heure de livrer
les plateaux-repas aux détenus
et que je me fais traiter
de travailleuse du sexe.
Le meilleur moment
de ma journée !]

Je réprime un sourire et tape dans la foulée :

[Lise, laisse-moi au moins
l'été pour digérer ton sale coup.]

[Ça veut dire que tu m'aimes
encore ?]

[Ça veut dire que j'aime tout
le monde, idiote que je suis.
On se parle à la rentrée.]

Le *shooting* de l'après-midi démarre à peine une heure

plus tard. On se rend tous ensemble sur place, Eugénie et Qin-Qin ne se calculent toujours pas, Wolf et Matthias parlent business à voix basse, Côme cuve un peu son vin et Elias m'explique comment se faire un chignon en rendant l'élastique invisible. Je suis jalouse de sa tignasse.

Arrivés sur le plateau en extérieur, en pleine Plaza Puerta de Jerez, on nous dispatche à droite, à gauche, on nous coiffe, nous maquille, nous habille.

Sauf qu'*habiller* n'est pas vraiment le terme approprié.

– Je n'ai rien contre les maillots de bain minimalistes, lâche Eugénie derrière moi. Mais là, le truc est carrément inexistant !

Je la contemple, constate qu'elle est effectivement presque nue, et suis subjuguée par la beauté de sa peau marbrée de blanc et de brun. J'enfile à mon tour un deux-pièces noir aux motifs ethniques et aux bretelles finement tressées, découvre la coupe plutôt osée, puis observe mon reflet dans le miroir. C'est à cet instant que j'y croise le sien. Et que mon cœur rate un battement. Wolf se rapproche, les yeux plantés dans les miens.

Non, tu ne me croqueras pas...

Je décampe aussitôt, rejoins le plateau et me présente au photographe espagnol pour recevoir ses indications. En pleine rue sévillane, sous *son* regard, entourée de corps mouvants, de panneaux de lumière artificielle et de ventilateurs géants, je saute dans la fontaine d'Hispalis et dois simuler le plus beau jour de ma vie.

D'abord timide, mal à l'aise, un peu hésitante, je me renferme et enchaîne les loupés. Près de moi, en maillot une pièce jaune canari à l'imprimé psychédélique et au décolleté vertigineux, Willa me glisse :

– Ne crois pas que tu souffres plus que les autres… Si je le fais, tu peux le faire !

Sa rudesse me fait réagir. Je n'aime pas être secouée quand j'ai déjà du mal à trouver ma place quelque part, mais, après tout, j'ai choisi d'être ici. Et la seule chose capable de tenir tête à ma pudeur, à mes complexes, c'est mon envie de réussir, de me surpasser. De ne pas décevoir. Willa n'a pas tort…

Petit à petit, je me laisse gagner par l'excitation ambiante, je m'inspire du charisme et du naturel des mannequins qui évoluent autour de moi. Je m'offre tout entière à l'objectif ; ma cicatrice cesse d'être un frein, une barrière entre mon corps et le monde extérieur. Je me sens m'ouvrir, me déployer, m'accepter enfin. Le courant passe bien avec le photographe, qui nous capture maintenant dans des clichés individuels.

À cheval sur le rebord de la fontaine en pierre blanche, une assistante du photographe m'éclabousse et je sens l'eau fraîche apaiser ma peau brûlante. Mes cheveux humides caressent mon visage, s'y collent puis se soulèvent au gré du vent, me donnant un air sauvage qui nourrit encore un peu plus mon assurance.

Mais ce qui me galvanise le plus, ce sont les yeux de Wolf, braqués sur moi sans jamais me lâcher. Ils me réchauffent à distance, ma peau palpite et mon envie de lui grandit. Je me sens belle.

– Tu es sublime, lance le photographe à l'accent chantant. Écarte un peu les jambes. Voilà. Puissant, ton regard. Montre-moi qui tu es.

Je souris d'un air provocant, plonge dans le regard du loup qui s'est rapproché de quelques pas. Il semble apprécier ce qu'il voit… mais moins l'attitude de celui qui me mitraille.

– Encore, Léo, oui, comme ça. Cambre-toi un peu plus, pour voir. Super ! Très sensuelle…

Le type en fait un peu trop, mais je décide d'en rire plutôt que de me braquer. À cinq mètres de moi, Wolf me contemple intensément en se massant le poignet, le visage contrarié. Matthias lui confie quelques mots à l'oreille, Strong l'envoie balader et quitte son poste de surveillance. Il s'éloigne à grandes enjambées, l'air passablement énervé.

– Tu es jaloux, grand méchant loup, soufflé-je en le suivant à la trace.

Et cette idée m'arrache un éclat de rire sauvage, incontrôlable.

– N'oublie pas l'objectif, me lance l'homme derrière son appareil photo.

Sauf que j'oublie tout, à cet instant. À mon tour d'ouvrir les yeux.

Dès que mon pire ennemi m'échappe… je me retrouve en manque de lui.

22

Tous humains

Léonore

Vers minuit, Willa rejoint finalement notre chambre. Je suis restée dîner sur place avec toute l'équipe, ce soir, tandis que Wolf, Matthias et elle partaient de leur côté. En la voyant se glisser sous ses draps, j'éteins mon portable et, la sangria aidant, tente une percée amicale.

– Bonne soirée ?

– J'ai trop bu.

– Moi aussi, avoué-je alors.

On se regarde et l'on rit, comme deux parfaites idiotes que seul l'alcool parvient à réunir.

– Tu as fait du bon boulot, aujourd'hui, déclare la brune.

– Toi aussi. De toute façon, où que tu ailles, tu fais des ravages.

Elle hoche la tête plusieurs fois, puis me lance :

– On est des filles vachement cool, en fait.

J'acquiesce, la fixe et mets ma fierté de côté.

– Et si on oubliait nos préjugés pour repartir de zéro ?

– Je sais que je n'ai pas été tendre avec toi, admet Willa.

– Pas mieux.

On se sourit, peut-être pour la première fois sincèrement, sans arrière-pensée.

– Je suis jugée en permanence, tu sais ? murmure-t-elle. Ma différence, je ne peux pas la cacher. Je la porte en étendard tous les jours. Mon corps, mes bourrelets et mes formes, que la société trouve disgracieuses, je ne peux jamais les oublier. Je ne sais pas pourquoi j'étais destinée à faire le poids de deux personnes, à vivre dans toute cette peau, mais je l'ai accepté.

Elle hausse les épaules et défait sa coiffure sophistiquée. Sa sincérité me touche. Sa souffrance, je la ressens au plus profond de moi.

– J'ai appris à m'aimer, continue Willa. Mais tout le monde n'a pas fait le même chemin que moi. Le regard des autres, les moqueries, les jugements faciles, les attaques gratuites, ça rend dur, à force. Hermétique à la souffrance des autres.

– Je le sais bien, lui confié-je. On est tous humains. On se retrouve forcément à court de courage et d'empathie, un jour ou l'autre. Mais ça revient…

– Comme ce soir, ajoute-t-elle en souriant.

J'éteins la lumière de mon côté, pose ma tête sur mon oreiller et fixe le plafond délicatement éclairé par une lune presque pleine.

– Ce que tu as vécu, c'est terrible, souffle-t-elle soudain.

Mon cœur s'arrête, puis repart avec difficulté. Je sens les larmes poindre, je ne cherche plus à lutter.

– Wolf ne s'est jamais pardonné, tu sais ? C'était une erreur de gamin, mais il s'en voudra toute sa vie, murmure Willa.

L'émotion et l'alcool me montent à la tête. D'une voix tremblotante, je m'entends répondre :

– Il n'est pas le seul responsable. On était deux à jouer avec le feu, ce soir-là…

***

Au deuxième jour du *shooting*, l'ambiance est plus légère mais l'exercice moins drôle. Au lieu des photos en extérieur, en groupe et en mouvement, on doit se plier aux photos posées, en studio, chacun son tour. On me fait enfiler une quinzaine de maillots de bain à la chaîne, mais aussi quelques paréos et kimonos de plage, on change mon maquillage à chaque tenue, on me fait des coiffures improbables, on m'essaie d'énormes bijoux colorés, on me demande de me tenir debout, bien droite, sans bouger ni sourire. Et cette séance photo me fait découvrir l'envers du décor du métier de mannequin : beaucoup d'attente, beaucoup de discipline, beaucoup d'actions répétitives… et pas toujours beaucoup de liberté.

Et le grand méchant loup a déserté…

Même pas sa mauvaise humeur à me mettre sous la dent !

Heureusement que j'ai ma copine Eugénie pour m'écouter me plaindre. Mais elle est rapidement appelée en loge pour un nouvel essayage. Alors j'observe la petite bande, de loin, et chacun commence à craquer nerveusement à sa façon.

– Venez, on essaie mes cheveux longs sur le crâne chauve de Côme ! propose Elias.

– OK, mais tu me laisses faire un tour en fauteuil roulant après.

– Deal !

– Je m'ennuie, couine Qin-Qin. Qui veut un bisou ?

– Ne m'approche même pas, la menace Willa d'un regard de tueuse.

Je ris.

– Est-ce que ton frère est célibataire ? lui demande la fille aux cheveux blancs sur le même ton geignant.

– Ne l'approche même pas ! répète Willa, plus fermement.

Je ris encore.

– J'ai faim, soupiré-je pour changer de sujet.

– T'as qu'à manger Bisou-Bisou, ça nous fera du bien à tous, suggère la sœur de Wolf.

– Pourquoi tu ne m'aimes pas ? insiste Qin-Qin avec son éternelle naïveté.

– Après une journée comme celle-ci, je n'aime personne. J'aime picoler, j'aime danser, j'aime manger, j'aime jouir et dans tous les cas, tu ne peux rien pour moi.

Le franc-parler de la brune achève la blonde, qui retourne gémir auprès des garçons, plus réceptifs.

À la fin de cette deuxième journée, on est libérés assez tôt pour avoir quartier libre jusqu'au dîner. Une équipe décide d'aller faire les boutiques, une autre d'aller boire un verre en terrasse et je m'octroie une heure de solitude pour flâner dans les rues, acheter une babiole à mon grand-père, louer un vélo et me vider la tête en pédalant.

J'évacue assez facilement les patients dont le cas m'interpelle, y compris Judith, enfermée depuis trop longtemps à l'UMD selon moi. Puis je chasse les yeux de loup qui envahissent mon esprit, en même temps que d'autres images censurées. Je pense à la bague de ma grand-mère, perdue pour toujours, et je me fais la promesse solennelle de ne jamais me marier, puisque je n'aurai pas son saphir à mon doigt pour me porter chance. De toute façon, ma vie sentimentale était déjà maudite avant ça. J'envisage de dire la vérité à papy Georges, pour soulager ma conscience, et d'éponger ma dette en lui remboursant la valeur de la bague. Mais j'imagine déjà qu'il sera bien trop fier et bien trop triste pour me laisser faire.

C'est avec une bonne heure de retard que je rejoins mes collègues de Strange & Strong au point de rendez-vous fixé. Ils ont déjà dîné et assistent à un spectacle de flamenco sur la terrasse bondée du restaurant. Je me fais une petite place entre Eugénie et Willa, constate que les deux boss sont de la partie et vois Wolf qui regarde sa grosse montre en acier en se mordant les joues de contrariété.

Je commande un cocktail, puis un deuxième, ignore le ténébreux et me concentre sur les danseurs, intenses, vibrants, fascinants. Je n'ai rien avalé depuis longtemps et l'alcool me monte vite à la tête. La musique m'enivre aussi, la liberté de Willa m'inspire, elle flirte et danse collée serrée à un Espagnol en sueur, je continue à boire, à sourire, à applaudir à m'en brûler les mains, à me sentir vivante et à en profiter.

Depuis quand ça ne m'était pas arrivé ?

Quand un homme vient m'inviter à danser, je termine mon troisième cocktail à la paille et me laisse entraîner. Ma jupe tourne, mes cheveux volent, mes paupières se ferment, mes bras se libèrent, les siens m'enlacent, mes hanches se retrouvent collées aux siennes et je ne me débats pas, je ne m'enfuis pas. Je ne ressens ni désir ni danger. Ni peur ni pudeur. Je ne pourrais même pas dire à quoi ce mec ressemble, ni l'effet qu'il me fait. J'ai juste le tournis, cette sensation étrange de n'avoir aucun souci, aucune barrière, je me laisse porter par cette insouciance inouïe, cette légèreté retrouvée, comme si j'avais dormi beaucoup trop longtemps et que je venais seulement de me réveiller parmi les humains.

Les vivants.

Quand je rouvre les yeux, je tombe sur ceux de Wolf. Brillants. Perçants. Prêts à tuer.

23

Du mal. Du bien

Wolf

Mon regard était sans équivoque, mais Léo l'effrontée s'en contrefout et continue de se dandiner. Il n'est pas encore minuit, le spectacle de flamenco n'est pas terminé mais je décide de jouer les trouble-fête.

– Allez, on rentre. Tout le monde se lève tôt demain, il y a du boulot.

– Mec, laisse-les profiter un peu, me souffle Matthias. Ils ont passé une journée de merde en studio.

– Va jouer des castagnettes avec eux si tu veux mais oublie-moi, Strange.

Mon associé me regarde sans broncher, l'air de me faire passer un message.

– Quoi ? aboyé-je.

Eugénie et Elias nous matent fixement. Tous les autres font semblant de ne rien entendre mais nous écoutent probablement. Matthias se penche pour me dire à l'oreille :

– Wolf, prends sur toi, OK ? Elle ne fait que danser. Reste pro et ferme-la.

Je me frotte nerveusement le poignet tout en serrant et desserrant le poing, puis je tire sur le débardeur de mon pote pour lui répondre à voix basse :

– J'ai envie de te tatouer moi-même des couilles de taureau sur le front, là, maintenant.

Je lui adresse un petit sourire mesquin et mon associé se marre. Je peux retourner à ma contemplation.

Je me fous que ce mec la touche, je sais bien qu'il ne lui fait rien. Mais voir Léo se lâcher comme elle le fait, avoir son corps qui ondule sous mes yeux, sa peau nue et bronzée qui me nargue, sa chevelure de lionne qui fouette le visage de ce pauvre type, sa bouche qui sourit en grand comme si rien d'autre ne comptait… C'est une putain de torture.

J'attends la fin de la chanson et de la danse pour remettre ça.

– Cette fois, on y va. Eugénie, Côme, Elias, Qin-Qin, pour vous, c'est par là. Matthias, bonne fin de soirée. Je te laisse gérer Willa ?

Je réunis les troupes, paie l'addition, ignore le regard sardonique de mon meilleur ami et espère secrètement que Léo suivra le mouvement sans que j'aie besoin d'aller la chercher. Mais mon associé se lève aussi, vide sa bière, va chuchoter deux mots à l'oreille de ma sœur et deux autres à celle de Léonore.

Finalement, Willa reste avec son Espagnol, et la lionne indomptable rejoint sagement le troupeau. On rentre tous à pied à la villa, Matthias en tête.

Ce mec n'est pas seulement doué pour rattraper mes conneries : il a aussi compris comment les flairer, les anticiper et les éviter.

Je lui ai tout appris.

En fin de cortège, Léo fait une halte pour retirer ses talons et marcher pieds nus sur le trottoir. Je m'arrête pour l'attendre et elle me dépasse en souriant :

– Je sais marcher sans qu'on me donne la main.

– Commence par marcher droit, grogné-je.

– Je ne suis pas saoule, juste heureuse. Mais c'est un concept qui te dépasse, je crois.

– On discutera philosophie une autre fois.

En fait, la version éméchée de Léo me rend fou : elle a l'air plus directe, plus intense, plus vraie. Ce soir, elle semble invincible. Il y a une lumière supplémentaire au fond de ses yeux marine, un poison plus venimeux au bout de sa langue. Et son corps parfois rigide, aux aguets, sous contrôle, paraît enfin serein, assoupli, libéré. Bandante comme jamais, elle flotte dans les rues de Séville, et c'est comme si elle dansait en marchant.

Je la suis de près, en maudissant l'effet qu'elle me fait. Léo sautille pour éviter un obstacle sur le trottoir, je m'apprête à me moquer mais elle trébuche et se retrouve à moitié sur la route, déséquilibrée, ses pompes à la main, sans rien pour pouvoir amortir le choc. Je m'élance et la rattrape in extremis en la retenant par la taille et le bras, à quelques centimètres du sol.

Furieux, je la relève et me mets à gueuler :

– Je ne vais pas passer ma putain de vie à te ramasser !

Elle encaisse le choc et me fusille du regard, sa bouche s'entrouvre mais ne trouve rien à me répondre. Je la plante là et m'éloigne rapidement, avant de revenir sur mes pas.

– Et si tu te laisses encore toucher par le premier connard

venu, je lui brise la nuque ! C'est compris ?

Bon. Il se peut que je ne m'en foute pas vraiment.

Léo me repousse en lâchant un grognement agacé. Je descends du trottoir pour dépasser tout le monde sur la route, ignore Matthias qui me demande ce qu'il s'est passé et rentre à la villa le premier. Je m'enferme dans ma chambre sans adresser la parole à qui que ce soit.

Ouais, je suis con. Mais je me soigne.

***

Je mets une bonne heure à redescendre en pression. Je vérifie par texto que Willa est toujours vivante, consulte mes mails pro, regarde le néant de la télévision espagnole, éteins, me mets à faire des séries de pompes et d'abdos pour me défouler, vide une bouteille d'eau, erre sur le compte Instagram de Léo, envoie mon portable valser sur le lit, vais me rafraîchir les idées sous une douche glacée et enfile des fringues propres.

Je ne pourrai jamais dormir cette nuit.

Je n'ai pas envie d'aller faire n'importe quoi, juste parce que ce qui se passe à Séville reste à Séville.

Pas envie non plus d'aller me faire sermonner par mon meilleur pote, même si me rabattre sur lui serait ma meilleure option, à l'heure qu'il est.

À la place, je gravis silencieusement l'escalier qui mène certainement à ma perte : au deuxième étage. Toutes les autres chambres sont plongées dans le silence et l'obscurité. La villa dort. Peut-être qu'elle aussi. J'hésite peut-être une minute entière devant la porte fermée. Je lève la main pour toquer et me ravise. Je repars et reviens poser mon front bouillant contre la porte fraîche. Je sais toujours ce que je veux, toujours ce que je fais. Sauf là. Sauf avec elle.

Je frappe cinq coups discrets et recule.

Léo ne met que quelques secondes à venir m'ouvrir. Shorty corail super court, longues jambes bronzées. Tee-shirt blanc sans soutien-gorge. Je vais crever.

Son visage fermé me fixe comme si elle avait envie d'en découdre. Ou de ne plus jamais m'avoir dans son champ de vision.

– Je suis désolé, lâché-je. J'ai dépassé les bornes.

– C'est tout ?

– Léo, je ne m'excuse jamais… Crois-moi sur parole, je fais un gros effort, là. Pour toi.

– Ce n'est pas parce que tu es un total enfoiré d'habitude qu'on doit te féliciter d'être un demi-enfoiré de temps en temps.

– Ouch.

Je souris en me prenant sa réplique en pleine face. Je mérite la gifle.

– Les gosses qui sourient en coin en venant demander pardon, tu sais ce qu'on a envie de leur faire ? me demande-t-elle en croisant les bras sur sa poitrine.

– Du mal ?

– Plus que ça.

– Du bien ? tenté-je avec un nouveau petit sourire insolent.

Elle me claque brusquement la porte au nez en la poussant du pied. Puis la rouvre quelques secondes plus tard.

– Tu souris un peu beaucoup pour un mec qui ne sourit jamais.

– Tu as eu besoin de fermer la porte pour trouver cette repartie ? C'est me voir qui t'empêche de réfléchir ?

– Putain, mais t'es insupportable ! grogne-t-elle de frustration. Tu le sais, ça ?

– Oui, je crois.

– Tout ce qui sort de ta bouche, c'est pour râler, critiquer, blesser, mépriser, humilier…

– Ma bouche sait faire des tas d'autres choses, la coupé-je.

Pendant quelques secondes, elle fixe mes lèvres de connard arrogant. Puis mes cheveux mouillés depuis la douche, ma pomme d'Adam, mon tee-shirt noir, mon jean et mes pieds nus. Je ne sais pas quelle guerre a lieu sous son crâne, mais elle va faire des victimes.

Je m'empêche de bouger. Tous mes muscles se tendent sous son regard, tout mon sang bout en sa présence, mais je ne moufte pas. Je ne céderai pas le premier. Je crèverai de rage si elle referme la porte pour aller se coucher, mais je ne m'inviterai pas dans sa chambre comme tant de mecs ont dû essayer de le faire. Si elle me veut, elle viendra me chercher.

À mon tour, je détaille son visage en silence. Laisse mes yeux courir sur sa bouche sensuelle, m'interdis de descendre plus. Et Léo empoigne mon tee-shirt pour m'attirer à l'intérieur. Elle referme la porte et me plaque dessus brutalement avant de m'embrasser comme si sa vie en dépendait.

Ce baiser est presque une morsure. Une putain de délicieuse morsure au goût de lionne.

– Tu as *vraiment* envie de me faire du mal, soufflé-je contre ses lèvres.

– Ferme-la, Amadeus.

Je la ferme, mais je fais bien plus que ça. D'un geste abrupt, je prends sa place et colle au mur son petit corps affolant qui m'appelle, sans demander la permission à quiconque. Le gémissement rauque et sexy qu'elle laisse échapper me fait durcir un peu plus. Mon sexe se sent déjà à l'étroit dans mes fringues. Sans jamais me quitter des yeux, la belle tend sa main, qui va se placer sur la serrure, et tourne la clé.

– Juste au cas où, lâche-t-elle tout bas.

Je crois que ce qui m'excite plus que tout, c'est de sentir que Léo en a autant envie que moi. Qu'elle n'en peut plus d'attendre, elle non plus.

Cette partie de baise va nous libérer tous les deux.

Dieu sait que j'en ai rêvé, de mettre cette fille dans mon lit. De la goûter, la toucher, l'entendre gémir, la sentir jouir contre moi. Depuis que je la connais, Léonore Dumas n'a jamais cessé de me provoquer, me défier, m'échapper, m'allumer, me fuir. Ce soir, c'est à mon tour de la rendre dingue. Je l'embrasse à pleine bouche, sa langue me répond, s'enroule autour de la mienne. Je glisse mes mains sous son tee-shirt, elle se tend légèrement.

– Tu veux que j'arrête ? murmuré-je, essoufflé à force de tant la désirer.

– Non… Ma tête et mon corps sont un peu paumés, mais je veux que tu continues.

L'effrontée provoque un nouveau baiser, je fourre mes doigts dans sa crinière, elle me mord férocement la lèvre.

La garce. Je crève d'envie de lui arracher ses fringues et de la prendre bestialement contre ce mur, sans aucuns préliminaires, mais je ne veux pas la brusquer.

J'ai trop peur que la fille qui me hante depuis des années me file entre les doigts.

– Qu'est-ce que tu aimes, Léo ? Qu'est-ce que tu veux que je te fasse ?

– Je ne sais pas... Je n'ai jamais joui de ma vie.

Sa réponse me désarçonne. Je relève brusquement la tête, croise son regard franc et prudent à la fois. Elle semble regretter cet aveu sorti tout seul, mais j'aime sa sincérité, son expression brute. J'aime qu'elle ne triche pas avec moi. Je contemple ses traits fins d'une beauté infernale, son corps élancé, vibrant, sexy, qui ferait bander un mort... et je plonge. Je la veux. À moi. Rien qu'à moi. Tout entière.

Je l'embrasse comme un taulard qui n'a pas touché de femme depuis des années, je la soulève, la plaque contre moi et l'entraîne dans mes bras en direction du premier lit que je trouve. Je la balance dessus, grimpe sur elle et croise ses jambes dans mon dos.

– Je vais te montrer ce que tu as raté jusque-là, grogné-je contre sa bouche.

Elle passe sa langue sur mes lèvres, m'excite un peu plus, je la récompense en venant coller mon érection à son entrejambe.

– Tu vois ce que tu me fais ? soufflé-je encore.

– Pas mal pour une débutante, non ?

Nouvelle provocation.

Putain, son sourire faussement innocent me fait des trucs. Des trucs qui ne devraient même pas exister.

En me redressant, je m'empare du bas de son tee-shirt et le tire sans scrupule vers le haut pour l'en débarrasser. La lionne se débat un peu, peut-être pour essayer de m'aider, peut-être pour se désaper elle-même. Ses seins jaillissent sur sa peau ambrée et je les contemple avec un désir fou. Elle tremble face à moi et je sais pourquoi : en elle, désir et pudeur se battent en duel. Sa cicatrice la retient prisonnière, encore et toujours. Je veux qu'elle se libère. Qu'elle se redécouvre à travers mes yeux. Moi, je n'ai pas l'habitude de ressentir une telle impatience, un tel besoin *urgent*, presque *vital*, quand il s'agit de sexe. Je n'ai généralement aucun mal à arriver à mes fins avec mes conquêtes, mais celle-ci est différente.

Léo était la pièce manquante.

L'insolente pose ses deux mains sur ses seins pour me masquer sa poitrine ronde et aguicheuse, tout en laissant son regard bleu marine planté dans le mien. En réponse à ce défi silencieux, je me penche sur elle, m'empare de ses poignets, les écarte de force et introduis l'un de ses tétons dans ma bouche.

– Tu sais combien de fois j'ai imaginé te faire ça, Léo ?

– Alors tais-toi et fais-le…

Elle gémit de nouveau. Je la lèche, la titille, la malmène. Puis passe au téton suivant. Les reins de la belle se cambrent, elle s'arque contre moi, tout son corps s'éveille sous l'effet du plaisir. Mes mains libres descendent jusqu'à l'élastique de son shorty, commencent à le faire glisser mais Léo résiste.

– Mets-toi nu d'abord, me lance-t-elle.

Sa voix feutrée m'allume, je la bouffe du regard et lis

un mélange de fièvre et de doute dans ses yeux.

– Je veux voir le *loup*, chuchote-t-elle.

Putain.

Un rire rauque m'échappe. Je la trouve adorable, mon cœur se met à faire des trucs bizarres et je plante un baiser bien trop doux sur ses lèvres.

Je prends conscience que je dérape, me rappelle qu'entre elle et moi il n'y aura que du sexe, rien d'autre, et repasse aux choses sérieuses. Je remonte mon tee-shirt, il dégage rapidement et Léo peut enfin m'étudier sous toutes les coutures. Se mordre sensuellement la lèvre en posant ses mains sur moi. Me rendre fou en caressant mes pectoraux bandés, mes abdominaux qui se dessinent sous ma peau.

J'ai bossé pour les obtenir, autant qu'ils servent à quelque chose.

Mon jean et mon boxer suivent le mouvement et s'écrasent au pied du lit. Intégralement nu, dur comme la pierre, pétri de désir, je reviens m'installer au-dessus de son corps brûlant. Léo me dévore des yeux, son regard me parcourt encore et encore, puis ses doigts viennent frôler mon sexe.

– Je ne rêve pas ? murmure la brune. Wolf Larsson, entre mes mains…

Je lâche un soupir d'extase lorsque toute sa paume vient m'entourer, l'embrasse fiévreusement quand elle commence à me branler, et gémis comme un con au moment où elle me susurre à l'oreille qu'elle a envie de moi. « Là, maintenant. »

Je l'embrasse dans le cou, à cet endroit où la peau est fine et si sensible. Elle frémit, folle d'excitation. Je descends enfin son shorty, dernière barrière entre elle et moi. Je ne calcule rien, chaque geste que j'accomplis est du pur instinct. Ma main remonte le long de ses cuisses, elle les écarte et m'ouvre le chemin. Je frôle sa féminité, ouvre ses lèvres, la découvre trempée et je la pénètre d'un doigt, puis deux.

C'est chaud. Irréel. Dément.

– Tu es bien plus dangereuse que tu en as l'air, Léo, murmuré-je en me déplaçant vers le bas.

Je la goûte, enfin. Léonore ne fait même pas semblant de résister : elle s'abandonne à moi comme une fleur qui éclôt. Elle gémit, soupire, halète, tandis que ma langue plonge en elle et fait connaissance avec sa chair la plus intime. Son goût est entêtant, je joue avec son clitoris, mordille ses lèvres moelleuses, sens mon propre désir grimper en flèche chaque fois qu'elle me supplie de ne pas arrêter.

Je bandais déjà comme un âne il y a cinq minutes, mais là, ça devient carrément douloureux. Je délaisse sa petite chatte un instant pour remettre la main sur mon fut' et la capote qui nous attend sagement dans une poche. Mission accomplie.

Alors que je m'équipe, Léo se redresse et me contemple d'un air gourmand, la crinière en vrac et les yeux brillants. Complètement nue, les joues rouges, la frange indisciplinée, elle est belle à crever.

– Je vais te donner ton premier orgasme, lui confié-je alors, en la retournant, dos à moi.

L'insoumise se braque de nouveau, à plat ventre sur le lit. Elle tente de se retourner, d'éloigner sa cicatrice de mon regard mais je l'en empêche doucement. Je veux la contempler, *ici*. La voir, vraiment. La toucher, la caresser, lui prouver que ce volcan en éruption n'altère en rien mon désir pour elle. C'est même le contraire.

– Ne regarde pas, m'ordonne-t-elle. Je ne veux pas que tu voies ça...

– Tu n'as jamais été aussi belle, murmuré-je.

Je la sens se raidir lorsque ma bouche entre en contact avec sa peau abîmée, mais je ne lui laisse toujours pas l'occasion de fuir. Je touche ce volcan maudit, qui nous a liés à jamais, elle et moi. J'embrasse cette marque que j'ai laissée sur sa peau il y a des années, sans le vouloir, en la condamnant à vivre avec ce fardeau pour toujours.

– Je prends tout, Léo. N'aie pas peur. Et n'aie jamais honte.

Même la culpabilité ne parvient pas à dissiper mon désir. Sous mes baisers, la belle lâche un long soupir, frissonne de tout son corps et capitule. Je continue à la caresser, à embrasser sa chair à vif, à y promener mes lèvres et, petit à petit, son corps se détend. Je l'apprivoise à force de douceur et d'effleurements. Léo se remet à onduler, à gémir et, sans le dire, m'invite à la prendre en se cambrant jusqu'à moi. Lorsque je la sens fin prête, je m'enfonce en elle.

Enfin...

Je vis cet instant comme une putain de délivrance. Elle geint, tremble de tout son corps, s'oublie, s'abandonne, jette sa tête en arrière, puis se relève sur les genoux et me dit de la prendre plus fort. Je suis au nirvana.

Ça devient chaud, *très* chaud. Nos peaux claquent l'une

contre l'autre, j'agrippe ses hanches, vais chercher un sein, nos sexes en transe se font l'amour et la guerre en même temps. Léo laisse échapper des cris, s'agite, se cabre, m'allume, attise mon désir à tel point que je sens mon orgasme poindre avant le sien.

Décidé à la faire jouir avant moi, je l'attrape par les cheveux, la possède un peu plus, la caresse de nouveau, puis la pousse en avant pour que sa tête repose sur le matelas. Je veux l'amener au lâcher-prise le plus ultime, celui où sa tête ne pense plus, où son cœur ne souffre plus, où seul son corps décide. Dans cette position, elle peut s'abandonner réellement à ce plaisir animal, ce corps-à-corps jouissif. J'ai une vue d'enfer sur son cul, je l'empoigne, le malaxe, y plante mes griffes, tandis que la lionne prend son pied.

Plus je la malmène, plus elle en redemande. À chaque va-et-vient, mon bassin claque contre sa peau. Un son entêtant, jubilatoire, qui rythme notre étreinte. Sous moi, je sens Léo qui perd pied. Ses doigts empoignent le drap et s'y cramponnent. De profil, son visage change, sa bouche humide halète puis retient son souffle. Elle n'est pas loin d'exploser. Je m'accroche à sa taille fine et m'enfonce plus loin, encore et encore.

Je n'ai jamais rien connu de meilleur.

– Wolf… Wolf ! s'écrie-t-elle d'une voix paniquée.

– Laisse-toi aller… L'orgasme arrive, lui chuchoté-je.

– Je… Je vais… Wolf !

Un cri de bête sauvage s'échappe soudain de sa gorge. Un râle puissant et fragile à la fois. Tout ce qu'elle est. Son corps est assailli de tremblements incontrôlables et la belle se cambre une dernière fois contre mon sexe qui la pilonne.

Quelques secondes s'écoulent et je sens la jouissance m'emporter à mon tour.

Plus loin qu'elle ne m'avait jamais mené.

Essoufflée, les yeux brillants, Léo se retourne pour me faire face. Nos corps se détachent mais nos regards restent imbriqués pendant de longues secondes. Ils se parlent en silence et se disent tout ce que les mots n'auraient jamais pu exprimer.

En moi, une alarme retentit.

Danger.

24

Qui je suis

Léonore

Je n'ai pas la tête à ce dernier jour de *shooting*. À l'aube, on nous emmène à l'aquarium de Séville, avant son ouverture au public, et le photographe nous fait poser en maillots de bain devant des poissons exotiques, des tortues et des poulpes. Il nous suggère de « jouer avec eux » et je trouve ça ridicule. Il me plante devant le bassin gigantesque d'un requin et me demande de surjouer la panique. Mais mon corps refuse et mon esprit n'obtempère pas beaucoup plus.

– Tu es parmi nous, Léonore ? s'agace-t-il avec son accent espagnol.

– Oui, oui…

– Tu as trop fait la fête hier ou tu as peur de la grosse bête ?

– Je n'ai pas peur ! protesté-je comme une enfant.

Et le type me remplace rapidement par Eugénie, qui m'adresse un petit sourire contrit.

Un peu plus tard dans la matinée, il demande à Willa et

moi de prendre des concombres de mer dans nos mains et de les embrasser.

– S'il croit qu'on n'a pas remarqué la forme phallique de ce truc, grommelle la brune.

Elle trouve une pose marrante et fait mine de mordre dans le concombre tout mou.

– Je ne joue pas à ce jeu-là, décidé-je soudain.

– Quoi, parce que tu vaux mieux que ça ? me provoque Willa d'une voix désabusée.

Mais je n'ai pas le temps de me justifier que Qin-Qin est appelée à la rescousse pour donner des bisous à toutes les créatures marines qu'on lui tend.

Heureusement pour moi, le *shooting* s'arrête vite, l'aquarium ouvre ses portes et toute la bande Strange & Strong regagne l'aéroport.

Tous sauf Wolf.

Dans l'avion qui nous ramène à Paris, j'entends Matthias apprendre à Willa que son frère a décidé de rentrer avant tout le monde, au petit matin. J'obtiens enfin la réponse à la question qui me rongeait mais que je n'ai osé poser à personne.

Je ne l'ai même pas entendu quitter ma chambre dans la nuit. Et je ne sais pas ce qui me met le plus dans cette humeur de chien : que l'enfoiré se soit barré comme un voleur après avoir eu ce qu'il voulait, que je me sois endormie dans ses bras en baissant la garde, ou que je me sois confiée à lui un peu plus tôt, dans un moment de faiblesse.

« Je n'ai jamais joui de ma vie. »

Quelle conne…

Pour lui, ce n'était sûrement rien d'autre qu'une pulsion à assouvir, un dossier à classer. Pour moi, ça représente tant et tant de choses que c'est presque irrespirable. Une erreur monumentale. Une trahison de la fille de 14 ans que j'étais et qui en a tant bavé à cause de lui. Une idiotie de mannequin qui couche avec son boss, après avoir essayé de le rendre jaloux toute la soirée – il semblerait que ça ait marché. Mais surtout, c'est la première fois de toute ma vie que je prends un tel plaisir avec un homme, que je m'abandonne, que je m'oublie… et il a fallu que ce soit avec lui, mon bourreau, mon pire ennemi.

Je renverse ma tête en arrière sur mon siège confortable de première pour essayer de ravaler les larmes qui affluent.

– Léo, tu dors ? vient me chuchoter Willa.

– Oui, j'essaie.

– Tu ne saurais pas où est passé mon frère, par hasard ?

Son ton est étonnamment neutre, mais sa question m'oblige à me redresser.

– Non, pourquoi je le saurais ?

Elle hausse les épaules et soupire.

– Il ne répond pas au téléphone, il est parti avant tout le monde, il n'est même pas retourné voir le photographe ou le type de Desigual pour savoir si le *shooting* était réussi. Ça ne lui ressemble pas du tout.

– Depuis quand Wolf est un mec prévisible ? demandé-je, l'air détaché.

– Pas faux. Il a dû avoir une urgence. Ou passer la nuit avec une Espagnole qu'il a dû vouloir fuir en vitesse…

Je suis persuadée qu'elle dit ça pour guetter ma réaction. J'hésite à me rendormir, mais trop d'indifférence aurait sûrement l'air louche. Je tente de masquer comme je peux mon relent de colère, et je joue la carte de l'ironie.

– Je ne savais pas que c'était une spécialité des Larsson, les nuits sans lendemain.

– Du plaisir, pas de complications… Ça devrait être une spécialité de tous les êtres humains, non ?

– Certains ont malheureusement un cerveau qui les empêche de se comporter comme un simple concombre de mer en rut.

Willa se marre, rabat les énormes lunettes de soleil perchées dans ses cheveux et retourne à son siège.

J'aime plutôt bien cette fille, franche, directe, lucide et très maligne. Ça m'embête de lui mentir. Mais ce qui m'irrite encore plus, c'est de ne pas pouvoir me confier à elle. Je suis certaine qu'elle serait de bon conseil. En fait, je ne peux parler à personne ici : il y a la sœur de Wolf, l'associé et meilleur ami de Wolf, les employés de Wolf, ce mec est partout, et je n'ai d'allié nulle part. Tout le monde l'adore, l'admire, le respecte ou le craint. Qui voudrait écouter une banale histoire de fesses entre deux personnes censées s'éviter et qui ne font que s'attirer ? Qui pourrait comprendre le passé qui nous lie et qui nous a détruits ?

Cette fois, une larme glisse le long de ma joue pendant que je fixe le hublot. On va bientôt atterrir à Paris et, même en retrouvant ma vie, mon monde, je ne saurai pas à qui parler. Ma mère et moi, nous n'avons pas ce genre de relations. Lise et mes autres copains de fac ne me connaissent pas vraiment. Mon grand-père a beau être mon héros, on ne parle pas de ces choses-là. Et pour la première fois depuis longtemps, je prends conscience que je suis très seule. Ça ne m'a jamais dérangée jusque-là, je crois que je cultivais même cette distance entre les autres et moi. Tous gardés loin de ma peau, de ma cicatrice à cacher, de mes blessures intimes à oublier.

À force d'avancer sans me retourner, de vivre sans m'arrêter, de suivre le rythme des « hop, hop, hop » imposés pour ne pas flancher, j'ai peut-être oublié qui j'étais.

Léonore Dumas, grande brûlée.

Léo, ado dont la vie s'est arrêtée. Qui s'est reconstruite seule, dans une chambre d'hôpital, pour réparer sa peau en lambeaux et son cœur brisé.

En fait, le seul à qui j'ai envie de parler de tout ça, le seul qui me semble capable de comprendre, de deviner, de me voir comme je suis, dehors et dedans, de face et de dos, s'appelle Wolfgang Larsson.

Et cette idée me rend plus furieuse encore.

***

Heureusement, papy Georges m'attend à la maison avec des croque-monsieur dégoulinant de fromage et des chansons d'amour folk qui emplissent tout l'appartement.

– La chemise, la veste, quelle classe ! Tu t'es fait beau juste pour m'accueillir ?

– Bien sûr, je voulais être à la hauteur des Sévillans pour que tu aies envie de rentrer ! me dit-il en souriant. Et c'est aussi l'anniversaire de la mort de ta grand-mère… Je veux qu'elle me trouve beau, aujourd'hui.

Il frotte une poussière sur son épaulette et me fixe de ses yeux humides.

– Oh, papy, j'ai oublié. Enfin non, j'y ai pensé hier, je connais la date, c'est juste que d'autres choses sont arrivées et…

– Et tu n'as pas besoin de t'arrêter de vivre un seul jour de l'année ! me soutient-il.

– Tu veux que je t'accompagne au cimetière ?

– Mais non, quelle idée ! Ma Colette n'est pas là-bas…

Il ouvre grand les bras comme pour me dire qu'elle est partout, juste là, avec nous.

– Accorde-moi cette danse pour qu'elle voie que je n'ai pas perdu la main, me propose mon grand-père en se levant de table.

Il lisse ses cheveux blancs en arrière et ses sourcils bruns de chaque côté. Je pose délicatement ma main dans la sienne et mon bras autour de son cou, il cale le côté de sa tête contre le côté de la mienne, puis il me guide dans un slow lent et élégant que je les ai vus danser cent fois tous les deux. Mon regard se pose sur l'alliance dorée de papy Georges, enfoncée dans la chair fripée de son doigt, et une boule se forme dans ma gorge.

– Qu'est-ce que tu lui dirais si tu la voyais en vrai, juste une fois ? murmuré-je.

– Je lui chanterais la plus belle ballade de Johnny Cash, bien sûr… Et je lui demanderais de m'épouser encore une fois… pour être sûr qu'elle ne se trouve pas un autre bonhomme que moi.

Mon grand-père rit en silence mais je sens sa joue mouillée contre la mienne. Et il me susurre « Et toi ? »

parce qu'il ne peut plus parler. C'est à peine si j'y arrive.

– Je lui dirais merci, mamie, chuchoté-je. Et aussi… pardon.

– Pardon pour quoi, ma beauté ?

– Je crois qu'elle sait.

Papy acquiesce et danse sans insister. Je ferme les yeux pour revoir le saphir bleu, les diamants tout autour, la si jolie goutte d'eau qui s'est évaporée. Je répète « pardon, pardon » dans ma tête. Je ne crois pas que les morts soient là, tout près, nous entendent et nous voient. Mais moi, j'aperçois le visage si doux de ma grand-mère, son regard aimant et son sourire tendre, et ça me fait un bien fou.

***

À l'UMD aussi, le lendemain, l'heure est aux adieux. Une de mes patientes préférées, Judith, quitte sa chambre d'isolement pour retrouver sa liberté dans son unité d'origine à Sainte-Anne. Le Pr Weber fait le point avec elle sur les ajustements de son traitement et les thérapies qu'elle doit continuer à suivre absolument pour rester stable. Judith fait semblant de l'écouter mais ses grands yeux suivent tous les mouvements du visage du médecin. Elle se lève même pour aller le regarder tout près, la bouche entrouverte et le regard concentré.

– Un, deux, trois, quatre, cinq, six, sept…

– Vous avez raison de compter si ça vous apaise, lâche Weber, imperturbable.

– Non, je compte les rides, c'est beaucoup à dessiner.

– Ah, je suis le prochain sur la liste, alors ?

– Votre bouche, là, elle n'est pas normale… Elle descend vers le bas, de chaque côté, comme un fer à cheval…

– OK, Judith, bon retour, alors.

– Mais avec tous les traits des rides… autour de la bouche… oui, ça fait comme un trou de balle !

J'éclate de rire et me force à tousser contre mon poing pour ne pas vexer le grand ponte. Karim, l'aide-soignant, est déjà parti dans un fou rire nerveux impossible à retenir. Weber se touche le menton et quitte la chambre sans autre réaction.

– Vous ne l'avez pas raté, là, Judith ! se marre encore Karim.

– C'était bien trouvé, confirmé-je.

– Vous êtes prête pour le transfert ?

– Mais… quelqu'un vient me chercher ? demande-t-elle naïvement.

– Je ne crois pas, non, concédé-je d'une voix neutre.

J'aimerais pouvoir lui dire que, moi aussi, j'attends Wolf depuis le début de cette journée. Moi aussi, j'espère le voir arriver à chaque seconde, avec son visage contrarié, ses fossettes profondes, sa tignasse brune décoiffée par le casque de moto, et son regard clair rempli d'émotions contradictoires.

Il ne m'a toujours pas appelée, pas parlé, il n'a pas commenté mes photos sur Instagram, ne s'est pas pointé en bas de chez moi sans y avoir été invité. Un parfait fantôme. Je le déteste d'oser m'ignorer après ce qu'il s'est passé. Je suis déçue qu'il ne soit pas venu accompagner sa tante pour ce jour important. Énervée après moi d'attendre autre chose de lui.

Après tout, à force de jouer au connard, peut-être que le rôle a fini par lui coller un peu trop à la peau.

– Tout va bien se passer, Judith, la rassuré-je en glissant mes mains dans les siennes. Vous allez pouvoir recommencer à vous promener, à dessiner dans le hall, à croiser des gens.

– Pas de contact, me rappelle mon collègue à voix basse.

– Elle n'est pas dangereuse, juste apeurée.

– C'est la règle.

– Vous allez me manquer, vous savez ? ajouté-je en ignorant l'aide-soignant.

– Votre visage, c'est beau comme un soleil, me confie la patiente. Mais c'est triste, c'est plein de larmes là-dedans. Il faut secouer pour tout faire tomber.

– Vous voyez clair en moi, Judith, je ne suis rien d'autre qu'un vieux saule pleureur.

Je lui rends son sourire et elle quitte l'UMD à petits pas feutrés, méfiants, escortée par deux soignants qui ne la toucheront pas.

Peut-être de peur d'être trop touchés.

25

Ce Wolf-là

Léonore

Quelques jours plus tard, août laisse place à septembre et Paris retrouve son vrai visage : animé, bruyant, tumultueux, grisant. J'ai fini ma semaine de stage sans incident. J'ai pédalé souvent, sans jamais aller vraiment nulle part. J'ai bu un verre avec Eugénie et Qin-Qin, sans rien apprendre d'intéressant. J'ai cherché des traces de Wolf un peu partout, dans les médias, sur Instagram, autour de la place des Vosges. À part dans mes rêves, ce salaud reste aux abonnés absents.

Alors j'ai trompé l'ennui en caressant le chat, en errant sur Internet et en jouant aux dames avec papy. J'ai rempli ma solitude en faisant des baby-sittings qui ne me rapportent pratiquement rien, avec des enfants déjà endormis quand j'arrive. Et j'ai même songé à prendre un chien, un de ces bâtards borgnes et hirsutes de la SPA, histoire de me rendre utile… avant de m'avouer que je serais incapable de n'en choisir qu'un seul.

Il faut attendre vendredi soir pour que mon téléphone s'agite et que ma vie se remplisse un peu.

[L'été est fini, on redevient
meilleures copines ?
Dr Chaudasse,
pour vous servir.]

[Merci d'attendre la rentrée
de la fac pour une nouvelle
tentative d'amitié.]

[C'est bien noté.
Mais il se peut que j'aie couché
avec un détenu en permission.
Papa Préfet pas content du tout.
Et juré, je n'invente pas ça
pour que tu aies envie
de me parler.]

[Je suis sûre que tu l'as fait.
Et je ne te félicite pas,
espèce de détraquée.]

[Et toi, du nouveau
sous la ceinture ?]

[Non, je crois que ma
chaudière est cassée.]

[OK, réparation de
la dernière chance à tenter.
Je prépare mes outils…]

[Tu fais très mal
le plombier sexy, Lise.]

[Chauffagiste, pas plombier.
Et c'est parce que tu n'as
pas encore vu ma raie…]

[Pitié, non ! À dans un mois,
sociopathe !]

Je ris en imaginant la scène quand mon portable vibre de nouveau : c'est Matthias qui m'appelle, et je trouve l'heure trop tardive pour ne pas sembler bizarre.

– Léo ? C'est moi, Strange. Merci de décrocher !

– Tout va bien ?

– Oui, je sais qu'il est tard, mais j'ai un gros service à te demander.

– Garder Yumi ?

– Comment t'as deviné ?

Je respire. Pendant cinq secondes, j'ai eu peur qu'il soit arrivé quelque chose à… l'autre enfoiré dont je ne citerai pas le prénom.

– Tu as besoin que je vienne tout de suite ?

À l'autre bout de la ligne, je l'entends essayer de consoler sa fille qui réclame sa mère, puis reprendre.

– Je suis désolé, je suis vraiment dans la merde. J'ai appelé toutes les baby-sitters que je connais…

– Pas de souci. Je serai contente de passer la soirée avec Yumi.

– En fait… j'ai besoin de toi tout le week-end, m'apprend

le tatoué. Naoko est à une convention sur le tatouage féminin. Et Wolf a besoin de moi.

– Je vois, soufflé-je en essayant de garder mon calme.

Nouvel interlude pendant lequel Yumi pousse des cris stridents, puis redescend. Son père profite de cette accalmie pour m'expliquer quelques détails :

– Je serai en Suède, je vais accompagner Wolf. Je crois qu'il a besoin de prendre le large. Je ne sais pas exactement pourquoi, mais je ne peux pas le laisser y aller seul…

– Je comprends.

Ça me tue, que les problèmes de Strong passent avant tout le reste. Que ce mec égoïste et lâche trouve toujours une béquille, un ange gardien pour prendre soin de lui. Ça me tue d'être encore celle à qui l'on demande de boucher les trous. Ça me tue d'être si seule dans ma vie que j'en suis réduite à passer mon week-end avec une gamine de quatre ans et demi. Mais je comprends. La loyauté de Matthias me touche. L'indépendance et la passion de Naoko m'inspirent. Et papy Georges ronfle déjà dans son fauteuil en velours moutarde qui me sort par les yeux.

– J'arrive, annoncé-je simplement.

– Putain, tu me sauves la vie, Léo, merci. Je t'envoie un taxi !

***

Yumi est endormie sur le canapé quand j'arrive chez elle avec mon sac pour le week-end. Matthias m'accueille par une accolade et me chuchote :

– J'ai toujours su que tu avais l'esprit Strange & Strong.

– Je ne sais pas si je dois prendre ça comme un compliment, ironisé-je tout bas.

Le grand tatoué me sourit puis m'entraîne vers la cuisine, où l'on peut parler normalement.

– Je t'offre quelque chose à boire ? J'ai encore dix minutes avant d'aller rejoindre l'autre fêlé à l'aéroport.

– Il va bien ? m'entends-je demander.

Je mate mes New Balance kaki pour éviter son regard, mais j'imagine que Matthias doit être surpris par ma question. Sans chercher à creuser, il me fait choisir entre une bière et un jus de fruits, je prends l'ananas et il se décapsule la Leffe.

– Je ne sais pas comment il va, m'avoue-t-il. C'est difficile de savoir, avec lui. Mais tu le sais aussi bien que moi…

– Non. Je ne sais pas grand-chose de Wolf. Enfin, de ce Wolf-là.

J'hésite à entrer dans les détails, mais un étrange sentiment m'envahit. Je n'ai pas le droit de me confier à son meilleur ami, pas plus que d'essayer de le faire parler de lui. Mais j'ai naturellement envie des deux. Je me sens bien ici. Proche de ce Strong qui me tient à distance. Strange le devine et vient à mon secours.

– Je ne peux rien te dire de plus… Ce mec est un mystère pour moi aussi. Mais c'est mon meilleur pote, le genre d'ami que tu rencontres une fois dans une vie. Lui, Willa et moi… on s'est un peu sauvés les uns les autres, sans le savoir, il y a quelques années. Enfin, Wolf a vraiment sauvé ma peau quand j'essayais d'effacer tout ça.

Le tatoué frotte ses bras nus, les approche de mon visage et je distingue des dizaines de petites cicatrices sous les dessins. Des longues et blanches, des rondes et sombres, des fines et des plus marquées. Je n'avais jamais fait attention.

– J'étais un enfant battu, maltraité. J'ai voulu recouvrir toutes les traces de mon enfance pour oublier. Dès que j'ai été majeur, je me suis tiré et j'ai tout tatoué, zone après zone, avec le peu de fric que j'avais. Tout sauf le visage, parce que c'est le seul endroit que mes parents ne touchaient pas. Histoire de ne pas avoir d'ennui, tu vois ?

– C'est terrible, je suis désolée, bredouillé-je.

– Je n'ai jamais fait d'études, jamais trouvé de boulot correct. Avec mon look et sans diplôme, je ne pouvais rien faire de ma vie. J'étais voué à rester en marge de la société… Mais Wolf m'a regardé autrement. Il m'a dit que j'avais une bonne taille, des muscles, une gueule unique, qu'il fallait que je m'en serve. Il a réussi à me faire bosser comme mannequin, comme comédien.

– Il t'a rappelé que tu étais quelqu'un.

– Non, il a *fait* de moi quelqu'un. On a monté cette agence ensemble. On a bossé comme des fous, on a gagné du fric, on est devenus importants… À partir de là, j'ai arrêté de me recouvrir avec n'importe quoi, juste pour m'effacer, j'ai choisi de raconter ma vie dans mes tatouages. Parce que j'avais des choses à dire.

– Elle est belle, cette histoire, commenté-je avec un sourire triste.

Je bois une gorgée d'ananas, il prend une lampée de bière.

– Wolf, lui, il n'a pas encore trouvé comment sortir tout ça, continue Matthias sur le ton de la confidence. Comment raconter son histoire au lieu de la ressasser tout seul dans son coin. Les deux personnes qu'il aimait le plus au monde étaient « hors norme », alors il a créé un monde sans norme. Juste pour eux, pour les voir heureux. Alors qu'il ne sait même pas ce que c'est !

Le tatoué secoue la tête et se racle la gorge, soudain pris par l'émotion.

– Bref, je parle trop, je vais être en retard. Tu écoutes bien, tu sais ? C'est pour ça que tu es *strange*, toi aussi. Tu t'oublies. Mais rappelle-toi qu'il y a aussi du *strong* en toi. Et prends soin de ma Yumi !

– Ne t'inquiète pas pour ça.

Je le vois aller embrasser sa fille, qui ouvre un peu les yeux juste pour l'écouter, il lui répète mille fois qu'il l'aime et ne l'abandonne pas pour toujours, lui promet de lui rapporter un cadeau « de ouf » et l'embrasse encore. La petite rit, puis décide de se relever pour aller se planter devant la télé, en laissant son père s'en aller.

– Léo ? reprend le tatoué avant de passer la porte. Je ne t'ai rien dit, hein ? Tu sais, sur l'autre fêlé…

Je pose mon index sur mes lèvres et fais la promesse silencieuse de ne jamais le trahir.

26

Explosions en série

Léonore

Ça me coûte de l'admettre, mais j'ai pour héros un papy de 75 ans et pour idole une gosse de quatre ans et demi. Voilà où en est rendue ma vie.

Alors que vous vous êtes tiré une balle dans le pied en couchant avec votre pire ennemi, que vous souffrez d'une névrose obsessionnelle aiguë pour un homme aux yeux insondables, au corps sauvage et à l'esprit torturé, que vous en perdez l'appétit et l'envie de sortir du lit, une seule gamine à couettes est capable, en deux jours, de vous remettre les idées en place. Son petit nez retroussé vous apprend à lâcher prise et ses émeraudes émerveillées à profiter de l'instant présent.

Ce week-end, Yumi a été ma thérapie. Menée à la baguette par mon gourou miniature, je me suis laissée traîner à la piscine, au Jardin d'acclimatation, au McDo, puis au zoo. Dimanche soir, Naoko est venue nous rejoindre en plein marathon Walt Disney et l'on s'est toutes les trois endormies devant *Mulan*, le ventre rempli de pop-corn au caramel, l'esprit apaisé et le corps complètement claqué.

– Je te réserve pour le week-end prochain, a murmuré la tatoueuse à moitié assoupie.

– Pas dispo… Je dors les six prochains mois.

La Japonaise *badass* a gloussé, puis s'est mise à ronfler.

***

Lundi matin, je quitte les deux rebelles aux yeux en amande et saute dans le métro pour rejoindre l'hôpital. Je continue à suivre les cas de plusieurs criminels – un schizophrène qui a poignardé sa mère, une empoisonneuse et un adepte de l'étranglement, tous stabilisés par leur traitement. Mais un nouveau patient vient d'être admis dans l'unité de haute sécurité, « un cas particulièrement dangereux » selon le Pr Weber, qui m'annonce dans la foulée que je ne suis pas autorisée à le traiter.

Je comprends vite pourquoi. Dans un total délire paranoïaque, le malade se jette contre les murs de sa chambre comme une boule de flipper effrénée, pousse des cris de bête et, à l'instant où il me repère derrière sa vitre, hurle qu'il va me « violer », me « saigner », puis me « becter ». Entravé par une camisole de force, l'homme se rue vers moi et vient percuter la vitre blindée. J'ai beau savoir qu'il ne peut pas m'atteindre, je fais un bond de trois mètres en arrière.

Ses yeux écarquillés, l'écume aux coins de sa bouche, sa manière de claquer des dents, la force démente qu'il dégage… Tout chez lui me terrorise. La peur s'insinue sous ma peau et m'enserre la poitrine. Je voudrais fuir cet endroit et me réfugier dans des bras protecteurs.

Mais les seuls auxquels je pense n'ont rien de rassurant...

Et leur propriétaire est, de toute façon, toujours aux abonnés absents.

– J'imagine que tu as compris, me souffle Karim, mon collègue aide-soignant. C'est un violeur en série. Aucune femme du service ne doit l'approcher.

C'est la première fois que je suis à ce point soulagée de quitter l'UMD, à la fin de cette journée. Malgré la pluie fine qui commence à tomber, je saute sur un Vélib' et pédale pour me débarrasser de toutes les tensions accumulées. Une fois encore, mes errances me mènent place des Vosges, sans trop que je sache pourquoi.

Aucune mission prévue.

Aucun rendez-vous programmé.

Aucun signe de *lui* nulle part.

Je pénètre dans l'agence et tombe sur Lorelei en déclinaison de violet, qui engueule mollement Lolita de s'être « oubliée » sur le sol en béton ciré. Je les laisse à leurs affaires, croise deux ou trois visages connus, leur souris puis pose enfin les yeux sur la bulle de verre. *Son antre.* Cruelle déception : la porte est grande ouverte et le bureau du boss désespérément vide. Pas de Matthias dans les parages non plus. La Suède ne semble pas vouloir nous rendre Strange & Strong et je me demande bien ce qu'ils y fabriquent, ces deux-là.

Dépitée, je retrouve finalement Eugénie devant le grand tableau d'affichage du coin bar.

– Tu es là, toi ? me balance la jolie bicolore.

Je lui claque une bise sur la joue, puis contemple les petites annonces qui peuplent le mur gris anthracite. Rachats de fringues, billets d'avion ou de train à revendre, bonnes adresses de coiffeurs et instituts en tous genres, propositions de séances de sport à plusieurs : rien de fascinant. Plus loin, la section « Bons plans immobiliers » attire mon attention. Il serait temps que je rende son appart et sa liberté à papy Georges. Il ne se plaint jamais de ma présence, mais je sais qu'il s'inquiète pour moi. Il aura l'esprit plus tranquille une fois que j'aurai retrouvé mon indépendance.

Et chaque jour qui passe, je m'en veux un peu plus de profiter de sa gentillesse et de sa générosité, alors que je l'ai trahi.

Ce saphir, c'était aussi le sien…

Repoussant cette idée qui me mine, je passe en revue la dizaine de Post-it placardés, ne trouve rien qui colle à mes critères – trop cher, trop loin, trop foireux – puis décide de créer le mien.

Recherche studio, loft ou deux pièces
dans les 11e, 12e, 13e ou côté Vincennes.
Pas de colocation. Pas de plan bizarre.
Loyer 900 euros max.
Demander mon numéro à l'accueil.
À vous ! Léo.

– Je ne vais pas tarder à passer la même annonce, soupire Eugénie en lisant la mienne. Je crois que mon mec se tape ma sœur…

Je me tourne vers elle, choquée.

– Tu es sûre ?

– J'ai vu passer des textos *très* inquiétants, avoue-t-elle en se rongeant les ongles.

– Tu veux que je leur pète le nez à tous les deux ?

– Ça ne changerait rien, me glisse-t-elle tristement. Sa peau à elle n'est pas tachée… Ma sœur, c'est moi en « normale ». Je n'ai aucune chance.

On se serre dans les bras, puis on se sert une bière, directement dans le frigo américain de l'agence. Après avoir séché ses larmes et vidé sa bouteille, ma Beyoncé préférée prend conscience de l'heure qu'il est, se tapote les joues et m'engueule car je l'ai mise en retard pour son prochain *shooting*.

Je la regarde partir sans lui faire remarquer que je n'y suis pour rien, puis vois Willa débarquer, les yeux rougis elle aussi. La brune fonce jusqu'au frigo, s'empare d'une petite bouteille d'eau et en vide la quasi-totalité.

– Tu… Tu veux discuter ? tenté-je prudemment.

– De quoi ? m'agresse-t-elle à moitié.

– De ce qui t'a fait pleurer…

Willa hésite, regarde autour d'elle, constate qu'on est seules, hésite encore, puis se rapproche de moi en grommelant.

– Quoi ? Articule, je n'ai pas de décodeur.

– Je viens de me faire jeter comme une malpropre !

– Je peux t'apprendre à construire une bombe artisanale, murmuré-je pour la faire sourire.

Ça fonctionne.

– Wolf m'avait dit que tu étais un peu timbrée, lâche-t-elle.

Mon cœur se serre, je résiste tout juste à l'envie de lui poser un milliard de questions sur son frère « porté disparu ». Mais je me concentre sur celle qui semble avoir besoin de moi.

– Qui t'a jetée, Willa ?

– Une connasse en slim taille 12 ans qui a cru qu'être grossophobe, c'était « in ».

– Je vois…

– Et que tenir un putain d'appareil photo entre les mains, ça lui donnait tous les droits.

– Continue…

– Wolf a merdé en me sélectionnant, ce boulot n'était pas pour moi ! Il déconne grave, en ce moment ! Le client voulait un mannequin Strange & Strong, mais surtout pas grande taille, enrage-t-elle. Parce que la différence, c'est cool, mais pas les bourrelets, tu vois ? Me virer et m'humilier devant tout le monde, ça lui a fait sa journée, à cette garce !

– Bon, je vais chercher mes explosifs.

L'évocation de la bombe la fait rire de nouveau, mais son sourire disparaît rapidement.

– Pauvre Angèle, je lui ai gâché sa journée…

– Angèle ? La doyenne de l'agence ?

– C'était un *shooting* sur le thème « grand-mère petite-fille », m'explique Willa. Sauf qu'Angèle est tellement filiforme que quand on nous a placées à côté, c'était mort pour moi…

– Tu n'as rien à te reprocher, lui rappelé-je en la voyant au bord des larmes. Tu es parfaite comme tu es, Willa. Tu es belle, féminine, sexy, unique… et tu ne plairas jamais à tout le monde. C'est ta force… et c'est toi qui me l'as appris, tout ça !

La ronde aux traits délicats renifle bruyamment, puis m'adresse un sourire franc, soutenu, qui me fait quelque chose dans le cœur.

– Le sourire Larsson… avoué-je à haute voix. Une denrée rare et immensément précieuse.

Des bruits de pas se rapprochent, une voix masculine s'élève derrière nous.

– Willa, c'est quoi, ce bordel que tu m'as foutu ?

Matthias se plante face à elle, l'air *légèrement* contrarié.

– Ce groupe nous rapporte plus d'un million par an !

– Et c'est une raison pour me traiter comme une chiure de pigeon ? se défend la brune.

– C'est le risque du métier, Wil' ! Tu n'es pas une débutante, putain !

Le brun me dévisage soudain, comme s'il venait à peine de prendre conscience de ma présence. Moi, tout ce qui s'imprime dans mon cerveau, c'est que Strange est rentré de Stockholm. Et que Strong n'est peut-être pas loin…

– Léo, vas-y !

– Quoi ?

– Tu vas remplacer Willa. Je t'appelle un chauffeur.

Il doit être en train de faire un AVC pour imaginer que je vais accepter cette mission.

– Jamais de la vie.

– Payé double ! balance le tatoué, trop pressé pour négocier finement.

– Garde ton fric, je ne bosserai pas pour des abrutis finis.

Willa soupire, puis me balance :

– Tu sais quoi ? On changera le monde plus tard, Léo. Pour l'instant, évite de faire perdre un contrat à mon emmerdeur de frère… Je m'occuperai de son cas plus tard !

Et moi donc…

***

Je rejoins Angèle sur le site, un hôtel particulier qui borde le parc Monceau, et rencontre la fameuse photographe et toute son équipe en serrant les dents. Je tends fébrilement mon book à celle qui me fait remarquer que j'ai mis un temps fou à arriver : elle l'étudie d'un air blasé, s'arrête longuement sur la première photo où j'expose ma cicatrice, retient tout juste une grimace puis décide de ma tenue en soupirant.

– Il faut qu'on lui trouve un haut couvrant qui aille avec le short carmin.

Je respire pour ne pas réagir. Me laisse sagement coiffer, maquiller, enfile le top en soie qu'on me remet et le minuscule short rouge qui l'accompagne et je vais m'installer face à l'objectif. Mal à l'aise mais divine dans une robe gris perle, Angèle me sourit timidement en me voyant arriver.

– Prenez-vous la main ! nous lance la photographe. Voilà, avec ces deux-là, on y croit !

J'honore mon contrat comme un bon petit soldat. Pendant deux bonnes heures, je m'inspire du professionnalisme de la beauté aux cheveux blancs, je me montre respectueuse, docile, je souris à l'objectif, fais mon possible pour mettre en valeur les vêtements qu'on glisse sur ma peau.

Je fais ce pour quoi je suis payée.

Double.

Satisfaite, la photographe remballe son matériel tout en continuant à râler sur le temps perdu aujourd'hui et les mannequins « qui ne devraient pas en être ». Elle ignore qu'elle vient de signer son arrêt de mort. Consciente que je m'apprête à sérieusement déraper, je m'avance vers elle et lui envoie, d'une voix qui se veut parfaitement calme :

– Vous êtes au courant que l'intégralité des personnes présentes dans cette pièce vous détestent et préféreraient mourir plutôt que de vous avoir pour fille, pour femme, pour mère ou pour grand-mère ?

La fausse rousse estomaquée me fixe bêtement, sans comprendre ce qui lui arrive.

– Vous avez peut-être un physique parfaitement dans les normes, mais votre intelligence émotionnelle frôle à peine la moyenne.

– Je… Je vous demande pardon ? réagit-elle enfin.

– Certains n'ont pas choisi leur physique, mais vous avez sciemment fait le choix d'être odieuse. Votre niveau de méchanceté explose tous les standards de l'humanité, vous le savez ? Et ce n'est pas auprès de moi que vous devriez vous excuser…

– Quelqu'un… Quelqu'un a entendu ça ? s'écrie-t-elle en cherchant du soutien auprès de ses assistants.

Pas une seule personne pour prendre sa défense. Je ne perds pas tout à fait foi en mon prochain… ni en mon petit laïus risqué.

– Vous avez terminé ? siffle Cruella.

– Oh non, j'ai encore plein de choses à vous dire ! Je…

Un bras m'entoure la taille et me tire en arrière, tandis qu'une main fraîche se pose sur ma bouche.

Sa peau... Son odeur... Wolf...

– Héloïse, désolé pour le malentendu, on va vous laisser remballer tranquillement, résonne la voix grave qui m'électrise.

Puis elle ne devient qu'un souffle. Strong se penche sur moi et me susurre à l'oreille :

– Suis-moi et ferme-la, Léo. Avant que ça n'explose…

Pour mon cœur, c'est trop tard. Bien trop tard.

27

La lionne et le loup

Wolf

La nuit commence à tomber et il flotte dans l'air une dangereuse tension. J'aurais mieux fait de rester à Stockholm, là où rien ne m'atteint. Loin de tout ce bordel, de Paris, de l'agence, de la fille qui me colle à la peau. Là-bas, j'ai pu souffler un peu, dormir beaucoup, regonfler mes poumons de l'air qui venait à me manquer. Matthias et sa passion des sports extrêmes m'ont changé les idées, mais il a bien fallu rentrer. Et tomber sur *elle*, en pleine crise de rébellion.

Dans cet hôtel particulier, au milieu du chaos, j'essaie de rester pro, malgré le malaise palpable d'Angèle, le regard furax de Léo et son langage corporel bouillonnant. La bombe n'est pas loin de m'éclater à la gueule.

– Il est tard, on devrait tous rentrer, suggéré-je de ma voix la plus calme.

– Bonne idée, confirme Angèle.

La lionne reste enfermée dans son mutisme enragé. Soit elle se prépare à me sauter à la gorge, soit elle va déguerpir en m'ignorant superbement… et je ne sais pas encore quel scénario je préfère. On quitte l'hôtel particulier, j'arrête un taxi dans la rue en levant le bras.

– Angèle, vous prenez celui-ci ? proposé-je.

– On peut partager, Léo, si tu veux.

– Merci, mais je vais prendre un Vélib', ça me fera du bien de me défouler.

– Ah, la jeunesse… Bonne nuit à vous deux !

La belle grand-mère referme sa portière et je tente une approche de la sauvage qui fulmine près de moi :

– Je ne sais pas pourquoi, mais je sens que la nuit ne va pas être… « bonne ».

– Vraiment ? s'étonne Léo. Tu choisis de faire de l'esprit maintenant ?

– Non. Il fait trop noir pour que je te laisse rentrer à vélo. Je te propose un trajet à moto, ça défoule sans avoir besoin de pédaler, ça grise sans effort et tu seras plus vite arrivée. Donc débarrassée de moi.

– Ces trois derniers mots sont les seuls qui m'ont intéressée depuis que tu as ouvert la bouche.

Je soupire, la laisse me punir et me dirige vers ma moto pour lui rapporter un casque.

– Je ne monte pas sur cet engin avec toi, j'ai bien assez de cicatrices comme ça, m'envoie-t-elle dans les dents.

– J'ai compris, Léonore, tu es en colère après moi. Mais si tu restes, c'est que tu as des choses à me dire. Alors soit tu vides ton sac ici sur le trottoir comme si on était toujours des ados, soit on va boire un verre comme des adultes civilisés. Mais arrêtons de tergiverser.

Ma voix grave et mon ton autoritaire l'agacent encore

plus. Ma tentative pour reprendre le pouvoir la met hors d'elle. Elle fait quelques pas pour se planter de nouveau face à moi et soutenir mon regard.

– Petit un, tu es tout sauf un adulte civilisé, pas la peine de t'autocomplimenter parce que personne n'y croit, pas même toi.

Elle est irrésistible, quand elle est en colère. J'esquisse un léger sourire en coin et la laisse continuer.

– Petit deux, j'ai des principes, contrairement à toi, et je ne me fais pas offrir de verre par les mecs qui se tirent après le sexe et font le mort pendant des jours. J'ai rayé ces types-là de ma vie il y a longtemps.

– Je n'ai jamais dit que je te l'offrais, ce verre.

Je plisse les yeux et fourre mes mains dans mes poches, comme un connard nonchalant et très fier de sa repartie. Elle se mord la lèvre pour s'empêcher de me traiter de tous les noms ou de faire d'autres choses qu'elle pourrait regretter. Pourtant, toutes ces choses me passent par la tête, baiser déchaîné, morsure de rage, gifle ou coup de genou bien placé. Mon corps a une préférence, mais mon cerveau continue à jouer au plus malin. Vieille technique de défense.

– Il y a un petit trois ou tu as fini de cracher ton venin sur moi ?

– Petit trois, lâche-t-elle d'une voix plus forte, je ne bois pas de verre avec les mecs qui laissent leur sœur se faire humilier sans broncher. Plus je te connais et moins je t'estime, Wolf Larsson.

Touché.

La lionne sait comment jouer avec mes nerfs pour

m'atteindre vraiment. J'inspire profondément et vais ranger mon casque de moto dans le coffre, le temps de faire redescendre la pression. Quand je reviens lui faire face, sur ce trottoir désert, je laisse entre elle et moi une distance bien trop faible, juste pour la déstabiliser. Et je chuchote au lieu de gueuler, ma bouche beaucoup trop près de ses lèvres.

– Parfois, dans la vie, il faut savoir se taire, Léonore Dumas. En prenant sur moi ce soir, j'ai sauvé la réputation de mon agence. D'autres directeurs de casting vont continuer à faire appel à moi après ça, grâce à mon professionnalisme, à la disponibilité et la qualité de mes mannequins. Alors que c'était la dernière fois que je bossais avec cette vipère.

Sans m'éloigner, je saisis mon téléphone dans ma poche, cherche cette salope d'Héloïse dans mes contacts et la supprime sous ses yeux.

– Je te remercie d'avoir remplacé Willa au pied levé. Je te remercie d'avoir honoré le contrat. Et enfin, je te remercie d'avoir défendu l'honneur de ma sœur. Maintenant, tu peux arrêter de jouer la garce qui a tout compris à la vie. Si tu attends des excuses pour Séville ou pour mon silence qui a suivi, tu peux rentrer chez toi. Je ne m'excuse jamais, je n'ai pas de temps à perdre avec ça.

Elle me maudit en silence, me foudroie du regard et cherche encore comment me faire payer mon arrogance. Une bande de jeunes hilares passe à ce moment-là dans la rue et des phrases fusent vers nous.

– C'est chaud, c'est chaud, là !

– Prenez une chambre, vous deux !

– On peut filmer quand vous allez vous embrasser ?

– Non, on peut participer, plutôt ?

Léo s'éloigne de moi en même temps que d'eux et les jeunes continuent leur chemin, déçus de ne pas avoir obtenu de réaction. Elle va s'asseoir sur le banc le plus proche, recroqueville ses jambes contre elle et regarde ailleurs. Le lampadaire qui éclaire son visage me rappelle à quel point elle est belle, intense, fragile mais pas faible. Elle accepte sa sensibilité, elle ne cherche pas à jouer les dures, laisse les choses s'apaiser, mais sans penser une seconde à abandonner la partie.

– Je mérite quand même une explication, décrète-t-elle en attrapant de nouveau mon regard.

Je m'approche lentement et elle ajoute, malicieuse :

– Et ne pense même pas à me glisser ta veste sur les épaules.

– Je ne suis pas aussi cliché que ça, répliqué-je.

– Ça reste à prouver… Pour l'instant, tu coches beaucoup de cases du pauvre mec de base.

Je m'assieds de profil, non loin d'elle, une jambe de chaque côté du banc, et je délaisse volontairement le dossier Séville pour justifier mon silence d'après.

– J'ai un problème de famille, ici. J'ai eu besoin de m'éloigner, d'aller en Suède pour prendre de la distance. C'est tout ce que je peux te dire. Et si ça ne te suffit pas, rends-toi compte que je viens de faire deux choses que je ne fais absolument jamais pour personne : remercier et revenir.

– Ça va, ta fierté va s'en remettre ? ironise-t-elle.

– C'est toujours non pour la veste ?

– Et toujours non pour le verre. Mais je veux bien que tu me ramènes à Vincennes si tu promets que j'arriverai indemne.

Je ne peux pas m'empêcher de balader mes yeux sur son corps fin et musclé, ses jambes bronzées, ses seins ronds et moulés qui me rappellent des souvenirs ineffaçables. Notre nuit espagnole a pris toute la place dans mon putain de cerveau. Ses fesses, ses cris, sa peau, ses vibrations entre mes mains dingues d'elle. Sa bouche sur moi, ses cheveux dans mes doigts, son goût entêtant, son rythme fou… Tout m'obsède.

– Arrête de me mater. Tu promets ou pas ?

– Je ne promets jamais rien, je ne vais pas commencer avec toi.

– Encore un de tes principes à la con, soupire-t-elle.

– J'aime trop ton corps pour lui faire prendre des risques… Il pourrait me servir encore.

Elle marque un temps d'arrêt et me fixe, lèvres entrouvertes, sans savoir si je parle de sexe ou d'autre chose.

– C'est mon outil de travail, rappelle-toi. Je ne vais pas gâcher ça, je vais te ramener entière chez toi.

– Ce n'est pas comme si tu m'avais déjà abîmée une fois…

Quel con.

Elle se lève, excédée ou excitée par mon petit jeu ambigu, je ne sais pas. Elle rejoint ma moto pour récupérer le casque dans le coffre et se l'enfile sans rien me demander. Il faut que j'arrête de jouer à ça, un jour, elle va vraiment m'échapper. Et je l'aurai mérité.

– Tu montes ? l'interrogé-je en lui tendant la main.

– Je n'ai pas besoin de toi.

Je la laisse s'installer à l'arrière, monte devant et démarre doucement. Les rues de Paris se sont vidées à mesure que la nuit tombait, on va pouvoir rouler. Au premier feu rouge, je cherche son regard dans le rétroviseur, mais elle me fuit. Je démarre en trombe pour la secouer un peu. Puis pile au feu rouge suivant.

– Tu roules trop vite, râle-t-elle.

– Tu ne te tiens pas assez fort.

– Parce que je n'ai pas envie de te toucher.

– Tu mens.

Le feu passe au vert et j'accélère pour lui faire une petite frayeur. La belle remise sa fierté et se force à glisser ses mains autour de ma taille.

– Tu es content ? me demande-t-elle quand je ralentis pour prendre un rond-point.

– Non, tu ne suis pas mes mouvements.

– Parce que tu ne roules pas droit.

– Tu as remarqué que la route tourne ou je sors une carte de Paris ?

– Tais-toi et roule, on va moins vite que les Vélib'.

« Trop vite, puis pas assez. » La lionne me provoque et j'attends la ligne droite pour faire une pointe de vitesse. Un nouveau feu rouge m'oblige à freiner fort.

– Arrête ça ou je descends de moto pendant que tu roules ! me menace-t-elle.

– Et après tu viendras encore te plaindre que tu as des bobos… en disant que c'est ma faute.

Mais quel connard.

– Toi, tu ne viendras pas te plaindre si je te rends impuissant avant la fin du trajet.

Et Léo enfonce ses ongles dans ma braguette pendant que je redémarre. Je me tends et tente de me concentrer sur la route malgré l'effet qu'elle vient de me faire. Je choisis de la fermer jusqu'à l'arrivée… mais on continue à s'échanger régulièrement des regards fiévreux dans le rétro. Elle voudrait me haïr mais elle me désire. Je voudrais la contrôler mais elle me rend fou.

Et si l'on a une seule chose en commun, c'est d'être incapables de feindre l'indifférence.

– Saine et sauve, annoncé-je en la déposant devant chez son grand-père.

– Félicitations, souffle-t-elle, tu as gagné le droit de rentrer chez toi.

Elle descend de moto, j'éteins le moteur pour qu'on puisse s'entendre mais elle me tend le casque et se dirige déjà vers son immeuble.

– J'imagine que tu ne m'invites pas à prendre un dernier verre ?

– Bonne déduction, tu as vraiment un QI hors norme, lâche-t-elle en venant poser ses yeux sur ma braguette.

Je me marre et elle repart en direction de chez elle. Je quitte ma moto pour aller ranger son casque dans le coffre, la regarde s'approcher de la porte puis se retourner.

– Au fait, ton problème de famille est réglé ?

– Tu rêves si tu crois que je vais me confier à toi, Léonore Dumas.

Cette fois, elle hausse les épaules et compose le code de l'immeuble puis pousse la porte pour entrer. Mais elle s'arrête encore une fois, le corps à moitié dedans et à moitié dehors, avant de lâcher :

– Je suis contente que tu sois rentré, espèce de loup solitaire.

– Je ne peux pas dire que le plaisir soit partagé, espèce de lionne intenable.

Ce mensonge ne prend pas. Léo me sourit et ses yeux marine s'illuminent. Sexy, puissante, elle m'observe longuement : mes cheveux en bordel, ma bouche silencieuse. Son putain de charme opère et elle le sait très bien.

– Fais gaffe, Wolfgang, tu viens de faire une troisième chose que tu ne fais jamais, normalement…

– Quoi ?

– Sourire. Pendant au moins vingt secondes d'affilée.

Et l'effrontée me claque la porte au nez.

28

Mensonge à moitié

Léonore

Mon dernier mois de stage à Sainte-Anne se termine par un pot pris en vitesse en salle de repos. On trinque au coca chaud dans des gobelets à café, Karim me remercie d'avoir fait équipe avec lui, et le Pr Weber passe même une tête pour me dire de sa bouche arquée : « Revenez quand vous voulez. » J'essaie de la jouer reconnaissante et touchée mais, en réalité, et même s'ils font un travail remarquable et pas assez remarqué, les soignants vont bien moins me manquer que les patients.

J'ai vraiment apprécié cette expérience sur le terrain, mais je suis contente de retourner en cours et de pouvoir continuer à apprendre. Je ne sais pas encore où mes études de criminologie vont me mener. Mais avec mes missions régulières pour Strange & Strong, j'ai maintenant assez d'argent de côté pour voir venir et ne plus avoir à cumuler les jobs alimentaires.

Le jour de ma rentrée à la fac, je retrouve quelques visages familiers parmi les étudiants de master et celui, contrit, de Lise Marchal.

– Mes *boobs* contre ton amitié ! me lance-t-elle en guise de bonjour.

– Hein ?

– Je ne sais pas, je cherchais le seul truc que j'ai et que tu n'as pas… pour me faire pardonner.

– Garde tes nichons, ta tête de déterrée et ton teint de bidet me suffisent, dis-je en souriant.

– Non mais, t'as vu ça ! Trois mois enfermée dans une prison, voilà ce que ça donne… Je me débecte !

Je ris face à sa moue de dégoût.

– Tu n'étais pas incarcérée, Lise, juste stagiaire. Tu as appris des trucs, au moins ?

– Oui ! Les femmes détenues devraient avoir accès au moins une fois par mois à un coiffeur, une esthéticienne et une cabine UV. Ça me paraît la moindre des choses pour leur assurer des conditions de détention dignes. Et une possibilité de réinsertion.

– Fais-en ton sujet de mémoire, je ne t'ai jamais vue aussi passionnée !

– Non, en fait, j'ai déjà trouvé : la sexualité des femmes emprisonnées. Le tabou de la masturbation, la privation sexuelle, les expériences féminines, les relations amoureuses entre femmes pour mieux supporter la détention… Il y a vraiment beaucoup à dire.

– Ce n'est pas un peu hors sujet ? C'est sexologue que tu devrais faire quand tu seras grande, pas criminologue, plaisanté-je.

– Figure-toi que je songe à fusionner les deux métiers !

– Tu devrais me voler mes stages plus souvent, ça te réussit bien.

– Pardon, pour la millième fois, couine Lise. Je t'emmène au Point Soleil quand tu veux pour me rattraper.

– Sans façon, décliné-je.

– Tu préfères un massage ?

La blonde décolorée me dévisage avec un petit air interrogateur, genre radar féminin.

– Je rêve ou tu es plus épanouie qu'avant ? Ce n'est pas le visage d'une femme frustrée, ça, je m'y connais !

– Ça y est, Dr Chaudière reprend du service !

– C'est le fameux loup des steppes qui t'a fait explorer des paysages encore inconnus…

– Je préférais ton langage cru plutôt que tes élans de poésie, je crois.

– Léo, tu te le tapes, oui ou non ?

– Non ! On se croise à peine, il est très pris par son boulot, ses problèmes… et je ne suis pas intéressée.

La moitié de cette réponse est un mensonge, l'autre une triste réalité. Soit Wolf m'évite. Soit il part en déplacement. Dans tous les cas, nos relations sont presque réduites à néant.

– Léonore Dumas, à mon bureau ! scande un prof en bas de l'amphi.

Je le rejoins rapidement, il me remet mon emploi du temps allégé et me demande si j'ai une idée de mémoire pour cette année de master.

– Oui, l'automutilation chez les criminels, avant, pendant et après leur passage à l'acte.

– Original… grimace-t-il en me regardant par-dessus ses lunettes.

– J'ai fait un stage en UMD, j'ai noté que de nombreux patients dangereux se faisaient du mal avant d'en faire ou bien après pour se punir de l'avoir fait. Ce sont parfois des rituels, parfois un substitut de communication, des stratégies de soulagement ou encore un mécanisme d'adaptation à…

– C'est trop précis, me coupe le prof, ça n'intéressera pas le jury. Étendez le sujet ou changez-en.

Il parcourt sa feuille pour appeler l'étudiant suivant et mettre fin à notre entretien, mais je décide d'insister.

– C'est ce que je veux étudier ! Je me sens capable de rendre le sujet intéressant.

Un index impatient remonte les lunettes qui me fixent. Je me dépêche d'argumenter, tant que j'ai son attention.

– Je ne veux pas faire un mémoire que vous avez déjà lu cent fois. Si on ne sort pas des sentiers battus, on ne s'intéresse jamais à ce qu'on ne connaît pas. Et alors on n'avance pas, on ne progresse pas, on reste coincé dans le passé et on se regarde le nombril au lieu d'ouvrir les yeux grands autour de soi. C'est en connaissant les autres qu'on apprend à se connaître soi-même, non ?

– Je ne vois pas où vous voulez en venir, soupire-t-il.

Normal, je divague. Je mélange mon expérience à Strange & Strong, à Sainte-Anne, mon passé douloureux, mes retrouvailles avec mon bourreau et tous mes sentiments contradictoires pour Wolf.

– Je veux juste aborder les criminels sous l'angle de la souffrance qu'ils s'infligent à eux-mêmes, résumé-je.

– OK, on en reparlera, capitule le prof pour se débarrasser de moi.

Sourire aux lèvres, je rejoins Lise en haut de l'amphi et j'accepte même d'aller passer l'après-midi avec elle dans un institut de beauté.

***

Un hammam, un soin du visage et une pédicure plus tard, je fais un saut à l'agence pour rapporter un contrat et demander à Lorelei si ma petite annonce immobilière a intéressé quelqu'un.

– Ce n'est pas marqué Century 21, ici ! me répond la secrétaire débordée.

– Désolée… Tout va bien ?

– Oui ! Mais j'ai un boulot, moi aussi ! Et si Wolf faisait le sien, j'aurais peut-être le temps de bichonner les mannequins ! continue à râler la pin-up.

Je ne suis apparemment pas la seule à qui ce lâcheur commence à manquer.

Son carlin en robe sur les genoux, un stylo derrière l'oreille et deux téléphones coincés dans le cou, Lorelei soulève des dossiers et des piles de feuilles en marmonnant :

– Qui m'a encore volé mon stylo, bon sang !

Je l'attrape dans ses cheveux, le lui tends et fuis les lieux aussi vite que possible. Je pars à la recherche de Matthias mais l'agence semble vide, alors qu'il est à peine dix-neuf heures. Je remarque en passant la porte du bureau de verre fermée : mon sang s'échauffe bêtement. Je vais coller mon oreille à la vitre en miroir pour tenter de guetter une présence. Pas un son. Je toque discrètement à la porte. Pas de réponse. Je l'entrouvre, le cœur battant comme une idiote à l'idée de voir Wolf, et je la referme aussitôt en fermant les yeux.

Je m'attendais à tout sauf à ça : Naoko de dos, à genoux

devant Matthias me faisant face, le pantalon aux chevilles.

Rapidement, la Japonaise vient rouvrir la porte et me court après.

– Ce n'est pas du tout ce que tu crois !

– Léo, reviens ici, on va t'expliquer ! retentit de loin la voix du tatoué.

Je m'approche de nouveau de la bulle de verre, méfiante, et découvre Strange dans la même position, mais avec un épais classeur vert tenu devant lui comme cache-sexe.

– Tu ne veux pas te rhabiller ? demandé-je en grimaçant.

– J'aimerais bien, mais Nao était en train de me tatouer, je ne peux rien mettre là-dessus.

Il se marre, je tourne la tête vers sa femme, qui agite dans ma direction ses mains gantées de latex et une sorte de petite machine en laiton ou en fer.

– Vous êtes sérieux, *ici* ?

– Une envie de *tattoo* n'attend pas, me répond la brune.

– Je ne veux même pas savoir la partie du corps concernée, dis-je en me masquant les yeux.

– On ne te le dira pas. Mais évite de raconter à Wolf qu'on se sert de son bureau comme salon de tatouage, me conseille son associé.

– Pour ça, il faudrait que je le voie, murmuré-je.

– C'est pour ça qu'on s'est permis… Il a l'espace le plus cool de cette agence et il n'y fout plus jamais les pieds.

Je m'abstiens de creuser, même si des tonnes de questions me viennent.

– Léo, j'ai une super idée ! lance soudain Naoko. Pour te remercier d'avoir gardé Yumi à la dernière minute, d'avoir fait plein de trucs chouettes avec elle et de l'avoir convaincue qu'elle avait les parents les plus géniaux du monde…

– Bah, c'est un peu vrai, regarde-nous ! dit Matthias en se dandinant derrière son classeur.

– Un tatouage, ici et maintenant ! me propose-t-elle. C'est pour moi. Le dessin que tu veux. L'endroit de ton choix. Je dirai non à rien !

– Sauf si c'est un machin ridicule sur une partie du corps improbable, précise Matthias. Tu es mannequin maintenant, ne va pas te saboter.

– Elle est libre, lui rappelle sa femme d'un air menaçant. Toi, si tu veux un papillon sur le scrotum, continue comme ça !

Tout s'emballe dans mon cerveau. Leurs blagues qui me font rire, leurs propositions qui me font peur, l'émotion qui retombe après ce que j'ai cru avoir vu, la déception de ne pas trouver Wolf et tous les points d'interrogation laissés en suspens sur notre relation.

– Je veux un saphir, m'entends-je déclarer.

– Quoi ?

– Un saphir bleu intense en forme de larme. Sur mon annulaire gauche.

– Waouh, la meuf sait ce qu'elle veut, commente le grand tatoué.

En fait, j'y pense depuis des années. Pour honorer la mémoire de ma grand-mère et garder sa bague perdue toujours sur moi. Mais ma peau a déjà tant souffert que je n'ai jamais osé sauter le pas. Sauf que cette fois, c'est moi qui décide de cette trace définitive que je veux graver dans ma chair. Je trouve la photo du précieux bijou dans mon téléphone et la montre à la tatoueuse.

– Je te fais un dessin tout de suite, me répond Naoko avec un sourire.

– Et moi, si ça ne vous dérange pas, je vais disparaître derrière ce bureau.

Matthias se déporte à petits pas de crabe, les chevilles entravées par son jean, pour aller s'asseoir dans le fauteuil de Strong et planquer ce qu'il faut sous le bureau.

C'est comme ça que je me retrouve, par une douce fin de journée d'octobre, assise face à une adorable Japonaise couverte de piercings, sous l'œil bienveillant d'un Musclor en claquettes, à serrer les dents sous une aiguille qui me martèle la première phalange.

– Vraiment pas douillette, constate Naoko. Le doigt, c'est l'une des zones les plus sensibles.

– Elle en a vu d'autres, répond Matthias en m'adressant un petit clin d'œil.

Pendant que la tatoueuse grave ma peau d'un dessin épuré et d'un trait délicat, puis le remplit d'un bleu éblouissant, je me mets à leur raconter l'histoire de cette bague perdue, de ma grand-mère morte et de mon grand-père fou d'elle. Et ils ont tous les deux les larmes aux yeux quand ma goutte précieuse prend forme sur mon annulaire.

Après le pansement et les recommandations d'usage – crème cicatrisante, eau et frottements interdits, retouches indispensables –, je quitte la place des Vosges comme si j'étais une nouvelle femme. Moins nue, moins fragile. Un peu réparée, peut-être.

***

De retour à Vincennes, j'invente une coupure pour justifier mon doigt bandé auprès de mon grand-père inquiet. Et je mesure qu'il me reste à peine deux semaines pour lui raconter toute la vérité, la bague de mamie mise en gage pour financer une opération impossible, le bijou bêtement perdu, retrouvé mais pas racheté à temps, le mensonge et la dette, la culpabilité et le tatouage sur un coup de tête.

Résumé comme ça… ça sonne assez mal. Il va falloir que je m'entraîne.

– Ta rentrée s'est bien passée ? me demande-t-il depuis son fauteuil moutarde.

– Oui, j'ai pu m'asseoir à côté de ma copine, j'ai sniffé de la colle à l'amande toute la journée, un garçon m'a poussée à la marelle mais je suis allée lui faire un croche-pied, y avait des frites à la cantine, je suis arrivée à temps aux toilettes et je n'ai même pas mangé mes crottes de nez. Tout comme tu m'as appris, papy !

– Voilà que cette petite insolente trouve que je l'infantilise ! se plaint-il au chat.

Johnny Cash quitte ses genoux pour grimper sur les miens.

– Je ne vais plus être dans vos pattes très longtemps, dis-je au matou ronronnant.

– Tu as trouvé un appartement ?

– Non, mais je cherche activement, soufflé-je en consultant encore mes alertes immobilières.

– Je t'ai dit que tu pouvais rester aussi longtemps que

tu voulais. Ça me fait de la compagnie et je me suis habitué à tous tes produits dans la salle de bains. Tu rentres trop tard, tu passes trop de temps sur ce satané téléphone et Johnny Cash t'aime plus que moi, mais tu apprécies ma musique, tu adores ma cuisine et mamie trouve que ça me rajeunit de t'avoir ici.

Je souris à papy Georges, qui lisse ses cheveux blancs en arrière et se caresse consciencieusement la barbe.

– J'ai pris au moins quatre kilos en même pas quatre mois passés ici…

– Croque-monsieur au fromage et tartines au Nesquik, je sais exactement ce que je vais te préparer pour ton anniversaire.

– Je ne veux rien, papy ! Pas de fête, pas de dîner spécial, pas de cadeau, cette année ! Et surtout, pas de réunion de famille… Tu promets ?

– Tu dis ça chaque année !

– Oui, et tu ne m'écoutes jamais !

– Parce que je suis plus têtu que toi… et que c'est un demi-mensonge, tout ça ! Ce que tu veux pour ton anniversaire, c'est des kilos d'amour dans du papier cadeau !

Mon grand-père se lève pour venir me caresser la joue, il se penche et pose le côté de sa tête contre le côté de la mienne, juste une seconde. Puis regagne la cuisine en sifflotant une chanson de son idole, pour préparer un nouveau dîner à deux mille calories.

Des kilos d'amour dans mon assiette, sans papier cadeau.

29

Pas toi

Léonore

Je retrouve ma chambre qui sent la nostalgie, l'antimite et une petite pointe de croquettes pour chat, demande à Johnny Cash de dégager de mon lit et m'empare de mon téléphone, en charge.

Soixante-dix-sept pourcents de batterie.

Neuf appels en absence.

Tous proviennent du même numéro : celui de Wolf. Intriguée, un peu inquiète – léger euphémisme –, je le rappelle sans attendre. Une seule sonnerie et l'arrogant décroche, ton glacial et voix tourmentée.

– Trop occupée pour me répondre, hein ?

– Wolf, tout va bien ?

– Tu penses vraiment que je t'appellerais quinze fois, si tout allait bien ?

– Neuf.

– Quoi ?

– Tu m'as appelée neuf fois.

Il soupire juste assez longtemps pour me donner

l'impression que j'ai gagné. Il finira par apprendre qu'il ne peut pas me parler comme ça sans représailles.

– Je suis avec Judith, me confie-t-il soudain. Elle est dans un état second, elle…

– Elle ? Elle, quoi ?

– Elle s'est fait du mal…

Sa voix se brise, en devient presque inaudible, puis retentit avec plus de force. Je retiens mon souffle.

– Elle est prostrée depuis une heure, assise dans un coin de sa chambre. Elle se balance d'avant en arrière…

– Oh non…

– En prononçant ton prénom, ajoute le torturé.

– Quoi ?

– Elle a besoin de toi, Léo. J'ai conscience que je n'ai pas le droit de te demander ça, mais je…

J'arrache le câble qui retenait mon téléphone prisonnier, enfile une paire de pompes, attrape ma veste en jean et me rue jusqu'à la sortie.

– J'arrive ! m'écrié-je en dévalant les escaliers. Je saute dans le métro et j'arrive !

– Une voiture t'attend en bas de chez toi.

– Quoi ?

– Léo, *s'il te plaît*, monte dans cette bagnole sans poser de questions et ramène-toi.

La circulation parisienne du début de soirée et les rues barrées ou en travaux du quatorzième m'obligent à descendre quelques centaines de mètres avant l'arrivée et à courir comme une dératée jusqu'à l'hôpital. Presque à bout de souffle, je passe le portail bleu en faisant un signe au gardien qui me connaît bien, me rue en direction du bâtiment où est internée Judith et accélère encore la cadence en montant au deuxième étage.

Le sprint final me brûle les poumons.

Wolf...

Wolf entouré de blouses blanches : c'est tout ce que je vois au bout de ce long couloir mal éclairé par le jour qui décline. Je rejoins l'attroupement près de la chambre numéro quatre et fonce droit sur lui.

– Merci d'être venue, me lance-t-il en posant sur moi ses yeux de loup.

Je ne l'avais encore jamais entendu me dire merci aussi simplement, sans lutte ni calcul. Je ne l'ai jamais vu ainsi, en fait. Adossé au mur, l'air immense mais épuisé, vulnérable, le teint pâle, le regard affolé, la jambe qui trépigne et le sang qui semble avoir arrêté de circuler dans tout son corps... J'ai du mal à le reconnaître. À tel point que, pendant un instant, je suis presque tentée de le prendre dans mes bras.

Mais au lieu de ça, je prends conscience de l'urgence.

– Je peux aller la voir ? m'adressé-je à la seule psychiatre que je reconnais.

– Léonore, vous devez être *extrêmement* prudente, insiste-t-elle. Judith est...

– Je sais, je l'ai suivie pendant son séjour à l'UMD.

– Tu ne sais rien. Judith est dangereuse, insiste Wolf.

Tout en se massant les poignets, le colosse aux yeux éthérés vient se planter devant moi.

– Quoi ?

– Elle a essayé de me planter une seringue dans la cuisse il y a dix minutes à peine. Je me suis dégagé juste à temps.

– Toi ? Elle s'en est prise à toi ?

– Elle s'est salement amochée, aussi, murmure-t-il. Je ne sais pas ce qu'elle a, ce qu'il s'est passé, mais tu es sa dernière chance avant la camisole et la sédation.

Je m'approche de la porte, jette un regard à travers la vitre et découvre la patiente terriblement agitée, allongée sur son lit et maintenue par des contentions au niveau des mains et des pieds. Sa chemise de nuit est en sang et cette image glaçante me couvre de frissons. Deux blouses blanches l'entourent, je devine qu'il s'agit d'un médecin et d'une infirmière qui tentent de la soigner, mais qu'elle ne se laisse pas toucher.

– Judith, je suis là, annoncé-je en pénétrant lentement dans sa chambre.

– Léo, Léo, Léo, un, deux, trois… Léo, la lionne ! Léo est là !

Elle pose ses yeux rouges et bouffis sur moi, lutte contre ses entraves, lâche un cri de frustration et insulte les deux personnes qui lui prodiguent les soins dont elle a sérieusement besoin.

– Judith, vous allez vous faire encore plus mal. Arrêtez de résister…

– Quatre, cinq, six… Ne me trahis pas, Léo. Ne les écoute pas !

– Personne ne vous veut du mal, ici, lui rappelé-je en m'approchant d'elle.

Je suis maintenant assez près pour constater les dégâts. Judith s'est grossièrement tailladé le ventre en dessous du nombril, elle a besoin de points de suture.

– Tenez-vous tranquille ou je vous endors complètement !

la menace le médecin qui essaie de désinfecter la plaie.

– Un, deux, trois… Pas touche, toi ! C'est sacré ! Dégage ! Pas touche ! Pas touche ! Pas touche !

– Judith, oubliez-le, l'encouragé-je. Regardez-moi. Parlez-moi. Sur mon visage, vous voyez quoi ? Vous êtes sûre que vous l'avez bien mémorisé ?

Les grands yeux tristes se mettent aussitôt à me détailler. Elle ne me répond rien mais elle se concentre sur mes traits, les passe au microscope. Elle m'observe tellement intensément que je sens soudain mon âme toute nue. Pendant une seconde, j'ai peur qu'elle ne révèle mes secrets les plus enfouis à voix haute.

– Un, deux, trois… Ton visage a mal… comme moi… il retient tout, bredouille-t-elle enfin, dans une grimace de douleur.

– Vous avez mal où, Judith ? C'est pour ne plus souffrir que vous vous êtes automutilée ? Pourquoi vous avez fait ça ?

Ce n'est pas très professionnel, mais je pose doucement ma main droite sur sa joue – pas la gauche, fraîchement tatouée et que je me souviens de protéger. Ce contact la surprend, d'abord, puis semble l'apaiser. Comme un enfant, un animal blessé qui ne sait pas si on lui veut du mal ou du bien.

– Un, deux… Léo, toi tu comprends.

– Pourquoi je comprends, Judith ? Qu'est-ce que je comprends ?

– Toi, tu comprends.

Elle s'agite de nouveau, je lui caresse les cheveux, le front. Nouvelle accalmie. Le médecin parvient enfin à faire son anesthésie locale, puis commence à recoudre la plaie.

– Judith, vous voulez dessiner ?

– On ne la détachera pas avant un moment, commente l'infirmière à ma gauche.

– Merde, merde, chiasse ! Sale chiasse de merde ! s'emporte la malade.

– Judith, du calme. Vous pouvez dessiner n'importe où et dans n'importe quelles conditions, non ?

Elle acquiesce. Je m'éloigne un instant pour aller chercher une feuille blanche et un crayon à papier sur le bureau. En chemin, je croise le regard vertigineux de Wolf, de l'autre côté de la vitre. Les bras croisés sur son torse, il a collé son front contre le verre trempé. Mon cœur s'arrête, puis repart en trombe lorsque l'intouchable me sourit tristement.

Perturbée par cet échange silencieux, je fais volte-face, vais glisser le crayon dans la main de Judith et approche la feuille pour qu'elle puisse y dessiner. Même si elle ne voit pas bien ce qu'elle fait.

Elle ne parle plus pendant plusieurs longues minutes. Malgré ses mouvements limités et sa tête penchée sur le côté, elle esquisse la même forme, encore et encore, sans que je distingue clairement de quoi il s'agit. Je me rapproche du dessin, le regarde sous plusieurs angles, crois enfin y reconnaître une silhouette de femme et un trou noir au milieu.

– Judith ?

Pas de réponse.

– Judith ? C'est vous, ça ?

Elle hoche la tête et crayonne sans relâche. Elle est habitée. Totalement immergée dans ses pensées.

– Judith, c'est votre corps sur le dessin ?

La mine s'écrase avec plus d'agressivité sur la feuille blanche.

– Judith, c'est votre ventre ?

– Tais-toi ! rugit-elle soudain. Ignorante, tais-toi ! Tais-toi, tais-toi, tais-toi !

La tension, la rage remontent en elle, son corps menu et blessé est parcouru de spasmes. Les tranquillisants limitent sa force, ses gestes ne sont pas aussi violents qu'un quart d'heure plus tôt, mais le médecin ne peut pas continuer à la recoudre.

– Judith, on va devoir vous endormir si vous ne restez pas en place…

Je me tourne vers le médecin, soudain guidée par une étrange intuition.

– Vous savez si elle a subi une césarienne avant d'être internée ? demandé-je tout bas.

– Je ne crois pas. Ça ne figure pas dans son dossier.

L'infirmière prévient Judith qu'elle va vérifier elle-même en jetant un œil, puis soulève légèrement l'élastique de sa culotte. Sa bouche qui s'entrouvre et son regard étonné parlent tout seuls. La cicatrice est bien là. Soudain, une douleur indescriptible cisaille ma main et m'arrache un hurlement bestial. Judith est en train de me mordre jusqu'au sang.

Je tente de la repousser, de fuir sa mâchoire qui s'est refermée sur ma peau, mais la bête furieuse ne lâche rien et m'attaque maintenant avec son crayon aiguisé qui me lacère le bras.

– Judith, c'est moi ! gémis-je, prise au piège. Vous me faites mal, arrêtez !

J'ignorais qu'une morsure pouvait presque vous faire perdre connaissance. Une foule se rue dans la pièce, des mains inconnues parviennent enfin à la faire lâcher prise, je suis libérée mais sonnée par la douleur. Ma vision se trouble, mes jambes ne me portent plus. Je me laisse tomber en arrière.

Deux bras solides me rattrapent et me soulèvent du sol. Je ne perçois plus que des bribes de ce qui se passe autour de moi. Wolf, qui semble fou d'inquiétude et aboie sur la terre entière. La psychiatre, qui fait une nouvelle injection de calmants à Judith. Mon corps, qui est transporté loin de là. Ma main, qui saigne. Mon bras, qui me lance. Mon tatouage, qui pulse sous le pansement de mon annulaire gauche.

Ma tête, calée contre son torse qui se soulève trop vite et trop fort.

– Putain, pas encore, dit mon premier amour et mon premier bourreau. Pas toi, Léo !

30

Blessée

Léonore

Quelques secondes ou quelques minutes plus tard – impossible de savoir quand on n'a plus la notion de rien –, Wolf me dépose délicatement sur un autre lit d'hôpital, dans une chambre déserte.

– Ils vont s'occuper de toi avant que je te ramène, me glisse le loup en calant l'oreiller derrière ma tête. Tu as mal ? Tu as froid ? Fais attention à ta main, ne t'en sers pas…

– La dernière fois, tu n'étais pas là, murmuré-je. Tu n'es jamais revenu, Wolf.

Je délire à moitié, mon esprit embrumé me ramène huit ans en arrière, lorsque j'attendais désespérément que le garçon que j'aime débarque enfin dans ma chambre d'hôpital. À l'évocation de ce passé douloureux pour nous deux, le garçon devenu un homme passe nerveusement la main dans ses cheveux et fait des allers-retours constants entre le lit et la porte.

– Bordel, qu'est-ce qu'il fout, ce toubib ?

La porte s'ouvre finalement sur une petite brune en blouse blanche. Concentrée, elle évalue la gravité de la morsure en quelques secondes.

– Tendons et articulations intacts, le saignement s'est arrêté : on va pouvoir nettoyer et panser la plaie ici, décrète-t-elle. C'est assez impressionnant mais cette zone guérit très bien. Pas besoin de vous transférer à Montsouris pour des sutures.

– Regardez son bras, aussi, ajoute Wolf de sa voix glaciale.

La brune se tourne vers lui, le dévisage longuement puis lui rétorque, un sourire charmeur aux lèvres :

– Ne vous inquiétez pas, je vais prendre soin de votre femme. Allez vous aérer, vous semblez en avoir besoin.

L'intouchable ignore son conseil – tout comme le titre qu'on vient de me donner et qui, moi, m'a retournée. Il revient se poster près de moi mais je lui murmure d'obéir au médecin. Wolf pose ses yeux assassins sur mes blessures puis, dans un soupir, m'annonce qu'il va me chercher quelque chose à boire. Au moment où il sort, un grand infirmier à lunettes entre en faisant rouler un chariot plein de matériel. La brune lui demande des compresses et je ne sais quel produit, et m'arrache un gémissement de douleur en commençant le soin.

– Désolée, ça ne va pas être très agréable, me prévient-elle.

Vers vingt-deux heures, je suis un peu groggy mais on me rend enfin ma liberté. Ma main et mon bras droits sont bandés, on me prescrit des antibiotiques et des antalgiques, Wolf trouve une pharmacie de garde tout près et se charge d'aller les récupérer avant de me faire monter dans un taxi. Je m'attends à ce qu'il dicte mon adresse au chauffeur et fasse claquer la portière derrière lui, mais mon meilleur ennemi s'installe à mes côtés en faisant extrêmement attention de ne pas frôler mes blessures.

– Tu n'es pas obligé de me raccompagner, je peux…

– On va chez moi, m'interrompt-il.

Soufflée, je le fixe d'un air parfaitement idiot.

– Deux, place des Vosges, s'il vous plaît, lance-t-il au chauffeur de taxi.

L'homme démarre et la berline noire file dans les rues éclairées de Paris.

– C'est l'adresse de l'agence ! m'exclamé-je.

– Tout l'immeuble est à moi. Je vis au dernier étage.

Je digère l'information et me tourne de nouveau vers lui.

– Pourquoi tu m'emmènes chez toi, Wolf ?

– Parce que c'est ma faute. Je n'aurais pas dû te mêler à tout ça, je t'ai mise en danger.

Cette réponse me prend de court, encore une fois. Ce type est passé maître dans l'art de me déstabiliser.

– Ce n'est la faute de personne, rétorqué-je doucement. Pas même celle de Judith.

– Tu aurais dû faire plus attention, grommelle soudain le loup.

– Pardon ?

– Je t'ai dit qu'elle était dangereuse…

– Et j'étais censée faire quoi ? Rétablir le contact, la calmer, la rassurer, mais tout ça en restant à trois mètres d'elle ?

Nouveau soupir de la bête, qui préfère fixer sa vitre plutôt que la personne qu'il vient d'accuser. J'hésite à profiter de ce silence pour lui parler de la cicatrice de sa tante. Cette césarienne qui n'apparaissait pas dans son dossier médical et qui m'interpelle. Je me demande s'il était déjà au courant, ou si quelqu'un lui en a parlé ce soir, pendant qu'on me soignait. Lorsque j'entrouvre la bouche pour aborder le sujet, ses yeux intenses me trouvent et me désarment.

– C'était traumatisant, tout ça, affirme sa voix grave. Tu ne peux pas rester seule, ce soir.

– Je ne vis pas seule…

– Ton grand-père n'a pas besoin qu'on le stresse avec ça.

Mon cœur émet un drôle de battement.

– Tu t'inquiètes vraiment pour quelqu'un d'autre que toi, Wolf Larsson ?

– Ouais, il faut croire que je me laisse aller avec le temps…

On se sourit pour la première fois depuis l'incident et je m'entends murmurer :

– Je suis plus forte que ce que tu crois… Cette morsure, ce n'est rien pour moi.

Son sourire se mue en un rictus douloureux.

– C'est la dernière fois, Léo. Je vais rester loin de toi pour que plus rien ne t'arrive. Chaque fois que je suis dans les parages, il se passe un truc atroce…

– Loin de moi ? répété-je, blessée.

Je le contemple, le cœur battant. Ma main me lance, mon bras me démange et même ma cicatrice me tiraille dans le dos. J'ai une envie folle de lui hurler qu'il n'est qu'un sombre connard.

– Et si ce n'est pas ce que je veux ? demandé-je, à la place.

– Tu ne choisis pas.

Je prends sur moi pour ne pas ouvrir sa portière et le jeter sur le périphérique.

– Et là, en ce moment, qu'est-ce que tu fais ? M'emmener chez toi, c'est rester loin de moi ?

– Je veux juste prendre soin de toi ce soir… avoue-t-il en fixant ses mains.

– Pour te donner bonne conscience, lâché-je d'une voix étouffée, en me tournant à mon tour vers la fenêtre.

Je n'ajoute rien. J'ai les larmes aux yeux, le cœur lourd, mais je garde ma déception et ma rancune pour moi.

***

En foulant le parquet ancien de son appartement, je découvre un immense espace épuré aux lumières tamisées. Des murs blancs, des moulures d'époque, des miroirs anciens, de vieilles photos d'art en noir et blanc encadrées, du bois massif au sol : Wolf a conservé l'âme de cet endroit. La cuisine est ultramoderne mais discrète, le salon équipé de meubles scandinaves aux lignes harmonieuses et aux teintes feutrées.

Le propriétaire me fait ensuite visiter la chambre d'ami ; je tombe amoureuse du mur recouvert de papier peint tissé bleu marine et or. Je pose mes yeux sur le grand lit, sens une douce chaleur se répandre au creux de mes reins, mais ma découverte des lieux s'arrête là.

– Et ta chambre ? demandé-je à celui qui s'échappe vers le salon.

– Tu n'as pas besoin de voir ma chambre.

– Je suis curieuse…

– C'est toujours non.

– Tu as peur de quoi, Wolf ?

– Je n'ai peur de rien, Léo. Mets-toi ça dans le crâne.

Je ris tout bas, persuadée du contraire. La tension sexuelle est omniprésente entre nous, surtout depuis qu'on a passé la porte de chez lui.

– Tu as faim ? me balance le bel hypocrite en ouvrant son frigo chromé.

– Tu me proposes quoi ?

Il passe en revue ce qu'il a sous la main, puis claque la porte en décrétant :

– Pizza ! L'Italien d'en bas est le meilleur de tout Paris et me livre en quelques minutes…

– Non.

– Non ?

– Je veux que tu cuisines pour moi.

Il m'observe d'un sale œil, je lui montre ma main bandée et gémis :

– Je souffre beaucoup, tu sais ?

Mon ennemi juré lâche ce rire grave impossible à retenir qui me chatouille le bas-ventre.

– Espèce de petite insolente…

– J'adore les croque-monsieur, murmuré-je en me mordant la lèvre.

Wolf laisse échapper un grognement rauque, se frotte la nuque en se détournant de moi et part à la recherche d'une poêle. Un quart d'heure plus tard, je m'installe en tailleur sur un tabouret et déguste le pain croustillant garni de fromage fondu, directement sur le comptoir où il cuisine.

– Ta main te fait mal ? me demande-t-il en me servant un deuxième sandwich.

– Un peu.

– Je changerai ton pansement demain matin.

En face de moi, de l'autre côté du comptoir, il ajoute des tranches de tomate fraîche et des feuilles de basilic dans son croque-monsieur, puis mord dedans à pleines dents. Vu ce qui vient de m'arriver, cette vision devrait probablement me déranger, mais je tombe sous le charme, comme hypnotisée. Je repousse mon assiette, me lève, fais le tour et me plante juste à côté de lui.

– Qu'est-ce que… ?

– Tu as une miette, juste là, soufflé-je en posant ma bouche sur la sienne.

Wolf se laisse faire. Il ne fuit pas ce baiser, il l'accepte mais presque contre son gré, semble-t-il. Sur la pointe des pieds, je pose ma main valide sur son torse, empoigne sa chemise et vais plus loin. Je glisse ma langue dans sa bouche, viens coller mon corps au sien, sens mon désir monter, ma raison me quitter.

Le loup n'a toujours pas bougé. Il m'embrasse sans vraiment chercher à me toucher, puis me repousse doucement.

– Léo…

Je l'embrasse langoureusement dans le cou, remonte vers sa joue, sa bouche, il hausse le ton.

– Arrête tes conneries !

Je le dévisage fiévreusement, passe la langue sur mes lèvres gonflées par ces baisers.

– Pourquoi tu me fais ça, putain ? grogne-t-il.

En lui, quelque chose s'allume. S'embrase.

Un grondement sourd s'échappe de sa gorge, ses mains passent sous mes aisselles, me soulèvent et me déposent brutalement sur le comptoir. Sa bouche s'écrase sur la mienne, vorace, impatiente, brûlante. Wolf m'embrasse furieusement, ce baiser n'a rien de tendre, il ne dure que quelques secondes, mais il me laisse pantelante, étourdie et folle de désir.

Déjà, mon ennemi bat en retraite. Ses lèvres m'abandonnent et son regard brillant d'excitation va se poser sur mes bandages.

– On ne devrait pas…

– Tu en as autant envie que moi.

– Peu importe si j'en ai envie, tranche-t-il. Je me l'interdis.

Je n'ai plus la force de lutter. Je renonce, vide mon verre d'eau, puis prends le chemin de la chambre d'ami. Il me suit à bonne distance.

– Il y a des serviettes, une brosse à dents neuve, du dentifrice et tout ce qu'il te faut dans ta salle de bains.

– Je peux me débrouiller, Wolf. Bonne nuit.

– Je t'attends ici, précise-t-il en entrant dans la chambre. Juste au cas où tu tenterais de t'évader…

– Je n'ai rien pour me changer, lui rappelé-je. Je vais dormir nue, tu es sûr que tu veux voir ça ?

Ses yeux polaires se plissent légèrement, il tente de me cacher le sourire en coin qui se dessine sur ses lèvres, puis ajoute :

– Tu trouveras des fringues à moi dans ce placard, prends ce que tu veux.

Il va descendre les stores pendant que je découvre des chemises, des tee-shirts et des sweats soigneusement rangés sur des cintres dans la penderie en question. Je me change rapidement, à moitié cachée derrière la porte du placard. Retirer mes manches me fait un mal de chien, mais je ne dis rien.

– Donc tu fais ça souvent ?

– Quoi, « ça » ?

– Inviter des filles à passer la nuit chez toi et leur fournir des vêtements. Sauf qu'elles, j'imagine que tu les fais dormir dans ton lit…

Je réapparais dans sa chemise bleu clair, tente de la boutonner malgré mes pansements, Wolf me fixe longuement, sans malice, et s'approche pour s'occuper des boutons en me touchant le moins possible.

– Willa est la seule à dormir ici parfois, précise-t-il enfin, à voix basse. Personne d'autre que moi ne dort jamais dans ma chambre. Et si j'ai toutes ces fringues stockées ici et un peu partout, c'est parce que mon dressing déborde et que je reçois des vêtements de marque presque tous les jours.

Sans savoir ce que je pense de cette explication, je vais me laver les dents comme je peux, en évitant de mouiller mes pansements, puis rejoins mon lit pour la nuit. Wolf est toujours là, adossé au mur, bras croisés, lorsque je me glisse sous la couette moelleuse. Il s'avance vers moi, s'assied au bord du lit pour jeter un œil à mes bandages, je l'envoie promener :

– Pas besoin de me border.

– Je veux juste vérifier que…

– Fous-moi la paix, Wolf. Va te coucher dans ta chambre froide.

Il lâche un rire sans joie, puis s'empare de ma main « intacte », si ce n'est le petit pansement qui recouvre mon tatouage secret.

– Tu es blessée de ce côté aussi ? s'inquiète-t-il soudain.

– Non, ce n'est rien, marmonné-je. Juste une coupure que je m'étais faite avant…

Il inspire profondément, me contemple, frôle mes lèvres du regard puis se penche pour éteindre la lumière près de mon visage. J'ai presque cru qu'il changeait d'avis… et mon cœur s'est de nouveau mis à battre n'importe comment. Pauvre idiot.

– Si tu fais un cauchemar cette nuit, tu sais où me trouver ! lui lancé-je en guise de bonne nuit.

Pas de réaction. La porte se referme derrière lui.

Ce soir, Wolf Larsson m'a prouvé qu'il était capable de douceur, d'empathie.

Mais pas de m'ouvrir son cœur ni de partager son lit.

31

Lui et moi

Léonore

Ce satané loup tient vraiment à me torturer.

Moins de sept heures après m'être couchée, je retrouve Wolf au petit déjeuner, derrière son comptoir, torse nu et vêtu d'un seul short noir, à peine plus long qu'un boxer.

– Déjà levée ? s'étonne le mec insolent au possible.

– Déjà à poil ? rétorque la fille frustrée.

Il se marre, met la main sur un sweat à capuche et l'enfile sous mes yeux.

– Dur de résister à ce que tu vois ?

– Ce que je vois, c'est un couteau tranchant qui se situe tout près de ma main, grogné-je. Fais gaffe, loup lunatique.

Le café est chaud, noir et délicieux. Debout face au comptoir, Wolf se tape un bol de céréales par grosses cuillerées, tout en me tendant le paquet. Je plonge ma main valide dedans, et grignote en regardant ses fossettes se creuser pendant qu'il mâche.

– Bien dormi ? s'enquiert-il avec un sourire, en fixant sa chemise qui m'arrive en haut des cuisses.

– Bizarrement, oui.

– Pas trop mal ?

Il pose ses yeux sur ma main bandée, qui me lance.

– J'ai pris un antalgique en me levant.

Il hoche la tête, l'air de dire « message reçu », puis vide son bol d'un trait.

– Je vais me doucher et m'habiller pendant que tu finis de manger. Je changerai tes pansements après.

Je l'observe s'éloigner sans en rater une miette : ses longues jambes aux muscles dessinés, sa carrure impressionnante et ses cheveux bruns en bataille. Même au réveil, peut-être surtout au réveil, il est à tomber.

– Ce cul bombé, ça, ça ferait un bon petit déjeuner…

Je divague, me venge sur les céréales sucrées, que j'engloutis à pleines poignées, puis vais m'affaler sur le canapé. J'allume l'écran géant suspendu au mur après avoir galéré avec les trois télécommandes – et sans doute tout déprogrammé. Tout en zappant, j'envoie un SMS à mon grand-père pour qu'il ne s'inquiète pas de mon absence, et découvre ceux de Lise, qui me propose de sortir en boîte ce soir.

Wolf réapparaît pieds nus, la tignasse mouillée, en pantalon de costard et chemise déboutonnée. Je me mords exagérément les lèvres, terriblement aguichée par ce que je vois, puis lui balance un coussin dans l'entrejambe.

– Tu vas arrêter de m'allumer, oui ? menacé-je.

– Mais tu as sérieusement la dalle, toi ! Montre-moi ton bras, d'abord.

Minutieusement, en prenant soin de ne pas me faire mal, Wolf décolle le long pansement blanc, frémit en voyant les trois larges griffures qui strient mon bras, puis désinfecte la zone à l'aide d'un antiseptique et d'une compresse. Il colle ensuite un nouveau pansement et le tour est joué.

Même chose pour ma main, mais l'opération est plus douloureuse. Wolf fait plus attention encore. Il interrompt ses gestes chaque fois que je grogne ou gémis, attend que je lui fasse signe avant de reprendre.

– Tu fais ça bien, lui glissé-je, touchée par sa patience.

– Sans moi, tu n'en serais pas là.

– Sans toi, la vie serait beaucoup trop facile. Et beaucoup moins drôle, lâché-je alors, sur un coup de tête.

Ses yeux d'un bleu si pur, si clair, si puissant, se relèvent et plongent dans les miens.

– J'aurais dû venir te voir, Léo.

Je crois comprendre où il veut en venir, mais les mots me manquent.

– À l'hôpital, il y a huit ans. J'aurais dû venir.

J'en ai le souffle coupé.

– Mes parents ont paniqué, me confie-t-il pour la première fois. Ils ont eu peur que tu me dénonces, qu'il y ait des conséquences, alors ils m'ont envoyé en Suède pour que je me fasse oublier. J'ai été lâche… J'avais 17 ans, j'étais terrifié.

Je lutte contre les larmes qui montent, il finit de me bander la main.

– Tu… murmuré-je sans trouver mes mots. Ce n'était pas ton choix, alors ?

– Non. Mais j'ai obéi comme un con.

– Donc si tu avais pu, tu serais venu me voir ? Tu te serais soucié de moi ?

Ses yeux se ferment, se détournent et je devine que Wolf ne sait pas comment répondre à mes questions.

– J'ai essayé de prendre de tes nouvelles, au début. Tu m'as envoyé la photo de ton dos et tu as écrit ce « PS : Oublie-moi ! » J'ai cru que c'est ce que tu voulais vraiment.

– Je suis restée des mois et des mois à l'hôpital, lui rappelé-je, amère. Bloquée sur le ventre, à souffrir le martyre. J'étais seule au monde, ma famille se déchirait, je voulais crever ! Et pendant ce temps-là, le garçon que j'aimais et qui m'avait envoyée dans les flammes faisait quoi ? Tu faisais quoi, Wolf ? Tu vivais la belle vie, c'est ça ?

– Je…

Mon index sur sa bouche, je lui fais comprendre de se taire. Je renifle férocement, balaie la seule larme qui a réussi à s'échapper et me lève face à lui.

– Discussion terminée, décrété-je.

– Léo…

– Wolf, je te dis que je ne veux plus en parler.

Il se lève à son tour, disparaît à l'autre bout de l'appartement et revient quelques minutes plus tard, parfaitement habillé, coiffé, chaussé, tiré à quatre épingles, en train de s'étaler de la crème sur les mains.

– Je serai à l'agence, juste en dessous. Tu peux rester là aujourd'hui, te reposer…

– Pourquoi, je te fais pitié ?

– Non, Léo. Tu me fais *tout*, sauf pitié.

L'intensité de sa réplique fait redescendre un peu ma colère. Je le crois. S'il prend soin de moi, c'est parce qu'il en a envie. Parce qu'il n'est pas indifférent. Et cette idée fait renaître un peu de joie, en moi.

Ce mec imprévisible réussit à me rendre aussi instable que lui : je passe sans cesse par toutes les émotions, tous les sentiments, toutes les envies et leurs contraires.

– Défile pour moi, lui lancé-je soudain.

– Qu'est-ce que tu me fais, là ?

– Tu as été mannequin, non ? Fais-moi rêver, Wolf Larsson…

J'ignore ce qui lui prend, mais il s'exécute sans résister davantage. Le regard fixe et sauvage, la mâchoire serrée, le corps prodigieux, l'homme qui ne cesse de m'échapper pour ensuite revenir me chercher défile sous mes yeux.

Il est beau à se damner. Intense, fier, élégant, invulnérable et tant de choses encore. Il finit par me sourire en coin, se moquant de lui-même, je lâche un éclat de rire qui me libère et m'apaise.

Mais ce moment hors du temps s'arrête lorsque le téléphone de Wolf retentit : il décroche et je vois le tourment étouffer la si belle lueur qui brillait dans ses yeux il y a encore un instant.

– Judith est de retour à l'UMD, me résume-t-il après avoir raccroché. J'ai demandé à être prévenu immédiatement en cas de problème. Elle s'est de nouveau mutilée, doit rester sous sédation et ne pourra pas recevoir de visites avant nouvel ordre…

Sa voix trahit son angoisse et je ne peux plus garder ça pour moi.

– Wolf, j'ai quelque chose à te dire à propos de ta tante, soufflé-je.

Le dessin de la femme au trou béant. La cicatrice de césarienne. Les éléments manquants dans son dossier médical. Je lui raconte tout, dans les moindres détails.

Et son visage change. Son regard se durcit. Sa froideur me glace de nouveau.

– Je dois y aller. Claque la porte en partant, me lance le loup en me quittant pour de bon.

Lui et moi, on ne sait faire que ça. Se retenir, se repousser. Se retrouver et se fuir.

32

Foutu

Wolf

[Café Hugo ?]

J'envoie ce texto à ma sœur en quittant mon appart, avec Léo à l'intérieur, pour rejoindre le café à l'angle de la place des Vosges où j'ai mes habitudes.

[Tu sais que tu as le droit
de faire plus de cent mètres
autour de ton agence et de
ton appart ? Tu as un bracelet
électronique et on ne m'a pas
prévenue ? Ou t'es juste un
vieux garçon de 26 ans déjà foutu ?]

[Willa, café Hugo ou pas ?]

[Je sors de chez Starbucks…]

[J'appelle pas ça du café.
Je t'attends à l'intérieur.]

[Je sais. Table du fond, angle gauche.
Tu seras assis sur la banquette
avec les deux bras étalés
le long des dossiers.
Déjà un ou deux expressos sifflés.]

[Je commande le deuxième,
active.]

[Dis à ta charmante humeur
que j'arrive…]

Le temps que ma sœur se pointe, je consulte mes mails pro en vitesse, décale une réunion avec Matthias à dix heures, demande à Lorelei d'annuler deux entretiens avec des recrues potentielles et réponds non à trois demandes d'interview bidon.

– Hum, tête des mauvais jours, constate Willa en s'asseyant face à moi avec son gobelet en carton.

– Pire que ça, confirmé-je.

J'ai le cerveau et l'estomac en vrac depuis les révélations de Léo. Et notre étrange nuit partagée.

– T'es prête à entendre un secret de famille à moitié déterré ?

– Je sais, vous m'avez trouvée dans une poubelle quand j'étais petite, mais vous m'avez gardée quand même parce que, franchement, qui pourrait résister à ça ?

Elle pose ses deux mains en corolle sous son visage comme une enfant modèle et sourit bêtement en battant des cils.

– C'est sérieux, Wil', Judith a complètement pété les plombs.

– Qu'est-ce qui s'est passé ?

– Agression, crise de démence, automutilation... Je ne sais même pas si les parents sont au courant.

– Sûrement, mais ils doivent gérer façon Larsson.

Elle fourre sa tête dans son grand sac à main pour mimer une autruche et ça ne parvient même pas à m'arracher un sourire.

– Attends, tu as dit « agression » ? Elle a agressé qui, comment ?

– Judith a eu un enfant, lâché-je finalement.

– Quoi ?

Willa ne plaisante plus. Une mèche de ses cheveux retenus en chignon lui retombe sur les yeux et sa main se porte à sa bouche. Je ne sais pas pourquoi les femmes font toujours ça quand elles ont peur. Toutes sauf Judith : notre tante, elle, préfère s'ouvrir le bide.

– Comment tu l'as appris ? C'est elle qui te l'a dit ? T'es sûr qu'elle ne divague pas ? s'emballe ma sœur.

– Elle a une cicatrice de césarienne sur le ventre.

Cette révélation fait l'effet d'une bombe. Willa réfléchit à toute allure, comme moi, se demandant pourquoi elle ne l'a jamais vue jusque-là, comprenant que c'est un endroit intime, caché, et qu'on ne sait rien de l'intimité d'une femme internée, même quand elle est de votre famille, même quand vous lui rendez visite et vous souciez un peu d'elle.

– Mais pourquoi on ne nous l'a jamais dit ? souffle-t-elle enfin.

– Aucune idée… Je retourne ça dans ma tête dans tous les sens, mais il y a des dizaines de possibilités.

– Comme ?

– Cet enfant est mort-né ou Judith a accouché sous X, ce qui expliquerait qu'il n'y ait rien dans son dossier.

– Cela dit, on n'a jamais consulté son dossier, fait remarquer ma sœur. Si ça se trouve, c'est écrit et personne ne le sait.

– Ou peut-être que les parents savent et l'ont caché… Peut-être que ce gosse a été confié à l'adoption… Peut-être que Judith s'est débrouillée toute seule pour le faire disparaître… Tout est possible.

– Peut-être qu'on a un cousin dans la nature… ? dit-elle, choquée. Ou juste un sac plastique dans un congélo quelque part…

– Willa ! grogné-je.

– Désolée, fallait que ça sorte.

Elle cache sa gêne derrière son gobelet de café et boit de longues gorgées.

– Je n'arrête pas de penser à Judith, soupiré-je en me frottant les poignets. Si tu avais vu dans quel état elle était hier soir.

– Je ne sais pas ce qu'on lui a fait… ou ce qu'elle s'est fait à elle-même… Mais moi aussi je serais devenue folle après ça !

– Ça me tue qu'elle traverse tout ça toute seule.

– Tu veux qu'on aille la voir ?

– On ne peut pas, pas de visite jusqu'à nouvel ordre.

– Il faut au moins qu'on en parle aux parents, grimace Willa en guettant ma réaction.

– Ouais… Mais on attend d'être tous les deux, OK ?

Ma sœur acquiesce et se perd dans ses pensées. Je vais régler l'addition au comptoir pendant qu'elle se refait une beauté dans un mini-miroir. Elle me rejoint et glisse son bras sous le mien, rare geste d'affection qu'elle se permet, quand elle veut me rappeler que je ne suis pas tout seul.

– Je peux passer chez toi ? Je voudrais regarder les albums photos de notre enfance. C'est bien toi qui les as, non ?

Je panique. Léo y est peut-être encore, et je n'ai vraiment pas besoin que Willa l'apprenne et commence à se faire des films.

– Je ne sais pas où ils sont, sans doute toujours dans des cartons. Mais je te les apporterai si tu veux, quand j'aurai remis la main dessus.

– Pas de place dans mon appart, c'est pour ça qu'on a décidé que tu les gardais chez toi. Je peux passer vite fait, alors ?

– Non.

– Wolf, qu'est-ce que tu me caches ?

– Une meuf. Satisfaite ?

Bien sûr, elle jubile.

– Attends, tu l'as laissée dormir chez toi, le truc qui n'arrive absolument jamais ?

– Je ne suis pas un animal, contrairement à ce que tu crois.

– Non, mais tu as vraiment laissé la fille seule, dans ton appart ? Vivante, je veux dire ?

– Oui, mais séquestrée dans la salle de bains, attachée avec le tuyau de douche. C'est bon, Boulette ? Tu avances ou je te fais rouler jusqu'à la place des Vosges ?

– Rappelle-moi une seule fois comme ça et ce sont tes boulettes à toi qui vont aller très mal.

– Mais qu'est-ce que vous avez toutes à vous en prendre à ça… ? plaisanté-je pour éloigner ma sœur du vrai sujet.

J'ai réussi à laisser Léo en dehors de toute cette histoire ; je n'ai même pas raconté à ma sœur l'agression d'hier ni ce qui a suivi… Inutile de se faire griller maintenant… D'autant qu'il ne s'est rien passé. Ou presque.

Willa m'envoie encore deux ou trois piques et menaces de violence puis me laisse aller bosser. Je rejoins l'agence à quelques pas de là, et retrouve Matthias, déjà dans mon bureau.

– Dix heures et neuf minutes, me lance-t-il, affalé dans mon fauteuil.

Il tire sur son col pour écarter ses fringues et pointe du doigt une horloge flippante tatouée sur ses pectoraux.

– C'est la faute de Willa, me justifié-je. Elle voulait m'émasculer.

– Super projet, j'en suis !

– Bouge ton cul de mon fauteuil.

– T'as une sale tronche, Wolf.

– Tu portes un gilet à carreaux sans manche de vieillard par-dessus un tee-shirt camouflage, t'es au courant ? Ou c'est Yumi qui t'a habillé ce matin ? Tu lui diras que ce n'est pas très clair, comme déguisement.

– On ne peut pas tous s'ennuyer à mourir dans un costard, réplique-t-il en tournoyant dans mon fauteuil.

– J'ai apporté des affaires de sport, on va boxer ?

– Maintenant ? On n'a pas deux rendez-vous juste après ?

– Annulés, annoncé-je simplement.

– J'ai le temps de te montrer le *shooting* de Babacar pour Burberry ? Ils l'ont adoré.

– Je sais, mais je l'ai fait rentrer chez lui.

– Tu as fait quoi ?

Cette fois, Strange se lève et me laisse la place, inquiet de mes derniers exploits.

– Babacar ne supportait pas Paris, il voulait retourner au Sénégal, expliqué-je. Tout le monde n'est pas fait pour être mannequin, même quand on mesure deux mètres trois et qu'on a cette gueule-là.

– On aurait pu faire de lui une star… Changer sa vie et celle de sa famille !

– Et on aurait peut-être brisé un mec de 17 ans, en le retenant contre son gré, loin de chez lui, en l'enfermant dans un studio tout seul comme un con. On est des agents, pas des putains de geôliers.

Mon associé lâche un long soupir puis tente de jongler avec la balle antistress et le tube de crème qui traînent sur mon bureau. Échec pitoyable.

– Bon, allons boxer avant que tu vides cette agence de tous ses talents, râle-t-il. Tu ne veux pas virer ta sœur, aussi ?

– Ne me tente pas, grommelé-je en ramassant mon sac de sport.

***

À la salle de boxe, je me défoule à la corde à sauter, puis récupère en tenant le sac de frappe pour Matthias. Quand c'est à mon tour de boxer, ce salopard tente de me tirer les vers du nez.

– C'est quoi, le problème ?

– Ma tante ne va pas bien, je t'ai déjà expliqué.

– Non, le vrai problème, celui qui te fait cogner comme un sourd.

– Dommage que ce ne soit pas sur le ring contre toi, soufflé-je entre deux coups.

– Laisse-moi deviner… À peu près grande comme ça, avec des yeux bleu marine et une sale cicatrice dans le dos ?

Je lance une dernière combinaison de coups de poing à pleine puissance avant de reculer jusqu'au mur, les gants croisés au-dessus de la tête.

– Putain, mec, cette fille a passé la nuit chez moi et je ne l'ai pas touchée, avoué-je à mon pote.

– Beau self-control !

– Elle a essayé, pourtant… Mais je l'ai bordée comme un con. Moi, Wolf, je me suis occupé d'elle au lieu de…

– Ça fait du bien de ne pas toujours penser qu'à soi, non ?

Matthias vient me retirer mes gants et me tendre une bouteille d'eau.

– Tu ne comprends pas, c'est plus que ça. Je n'ai pas fermé l'œil pour m'assurer qu'elle allait bien. Impossible de dormir, j'ai passé la nuit à cogiter. Hier soir, ce matin, j'ai pris soin d'elle comme si je…

– Je sais que tu flippes, mec. Mais tu n'as pas besoin de finir cette phrase.

Je bois une gorgée, m'asperge le visage et le crâne, puis secoue mes cheveux pour faire partir toutes ces idées qui me dérangent, qui me perturbent. Qui me déglinguent, même.

– Cette fille aura ma peau, conclus-je à voix basse. J'ai trop peur de l'abîmer. J'essaie de fuir, de me blinder, je sais qu'elle n'est pas pour moi… mais elle s'accroche… Je n'arrive pas à m'en débarrasser.

– Alors peut-être que tu devrais la laisser…

– Non, hors de question, le coupé-je. Si t'es un vrai pote, ne finis pas cette phrase non plus.

– Rentre chez toi, Wolf. Je m'occupe de tes rendez-vous de l'après-midi. Va dormir. Arrête de réfléchir.

Pour ça, il faudrait que j'arrête de vivre.

33

Les pièces du puzzle

Wolf

En fait, je vais rouler une petite heure à moto avant de rentrer chez moi. Je sens déjà les courbatures de ma séance de boxe avec Matthias mais j'ai besoin de me défouler encore. Et comme un con, je recule le moment où je vais retrouver Léo dans mon appart, perdue dans cette chemise trop grande pour elle que je ne pourrai plus jamais remettre.

Une partie de moi espère qu'elle sera déjà repartie, agacée de la façon dont je l'ai traitée.

Une autre partie de moi, plus enfouie, espère secrètement découvrir la lionne en train de renifler mes affaires, ou paresseusement allongée sur mon canapé dans un rayon de soleil, ou étendue dans ma baignoire remplie à ras bord, ou encore affairée dans ma cuisine où elle aura mis un bordel sans nom, en goûtant à tout et en se léchant les doigts. J'ai rarement vu une fille qui vivait comme ça, toujours si fort. Et pourtant simplement chaque moment.

Quand je pousse la porte de mon appartement, crevé de

ma nuit blanche et vidé de toute mon énergie, j'ai du mal à reconnaître sa voix. Je m'approche discrètement du salon pour tenter de distinguer avec qui et de quoi elle discute au téléphone. Mais toute cette vulgarité, ce rire et ce ton menaçant, ça ne ressemble pas à Léonore…

Bordel, ça ressemble à Willa.

Je trouve les deux brunes assises par terre devant le canapé, des albums photos ouverts sur les genoux et d'autres éparpillés un peu partout autour d'elles. Mon cerveau surchauffe.

– Je ne vous dérange pas ? grondé-je.

Léo sursaute et me fixe étrangement. Ma sœur se marre en plissant ses yeux de fouine.

– Tu ne devineras jamais qui j'ai trouvé toute seule chez toi, en robe-chemise ? jubile-t-elle.

– Quand ça ? Quand je t'ai demandé de ne pas venir ? lui rappelé-je.

– Je vais vous laisser, je crois, tente Léo en se relevant.

– Ne bouge pas, l'estropiée. Tu ne sais pas ce qui lui est arrivé, Wolf ? La pauvre s'est fait agresser par une folle dingue à Sainte-Anne, la nuit dernière… Tu sais, madame Un-Deux-Trois ? Judith Quelque-chose. Ah, oui, notre tante à tous les deux, voilà.

– On a compris, Willa…

Je jette ma veste sur le canapé et me baisse pour commencer à ramasser les albums photos. Je n'aime pas voir toute ma vie étalée comme ça, mon enfance, mon intimité et ma famille, que Léo n'a pas besoin de connaître à ce point, mes années à New York pendant qu'elle se reconstruisait. Je trouve ça indécent, déplacé.

– Moi, je ne comprends rien du tout, enchaîne ma sœur. Vu qu'on me raconte la moitié des trucs et que je suis obligée de recoller les morceaux toute seule…

– Tu ne veux pas aller faire des puzzles chez toi, plutôt ?

– Tu rigoles ? Je ne voudrais pas rater une seconde de cette fabuleuse tension sexuelle entre deux adultes incapables de se regarder dans les yeux pour ne pas trahir le truc qui leur explose déjà à la gueule.

Ma sœur rit comme une hyène, et la lionne ne peut s'empêcher de sourire à son tour. Je croise son regard lumineux, lève les yeux au ciel et me mords les joues pour ne pas entrer dans leur petit cercle ricanant.

– Je ne vois pas de quoi elle veut parler, ironise Léo en faisant non de la tête.

– Pareil, l'imité-je.

Nos yeux s'accrochent, se comprennent, se fuient de nouveau et je vais m'écrouler sur le canapé avec une pile d'albums sur les genoux.

– Ne parle pas de Judith comme ça, elle va très mal, rappelé-je à Willa.

– Je sais, Léonore m'a expliqué les rudiments du syndrome de stress post-traumatique… Je l'ai bien dit ?

La brune acquiesce sous sa frange.

– On ne pourra pas aider votre tante tant qu'on ne saura pas précisément ce qu'elle a vécu, ajoute-t-elle d'une voix douce. Je crois qu'elle est dans l'évitement permanent, affectif, comportemental… Mais aussi dans l'hyper-vigilance pour lutter contre ce sentiment constant de danger. C'est ce qui la rend anxieuse, désorganisée, facilement impressionnable et irritable, et donc violente. C'est un cercle vicieux infernal pour elle. Judith est dans une grande détresse psychique, là.

Je fixe sa bouche sans pouvoir la quitter, comme fasciné. Je n'ai qu'une envie, à ce moment précis, c'est de m'allonger par terre et laisser cette fille me bercer de ses mots intelligents, me prendre dans ses bras et me dire qu'elle a la solution. Mais Willa est encore en train de nous regarder comme deux hamsters en rut enfermés dans la même cage. Et l'on frappe à ma porte.

– J'y vais, dit ma sœur.

Quelques secondes plus tard, elle réapparaît avec une grimace contrite, pendant que ses lèvres articulent en silence « Désolée ».

Mes parents déboulent derrière elle et mon sang se fige dans mes veines.

– Qu'est-ce que vous faites là ?

– On est inquiets, figure-toi ! couine ma mère. On ne t'a pas vu depuis des semaines, tu ne réponds pas au téléphone, on doit passer par ta sœur pour savoir que tu es toujours vivant, ton comportement égoïste nous pourrit la vie, Wolfgang !

– On passait juste voir si tu allais bien, rectifie mon père, qui met de l'eau dans son vin.

Son eau tiédasse à lui dans son vin aigre à elle.

– J'étais occupé, grommelé-je.

Je jette un regard vers Léo et je me demande à quel moment ils vont la reconnaître. Et devenir odieux. Je me fous pas mal de leur réaction à eux. Mais je lis dans les yeux hagards de la fille de mon passé une envie de se tapir, de fuir, comme un instinct de survie.

– Je te raccompagne, annoncé-je d'une voix ferme en lui prenant la main.

– Léonore Dumas, prononce ma mère sur un ton acide. Qu'est-ce qu'elle fait ici ? Wolf, on t'a déjà dit ce qu'on en pensait.

– Et je vous ai répondu de ne pas vous en mêler.

Léo lâche ma main, croise ses bras sur sa poitrine et esquisse un discret sourire cynique en direction de mes parents.

– Vous n'aviez donc pas oublié mon existence, pendant tout ce temps.

– Bien sûr que non, répond mon père sur un petit air compatissant.

– Vous avez pourtant fait comme si j'étais morte, ironise Léo sans se laisser démonter.

Elle semble calme, sûre d'elle et de sa rancœur tranquille. À sa place, j'exploserais. J'admire son aplomb mais je ne sais pas si ça va durer, avec les parents que j'ai.

– L'enquête a conclu à un incendie accidentel, il n'y avait pas grand-chose à en dire de plus, se permet ma mère, insupportable.

J'interviens avant que ça ne dérape vraiment.

– Ta sœur vient de lui mordre la main jusqu'au sang, de lui lacérer le bras à coups de crayon et de lui faire perdre connaissance, alors je pense qu'on peut lui épargner cette conversation. Et que tu peux arrêter avec ton petit air moralisateur de celle qui a toujours raison.

Ma mère encaisse le choc et regarde son mari comme si elle l'appelait au secours en silence. Mais je ne m'arrête pas là :

– Léo venait juste de découvrir que Judith a subi une césarienne. C'est ce qui a tout déclenché.

La tension est palpable dans l'air.

– On s'assied pour en discuter ? propose Willa, gênée. Je vais faire des cafés ?

– Wolf, ton amie devrait peut-être s'en aller. Ou bien nous nous reverrons plus tard pour parler de tout ça en famille, tente mon père en me touchant l'épaule.

– Personne ne bouge d'ici ! Personne ne va se foutre la tête dans le sable aujourd'hui. Vous étiez au courant ? Pourquoi on ne sait rien de tout ça ?

Ma mère éclate en sanglots et Willa ne peut pas s'empêcher d'aller la consoler, sous les yeux impuissants de mon père.

– Judith a vraiment eu un enfant ? Qu'est-ce qu'il est devenu ? Il est où ? Toujours vivant ? Pourquoi on fait comme s'il n'avait jamais existé ? insisté-je sans rien lâcher.

– Parce que c'est plus compliqué que tu ne crois, fiston…

– Ne me donne pas du fiston, maintenant, papa. Je ne vais pas me contenter de vos larmes et de vos soupirs comme depuis des années. On ne parle de rien, dans cette famille, il faut que ça s'arrête !

– Il a raison, bredouille enfin Willa. Cette histoire n'a aucun sens.

– Judith était incapable de garder un bébé, lâche enfin ma mère en reniflant. Comment elle l'aurait élevé, dans son état ? J'ai aidé ma sœur comme je pouvais, on lui a rendu service !

À cette réponse, je sens tout mon corps se crisper. Et celui de Léo se tendre à côté de moi.

– Qu'est-ce que vous avez fait ? demande-t-elle dans un souffle.

– Pourquoi Judith a été internée peu après ma naissance ? C'est quoi, cette putain de coïncidence ? proféré-je d'une voix enrouée.

Dites-moi que non... Que ce n'est pas ce que je crois...

– On est vraiment vos enfants ? comprend Willa en même temps que moi.

– On t'a sauvé la vie, Wolf. Il fallait qu'on te garde avec nous, avoue ma mère en pleurant.

Elle tente de s'approcher de moi mais je recule d'un bond et la garde à distance, ma main tendue faisant barrière entre nous. Pendant que les pièces du puzzle s'emboîtent dans mon cerveau, je reste immobile, comme insensibilisé. Je n'ai pas de colère qui monte, pas de douleur insoutenable : je ressens juste un vide immense, soudain, comme si l'on venait d'effacer toute mon histoire.

Ma sœur est sous le choc, aussi tétanisée que moi. Tremblante, Léo vient glisser sa main dans mon dos, puis son bras autour de ma taille. Je ne pense même pas à la chasser. Les larmes ruissellent sur le beau visage de Willa, sur les joues émaciées de ma mère, pendant que mon père tente d'expliquer l'inexplicable.

– On voulait désespérément un enfant... On n'arrivait pas à en avoir... Ta venue au monde a été comme un cadeau du ciel, Wolf. On t'a aimé tout de suite. Te prendre avec nous, c'était une évidence. Peu importe de qui tu étais né.

– Peu importe ? gueulé-je du fond de mon ventre.

Mon cri de rage fait pleurer ma mère de plus belle, elle s'effondre sur le canapé comme si ses jambes ne pouvaient plus la porter. Et ma sœur vient passer son bras sous le mien, en soutien. Ou peut-être pour se raccrocher à quelque chose. Je n'arrive toujours pas à y croire.

– Je suis désolé qu'on t'ait menti toutes ces années, continue mon père, les yeux rouges. On pensait vous protéger, Judith et toi, on ne voulait pas te compliquer la vie, on ne savait pas comment elle allait évoluer, on ne pouvait pas prendre le risque de…

– Vous nous avez détruits tous les deux, murmuré-je. Vous êtes des malades, des putains de criminels.

Ma mère – qui ne l'est plus – se lève d'un bond et me regarde droit dans les yeux, avant d'entrer dans une rage noire qui déforme son visage.

– Tu es mal placé pour nous juger, fulmine-t-elle. Il y a huit ans, tu as enfermé cette fille dans une pièce en feu ! Ne joue pas les innocents, tu as bien failli avoir une mort sur la conscience. Personne n'est parfait, Wolfgang !

Le sol s'ouvre sous mes pieds. Willa porte sa main à sa bouche. Léo rompt tout contact entre nous et me fixe de ses yeux marine noyés de larmes. Et je me vois craquer, exploser. J'envoie un coup de poing dans le mur le plus proche, qui s'enfonce sous ma force. Et je quitte mon appart en courant, sans regarder derrière moi.

Dans les escaliers, Léo me suit à toute allure en criant mon prénom. Je ne me retourne toujours pas. Sous les arches de la place des Vosges, elle tente de me retenir et je la plante là. Je grimpe sur ma moto, enfile mon casque, referme la visière pour ne plus la voir. Et je roule sans savoir où.

Le plus vite possible.

Le plus loin possible de ma vie.

34

À double tour

Léonore
Paris, un 31 décembre

Je suis venue à cette soirée pour *lui*. Rien que pour lui. Mes parents me pensent sagement couchée au fond de mon lit. Je ne connais personne ici, sauf Lucille, qui a bien voulu m'accompagner mais qui est déjà torchée, et ce mec de ma classe qui a redoublé deux fois et n'a été invité que pour vendre du shit.

Une fille de seconde, qui n'est pas spécialement populaire et qui s'incruste à une soirée de terminale, ça craint. Mais *il* le vaut bien. Wolfgang. Le loup aux yeux de glace, le bad boy qui a volé mon cœur à l'instant où nos regards se sont croisés. C'est cliché à mourir, mais c'est ce qui est arrivé. Je sortais du lycée, un de ses potes a failli me renverser avec son scooter, je me suis jetée à terre pour l'éviter et c'est Wolf qui est venu me ramasser sur le bitume.

Je l'ai remercié en l'appelant par son prénom entier, « Wolfgang », il a détesté.

À lui, ça n'a fait ni chaud ni froid de me rencontrer. Moi, je n'ai plus jamais été la même.

J'ai tenté de me rapprocher de lui pendant des mois. Ou juste de faire en sorte qu'il me remarque. Je l'ai suivi sur les réseaux sociaux, j'ai assisté à ses matchs de volley, l'ai attendu maintes et maintes fois après les cours, lui ai offert des petits cadeaux anonymes, en espérant trouver un jour le courage de lui parler. J'étais jalouse de toutes ces filles qui captaient son regard, le faisaient rire, vibrer, quand moi je n'existais même pas ou que je l'horripilais dès que j'ouvrais la bouche. À ma connaissance, Wolf n'avait jamais eu de copine plus de quelques jours d'affilée, mais les prétendantes ne manquaient pas.

Ce soir, en me regardant dans le grand miroir de son entrée, alors que les murs tremblent au son de la musique, j'inspire un grand coup et décide que, à minuit, je l'aurai embrassé. Cette fête se passe chez lui, je ne suis là que pour lui, interdiction de foirer ma mission.

En m'engageant dans le salon, je croise sa sœur, qui est en première ; Willa, je crois. Une brune très ronde aux jolis traits, qui grignote des Chipster dans son coin et tente de retirer son rouge à lèvres noir en l'essuyant sur sa manche.

– J'ai un mouchoir, si tu veux, lui proposé-je.

– C'est bon, je suis chez moi, je peux me débrouiller.

– OK, désolée.

– Je croyais que c'était la bonne teinte, râle-t-elle tout bas alors que je m'éloigne. Mais ces abrutis m'ont traitée de Marilyn Manson toute la soirée.

Me rapprocher d'elle aurait pu être une bonne stratégie pour atteindre son frère, mais je n'ai pas l'impression que Willa soit d'humeur à sympathiser. Alors je continue mon tour en solitaire, attrape une bouteille de bière sur une étagère et la bois rapidement pour me donner du courage. Dans la cuisine, un mec me tend un *shot*, je le descends sans hésiter. Première fois de ma vie. Ça arrache. J'enchaîne avec un deuxième, fais la grimace et sens ma gorge et mon ventre se réchauffer.

– Un strip-poker, les meufs ? gueule un autre mec bourré.

Il est temps pour moi de me tirer de là. Je retourne dans le salon, cherche ma cible des yeux mais toujours pas de Wolfgang à l'horizon. Je retourne dans l'entrée et décide de monter à l'étage. Deux filles s'embrassent sur le palier, puis dégagent en gloussant quand une voix grave les chasse. Je me retourne et, le cœur battant, vois Wolf sortir d'une chambre.

Il est habillé en noir des pieds à la tête, ses yeux me détaillent moi aussi et me donnent chaud. Je sens déjà bien les effets de l'alcool. Ses sourcils s'étonnent, ses paupières se plissent ; il soupire et le rebelle au regard dément vient se planter face à moi.

– Ne me fais pas croire que je t'ai invitée…

– Ta sœur l'a fait, improvisé-je.

– C'est quoi, ton nom, déjà ?

– Léonore Dumas. Léo pour toi.

Il me dévisage un peu plus longtemps, me jauge en silence, puis me contourne en lâchant sèchement :

– Rentre chez toi, gamine.

– Non, désolée, Amadeus, j'ai prévu autre chose.

– Je sais que tu me suis partout depuis des mois, tu n'es pas discrète.

– Je ne partirai pas.

Il se retourne, étonné de m'entendre lui résister. Moi, depuis que je sais qu'il m'a remarquée, j'ai l'impression de flotter.

– Ce n'était pas une proposition, continue le bad boy. Lâche-moi et retourne jouer à la poupée.

– C'était un ordre, je ne suis pas stupide. Mais rien ne m'oblige à obéir.

– Tu as quel âge ?

– Presque 15.

– J'ai 17 ans, rentre chez toi.

En réalité, j'ai 14 ans depuis deux mois. Mais comme il prend le chemin des escaliers, je m'interpose entre lui et la première marche.

– « Léo presque 15 ans », dégage, gronde-t-il sans ménagement.

– Je suis amoureuse de toi, Wolfgang !

Il va me prendre pour une psychopathe. Me foutre dehors et aller raconter à ses potes qu'une gamine insignifiante vient de se jeter à ses pieds.

Mais non. Au lieu de ça, Wolf s'avance d'un pas et me fait reculer, lentement, tout en souriant, jusqu'au seuil de sa chambre. Une fois à l'intérieur, et après avoir vérifié que personne ne nous écoute, il vient souffler juste au bord de mes lèvres :

– Tu es vraiment très jolie et tu as beaucoup de cran, tu seras sûrement une bombe quand tu seras grande… mais je ne couche pas avec les bébés, tu vois ?

– Coucher ? m'écrié-je. T'es malade !

– Tu me veux quoi, alors ?

On est un peu prête à tout, quand on a 14 ans et un mec en tête. Alors je me lance. Ma bouche atterrit sur la sienne par miracle. Wolf recule d'abord d'un pas, avant de venir se coller à moi. Je plane. Mon premier baiser.

Mouillé, excitant, doux, passionné. Inoubliable.

Quand le garçon de terminale me repousse de ses deux mains, je lâche un gémissement de frustration. J'en voulais encore.

– Reviens me voir dans cinq ans, souffle-t-il en me fixant étrangement.

– Sors avec moi !

Essoufflé par notre baiser, agacé par ma détermination, Wolf perd patience.

– T'es lourde. Rentre chez toi, Léonore.

– Ce baiser t'a fait des trucs, à toi aussi !

Il revient sur ses pas, se penche sur moi et murmure de nouveau à quelques centimètres de mes lèvres :

– Dégage tout de suite ou tu le regretteras…

Me hissant sur la pointe des pieds, je dépose un nouveau baiser sur ses lèvres. Cette fois, le bad boy résiste, pose ses deux mains sur mes épaules, m'électrise et me pousse sur son lit. Mon cœur va exploser de peur, d'excitation, je ne sais pas ce qu'il va faire de moi mais je suis d'accord pour tout.

Sauf ça : il disparaît derrière la porte et ferme à double tour.

Seule dans la chambre, je me jette sur la porte et tambourine comme une folle pour qu'il me laisse sortir.

– Démerde-toi pour te barrer de là ! se marre le garçon de l'autre côté.

– Wolfgang, ouvre cette porte, je n'ai même pas mon portable !

– Je viendrai te libérer après minuit.

En moi, l'excitation du début de soirée cède la place à la

colère. Cet enfoiré vient vraiment de m'enfermer avant de retourner faire la fête, boire, danser et probablement embrasser d'autres filles bien plus belles, plus mûres que moi. Mais quelques minutes plus tard, cette colère se mue en terreur lorsque je sens l'odeur de brûlé…

Vers vingt-trois heures, le feu prend dans la chambre d'à côté. Un couple d'ados venu s'envoyer en l'air, fumer une cigarette et s'éclipser sans éteindre correctement leur mégot. En bas, on ne se rend pas compte tout de suite que ça crame à l'étage.

Moi, je suis prise au piège. La musique couvre mes appels à l'aide. La fumée noire m'intoxique, s'insinue dans mes poumons. Je tombe. Allongée sur le ventre, je cherche de l'air, une issue, j'appelle ma mère, mon père. Je supplie Wolf de revenir. Et bientôt, les flammes avides commencent à ravager ma peau à jamais. Je suis intimement persuadée que je vais mourir. Je m'évanouis après avoir dit adieu à la vie.

35

La danseuse et la bête

Léonore

Dans ma robe rouge Valentino au joli dos-nu brodé, je descends du podium et accepte la nouvelle coupe de champagne que me tend Eugénie. Puis, sans me laisser le temps de la remercier, elle s'en va se trémousser sur scène avec Qin-Qin. Il faut croire qu'entre ces deux-là, la guerre froide est terminée.

Ce soir, on fête les cinq ans de Strange & Strong. On est plus de trois cents personnes à s'être réunies à l'agence pour célébrer cette entreprise un peu folle et définitivement hors norme, mais quelqu'un manque à l'appel.

Vous savez qui.

– Léo, tu n'as pas vu Wolf ? me demande Matthias, l'air désespéré.

– Non. Il s'est encore évaporé ?

– Je vais le buter…

Le tatoué en costume zébré file en direction de la sortie et je me rapproche de Willa et Naoko, qui trustent le buffet.

– Nourrissez-moi ou dans… trois, deux, un… Oups, c'est trop tard : je suis bourrée !

Les deux brunes me tendent un petit four chacune, j'enfourne les deux en gloussant.

– Léo, tu déconnes, il y a des gros clients ! s'inquiète Willa.

– Je suis là, moi, au moins ! Pas comme un certain P.-D.G. qui lâche sa société…

Sa sœur soupire, tandis que Naoko nous quitte pour aller calmer son mec.

Depuis deux semaines et la révélation de ses parents, le loup n'est plus lui-même. Il a envoyé tous mes appels sur messagerie, n'a jamais répondu à mes SMS. J'ai bossé sur deux *shootings*, suis passée signer chaque contrat à l'agence et ne l'ai pas croisé une seule fois. J'ai entendu dire à droite et à gauche que, lorsqu'elle rôdait dans les parages, la bête se montrait plus redoutable que jamais.

– Il a ses raisons, me glisse Willa en me tendant un bâtonnet de carotte.

– Je sais. Il va bien ? Ou juste… pas trop mal ?

– Non, mais tu gardes ça pour toi, hein ?

Tendue, elle me présente une verrine au contenu indéterminé. J'avale la bouillie verte en espérant dessaouler plus vite. Si c'est vert, ça doit marcher.

– Joli tatouage, au fait, me dit-elle, tout sourire, en fixant mon annulaire gauche.

– Merci.

Je le contemple avec amour. À part en présence de mon grand-père, je n'ai plus besoin de cacher ce dessin qui me tient tant à cœur. Du côté droit, mon bras a bien cicatrisé et ma main n'est plus recouverte que d'un très fin pansement couleur chair.

Je repense à Judith. Je repense à Strong, qui ne l'est plus tant que ça.

Lorsque je relève les yeux, je croise enfin ceux du porté disparu.

– Wolf ! l'appelé-je un peu trop fort.

– Tu as bu ? se renseigne le loup sans pitié.

– Un peu mais on s'en fout ! Je suis contente de te voir !

– Plus une goutte d'alcool pour elle ! l'entends-je ordonner aux barmen.

Depuis la piste de danse, Eugénie me crie de la rejoindre. Je défie Wolf du regard, irritée par sa froideur, blessée par son indifférence assumée. Je sais qu'il souffre et qu'il a mille choses en tête, je sais qu'on n'est rien l'un pour l'autre, que nos dérapages n'étaient que ça : des dérapages, mais je ne l'ai pas vu, pas entendu, pas touché depuis deux semaines et il m'a cruellement manqué.

Ça n'a pas l'air réciproque.

– Répondre à un seul de mes messages, c'était trop te demander ? lui glissé-je discrètement, consciente qu'on est entourés.

– Willa m'a dit que ta main allait bien, se contente-t-il de répondre.

– Je vois. Donc je ne suis qu'une main ?

– Léo, ce n'est ni l'endroit ni le moment.

– Bien reçu.

Je lui balance un sourire faux au possible, retire mes talons et m'élance jusqu'à la Beyoncé version Strange & Strong. Je remue, m'agite, me déhanche. Lorelei danse le twist dans une robe vintage, Andréa fait voler son immense rideau de cheveux blonds soyeux tout autour d'elle, Naoko nous rejoint dans une chorégraphie robot, Qin-Qin fait le grand écart, Willa tente un tango avec Angèle. Je ris. J'oublie. Je retrouve des visages familiers, des sourires amicaux, des corps animés malgré leurs défauts, Elias, Côme, Paloma et Daphné, qui n'a même pas l'air blasée. Je vibre. Je vis.

Je danse avec moi-même, avec mon corps imparfait, avec mon saule pleureur, avec les fantômes de mon passé, mes espoirs de demain, et avec n'importe qui souhaite se défouler avec moi.

Vers une heure du matin, je me sens nauséeuse et étourdie. J'ai les jambes lourdes et la langue pâteuse. J'ai bu, certes, mais ces sensations ne me semblent ni normales ni familières. J'en parle à Matthias, qui se trouve à mes côtés, et je perds soudain l'équilibre. Le tatoué me rattrape in extremis, tandis que Wolf délaisse ses interlocuteurs pour venir lui aussi à ma rescousse.

– Qu'est-ce qu'elle a ? demande-t-il à son associé.

– Trop bu, j'imagine…

– Non, soufflé-je. C'est différent…

Wolf passe son bras autour de ma taille et m'emmène à l'écart.

– Vérifie qu'il n'y en a pas d'autres, lance-t-il au loin à Strange.

Je m'assieds sur un pouf de l'entrée et cale mon dos contre le mur. Même dans cette position, j'ai la tête qui tourne et des fourmis dans tout le corps.

– Wolf, qu'est-ce qui m'arrive ?

– Respire calmement. Quelqu'un t'a offert un verre ?

– Eugénie, il y a quelques minutes. Mais je crois qu'il venait de Paco.

– Paco, le photographe ?

– Oui.

Je l'entends appeler sur-le-champ un mec de la sécurité.

– Va vérifier qu'Eugénie va bien. Et garde Paco à l'œil.

Le type à l'oreillette se met à le chercher du regard.

– Le brun bouclé accoudé au bar, juste là, précise le boss. Il rentre seul ce soir. Tu m'entends ? Aucune femme ne repart avec lui.

Puis les bras de mon ennemi juré m'entourent de nouveau, m'aident à me relever et à avancer vers la sortie.

– Tu m'emmènes où, grand méchant loup ? gloussé-je à son oreille, de plus en plus abrutie.

– À ton avis ? grommelle-t-il. Où est-ce que tu atterris chaque fois que j'apparais dans ta vie ?

Les urgences.

Wolf Larsson, sa grande gueule et ses yeux mitrailleurs parviennent à me faire passer en priorité. On me fait une prise de sang, une perfusion pour me réhydrater et je m'endors pendant de longues heures, tandis que la bête sauvage veille sur moi sans quitter mon chevet.

Lorsque je me réveille au petit matin, le médecin m'apprend que l'examen toxicologique a confirmé la présence de benzodiazépine dans mon sang. La police est en chemin pour ouvrir une enquête.

– Ce connard t'a droguée, me souffle Wolf en venant se pencher sur moi. Sous mon nez, en plus… Il a signé son arrêt de mort.

Sans réfléchir, prise d'un besoin soudain de chaleur et de peau, je referme mes bras sur lui et pose ma tête dans son cou. Wolf me laisse faire, il me caresse doucement les cheveux et attend que la houle passe.

Il ne me quitte pas un seul instant. Ni quand je vais vomir mes tripes dans les toilettes, ni quand le médecin évalue mon état – et me prescrit trois jours de repos complet –, ni quand deux inspecteurs me demandent de raconter les faits.

On quitte l'hôpital sous un beau soleil de novembre et le taxi nous dépose place des Vosges. Je pénètre dans l'ascenseur juste derrière mon sauveur et lui glisse :

– Tu vas encore prendre soin de moi, c'est ça ?

Le loup ne me répond pas directement, mais me tend un jeu de clés.

– L'appartement du deuxième est pour toi.

– Quoi ?

La cage métallique s'arrête au deuxième étage, juste en dessous du sien.

– L'agence le met à disposition pour les mannequins de passage ou dans le besoin, m'explique Wolf.

– Je ne suis ni l'un ni l'autre, riposté-je.

Il soupire et m'entraîne par la main jusqu'à la porte en question, qu'il ouvre avec la fameuse clé. Il la glisse ensuite dans la poche de sa veste, qu'il avait déposée sur mes épaules bien plus tôt.

– Je veux garder un œil sur toi, Léo, se justifie le *control freak*.

– Je ne suis pas ta chose, marmonné-je. Invite-moi chez toi ou laisse-moi rentrer à Vincennes.

– Habite ici quelques jours, le temps de te remettre. Ensuite, tu verras.

J'ai du mal à comprendre ce que tout ça signifie. Ce qu'il attend de moi.

Ce que j'espère de lui.

– Léo, s'il te plaît, l'entends-je murmurer. Rien ne va en ce moment. Fais ça pour moi…

Et je m'entends lui dire oui.

36

Killeuse

Wolf

J'ai déposé Léo à l'appart séparé du mien par un seul étage et suis reparti immédiatement dans les rues de Paris en traçant sur ma moto. Je connais l'adresse de Paco, puisqu'il a l'habitude de shooter nos nouvelles recrues chez lui, dans son studio d'Asnières.

Je pensais que c'était un type bien. Pas un putain de fils de pute de violeur.

En débarquant rue du Château, je vois deux flics en uniforme sortir de chez lui. Je les salue d'un simple signe de tête, me tiens à carreau jusqu'à ce qu'ils remontent dans leur véhicule et quittent la future scène de crime. Aucune envie de faire un tour en garde à vue, merci. Je me pointe à la porte de l'autre enfoiré et y plante trois fois mon poing fermé. Le photographe de mes deux m'ouvre et frôle la syncope.

Ma voix gronde, les mots sortent de ma gorge sans que je les contrôle.

– J'ai percuté cette nuit que ça fait trois ans que je

fournis de la chair fraîche et innocente à un connard dans ton genre. T'imagines dans quel état ça me met, Paco ?

Le lâche prend peur et tente de refermer sa porte pour aller se planquer. Sauf que je sais placer mon pied au bon endroit et que je m'invite chez lui plus vite qu'il ne me fuit.

– Je viens tout juste de commencer, tu vas m'écouter jusqu'au bout si tu tiens à ta vie…

– Wolf, c'est un malentendu, tout ça…

– Tu n'as pas essayé de droguer Eugénie, hier soir ?

– Je… Je lui ai offert un verre pour qu'elle se détende… Elle m'a dit qu'elle était stressée…

– Et tu espérais baiser une meuf droguée, c'est ça ? Pour « l'aider à se détendre » ? ironisé-je soudain en faisant voler une lampe dans son entrée.

Le lampadaire se crashe, Paco sursaute et recule de trois pas, mesurant la fureur qui m'habite.

– Calme-toi, Wolf. J'ai fait une erreur, les flics sont venus me voir, je suis convoqué… Je vais suffisamment en chier, tu n'as pas besoin de…

– C'est Léo que tu as droguée, sale enfoiré ! *Ma* Léo !

Mon poing part tout seul. Il percute sa mâchoire, s'en va pour mieux revenir et s'écraser sur son nez. En sang, le mec gémit de douleur et se met à chialer.

– Je vais faire en sorte que tu ailles t'expliquer devant un juge, lui lancé-je en massant ma main douloureuse. Et que tout Paris soit mis au courant de ton petit hobby de fin de soirée. Oublie ta carrière de photographe. C'est fini pour toi, tu es mort dans le milieu.

***

Je ne suis pas retourné la voir, mais l'idée me démange. J'espère qu'elle dort, qu'elle laisse son corps se remettre de toutes les saloperies subies cette nuit. La drogue, l'alcool, mon comportement d'abruti qui n'est même pas capable de s'excuser de ne pas avoir pris de nouvelles pendant deux longues semaines.

Je suis sur le point de basculer de l'autre côté, je le sens. Mon cœur est en train de tout broyer sur son passage, d'abattre ses dernières barrières en les pulvérisant. Ma raison, ma détermination, mes démons ne pourront bientôt plus lutter face à elle. Ses yeux qui me transpercent. Son corps qui m'obsède. Sa peau qui me hante.

Cette fille n'a jamais été juste « cette fille » pour moi. Léo est *la* fille.

Bordel.

Un courant d'air s'insinue dans ma cage de verre en même temps que Willa.

– Léo va bien ? soupire-t-elle en se laissant tomber sur un fauteuil en cuir en face de mon bureau.

– Ça va. Je l'ai installée au deuxième, résumé-je.

– Pour ?

– Garder un œil sur elle.

L'emmerdeuse sourit en coin, me fait comprendre en silence qu'elle sait que ce n'est pas toute la vérité, puis enchaîne en abandonnant sa bonne humeur.

– Du nouveau sur Judith ?

– Pas vraiment. J'essaie de récupérer son dossier… et surtout de ne pas devenir fou, Wil'…

J'inspire profondément, m'empare de ma crème et en étale sur mes mains.

– Comment est-ce qu'on peut voler un bébé aussi facilement ? grommelle ma sœur. Ça n'a aucun sens…

– Tu sais ce que ça signifie pour nous ? lui demandé-je d'une voix douce.

– On n'est pas vraiment frère et sœur, souffle-t-elle, l'air profondément malheureux. On est juste… cousins ?

Ça m'arrache le cœur de voir ses traits délicats se tordre de tristesse. Je fais le tour de mon bureau et rejoins la boulette en pleurs pour la serrer contre moi.

– Tu es ma famille, Willa. Si je ne devais en garder qu'une, ce serait toi.

– Tu… Tu es en train de me faire un câlin, là ?

– Raconte ça à quiconque et je te déshérite.

Elle se marre tout bas, je sens ses rondeurs trembler contre moi, puis on se sépare en se défiant du regard.

– Pour avoir créé un tel monstre, ton père biologique doit être un tyran de la pire espèce, blague-t-elle.

– Ça changerait de l'autre soumis, soupiré-je en repensant à celui qui a joué un putain de rôle toute ma vie.

– Quand je pense que ces tordus sont mes vrais parents, gémit Willa.

– Je t'adopte, si tu veux.

– Ça dépend. J'aurai de l'argent de poche tous les mois ? Une voiture de fonction ? Une assurance-vie à mon nom ?

– Femme vénale ! lui balancé-je alors qu'elle se lève et fait claquer ses talons jusqu'à la sortie.

La porte se referme derrière sa silhouette en huit et je me sens terriblement seul, tout à coup. Le solitaire que je suis ne supporte plus la solitude. Mes parents ne sont pas ceux que je pensais. Celle qui m'a donné la vie ne tourne pas rond et se scarifie en repensant au fait que j'ai grandi en elle. La seule fille que j'aie jamais aimée est marquée à vie par mon erreur du passé et je suis incapable de me tourner vers l'avenir, de me faire confiance, de lui confesser ce que je ressens pour elle.

La seule chose qui roule, c'est cette agence que j'ai bâtie, qui défend des idéaux qui me sont chers et me rapporte des millions.

Mais les belles valeurs et le fric ne vous réchauffent pas la nuit.

J'ouvre le tiroir de mon bureau avec la petite clé scotchée sous mon clavier, en sors le mince bout de tissu que je triture chaque fois que mes démons reviennent danser sur mon cœur fatigué.

Ça ne m'aide pas, de pétrir ce machin, mais ça me permet de me souvenir.

De ne pas oublier.

***

Je n'ai pas la tête à mater des meufs en maillot de bain et des mecs en slip. Ça me gonfle prodigieusement de prendre part à cette nouvelle campagne de recrutement, mais Matthias en a suffisamment bavé. Ces derniers mois, je n'ai pas franchement été exemplaire niveau boulot. Je l'ai laissé gérer beaucoup de choses en solo et bosser dur pour notre machine de guerre.

Mon meilleur pote et associé n'a pas signé pour ça. Cette

boîte, c'est avant tout à moi de l'assumer.

– Naoko nous a envoyé une *killeuse*, me glisse-t-il en rangeant son portable dans sa poche.

Dans la grande salle de casting du premier étage, installés sur notre longue table industrielle en métal noir, on passe en revue la dizaine de dossiers avant de donner le *go* à Lorelei pour voir les potentielles recrues défiler.

C'est parti.

Paulin, un mètre trente-quatre d'assurance et de sex-appeal, me tape dans l'œil. Je le sélectionne pour la phase deux – les tests photo.

Félicia, qui se lance en deuxième, me laisse perplexe. Son bras gauche atrophié la rend extraordinaire, c'est un fait, mais son visage ne suit pas.

Suivante.

Garance a juste 16 ans mais l'intégralité de sa chevelure, épaisse et ondulée, a déjà naturellement viré au poivre et sel. Je trouve ça intéressant. Reste à savoir si elle sera capable de défiler un jour, vu sa démarche de camionneuse.

Marcel, lui, a une trisomie 21 mais son pas est léger, filant, presque aérien. Je note sur ma feuille que je dois le rencontrer.

Sous leur masse de cheveux crépus, les jumelles Paola et Fabiola ont des visages harmonieux et parfaitement identiques, à ce détail près : l'une est blonde au teint clair et aux yeux très bleus, l'autre brune, mate de peau et au regard sombre. Direction la phase deux.

Les modèles suivants n'ont rien de transcendant, mais on leur laisse leur chance. C'est la politique de la maison.

Dans toute cette série, au milieu de tous ces visages et

ces corps en mouvement, c'est Célie, belle rousse littéralement *couverte* de taches de rousseur, qui sort nettement du lot. Tandis qu'on remercie les autres pour l'instant, on retient cette candidate.

– C'est elle ! me balance Strange. Nao l'a repérée, c'est la fille de sa patronne. On la signe, mec !

J'entoure son prénom sur la liste. Je suis d'accord, cette fille, il ne faut pas la laisser filer.

– Tu as 19 ans ? lui demandé-je.

– Je suis majeure, confirme-t-elle en me balançant un sourire ambigu.

– Tu as déjà signé ailleurs ?

– Je ne veux signer qu'ici.

– Pourquoi nous ?

– Parce que je suis *strange and strong*.

Elle a bien répété son speech, même si elle n'est pas allée le chercher très loin.

– Et parce que je suis fascinée par vous, monsieur Larsson, ajoute-t-elle soudain.

– Ce n'est pas ce qu'on te demande, rétorqué-je.

– Mollo, me chuchote Matthias. Elle est jeune, elle va apprendre.

J'acquiesce, conscient que Célie pourrait devenir un réel atout pour cette boîte. Mon associé lui souhaite la bienvenue dans l'agence, la fille saute de joie et vient nous serrer la main.

Je n'aime pas qu'on envahisse mon espace, mais je prends sur moi et lui souris comme je peux en serrant les dents.

– Ce soir, je vais être le mec le plus heureux de la terre,

me glisse alors Matthias à l'oreille, en se tapotant la braguette et me montrant la baie vitrée du doigt.

Je délaisse un instant mes notes illisibles pour me tourner vers l'endroit qu'il m'indique. Naoko a apparemment fumé trop de racines de lotus. Elle sautille comme un têtard dans le couloir, en faisant la truite avec ses bras. Impossible de traduire, mais l'intention est là.

– Je crois qu'elle est contente, admets-je avec un sourire.

– Ça n'a pas l'air d'être le cas de tout le monde, commente alors mon associé.

À l'autre bout de la paroi en verre, je tombe sur Léo. Les deux mains collées sur la vitre et le regard noir, ma lionne fixe férocement la rousse qui continue à me faire les yeux doux.

Disons que parfois, la killeuse n'est pas celle qu'on croit...

37

Surprise !

Léonore

J'ai beau détester les mains tendues, les cadeaux que je ne pense pas mériter ou les élans de charité, l'appartement du deuxième étage est le nid le plus douillet que je n'ai jamais connu. Un cocon chaleureux, baigné de lumière, avec tout le confort moderne mais pas de chichis luxueux. Je m'y sens étrangement bien, étonnamment chez moi.

Après y avoir passé quelques jours pour « faire plaisir » à Wolf et me retaper, j'ai tout rangé, tout nettoyé et je lui ai rapporté la clé avec un petit pincement au cœur. Dans son bureau de verre froid, on a eu une conversation qui ressemblait à peu près à ça :

– Pourquoi tu n'y restes pas ?

– Parce que ce n'est pas chez moi.

– Ça peut le devenir, Léo… Ça n'a que des avantages.

– Comme ?

– C'est près de ton travail.

– On ne pourrait pas plus près…

– C'est près de moi en cas de souci.

– Je n'ai pas besoin que tu veilles sur moi, Wolf.

– Alors, disons que, *moi*, j'en ai besoin. Et que ça libère ton grand-père de cette tâche ingrate.

– Pas faux… Attends, tu viens de dire quoi ?

– Paie-moi un loyer si tu ne veux pas te sentir redevable.

– J'y comptais bien !

– Donc tu restes ?

– Je vais y réfléchir…

– Réfléchis tout de suite. Et sors de mon bureau avant que…

– Avant que quoi, Wolf Larsson ?

– Rien, Léonore Dumas.

– J'ai une condition.

– Quoi, encore ?

– Emménager avec Eugénie. Son mec l'a quittée pour sa sœur, elle est au plus mal et…

– Je n'ai pas besoin de connaître la vie privée de mes mannequins, Léo.

– Ah, seulement la mienne, alors ?

– Reprends cette clé et laisse-moi bosser. Réunion terminée. Bonne journée. Et ne remue pas ton petit cul en partant pour me…

Trop tard. Évidemment que j'ai essayé de le rendre dingue. Accepter de vivre dans l'appart juste en dessous du sien est une aubaine sur bien des plans… Et un calvaire pour ma libido. Il n'y a pas de raison que je sois la seule à crever de frustration.

Voilà comment je me retrouve à déménager, un vendredi de fin novembre, alors qu'il se met à neiger sur Paris. C'est joli comme dans les films. Par la fenêtre, la place des

Vosges a l'air d'une mariée recouverte de dentelle blanche. Je plie soigneusement mes fringues pour les ranger dans les tiroirs vides d'une ravissante commode. Je sors quelques photos de papy Georges et de mamie Colette, de mes parents et moi à l'époque où l'on formait une famille, de mes trois demi-frères et sœur histoire de me faire penser à les appeler plus souvent qu'une fois par mois. Je glisse des tas de bagues sur mes doigts pour me sentir entourée, sauf à mon annulaire gauche tatoué. J'embrasse tout doucement ma larme-saphir et j'écoute les sanglots reniflés d'Eugénie, qui vide ses affaires de l'autre côté du mur.

Je tente de lui remonter le moral avec la technique « tartines de Nesquik » en guise de dîner, on bouge un peu les meubles pour donner de l'âme à cette toute nouvelle coloc, on place le canapé juste en face de la grande fenêtre à petits carreaux, et l'on sirote une tisane brûlante en regardant tomber la neige en silence. Comme deux petites filles en train de devenir des adultes. Ou comme deux grands-mères secouées par la vie passée trop vite et les épreuves surmontées.

***

Le lendemain a un goût un peu moins doux, date oblige. Mon grand-père est le premier à m'appeler – et sera sans doute le seul de la journée.

– Joyeux anniversaire, ma beauté.

– Merci, papy Georges… Tu y penses toujours.

– Tu aurais pu rester à la maison un week-end de plus, je t'aurais préparé un petit déjeuner de reine !

– Et un déjeuner d'impératrice, et un dîner de sumotori ! plaisanté-je.

– Tu es bien installée dans ton nouveau logement ? Le chauffage marche comme il faut ?

– Tout va bien, papy, promis. Je passe te voir ce soir ?

– Oh, je ne peux pas ce soir, ma chérie. J'ai prévu quelque chose, je pensais que tu serais prise aussi.

– Pas de souci, dis-je en tentant de garder le sourire.

– Mamie me souffle de te souhaiter un bon anniversaire pour elle.

– C'est gentil. Dis-lui que…

– Dis-lui toi-même, Léo. Elle entend et elle voit tout, tu sais ?

– Il faut que j'y aille, le coupé-je avant de craquer.

L'émotion me prend à la gorge et j'envoie des bisous à mon grand-père pour pouvoir raccrocher. Il y a des jours plus difficiles que d'autres, des jours où l'absence de ma mère me pèse, où le silence de mon père me chagrine, où le souvenir de ma grand-mère devient presque douloureux. Des jours où Wolf me manque un peu trop fort. Où la solitude m'écrase comme un rouleau compresseur.

Alors je laisse Eugénie à son rangement et je sors affronter l'hiver pour me donner un coup de fouet.

Hop, hop, hop !

Ce ne sont pas trois flocons, deux larmes et un vingt-troisième anniversaire qui vont réussir à m'abattre. J'ai quelques heures de liberté devant moi avant mon seul rendez-vous de la journée : j'ai accepté un goûter avec Yumi, qui veut absolument me présenter son nouveau compagnon de jeu, un rat offert par ses originaux de parents.

Avant cette rencontre au sommet, je saute sur un Vélib' et me faufile dans la circulation difficile de ce samedi humide et boueux. Sur les routes, la neige détrempée est devenue gadoue. Sur les trottoirs, les passants chancellent entre verglas et bouillasse déjà mille fois piétinée. Bizarrement, j'aime ces journées où Paris surprend ses habitants, suspend un peu son rythme effréné pour forcer tout le monde à ralentir, à lever le nez, à faire attention aux autres, à sourire face aux glissades et aux chutes. J'aime ces petites épreuves de la météo qui mettent tout le monde à égalité. Ce joyeux bordel de klaxons, de gants perdus, de roues qui patinent, de nez qui coulent et de nerfs qui lâchent.

– Avance, le bonnet à pompon ! entends-je brailler.

– Moi ? demandé-je.

– On n'a pas idée de faire du vélo un jour pareil ! Bouge ton boule, je peux pas me garer, là, je suis en livraison !

– Je ne vous ai pas autorisé à me tutoyer. Et mes fesses restent où elles sont, à attendre au feu rouge.

Les insultes fusent, la camionnette fulmine, le livreur s'agace et je lui agite mon pompon sous le nez en souriant exagérément. Ce n'est pas une journée à venir m'emmerder.

Je roule jusque chez l'antiquaire de Saint-Michel, avec une idée derrière la tête. Ma bague a disparu de la vitrine il y a longtemps, mais il y a quelque chose que je n'avais jamais pensé à faire jusque-là. C'est papy Georges qui m'a soufflé l'idée sans le savoir .

« Elle entend et elle voit tout »...

– Mille euros contre vos vidéos de surveillance ! lancé-je en entrant dans la vieille boutique.

La cloche sonne et la vendeuse revêche lève son nez contrarié vers moi.

– Encore vous !

– Oui. Vous ne me connaissez pas mais pour les choses qui comptent, je ne cède jamais.

– Qu'est-ce que vous me voulez encore ?

– Vous avez bien une caméra de surveillance, ici…

– Oui, pour les assurances, grommelle la sorcière.

– Je voudrais voir les bandes de la journée où la bague de ma grand-mère a été achetée.

– Je ne sais pas faire fonctionner ce machin.

– Vous voulez combien ? Je me débrouille avec la vidéo si vous me donnez juste la bonne date. Vous gardez une trace de vos achats dans un livre de comptes, non ?

– Vous êtes épuisante, soupire-t-elle.

– C'est mon anniversaire aujourd'hui. J'ai décidé que je ne passerai pas une journée de plus avec des regrets.

– Donnez-moi cinq cents euros, juste pour le dérangement.

– Vous êtes vraiment trop bonne, ironisé-je en passant derrière le comptoir.

Je retire bonnet, écharpes et gants, m'installe derrière le vieil ordinateur poussif et apprivoise le logiciel de surveillance en priant ma bonne étoile.

– Mamie Colette, si tu m'entends, c'est le moment de me filer un coup de main… Pas de vidéo qui s'efface automatiquement, pas d'angle mort, pas d'image qui saute au mauvais moment !

– À qui vous parlez ?

– À ma chance… À mon ami imaginaire… Vous devriez

vous en trouver un, ça rend les journées moins longues ! lui conseillé-je.

Elle secoue la tête comme si j'étais folle et je remonte jusqu'à cette fameuse date de juillet. Je passe au moins deux heures devant cet écran d'un autre âge. L'ordinateur plante et redémarre trois fois. Je recommence tout en poussant des grognements qui font flipper ma voisine. Les images sont de très mauvaise qualité mais elles sont bien là, enregistrées, minute par minute et seconde par seconde. J'accélère le fil de la journée pendant que mon pouls s'emballe. Je pianote sur le comptoir en retenant mon souffle jusqu'à apercevoir une silhouette passant la porte du magasin. Je mets sur « pause » et mon cœur s'arrête. Je ne reconnais pas le visage mais sa robe me saute aux yeux. Des pois blancs sur fond violet, un large ruban de satin à la taille, et un foutu chien sous le bras avec la même tenue de pin-up ridicule.

Lorelei et Lolita.

LO… RE… LEI…

– C'est elle qui vous a acheté la bague ? demandé-je à toute vitesse, en appuyant sur « avance rapide ».

– Je crois bien…

– Vous ne pouviez pas me le dire ? Au moins la décrire ?

– J'avais oublié…

– Une pin-up de 50 ans avec un chien habillé, aux yeux globuleux, c'était trop difficile à retenir ? Vous en voyez tous les jours, des clientes comme ça ?

Je tempête en me sentant trembler de la tête aux pieds.

– C'est elle, oui ou non ? m'emporté-je contre la vieille dame.

– Oui… Pas la peine de vous énerver. Elle a payé cash et elle m'a demandé une totale discrétion sur cette transaction.

Je croirais l'entendre. Lui. Le loup maléfique qui envoie sa secrétaire faire ses sales coups à sa place. Le manipulateur-né. L'enfoiré qui croit pouvoir tout maîtriser, tout avoir et vous laisser sans rien. Se barrer sans assumer. Tirer les ficelles et s'en sortir avec l'un de ses rares sourires.

Cela fait des mois que je me torture avec cette bague. Des mois qu'il l'a en sa possession, qu'il la retient en otage, j'ignore à quelles fins, si ce n'est de me causer un peu plus de souffrance. Je le hais de nouveau comme il y a huit ans. Je me hais de ne rien avoir vu venir et d'avoir encore failli tomber dans son piège. Sous son redoutable charme. Je l'appelle et tombe sur sa messagerie. Cinq fois. Je finis par laisser un message aussi odieux que le coup qu'il m'a fait.

Un texto de ma mère coupe court à mon élan de colère.

[Coucou Léo. On te souhaite
un joyeux anniversaire,
Iris, Eliott, Titouan et moi.
Ils t'ont tous fait un dessin !
Gros bisous et à très vite.
Maman]

Trois dessins invisibles et un message qu'elle a pensé à m'envoyer en milieu d'après-midi : voilà ce que j'aurai pour mes 23 ans. Ce serait presque drôle si ça ne me donnait pas envie de pleurer. Ça ne change pas tellement des années précédentes, pourtant, mais ça me blesse un peu plus que d'habitude. Et je quitte la boutique de l'antiquaire sans un mot, délestée de cinq cents euros et de toute foi en l'humanité.

[Nao, ça t'embête si on
reporte le goûter ? Je passe
une sale journée...]

[Impossible, Yumi t'attend déjà,
déguisée en criminologue.
Je ne sais pas à quoi
c'est censé ressembler.
Mais elle demande si
elle peut faire des expériences
sur le rat. Besoin de toi
urgent ici !]

Son texto est suivi d'une photo de la petite vêtue d'une blouse blanche, avec un stéthoscope rose autour du cou, un vrai couteau à la main et une loupe en plastique collée sur le pauvre rat immobile.

[Je pense qu'elle est plutôt
habillée en médecin légiste,
non... ?]

[Non, tu peux le dire,
c'est elle, la criminelle. Je crois

que ma fille est une future
psychopathe. Viens, on va
se marrer…]

Nouvelle photo, cette fois de Naoko avec un verre de vin blanc à la main censé m'appâter. Ça marche. Je débarque chez la tatoueuse avec une bouteille de jus de raisin, je passe une heure à caresser un rat et à me gaver de bonbons pour oublier la crise de la journée. Heureusement pour moi, Matthias n'est pas là et je peux vider mon sac en déblatérant contre Wolf, ses mensonges et ses coups bas, pendant que Yumi reconstitue une scène de crime avec du jus de raisin en guise de sang dégoulinant.

La Japonaise ne sait rien et ne peut rien pour moi, mais elle me prête son oreille attentive et me conseille d'attendre la version du loup pour juger définitivement son cas. Elle me propose de me tatouer un rat géant sur la cuisse ou une tête de loup féroce sur l'épaule, mais je décline poliment. Et je rentre place des Vosges en début de soirée pour régler enfin mes comptes.

Personne à l'agence : la vitrine peinte en noir est même fermée à clé. Personne non plus au troisième étage, où j'espérais trouver Wolf et le confronter. Toujours personne au bout du fil quand je tente de le rappeler, et je laisse un deuxième message encore plus menaçant que le premier.

– Si tu continues à m'ignorer, je fous une bombe chez Strange & Strong. Cette fois, tu ne vas pas t'en tirer comme ça, Amadeus de mes fesses. Je ne sais pas ce que tu fabriques, mais j'ai une certitude : je te déteste. Et quand j'aurai eu mes explications, tu iras bien te faire voir, après !

Je raccroche au moment où j'entre dans mon appartement.

– Surprise ! braille une assemblée souriante massée dans le salon.

38

Gravé à jamais

Léonore

Je sursaute, lâche un cri d'effroi puis éclate en sanglots face à cette scène difficile à croire. L'appart épuré a été décoré du sol au plafond, une banderole colorée me souhaite « Happy Birthday », une musique assourdissante remplit la pièce et Willa vient m'apporter une coupe de champagne. Eugénie, Qin-Qin, Andréa, Côme, Angèle, Paloma, Daphné, Lauranne, Elias et tous les mannequins de l'agence avec qui j'ai sympathisé forment une sorte de haie d'honneur qui me guide en tapant des mains jusqu'à Matthias et Wolf.

– Strange et Strong te souhaitent un bon anniversaire ! me lance le tatoué avant de me serrer dans ses bras.

– Qui a organisé ça ? balbutié-je.

– Devine…

Matthias agite son pouce vers son associé et part danser à reculons. Pendant que tout le monde se remet à faire la fête, à rire, à boire ou à discuter, je plonge mes yeux dans les iris glacés qui ne peuvent pas faire autrement que me réchauffer.

– Merci, murmuré-je sans trop savoir ce que je ressens.

– Je te prendrais bien dans mes bras, mais…

– Mais ce n'est pas ton genre.

– Mais tout le monde nous regarde, corrige-t-il avec un petit sourire en coin.

– J'ai besoin de te parler.

– Avant, j'ai une autre surprise pour toi.

– Wolf…

– Léo, tu m'étriperas après, ça ne peut pas attendre, je te promets !

– Je croyais que tu ne promettais jamais…

Le ténébreux adresse un regard et un geste du menton à son pote. Matthias glisse ses doigts dans sa bouche pour émettre un sifflement aigu, la chanson pop se change en ballade folk et mon grand-père sort de ma chambre, un chapeau pointu sur la tête et Willa à son bras. La brune le mène à moi en le faisant danser sur Johnny Cash, et je me jette dans les bras de mon héros en pleurant comme une enfant.

– *Merry Christmas !* comme disent les jeunes.

– Tu y étais presque… Merci, papy ! Je suis tellement heureuse que tu sois là.

– Ta mère n'a pas pu se libérer, mais je n'aurais jamais raté ça. Tu as vu toutes ces donzelles qui se trémoussent ? Moi aussi, j'ai 23 ans, aujourd'hui.

Ses yeux expressifs respirent la joie et la malice, ses sourcils bruns gigotent sous ses cheveux blancs bien coiffés et son corps ne peut pas s'empêcher de se balancer en rythme. Je commence à me détendre à son contact, à me laisser gagner peu à peu par l'ambiance festive.

– Qui t'a forcé à venir ici, papy ?

– Ton patron, le brun aux yeux effrayants. On peut dire qu'il a une sacrée force de persuasion, celui-là. Mais le trajet avec chauffeur était plutôt sympathique.

Je cherche Wolf du regard et le loup nous rejoint de sa démarche nonchalante, mains dans les poches de son costard noir.

– Les présentations ont été faites ? demandé-je.

En fait, j'ignore ce qu'ils savent l'un de l'autre. Et j'ai toujours du mal à accepter ce qui est en train de se passer.

– Il a eu l'honnêteté de me dire qui il était, confirme mon grand-père. J'ai bien eu envie de lui botter le cul pour ce qu'il t'a fait à l'époque, mais comme il est beaucoup plus musclé que moi… je me suis contenté de lui remonter les bretelles.

– Et pas qu'un peu, lâche Wolf en souriant.

Il ouvre les pans de sa veste et révèle deux bretelles noires plaquées sur la chemise blanche qui épouse son torse. Je détourne rapidement les yeux pour ne rien montrer de ce que cette vision provoque en moi.

– Ce garçon m'a tout l'air de vouloir te rendre heureuse, me glisse papy Georges à l'oreille. Laisse-lui une chance de réparer ce qu'il a abîmé.

Mon grand-père passe son bras autour de mon épaule, colle le côté de sa tête sur le côté de la mienne pendant que mon cœur cogne, puis il se fait entraîner par Willa, qui m'adresse un clin d'œil en repartant danser, sa coupe de champagne brandie au-dessus de la tête.

Je croise à ce moment-là Naoko, qui vient d'arriver et qui colle Yumi sur les épaules de son père.

– J'ai cru que tu ne viendrais jamais, me lance la

tatoueuse. On a acheté un rat juste pour t'occuper pendant que Wolf préparait tout ça... J'espère que tu sais que c'est toi qui le gardes pendant les vacances !

– Vendu ! Il augmentera ses chances de survie en s'éloignant un peu de ta fille.

Je ris en comprenant la manigance de la journée. Et je me tourne vers le brun, amusée.

– Tu penseras à effacer les messages que j'ai laissés sur ton répondeur, tout à l'heure, tenté-je, gênée.

– Celui où tu me demandes d'aller me faire voir ? Ou celui où tu me demandes encore de t'oublier ? Parce que je ne sais pas trop par quoi commencer...

L'arrogant essaie de me provoquer, je le prends par la main sans lui laisser le choix. Je le pousse dans ma chambre comme il l'a fait dans la sienne des années plus tôt. Je verrouille derrière lui et je sais ce que ce bruit sec produit chez lui, comme chez moi. Un petit séisme interne. Un truc qui explose à l'oreille et dans le cœur, une sensation de déjà-vu troublante, une odeur de danger qui empêche de bien respirer.

– Écoute, Wolf. Ça n'a jamais été simple, nous deux. Et peut-être que c'est ce qui rend tout ça si fort, si excitant... Mais je n'en peux plus de ne rien comprendre. De marcher sur ce fil avec toi, tout le temps, avec la peur de tomber encore plus bas... Il faut que tu m'aides, là.

– Tiens, c'est pour toi.

Sa voix grave m'enveloppe, sa discrète pointe d'accent vient me picoter la peau et son regard intense me transperce le cœur. Le loup sort de la poche intérieure de sa veste un écrin en velours bleu doux. Il l'ouvre et ma précieuse apparaît, comme par magie : ce saphir en forme de goutte, cette larme d'un bleu intense entourée de diamants éclatants. J'en ai le souffle coupé et les yeux éblouis.

– Je ne suis pas en train de te demander en mariage, Léonore Dumas.

Mais ces mots me percutent en plein cœur quand même.

– J'essaie juste de racheter ma faute parce que je crève de culpabilité, depuis huit ans. Je n'ai pas su te le dire avant. Mais je voulais t'offrir ce qu'il y a de plus précieux, ce que tu désires le plus au monde, parce que je ne peux pas te rendre ton insouciance, la liberté de tes 14 ans, la peau dans laquelle tu aurais dû avoir une vie rêvée…

Wolf se racle la gorge dans un grognement viril, qui masque sans doute un sanglot retenu. Mes larmes à moi coulent depuis longtemps.

– Je ne sais pas ce qu'on est l'un pour l'autre, ni ce qu'on arrivera à être un jour… mais il faut que je parvienne à te dire tout ça.

– Ce n'est pas une déclaration, je le sais, bredouillé-je comme pour le rassurer.

– Plutôt une… réparation, hésite-t-il. Mais je ne demande pas ton pardon, Léo. Je sais que ce que j'ai fait est impardonnable. Je voudrais juste te rendre un peu du bonheur que je t'ai pris.

– Merci, soufflé-je simplement.

Je ne sais pas s'il a vraiment conscience du bien qu'il me fait, enfin, et de ce que tout ça représente pour moi. Que l'on soit ensemble ou pas, que l'on ait un avenir ou non, j'avais besoin de l'entendre me demander pardon, reconnaître ce qu'il a fait, ce que j'ai subi, c'est tout ce que j'attends depuis huit ans.

– Et de toute façon, continue-t-il plus bas, les lionnes ne s'épousent pas. Elles ne sont à personne.

Sa voix basse me colle des frissons partout. Son sourire triste me fait chavirer. Je m'avance tout doucement vers lui, me hisse sur la pointe des pieds et dépose mes lèvres sur ses lèvres, presque sans bouger. Je garde les yeux ouverts pour ne rien oublier de ce moment inouï, hors du temps. Je croise les iris renversants, je m'y noie une seconde, et je vais attraper en tremblant la bague qui m'a tant manqué. Que je ne pensais jamais revoir en vrai. De si près.

Je la tiens à deux mains, j'ai tellement peur de l'abîmer, de la faire tomber, de la perdre encore. Je la colle contre mes lèvres pour l'embrasser, et c'est presque irréel. Je me décide enfin à la passer à mon doigt, par-dessus mon tatouage, je chasse une larme qui m'empêche d'admirer le bleu si intense du saphir, l'éclat des diamants tout autour, la forme de goutte si délicate. Son allure rétro me fait penser à ma grand-mère et je souris tout en pleurant.

– Merci, répété-je à Wolf, qui me sourit aussi, tristement.

Je replace doucement la précieuse dans son écrin, le referme et me rue hors de la chambre. Quelqu'un en a sûrement encore plus besoin que moi.

Je cours à travers le salon, fends la foule qui danse, chante et crie en me voyant apparaître, je souris comme un robot à ces gens qui sont mes amis, ma famille, je les passe au radar tout en cherchant ma cible, la trouve et fonce vers mon grand-père, assis près de la fenêtre.

– La vue est incroyable, ici, me souffle-t-il. C'est presque aussi beau que le bois de Vincennes.

Je m'accroupis près de lui et lui tends la bague de fiançailles de ma grand-mère. Celle qu'il a offerte à sa femme il y a environ un millier d'années.

– Tu n'imagines pas tout ce qui est arrivé à ce saphir, tenté-je d'expliquer. Mamie me l'a légué avant de mourir. J'ai cru le perdre, deux fois… Mais quelqu'un d'un peu fou l'a retrouvé pour moi. Et je veux qu'il te revienne. Regarde, le mien est gravé à jamais sur mon doigt.

Papy Georges fait non de la tête et referme l'écrin en souriant.

– J'ai toujours su… et je ne t'en ai jamais voulu.

– Quoi ?

– Ta grand-mère veut que tu gardes cette bague. Elle est très fière de toi, Léo. Elle dit qu'elle ne connaît personne capable de se battre comme toi pour obtenir ce que tu veux. Enfin, toi… et le garçon qui a des saphirs à la place des yeux.

39

La sidération

Wolf

– Je viens voir ma tante, Judith, grommelé-je dans l'interphone de Sainte-Anne.

Ça me fait la même chose chaque fois. Ce petit électrochoc de vérité que je me prends dans tout le corps. Mon putain de cerveau refuse d'imprimer : ce n'est plus à ma tante que je rends visite. Mais à ma mère. Ma mère biologique. Ma vraie mère depuis vingt-six années de secret.

Malheureusement pour moi, peut-être heureusement pour elle, Judith n'a pas conscience de ce tremblement de terre. Ou alors peut-être à sa manière. Elle a quitté l'UMD pour rejoindre son unité habituelle, mais elle n'est plus que l'ombre d'elle-même depuis la révélation de sa césarienne. Des psychiatres se sont succédé pour essayer de la sortir de son état de sidération, de la faire parler, de la faire dessiner, mais elle reste enfermée dans un mutisme qui la protège. Elle fuit les regards, les contacts, toute forme de communication avec l'extérieur. Son lourd traitement, censé apaiser ses angoisses, et ses crises de violence la rendent apathique. Elle ne me regarde plus quand je viens la voir. Elle ne prononce pas un mot. Elle ne compte pas, n'insulte personne, ne lève plus la main pour demander la parole. Elle ne sort pas de sa chambre pour aller continuer sa fresque dans le hall de l'hôpital. Et ça me tue de passer devant cette œuvre inachevée, de marcher sur tous ces visages expressifs avant d'aller observer le sien, terne, fatigué, atone. Vide de tout.

Je devrais peut-être balancer la vérité à l'équipe qui s'occupe d'elle. Leur avouer que je suis son fils, et non son neveu. Mais je ne suis pas prêt à discuter de ce sujet aussi intime avec des inconnus. Tous ces tocards de psy n'ont pas réussi à aider Judith jusque-là, à comprendre ce qui lui était arrivé, c'est Léo qui a dû recoller les morceaux et leur souffler la réponse… Pourquoi je devrais leur accorder ma confiance ?

Assise dans son fauteuil près de la fenêtre, Judith ne réagit même pas à ma venue. Elle ne se balance pas non plus d'avant en arrière. Ne tourne pas sur elle-même, ne crie pas, ne menace pas, ne semble ni en colère ni en souffrance. Juste éteinte. À demi morte.

– Judith, tu m'entends ? tenté-je doucement.

Pas de réponse.

– Je continuerai à venir te voir, tu sais ? Si c'est une sorte de mise à l'épreuve… Je n'abandonnerai pas.

Aucune réaction.

– Je voulais attendre que tu ailles mieux pour t'en parler. Mais on a déjà perdu tellement de temps…

Ma voix se brise mais pas son armure.

– Je ne sais pas si tu te souviens, Judith… Le bébé que tu as eu, il y a longtemps. Ton opération, la cicatrice que tu as sur le ventre, tu sais ? C'était moi. Il paraît que je suis ton fils.

Pas le moindre battement de cils.

– Ça explique quand même pas mal de choses, continué-je. Notre amour commun pour l'étrange, pour les visages, pour les beautés pas comme les autres. Nos vies un peu chaotiques…

Mon monologue ne l'atteint pas. Je ne sais même pas pourquoi je lui dis tout ça.

– Je sais que c'est sans doute vrai. Mais comme je suis affreusement têtu, je voudrais juste vérifier… Que tu es bien ma mère. Que l'autre n'a pas tout inventé. Si tu veux mon avis, elle est encore plus jetée que toi… tenté-je de plaisanter.

Toujours rien.

– Ça te dérange si je prends un peu de ta salive pour un test ADN ? Je dois mettre ce truc dans ta bouche et le frotter un peu à l'intérieur de ta joue. Ça ne fait pas mal du tout. Et je vais faire très doucement, OK ? Tu es prête ?

Je pose mon gobelet de café sur la table entre nous, et me lève pour atteindre ses lèvres avec l'écouvillon. Je crains un peu de réveiller ses démons et j'essaie de faire des gestes lents, sûrs, de me montrer le plus calme possible, de guetter la moindre de ses réactions. Mais Judith ne bronche pas. Je vais me rasseoir face à elle, enferme l'échantillon dans son enveloppe et murmure :

– Je suis désolé pour tout ça. Pour tout ce que tu as enduré. Pour cette vie gâchée… Je ne sais pas tout de mon histoire, presque rien, en fait. J'aurais aimé que tu me racontes, que tu puisses me raconter. Un jour, j'espère…

Mes yeux s'embuent et je glisse ma main sur la sienne, comme je ne l'ai jamais fait jusque-là. Mais Judith a un geste réflexe, elle balance ma main et renverse mon café brûlant sur mon autre poignet. Je jure, me lève d'un bond, vais passer mon bras sous l'eau froide dans la salle de bains en serrant les dents. Puis reviens éponger le café noir avant de quitter la chambre de ma tante.

De ma mère.

Je croise par hasard le chef de service dans les couloirs et l'arrête en posant mon index sur son torse.

– Je vous ai appelé cent fois, vous ai envoyé des mails et des courriers, vous ne répondez jamais, grondé-je, hors de moi.

– Je suis très occupé, l'hôpital manque cruellement de moyens, comme vous le savez.

– Je me fous de vos excuses vaseuses. Tout le monde fait son boulot ici, faites donc le vôtre. Je veux qu'on me remette le dossier médical de ma tante. J'ai assez attendu.

– Ce n'est pas possible pour le moment.

– Parce que vous savez pertinemment que vous avez merdé. Mais si vous préférez régler ça avec mon armée d'avocats, ça ne me dérange pas.

Je plante là le grand ponte en blouse et téléphone aussitôt à l'avocate chargée de mes affaires personnelles. Cette femme est coriace comme je les aime. Et je la paie assez cher pour qu'elle soit efficace.

***

De retour à l'agence, je tombe sur une séance photo improvisée dans l'espace jeu. Célie, la jolie rousse tachetée qu'on a recrutée récemment, est assise sur la balançoire suspendue au plafond, et poussée par Léo, qui se tient derrière elle. J'interroge mon associé du regard.

– Célie n'a pas assez de photos dans son book. J'avais un photographe et une maquilleuse sous la main, je me suis dit qu'ici et maintenant, c'était le meilleur moment.

– Et la lionne, elle joue à quoi ?

– Je voulais quelques photos de groupe, mais le courant n'a pas l'air de passer entre ces deux-là.

Je me marre intérieurement en les observant toutes les deux. Léo a de la bouteille, maintenant, et elle sait comment attraper la lumière en laissant l'autre en galère. Sur sa balançoire, Célie ne maîtrise pas ses gestes, ses postures, a les cheveux dans les yeux une fois sur deux, manque de trébucher plusieurs fois, bien aidée par la brune qui semble s'amuser à la torturer.

– Léonore, dans mon bureau ! lancé-je de ma voix la plus grave.

Et je me dirige vers ma bulle de verre en sachant pertinemment qu'elle me suit.

– Ferme la porte, lui ordonné-je en allant m'appuyer à mon bureau.

– J'étais un peu occupée, râle-t-elle pour le principe.

– Oui, occupée à saboter le boulot d'une collègue. Et à faire perdre du temps à toute l'agence.

– Moi ? s'indigne-t-elle.

Elle joue bien, la garce. Je lui souris en croisant les bras, la fixe jusqu'à la mettre mal à l'aise. Mais Léo ne se démonte pas.

– C'était assez jouissif à regarder, ajouté-je. Merci, j'avais besoin de me détendre.

– Je ne vois pas de quoi tu veux parler.

– Pourquoi elle ? insisté-je. Pourquoi Célie ?

– Parce qu'elle te plaît, je le sais.

Sa franchise, sa jalousie assumée vient me percuter dans le ventre. Son regard marine planté dans le mien me titille là où il ne faut pas. Je glisse mes mains dans mes poches pour jouer l'indifférence.

– Tu la veux, Amadeus ? Tu la désires ? Je le vois dans tes yeux.

De plus en plus audacieuse, presque aussi arrogante que moi, Léo s'approche de sa démarche de lionne qui me fait toujours un truc.

– Ce n'est pas elle que je veux. Je préfère les filles qui me résistent.

– Ah oui ?

– Les filles qui me détestent.

À la seconde où Léo est à portée de main, je l'attrape par la taille et la colle à moi, l'embrasse comme un fou en oubliant tout, passe mes doigts dans ses cheveux et mon pouce sur sa bouche qui me rend dingue.

La brune recule brusquement en demandant :

– C'est quoi, ça ?

Elle attrape mon poignet rougi par le café renversé tout à l'heure. Elle observe ma blessure avant que je n'aie pu récupérer ma main.

– Wolf, tu t'es brûlé ?

– Ce n'est rien.
– C'est tout sauf rien !
– Juste un café trop chaud, pas de quoi s'alarmer…
– Laisse-moi regarder, les brûlures, ça me connaît.
Léo saisit de nouveau mon bras et remonte un peu la manche de mon pull gris. La chaleur a ravivé les cicatrices anciennes à l'intérieur de mon poignet, de mon avant-bras. Elle écarquille les yeux, puis la bouche, frôle ma peau à vif de ses doigts avant de lâcher :
– Ce n'est pas une blessure récente et superficielle, Wolf… Je sais à quoi ressemble une ancienne brûlure plus profonde.
L'air paniqué, elle me fixe gravement en attendant une réponse qui ne vient pas.
– Tu as de la crème quelque part, non ?
– Léo, calme-toi. Oui, j'en ai dans mon bureau, je vais m'en mettre…
Mais la lionne se précipite, me double, se rue sur les tiroirs en grommelant qu'il faut me soigner sans attendre. Elle ne trouve rien, s'agace ; je tente de l'apaiser.
– C'est dans le tiroir fermé à clé, je t'ai dit que je m'en chargeais, OK ?
Mais au moment où je prononce cette phrase, je constate qu'elle l'a ouvert. C'est trop tard. Elle prononce la moitié d'un juron mais sa voix s'interrompt comme un oiseau buté en plein vol. Elle vient d'ouvrir mon tiroir secret. Celui que j'ai oublié de verrouiller. Son regard sidéré tombe sur moi pendant qu'elle remonte près de son visage un morceau de tissu serré dans son poing qui tremble. Mon cœur se comprime. Son visage se défait.

Je n’essaie même pas de nier.

Elle a compris. Ce tee-shirt, c’est celui qu’elle portait le soir de l’incendie.

Un tee-shirt à carreaux rouge et noir, comme ceux d’une chemise d’homme, comme elle seule pouvait en porter à 14 ans. Ce lambeau de tissu, abandonné par terre, je l’ai récupéré chez moi, longtemps après le passage des pompiers, qui ont découpé ce qu’ils pouvaient sur le corps calciné de Léo. J’ai gardé cette relique toutes ces années, incapable de m’en séparer. Et je la regarde chaque jour, pour ne jamais oublier de me punir.

40

Chacun de ses mots

Léonore

– Wolf, soufflé-je.

Le sol tremble sous mes pieds. Je cherche du regard l'homme en gris, me rapproche de lui en écartant une larme chaude qui roule sur ma joue.

– Wolf…

Je fais un pas de plus vers lui, il se détourne.

– Wolf ! Regarde-moi !

Dans ma main, un fragment de tee-shirt noir et rouge. Je contemple l'étoffe venue tout droit du passé, la presse entre mes doigts, encore et encore. Je tente de comprendre, de recoller les morceaux qui refusent de s'emboîter correctement.

– Tu es tombé dessus après l'incendie ? lui demandé-je.

Pas de réponse.

– Pourquoi tu l'as gardé tout ce temps ?

Le ténébreux me tourne toujours le dos mais lâche un soupir qui trahit sa détresse. Soudain, un doute s'empare de moi. Une intuition qui naît au creux de mon ventre et remonte lentement en me transperçant le cœur et l'âme.

– C'est toi qui m'as… sortie des flammes, c'est ça ?

Je libère un sanglot lourd et vois son dos impressionnant plier sous un poids invisible, comme si une douleur d'une tonne s'abattait sur lui.

– Parle-moi, s'il te plaît. Wolf, c'est toi qui m'as sauvée ?

Il se retourne subitement, s'adosse au verre froid qui nous entoure et me fixe droit dans les yeux.

– Tu aurais dû porter plainte, lâche sa voix glaciale. Tu aurais dû me faire payer.

J'accuse le coup, consciente que le loup se protège en se rendant imbuvable. Il m'attaque pour me donner la chance de mordre à mon tour. Je fixe de nouveau le bout de tissu et décide que tout ça a trop duré.

– Cet incendie, on l'a vécu ensemble, prononcé-je difficilement. On était dans la même maison en feu, toi et moi. Une heure avant le départ des flammes, je t'embrassais pour la première fois.

Wolf baisse la tête et fixe ses pieds en serrant les mâchoires. Ses fossettes se creusent un peu plus. Le trou dans mon cœur aussi.

– On n'en a jamais reparlé, insisté-je. On n'a jamais confronté nos versions. Ça fait huit ans que je vis avec des bribes de souvenirs, que je me noie dans l'inconnu. Je veux que ça cesse. Je veux plonger dans tes souvenirs. Je veux savoir ce que tu as vu, ce que tu as fait, ce que tu as ressenti…

– À quoi bon ? rétorque-t-il.

– Je veux guérir, soufflé-je. Je veux te pardonner… Et je veux que *tu* te pardonnes enfin.

Je lui laisse le temps de se lancer. Je patiente en silence sans me rapprocher, sans envahir son espace. Sa voix tourmentée me parvient finalement.

– Quand je me suis rendu compte de ce qu'il se passait, qu'il y avait le feu à l'étage, les plus hautes marches de l'escalier commençaient déjà à cramer. La fumée et les flammes n'allaient pas tarder à se propager en bas, l'air devenait irrespirable, tout le monde paniquait. Mon pote Vince a appelé les pompiers pendant que je hurlais à tous les gens que je croisais de dégager… Puis je me suis souvenu de ce que j'avais fait…

Il lève ses yeux remplis de larmes vers moi.

– Je me suis rappelé que je t'avais enfermée dans cette putain de chambre, là-haut. Je me suis rué dans les escaliers, mais Willa a essayé de me retenir. J'ai dû la pousser à terre pour qu'elle me lâche, mais elle revenait à la charge, elle avait trop peur pour moi. Vince s'y est mis aussi, ils ne me laissaient pas monter, ils ne comprenaient pas, me hurlaient que j'allais crever.

Wolf secoue la tête de droite à gauche, comme s'il cherchait à repousser les images qui le hantent encore aujourd'hui. Je tente un pas vers lui, il ne semble pas se braquer. Alors je le rejoins lentement, abandonne le bout de tissu pour poser mes mains sur ses bras tendus. Je délaisse le passé pour me concentrer sur lui. Mon présent. Mon futur, si mes vœux les plus secrets se réalisent.

Je remonte ses manches jusqu'à la pliure du coude, ouvre l'intérieur de ses poignets et de ses avant-bras vers moi. Ses brûlures plus anciennes apparaissent, fines cicatrices pâles, discrètes mais bien présentes.

– Alors, c'était toi ? susurré-je. Je n'ai jamais su qui m'avait sortie de là… J'ai cru que je devais ma vie à l'un des pompiers qui sont intervenus.

– J'ai couru, Léo. Si j'avais pu voler, je l'aurais fait. J'ai couru comme un taré pour monter te chercher. Le feu m'encerclait. J'ai eu un mal de chien à enfoncer la porte, je n'avais plus le temps de retourner chercher la clé, la fumée se répandait partout, la chaleur était insupportable, je pouvais à peine respirer dans cette fournaise, à peine ouvrir les yeux. Je t'appelais mais tu ne répondais pas.

Mon cœur se gonfle de tristesse et d'amour en même temps. Je suis suspendue à ses lèvres, à chacun de ses mots. Je veux savoir. Tout savoir. Enfin.

– Ç'a été et ça restera les plus longues secondes de ma vie, lâche-t-il en posant son front contre le mien. Puis la porte a cédé et je t'ai trouvée allongée sur le ventre, sans connaissance, le dos en feu. Je n'oublierai jamais.

– C'est comme ça que tu t'es brûlé, deviné-je en tremblant. En éteignant les flammes qui ravageaient ma peau…

Un sanglot rauque et puissant le traverse, je m'empare de ses mains et porte ses paumes à mes lèvres. Je les embrasse en pleurant, en répétant inlassablement « merci ».

– C'est toi qui m'as sauvée de l'enfer, Wolf… Et tu ne l'as jamais dit à personne. Tu es passé pour un lâche, toutes ces années. Pourquoi ?

– Je t'ai enfermée, souffle-t-il douloureusement. Je t'ai abandonnée, je t'ai condamnée…

J'entoure son visage de mes mains, le force à me regarder, à plonger dans mes yeux pour y voir toute la gratitude et l'amour que je ressens pour lui.

– Tu es humain, malgré ce que tu essaies de faire croire. On commet tous des erreurs. Et tu as payé la tienne assez cher comme ça, non ?

– Je n'en peux plus de revivre tout ça ! Je ne suis pas ton héros, je suis ton bourreau !

– Non… Je l'ai longtemps cru, mais ce n'est pas ce que tu es.

Pourtant, je le sens s'éloigner à des milliers de kilomètres de moi, tout à coup. M'échapper. Me repousser comme il sait si bien le faire.

– Wolf, ne me laisse pas…

– Je ne suis rien pour toi, Léo. Et tu n'es rien pour moi.

– C'est faux et tu le sais !

– « Oublie-moi » : c'est ce que tu voulais, non ?

Le farouche ne me laisse aucune chance. Il me contourne et me quitte, sans un mot de plus. La porte en verre se referme lentement derrière lui et je regarde partir le garçon qui m'a jadis envoyée dans les flammes, avant de risquer sa propre vie pour sauver la mienne.

L'homme que j'aime à m'en brûler la peau de nouveau.

41

Sur le bout de la langue

Wolf

Quand j'entre au café Hugo pour aller attendre Willa, la table dans l'angle à gauche est déjà prise. *Ma* table. Les squatteurs : un couple de trentenaires, tous les deux assis sur la banquette au lieu de se faire face. Le mec souffle sur les mains rouges et apparemment gelées de la fille, elle l'embrasse sur le bout du nez en riant et j'ai une violente envie d'aller soulever leur table – non, ma table – pour tout envoyer valser. Leurs stupides thés, leur foutue tendresse, leur putain de bonheur de neuf heures du mat', qui ne peut pas attendre d'être dehors pour se montrer, qui a besoin de s'étaler là, à la gueule de ceux qui n'ont pas envie de voir ça, et de dégouliner sur cette maudite table qui n'a rien demandé.

Je m'assieds à la table dans l'angle de droite et le patron m'apporte un expresso en comprenant vite, à mon visage, que je n'ai pas envie de parler. Je retire mes gants en cuir, tire sur mes manches de pull pour masquer mes cicatrices aux poignets, et ma sœur débarque en s'arrêtant net devant ma table.

– Attends, je viens de débarquer dans un univers parallèle ou quoi ?

– Qu'est-ce qu'elle va encore nous sortir ? soupiré-je.

– Wolf Larsson n'est pas rasé, Wolf Larsson n'est pas en costard, Wolf Larsson n'est pas assis à sa table habituelle et Wolf Larsson n'a bu qu'un seul café. Heureusement que j'ai ta tête de déterré pour te reconnaître.

– Merci, Wil'. Tu t'assieds ou je t'envoie valser avec les deux bécoteurs de gauche ?

– Ah… Trop d'amour ? Tu ne supportes pas ? Tu veux que je leur demande d'aller roucouler ailleurs ?

Je me penche en avant sur la table pour lui parler tout bas, mais fermement.

– Willa, j'ai juste besoin d'ouvrir ces deux dossiers et de ne pas être tout seul si je pète les plombs : assieds-toi.

– OK, tu n'as pas dormi depuis quand, toi ?

– Trois ou quatre nuits. Mon avocate a réussi à réunir le dossier médical de Judith, il y en avait un bout à Sainte-Anne, d'autres morceaux éparpillés un peu partout dans des hôpitaux de Paris.

– Et l'autre enveloppe, c'est quoi ?

– Test ADN. Judith et moi.

Ma sœur comprend que l'heure est grave et enlève enfin son long manteau rouge vif pour s'asseoir en face de moi.

– On ouvre quoi d'abord ? Nos veines ? tente-t-elle de plaisanter.

Mais je suis déjà occupé à décacheter l'enveloppe du test génétique. Je parcours cette foutue feuille à toute vitesse, des chiffres, des lettres, beaucoup trop de blabla avant de tomber sur le résultat.

Boum.

– 99,99 pourcents, lâché-je dans un souffle. C'est ma mère.

C'était pourtant déjà une quasi-certitude mais j'ai du mal à encaisser l'onde de choc. La confirmation scientifique. Je suis le fils de Judith, cette tante dont je me sens si proche, depuis toutes ces années, sans comprendre pourquoi. Je devrais me sentir fier d'avoir eu cette intuition, tissé ce lien particulier avec elle. Et je devrais me trouver soulagé de ne rien partager avec ces parents que j'exècre. Mais tout ça me laisse un goût amer dans la bouche. Une sensation de vide. Et de ne plus savoir qui je suis.

– Félicitations ! applaudit ma sœur. Tu n'es officiellement plus un Larsson. Et je crois que je t'aime encore plus qu'avant !

– Reste à retrouver mon père biologique évanoui dans la nature, avec Judith complètement muette et amnésique, et les parents incapables de répondre à une simple question du style « Est-ce qu'elle avait un mec ? »...

– On n'est pas aidés, confirme Willa en soupirant. Je t'ai dit que maman m'avait demandé de l'accompagner pour rendre visite à sa sœur ? Et tu sais la première chose qu'elle lui a dite en la voyant ? « Qu'est-ce que tu nous as encore fait, Judith ? »

– Elle devrait se faire soigner, elle aussi...

– Bon allez, ouvre la suite !

Je déballe l'épais dossier médical de Judith et tente de retrouver les pages les plus anciennes, entourant la date de ma naissance. Pendant ce temps-là, les deux trentenaires continuent de se lécher la poire comme des adolescents, de croiser leurs cuisses les unes sur les autres et de glisser leurs mains sous leurs fringues respectives. Quand ils lâchent un éclat de rire bruyant, ma sœur intervient.

– Chut ! leur lance-t-elle avec son doigt sur les lèvres. Toi, tu ouvres tellement grand la bouche quand tu ris que j'aperçois le fond de ta culotte ! Et c'est pas joli joli là-dedans ! Quant à toi, si tu veux la serrer, tu changes tes draps et tu l'invites à dîner chez toi. Et si tu as déjà une femme, c'est pas mon problème, tu réserves une chambre d'hôtel. Mais on est dans un café, là, pas un club échangiste. Personne n'a envie de voir ce que vous êtes en train de faire. À moi, personnellement, vous me donnez plutôt envie de rendre mon petit déj. Et comme je n'aime pas gâcher la nourriture, je préférerais que vous alliez voir ailleurs si on y est. Genre tout de suite. Genre loin.

Les pauvres tourtereaux traumatisés la traitent de folle en bougonnant et se dépêchent de prendre la sortie, sans même remettre leurs manteaux.

– Tu veux récupérer ta table ? me demande Willa, très fière d'elle.

– Regarde-moi bien : je ne m'assiérai plus *jamais* sur cette banquette. Mais j'admire le bel effort. J'ai cru que le mec allait se faire dessus quand tu as mentionné sa femme.

– À ton service. Alors, Judith ?

– Il y a effectivement un compte rendu de césarienne ici, à ma date de naissance. Puis un diagnostic… « Forme de psychose puerpérale ».

– Fou comme les médecins adorent inventer des mots ! Tu demanderas à Léo ce que ça veut dire.

Je continue sans relever. Ma sœur ignore que ma dernière conversation avec la lionne s'est plutôt finie en rugissements, échappée belle et hibernation depuis.

Les bêtes sauvages ne se refont pas.

– Le reste on connaît, résumé-je. Jugée dangereuse pour elle-même et pour les autres, Judith est « hospitalisée à la demande d'un tiers », puis mise sous tutelle de sa sœur et finalement internée sans consentement. Mais mon avocate dit que tout a eu l'air d'être fait dans les règles.

– Maman a tiré les ficelles qui l'arrangeaient, comprend Willa.

– Et « papa » a dû suivre, ajouté-je.

– Et toi ? Ils ne disent pas ce que tu deviens ?

– Aucune trace. Mais j'ai demandé la copie intégrale de mon acte de naissance, je trouverai peut-être quelque chose.

Je m'écrase en arrière contre le dossier, étale mes bras de chaque côté puis saisis mon portable pour téléphoner au grand ponte de la psychiatrie avec qui j'ai été mis en contact. Un ami d'ami d'ami. Je déteste les privilèges et les mondanités, mais avoir un bon réseau sert à ça, parfois.

– Bonjour, Wolf Larsson à l'appareil. Je vous adresse comme prévu le dossier médical de ma… mère. Je souhaiterais une réévaluation complète de ses pathologies et de son traitement actuel. En espérant que l'on puisse faire mieux pour elle et éventuellement la sortir de là. Je vous laisse revenir vers moi quand vous le pourrez, mais le plus tôt sera le mieux. Vous pouvez me joindre à ce numéro. À bientôt !

Willa attend la fin de mon message pour donner son avis, que je ne lui ai pas demandé.

– Tu ne lui as même pas dit merci…

– Je le remercierai quand il aura bossé ! En lui envoyant une caisse de champagne ou des clubs de golf tout neufs. Du moment qu'il ne me demande pas de faire de sa fille banale un top model…

– Tu es horrible, dit-elle en se marrant.

– Je ne viens pas de traumatiser un couple d'amants en pleins préliminaires, moi.

– Ils riaient trop fort… et ils ont ruiné ta banquette !

– Qu'est-ce que je ferais sans toi, Boulette ?

Ma sœur inspire profondément et sa beauté délicate se brouille.

– Tu sais, Wolf…

– Je n'aime pas quand tu commences comme ça ! grommelé-je.

– Ça n'excuse pas les parents, mais… Judith était peut-être vraiment en sale état, à l'époque. S'ils ne t'avaient pas pris avec eux, s'ils t'avaient laissé avec elle dans la nature…

– Personne ne sait ce que je serais devenu, conclus-je avant elle. Et j'aurais pu l'entendre, le comprendre, s'ils n'avaient pas menti. S'ils n'avaient pas volé un bébé à une femme sans défense et raconté des bobards à un gosse toute sa vie. Ils m'ont volé ma vraie histoire.

– Mais tu n'aurais pas rencontré Matthias… et Léo… Tu n'aurais peut-être pas connu ce succès. Et je ne t'aurais pas eu comme frère.

Son émotion trempe ses yeux pendant que je ravale la mienne.

– Tu ne vas pas nous faire dégouliner d'amour en plein

café de la place des Vosges ? râlé-je pour de faux. Un peu de dignité, merde !

– Ouais, c'est vrai que le mobilier en a déjà vu assez aujourd'hui.

– Va donc poser ton cul dans un studio photo et faire ce pour quoi je te paie ! Et règle l'addition tant que t'y es.

Je me lève comme un arrogant connard, ramasse mes gants, mes dossiers et lui balance un petit clin d'œil en la plantant dans le café Hugo. À ma désormais nouvelle table, dans l'angle de droite.

***

Enfermé dans ma bulle de verre, je peux me concentrer sur le boulot et passer en revue les photos des dernières recrues Strange & Strong. Avec un jeune mannequin trisomique, les jumelles au métissage différent, les cheveux gris de Garance et les taches de rousseur de Célie, le prochain gala de l'agence devrait encore être un carton. J'ai dans l'idée de faire passer un test ADN à tous nos invités pour leur révéler en direct dans la soirée l'incroyable mélange de leurs origines ethniques. Ce serait du jamais vu. Il faut que je branche rapidement Matthias sur le sujet.

Ma porte s'ouvre et je sais déjà que c'est lui sans même lever le nez.

– Quand est-ce que tu vas apprendre à frapper, tête de cul ?

– Charmant, répond la voix de Léo.

Je relève la tête pour tomber sur une robe-pull grise

qui moule son corps dément, des collants opaques et des Dr. Martens noires qui lui donnent des airs de lycéenne rebelle. Je suis catapulté huit ans en arrière et tous les souvenirs de cette époque me font mal.

– J'ai frappé au moins dix fois.

– Entre, désolé, j'étais perdu dans mes pensées.

– Je venais juste chercher mon planning de décembre, Matthias m'a dit que j'étais bookée sur plusieurs missions.

– Oui, je dois avoir ça quelque part…

Je fouille mon bureau au bordel monstre, je tente de masquer le dossier médical de Judith, je cogite sur la distance glaciale de Léo, je regrette la dureté des derniers mots que je lui ai balancés, je range, mélange mes papiers, je fais tout tomber, et je finis par trouver sa feuille, que je lui tends.

– Ça, ce n'est pas à moi, répond-elle en me rendant un contrat… et mon test ADN.

Je récupère tout ça en bondissant de mon fauteuil comme un con. J'ai rarement été aussi fébrile. Les révélations du jour, le manque de sommeil et la présence de la lionne me mettent sur les nerfs et me font perdre mes moyens.

– Wolf, tu as besoin de parler ?

– Non.

– Bien sûr que non, ajoute-t-elle amèrement.

– Pourquoi tu dis ça ?

– Parce que tu ne parles jamais, toi. Ou alors pour me dire des horreurs…

Ses yeux marine me flinguent et me donnent chaud. Je tire sur mon col roulé noir, elle observe ma barbe de quelques jours et mes traits tirés. Elle lit trop clair en moi et je me retrouve à me frotter le poignet au lieu de répondre quelque chose de sensé. Je fais le tour de mon bureau pour aller ramasser ce qui est tombé, mais Léo me chope par le bras et m'oblige à me redresser.

– Arrête ça, souffle-t-elle. Je suis capable d'encaisser, tu sais ? Tes silences, tes fuites, tes absences, tes mots blessants quand tu souffres trop.

– Tu ne devrais pas. Tu ne mérites pas ça.

Je tente de me détourner mais elle pose une main sur ma joue et me force à la regarder.

– Si tu ne veux pas parler de nous, du passé, de ce qui nous est arrivé… Je suis là aussi pour entendre le reste. Les secrets qui te rongent. Les vérités qui font mal. Tes parents. Judith.

– C'est mon histoire, tenté-je en grommelant pour la dissuader de creuser.

– Non, c'est l'histoire du grand méchant loup que tu t'interdis de raconter pour ne pas en faire de cauchemars.

J'esquisse un minuscule sourire en levant les yeux au ciel. La brune ne se démonte pas.

Est-ce qu'elle s'est un seul jour, une seule fois démontée devant moi… ?

– Pour que tes blessures et tes cicatrices deviennent *ton* histoire, tu dois arrêter d'en avoir honte et de les cacher. Tu dois être capable de les partager, d'en être fier, de leur donner vie au lieu de les étouffer. C'est toi qui m'as appris ça, Wolf, tu te souviens ? Ton étrangeté, c'est ta force. Tu ne peux pas être fort, si tu n'acceptes pas d'être un peu étrange.

Et Léo se retourne pour me révéler le dos très échancré de sa robe-pull. Elle en a fait du chemin, en moins d'un an. Elle a appris à s'accepter. À s'aimer telle qu'elle est, avec ses failles et ses déchirures. Je l'envie. Je l'admire. Et je ne peux pas m'empêcher de lever doucement les doigts pour frôler sa peau volcanique que j'aime tant. Elle recule de quelques pas pour venir se coller à mon torse, saisit ma main sur son épaule et se blottit elle-même dans mes bras, dos à moi.

– Arrête d'essayer de me faire du bien, glissé-je à son oreille.

– Pourquoi, ça marche ? dit-elle en tournant son visage souriant vers moi.

– Juste un tout petit peu.

Ses lèvres qui m'aimantent, m'envoûtent. Ses lèvres que j'embrasse, comme chaque fois que je ne veux pas l'embrasser. Et comme chaque fois que nos bouches se trouvent, c'est intense, profond, sensuel… à rendre faible le plus fort qui soit.

À rendre sentimental n'importe quel connard comme moi.

– Toc, toc, c'est ta réunion de dix heures, tête de gland ! braille Matthias en entrant sans frapper. Waouh, désolé, je repars, vous ne m'avez pas vu !

– On t'a bien entendu, par contre ! enragé-je en lâchant Léo. Putain, mais va te faire tatouer la langue, personne ne dit jamais « toc, toc » au lieu de frapper !

– Euh… bah si, tout le monde !

– OK, je vais vous laisser trancher ce débat entre associés… Bonne journée, Strong et Strange.

Et la lionne s'en va comme elle est arrivée, droite dans ses bottes.

Avec un petit morceau de mon histoire sur le bout de la langue.

42

Tenter le coup

Léonore

– Non mais, je te jure, ils auraient quand même pu trouver un autre acteur pour jouer Hardin…

– Lise, je ne sais pas de quoi tu parles.

– La série *After* !

– Connais pas…

– Mais tu sors d'où, toi ?

Elle me fixe comme si une protubérance immonde venait de pousser sur mon front, puis soupire bruyamment dans l'amphi en levant les yeux au ciel. Parce que se contenter de l'un *ou* l'autre, ce ne serait pas marrant. Sans se soucier le moins du monde d'être entourée d'élèves studieux, la blonde sort son portable en plein cours et entreprend par SMS une discussion coquine avec l'un de ses nombreux sex friends. Environ quatre secondes après avoir commencé, elle se met à glousser en pianotant sur son clavier.

Je l'admire, d'être aussi libérée. Aussi sûre d'elle. Maîtresse de sa vie sexuelle et sentimentale. Moi, je n'ai d'yeux que pour *lui*. Le loup ténébreux, Wolf l'intouchable, qui me garde auprès de lui mais refuse de me faire une vraie place dans sa vie.

– Tu crois que les gens peuvent changer, Lise ?

– Le docteur est un peu occupé, là, dit-elle sans faire attention à moi.

– Lise, je suis sérieuse.

Elle daigne écarter les yeux de son téléphone pour les poser sur moi.

– Je suis tout à toi. C'est quoi, le problème ? demande-t-elle en enfilant ses lunettes imaginaires.

– Je suis amoureuse de quelqu'un qui s'interdit de m'aimer.

Interloquée, un sourcil relevé, elle cherche ses mots… et ses pensées.

– Tu… Tu, quoi ?

– Laisse tomber, balancé-je tout bas. Retourne à tes sextos, je vais gérer cette crise existentielle en solo.

– Léo ?

– Oui ?

– « Amoureuse », tu sais, c'est un grand mot…

Peut-être trop grand pour moi. Pour lui. Pour nous.

Ma copine de fac me lâche au cours suivant pour aller assouvir ses besoins primaires. Au dernier rang de l'amphi bondé, face à un prof qui rabâche encore et encore les mêmes articles de loi pénale, je prends des notes sans conviction. Lorsque mon portable vibre sur mon bureau, je déverrouille l'écran dans la seconde.

Wolf.

[Tu sais ce qui me fait le plus mal ?
Me dire qu'elle a perdu

la raison à cause de moi.
Sans cette grossesse,
Judith ne serait jamais
tombée malade...]

[Wolf, tu n'en sais rien...]

[J'ai foutu sa vie en l'air.
Comme la tienne.]

[Tu es où ? Il faut qu'on
se voie.]

[Tu n'as toujours pas
compris, Léo ?
Je suis un danger pour toi.]

[Et tu n'as toujours pas
compris que j'étais prête
à tout pour nous.]

Je quitte mon banc sans même attendre que le prof se soit tourné vers le grand tableau noir. En plein dans sa ligne de mire, je déserte son cours en forçant mes voisins d'amphi à se lever, et je prends la sortie du fond. Je dévale les escaliers, atteins la grande cour pavée de la fac et tente de joindre le garçon que j'aime et qui tient un discours inquiétant.

Une fois. Deux fois. Trois fois. Les sonneries retentissent mais rien ne se produit, personne ne décroche et je tombe sans cesse sur son répondeur.

Wolf ne répondra pas.

Alors, je traverse la rue à toute bombe, trouve le premier Vélib' disponible et l'enfourche… avant de reconnaître que je n'ai pas trente minutes à perdre. J'hésite à commander un Uber, vois un taxi se profiler, me rue dessus et balance l'adresse de l'agence au chauffeur.

Qu'il soit dans son bureau ou chez lui, je finirai bien par le trouver.

***

Deux heures et douze minutes plus tard : toujours pas de Wolf Larsson. J'ai remué ciel et terre, me suis pointée successivement à l'agence, à son appartement, au café du coin où il a ses habitudes, à Sainte-Anne. Le loup reste introuvable. Il joue à cache-cache avec moi et je n'aime pas ça.

De retour à l'agence, j'apprends que Matthias est en pleine réunion avec de gros investisseurs – confidence de Lorelei – et décide de ne pas le déranger. Lorsque Willa passe la porte du 2, place des Vosges, je lui fonce dessus comme une junkie sur sa dose de crack.

– Tu as vu ton frère ?

– Non, mais je le cherche aussi, on était censés aller rendre visite à Judith ensemble.

La brune me contemple, un peu perplexe, tandis que je tente d'appeler le disparu pour la millième fois.

– Quel emmerdeur ! balancé-je en raccrochant au nez de son répondeur. Je m'inquiète pour lui, Willa.

– Raconte…

– Il m'a envoyé des messages, ce matin.

– Quel genre de message ?

– Du genre « Je vais mal et je dis des trucs dark… » Ce genre-là.

– Je peux les voir ?

Ma réponse est un « non » ferme et définitif et, à ma plus grande surprise, Willa la respecte.

– Il se sent coupable, résumé-je. Pour Judith, pour moi.

– Quand il aime, Wolf aime trop, je crois, souffle-t-elle en faisant tourner les fins bracelets qui encerclent son bras.

« Quand il aime… »

Ces mots s'insinuent dans ma poitrine, se logent dans mon cœur et restent gravés en moi.

***

En début de soirée, Eugénie m'abandonne à mes spaghettis pour aller à sa séance de zumba dans le noir avec un mec qui lui a tapé dans l'œil à un *shooting*. Encore une qui m'annonce qu'elle ne va pas rentrer de la nuit… pendant que je passerai la mienne à me morfondre dans mon coin, en attendant un signe de l'autre lâcheur.

Une fois mon assiette terminée, je vais me chercher une Corona, une tablette de chocolat et m'installe devant une comédie romantique de Netflix. Un peu plus et je pourrais ajouter « masochiste » sur une petite ligne, tout en bas de mon CV.

Vers vingt-deux heures, alors que Lara Jean Song Covey rejoint Peter Kavinsky dans le Jacuzzi, on frappe à la porte. Je quitte mon canapé moelleux à regret et, vêtue seulement d'un tee-shirt *oversize* et d'une micro-culotte, je vais ouvrir en râlant après Eugénie qui n'était pas censée me déranger en plein love trip adulescent.

Mais Wolf se tient derrière la porte, en costard noir et yeux revolvers. Wolf entre sans y être invité. Wolf me plaque contre le mur, m'embrasse à m'en faire gémir, puis s'écarte brusquement en m'annonçant que, ce soir, personne – ni lui ni moi – ne devra franchir la limite.

– Deux mètres minimum entre nous, décrète-t-il.

– Et pourquoi est-ce que je me plierais à cette règle débile ?

– Parce que, sinon, je me barre, Léo.

– C'est toi qui viens de m'embrasser, espèce de taré !

Je lui lance un regard mauvais, gardant en mémoire qu'il m'a rendue folle d'inquiétude toute la journée.

– Je sais, je suis faible. Mais tu étais obligée de m'ouvrir dans cette tenue ? D'être aussi belle, aussi…

Sa voix grave s'interrompt, le loup inspire profondément, puis va s'asseoir à un bout du canapé en écartant ses bras derrière lui. Je l'observe en détail, trouve qu'il a l'air fatigué, soucieux, mais sa beauté insolente ne l'a pas quitté.

– Tu vas bien ? lui demandé-je soudain, en m'adossant au mur derrière moi.

– J'essaie.

– J'ai eu peur pour toi.

– Je sais.

– Ne me fais plus jamais ça.

– Je suis désolé…

Et sous mes yeux, l'homme le plus fier, le plus arrogant, le plus secret qui soit laisse échapper une larme. Puis un millier. Ça sort de ses tripes, ça le soulève, c'est violent. Je le rejoins, moi-même au bord des larmes, le prends dans mes bras ; il me repousse mais je reviens à la charge. Tant qu'il le faut. Tant qu'il refuse de me faire une petite place contre lui. Dans sa vie.

Le farouche finit par capituler. D'un geste lent, presque doux, presque vulnérable, il me serre contre son torse secoué de sanglots.

– Je suis tellement désolé, souffle-t-il en luttant contre une nouvelle vague fracassante.

– Wolf, tu n'as plus à t'excuser.

– J'en crève, de me sentir si coupable. De savoir que je t'ai abîmée. Tu es si précieuse, Léo. Si unique. Il n'y a pas de noirceur en toi. Il n'y a que la lumière. Cette lumière sublime, vivante, qui m'attire, qui me fait constamment revenir vers elle, vers toi, alors que je n'y ai pas droit.

– Je t'ai pardonné, susurré-je contre ses lèvres. Oublie le passé, Wolf. Oublie tout sauf nous, ici et maintenant.

Je l'embrasse en douceur, sans m'imposer. J'effleure sa bouche salée et attends qu'il vienne à ma rencontre. Qu'il m'embrasse à son tour, qu'il choisisse ce baiser au lieu de le subir. Wolf cède à cet appel avant même que mes yeux ne se referment.

– Je veux être avec toi, murmuré-je entre deux baisers.

– Léo…

– Wolf, je veux *vraiment* être avec toi.

Je me penche en avant en pensant rencontrer ses lèvres, mais ce sont ses doigts qui se posent délicatement sur ma bouche.

– Tu es sûre ?

Sa voix est tellement basse, tellement profonde que j'en frissonne.

– Je veux être avec toi depuis toujours. Depuis que mon petit cœur d'adolescente s'est mis à vibrer pour un garçon qui ne lui était pas destiné. Tu n'es peut-être pas pour moi, Wolf Larsson, mais je te choisis quand même.

– On sait jamais, tu pourrais croiser le chemin d'un mec normal… D'un mec bien. Moins torturé, plus…

– Plus beau ?

– Non, ça, c'est impossible.

Je ris de nos chamailleries et éternelles provocations. Wolf me dévisage intensément, comme s'il me voyait pour la première fois.

– Alors on tente le coup, toi et moi ?

– Dit comme ça, c'est tellement romantique, ironisé-je.

– Le romantisme, c'est pour les filles sages, pas pour les mauvais garçons, grogne le ténébreux en m'attirant à lui.

Il n'a vraiment rien compris, mais avant que je n'aie la chance de rétorquer quoi que ce soit, le loup passe à l'attaque. Nos lèvres s'aimantent et nos corps se réveillent, instantanément.

Quand je disais que cette règle était débile.

– Je vais te prouver que je suis tout sauf une fille sage.

Wolf lâche un râle de plaisir qui me donne *très* chaud, tout en bas. Un regard vers son entrejambe et je peux constater que l'effet est réciproque. Il bande déjà.

– Toi, le mauvais garçon, tu fais de moi une très vilaine fille…

Ses fossettes se creusent, comme un appel au crime. Lentement, sans jamais le quitter des yeux, je me lève du canapé en emportant sa main dans la mienne.

– Ma chambre est par là, susurré-je d'une voix aguicheuse.

– Parce que les filles sages invitent les mauvais garçons dans leur chambre, maintenant ?

– Un seul mauvais garçon, précisé-je. Eugénie pourrait rentrer, alors je fais juste en sorte de préserver ta réputation de « *big boss* bien sous tous rapports ».

Il se lève à son tour en émettant un rire rauque et sexy au possible, je le guide jusqu'au couloir.

– Je suis très bon en « rapports », paraît-il… me glisse le prétentieux tandis que je referme la porte de ma chambre derrière lui.

Il me cherche, il me trouve. Je plaque son grand corps sans ménagement contre la porte et fais tomber sa veste de costard d'un geste sec. Les boutons de sa chemise blanche ne me résistent pas longtemps : son torse musclé, chaud et tant désiré est désormais à ma merci.

J'embrasse sa pomme d'Adam, goûte la peau fine et délicate de son cou, dessine du bout de la langue ses clavicules, mords l'un de ses tétons, pince l'autre entre mon pouce et mon index, lèche ses abdominaux, savoure chacun de ses râles et grognements virils. Puis mon corps se redresse, se hisse sur la pointe des pieds et ma bouche repart à la conquête de la sienne.

J'embrasse furieusement l'homme qui fait tourner mon monde, vriller mon univers dans tous les sens. Y compris à l'envers. J'aspire ses lèvres, sa langue, je gémis, en redemande. Wolf n'est pas en reste. Il dévore littéralement ma bouche, se presse contre moi, me fait sentir son désir, puis entoure mon visage de ses grandes mains et me force à reculer, juste un instant.

– Irréelle, lâche sa voix profonde et essoufflée.

– Quoi ? murmuré-je.

– Tu es un putain de rêve éveillé, Léo…

Je m'apprête à rire de lui, mais sa paume sur ma bouche me stoppe net dans ma rébellion.

– Tu es belle, tu es sexy, tu es parfois chaude comme la braise, parfois froide comme un iceberg, tu me surprends, tu m'intrigues, tu me fascines, tu m'excites, tu me plais. Tu me rends dingue, Léonore Dumas.

– C'est mieux, soufflé-je, le cœur battant.

Son autre main se faufile sous mon tee-shirt *oversize*, remonte le long de mes cuisses et s'invite dans ma culotte.

– Et tu es mouillée, ajoute le mauvais garçon. Tellement mouillée que j'ai envie de te faire des trucs totalement irrespectueux et inacceptables.

Je lâche un gémissement sourd, écarte les cuisses pour mieux sentir ses doigts ouvrir mes lèvres brûlantes.

– J'ai envie de te baiser, Léo. Mais je vais prendre mon temps…

– Qui t'as dit que tu menais la danse ? grogné-je en glissant ma paume sur son érection.

Wolf se mord la lèvre et plisse les yeux de désir, de défi. Je le caresse à travers le tissu, puis déboutonne son pantalon et descends sa braguette. Ma main se faufile sous son boxer et s'enroule autour de son sexe.

– Est-ce qu'une fille sage ferait ça ? lui demandé-je d'une

voix naïve en le branlant doucement.

– Insolente, souffle-t-il en levant la tête au ciel pour mieux apprécier ce que je lui fais.

– Mais surtout, est-ce qu'une fille sage ferait *ça* ?

Je me mets à genoux sur mon tapis suédois, tire sur ses fringues, libère son sexe et le prends en bouche. Je n'avais pas osé cette audace depuis une éternité, je suis loin d'être une experte en la matière, mais ça fait des mois que cette idée me trotte dans la tête.

Goûter Wolf Larsson. Le goûter *vraiment*.

Il a un arôme légèrement salé, son bout est humide, sa peau douce et nervurée sur tout le long. Rivée à son regard fiévreux et animal, je joue avec sa queue, avec ses nerfs. Je l'effleure, la titille, la prends tout entière, puis reviens à peine la frôler du bout des lèvres. Je le suce comme un bonbon, puis fais coulisser ce sexe qui s'épanouit entre mes lèvres, qui grossit sous ma langue. Je me surprends à aimer ça. Je le caresse, le cajole, le torture avec amour.

– Léo, tu veux ma mort… ?

Son râle m'allume un peu plus. Les caresses de ma bouche se muent en tours, détours et effleurements, je tente d'innover pour le rendre fou… mais ses bras viennent soudain me remonter.

La bouche de Wolf Larsson se plaque férocement sur la mienne. Le loup a des comptes à rendre, apparemment. Il se débarrasse des fringues qui entravent ses chevilles, puis m'entraîne en direction de mon lit en m'embrassant comme si c'était sa dernière mission sur terre.

– Tu as bien joué avec moi, hein ? Mon tour est venu, grogne la bête en me poussant sur mon matelas.

Je ne résiste pas, je me laisse tomber en arrière en lâchant un râle d'impatience. Wolf fait disparaître mon tee-shirt, mord mes seins nus et gonflés de désir, puis s'en prend à ma culotte.

– Toi, tu dégages !

Intégralement nue face à ses yeux de loup affamé, je suis traversée par une vague de pudeur. Je tente de rabattre la couette sur moi, mais le farouche la rejette immédiatement en me fusillant du regard.

– Arrête ça, Léo… Je veux te connaître par cœur à force de te voir nue. Je veux apprendre chaque courbe, chaque ligne, chaque parcelle de ton corps.

Je me redresse sur les coudes et l'embrasse lascivement pour le faire taire, il pose délicatement sa main sur ma gorge et chuchote contre mes lèvres :

– Tes baisers sont divins mais ils ne m'empêcheront pas de dire ce que j'ai à dire…

Je lui souris, puis l'embrasse de nouveau pour le défier. Cette fois, il me plaque brusquement sur le dos et plonge son visage entre mes cuisses.

Aaaah…

Ses lèvres sucent mon clitoris, ses dents mordillent ma chair à vif, sa langue s'insinue en moi. Je me cambre, remue contre sa bouche, fourrage mes mains dans ses cheveux, plante mes ongles dans ses épaules, crie son nom, le supplie d'arrêter, lui ordonne de continuer.

Je n'ai pas l'habitude de ces vagues de plaisir qui continuent à monter même quand je me sens submergée. Je n'ai jamais connu ça avant, avec aucun autre homme. J'ignore toujours quand ça va s'arrêter, se décupler ; avec lui, je perds pied.

Je ne suis plus que l'ombre de moi-même. L'ombre lubrique et insatiable de Léonore Dumas. Mes reins s'embrasent, des frissons agitent mon ventre, des frémissements parcourent l'intérieur de mes cuisses, je me caresse les seins et pousse désespérément mon bassin en avant. Vers sa bouche. Je n'en ai jamais assez.

Wolf, son regard moqueur et sa voix de dieu du sexe me traitent de dévergondée.

Mon corps m'échappe peu à peu, l'instinct prend totalement le contrôle de ma raison, je sens la jouissance poindre au loin – pas si loin, mais en fait, je n'en sais rien. J'ai envie de plus, c'est tout ce que je sais. De lui, de son sexe en moi, de sa chaleur, sa force, sa fougue dans ma féminité en émoi. Je veux qu'il me prenne, qu'il me possède, qu'il fasse de moi celle que je vois dans ses yeux. Je le repousse, le force à se redresser et à venir m'embrasser.

Je me goûte sur ses lèvres et cette nouveauté m'excite un peu davantage.

– Ouvre le tiroir, lui lancé-je d'une voix cassée.

J'ai trop crié, trop gémi, trop pris mon pied...

Je m'empare de l'emballage doré qu'il sort de ma cachette, le vole sous son nez, le déchire entre mes dents sous ses yeux amusés – et bouillants – et fais parfaitement coulisser la capote sur son sexe bandé. Le mauvais garçon rit tout bas, l'air impressionné.

– Regarde-moi bien dans les yeux, mon loup, susurré-je dans son cou en le repoussant en arrière, sur le lit.

Je m'installe sur lui et le capture entre mes cuisses. Son regard dans le mien. Sa peau mélangée à ma peau. Son érection pénétrant ma féminité offerte. Cette image de nous est sensuelle à mourir. J'enfonce son sexe en moi progressivement, sens sa largeur écarter mes chairs, sa longueur buter tout au fond de mon intimité et je démarre de lents va-et-vient qui nous arrachent râles et soupirs.

C'est bon à mourir.

Je me cambre un peu plus à chaque percée, à chaque coup de reins. Wolf accélère le rythme, m'embrasse, me pénètre jusqu'à la garde et passe ses bras autour des miens pour m'enserrer contre lui. J'ai beau le chevaucher, je suis sa prisonnière. Il coulisse en moi de plus en plus vite, de plus en plus fort, nos peaux claquent l'une contre l'autre. Musique entêtante. Grisante. Jouissive.

Wolf me prend avec une fougue et une passion croissantes. Nos bouches se rejoignent encore, nos langues se battent en duel. C'est intense, sexy, brusque, divin. Dans mon dos, ses doigts s'enfoncent dans ma peau, caressent plus doucement ma cicatrice, la dessinent, l'apprivoisent. Je ne fuis plus, ne me cache plus. Elle fait partie de moi, de lui aussi.

Il me renverse en arrière, s'agrippe à mes hanches et me prend un peu plus fort, je halète contre ses lèvres, il me murmure des choses interdites. J'aime tout ce qu'il me fait, à en perdre la tête.

– N'arrête pas, lui soufflé-je en sentant toutes les cellules de mon corps s'embraser. Wolf, ça monte… Wolf, je…

Je ne sais pas. C'est nouveau pour moi. Encore meilleur que ma première fois avec lui, sous le ciel andalou. Un tel plaisir, une telle intensité, comment ai-je pu passer à côté ? Un orgasme ravageur m'emporte et me fait tout lâcher, brisant le dernier contact que j'avais avec la réalité. C'est si grand, si irréel, si puissant que j'ai l'impression de n'avoir jamais rien ressenti avant. Tout en moi vibre et implose. Mon meilleur ennemi, mon premier et mon seul amour jouit à son tour, tout au fond de moi. De nouvelles explosions se déchaînent sous ma peau, dans ma chair, dans l'air. Partout.

C'est indescriptible. Inimaginable. Inouï.

Un putain de rêve éveillé.

43

La mauvaise sœur

Wolf

J'ai l'intime conviction que je suis foutu à l'instant précis où je me réveille dans son lit. J'ouvre les yeux sur Léo endormie et la vague m'engloutit. Violente, fracassante. Mon cœur se met à battre comme un taré, juste pour elle. Je passe un doigt dans sa frange brune, sur ses lèvres ourlées que j'ai tant embrassées, baisse les yeux sur son corps nu et affolant, partiellement recouvert par la couette. J'ai encore envie d'elle.

Et je suis dingue de cette fille à un point inimaginable.

Ressentir cette envie, ce besoin de ne plus jamais la quitter, c'est troublant. Ça ne m'était jamais arrivé avant.

– Tu veux ma photo, Strong ? marmonne-t-elle en enfouissant son visage dans son oreiller. Si c'est le cas, ça va te coûter cher…

– Non, c'est autre chose que je veux…

Son sourire étire sa jolie bouche, je roule sur elle et l'embrasse dans le cou. La lionne lâche un rire nerveux, excité, me tire doucement les cheveux avant de me repousser.

– Eugénie va rentrer. Il faut que tu t'en ailles !

– Tu as honte de moi, petite effrontée ?

– Dehors, vite ! m'ordonne-t-elle en riant.

– Tu me fous vraiment à la porte ?

Son regard bleu marine se met à briller de malice, me défie un peu plus et se pointe vers la sortie. Elle me résiste, elle me tient tête, encore et toujours, et je ne m'en lasse pas.

– Viens avec moi, lui soufflé-je tandis qu'elle me jette de son lit.

– Où ça ?

– Juste au-dessus.

– Chez toi ?

– Tu n'as jamais vu ma chambre…

– Je croyais que *personne* n'avait le droit d'y entrer ?

– Tu n'es pas *personne*, Léo.

Elle mordille mon épaule en émettant un petit cri de joie, saute sur ses pieds, rassemble ses cheveux dans un *bun* négligé qui lui donne un air de sauvageonne et enfile un top noir et un jean clair sous mes yeux. Je la contemple et tombe un peu plus sous son charme. Puis l'impatiente me balance mes fringues, me presse, me bouscule, me force à faire un détour par la salle de bains, et me guide jusqu'à sa porte.

Excités comme des gosses, on s'échappe de la scène de crime. Par chance, on ne croise personne dans l'appartement. On se jette dans le couloir, on grimpe dans l'ascenseur, on arrive à mon étage, je glisse la clé dans ma serrure, elle glisse sa langue dans ma bouche.

On fait l'amour dans ma chambre, on baise sous la douche, je la fais jouir dans mon entrée, à même le sol, au lieu de se quitter mille fois. Je renonce à aller à la boxe, déplace mes rendez-vous de la journée. Et je retourne m'affairer entre ses cuisses.

Si la vie avec elle ne devait avoir que le quart de cette intensité… je signe sur-le-champ.

– Tu penses à quoi, loup y es-tu ? me demande-t-elle en croquant dans le toast au Nutella qu'elle vient de se tartiner.

– À ton avis ?

Je suis devenu insatiable. Incapable de me contrôler. Pas foutu de passer plus d'une journée loin d'elle. Elle est tellement gourmande et vorace que le simple fait de la voir mâcher son bout de pain me fait durcir de nouveau. Je baisse les yeux vers ma braguette, elle capte mon regard, lève un sourcil effronté et se met à rire tout bas. De moi.

– Si tu as des vues sur mon innocence ou sur ma tartine, oublie ça tout de suite, me prévient la jolie garce en se léchant les doigts.

– Tu l'aimes un peu trop, ce mot…

– « Tartine » ?

– Non, « oublier ».

Léo cesse de mâcher et déglutit en me fixant droit dans les yeux.

– Il n'y avait pas de *PS*, cette fois.

– Alors ça ne compte pas ? ajouté-je en souriant.

– Wolf, à l'époque, je pensais que… Je ne savais pas que tu…

Je l'ai déstabilisée, peut-être même blessée. Quel con ! Il faut que je rattrape ça. D'un bond, je quitte mon canapé pour la rejoindre sur le tapis et m'emparer de son trésor à moitié dévoré.

– Délicieux, murmuré-je en enfournant sa tartine.

– Tu… Wolf ! Tu n'as pas osé ?

– Délicieux, répété-je en esquivant ses petits poings furieux. Mais pas autant que toi…

Mes mains se referment sur sa crinière de sauvageonne, mes lèvres emprisonnent les siennes et nos langues se mélangent dans un baiser saveur Nutella… qui tourne mal.

Ou plutôt... très, très bien.

***

– Regarde, j'ai trouvé un truc bizarre, me glisse-t-elle quelques heures plus tard, la tête dans le dossier de Judith. D'après le registre des entrées, ton père lui a rendu visite à Sainte-Anne chaque année à la même date, pendant vingt ans. Mais depuis six ans, il n'y est plus retourné.

– Ce n'est pas mon père, grondé-je. Tu peux l'appeler Karl. Ou « le Flan ».

Léo se marre doucement, puis m'envoie un regard du genre « Il t'a quand même élevé, tu sais ».

– Le 12 avril, continue-t-elle. Qu'est-ce que ce jour peut bien représenter ? Ce n'est pas l'anniversaire de Judith, j'ai vérifié.

Je la fixe distraitement, plongé dans mes pensées. Plus je creuse, plus le mystère s'épaissit au lieu de se dissiper et ça me fout les boules. Je feuillette les autres pages que j'ai entre les mains et tombe sur le signalement d'un incident, survenu sept ans plus tôt. Et qui concerne encore Karl Larsson.

– J'ai le nom de l'infirmière qui a signé la déclaration d'incident, lancé-je à Léo.

– Bon début. Je vais trouver où elle bosse… peut-être son numéro !

Et elle y arrive.

Au bout du fil, la mystérieuse femme rechigne d'abord à me confier quoi que ce soit, puis se détend lorsque je mentionne la somme d'argent que je suis prêt à lui envoyer en échange des informations qu'elle pourrait me fournir.

Peu de gens disent non à un virement bancaire à effet immédiat.

– J'ai tout vu, tout entendu, se vante la voix féminine dans mon haut-parleur. Votre père est venu voir votre tante avec des fleurs et un petit bijou qu'elle n'allait pas pouvoir garder, comme chaque année. Ils ont discuté longtemps, tout se passait bien. Il n'y avait jamais de problème entre eux. Si vous voulez tout savoir, on suspectait même Judith d'être un peu amoureuse… Elle était toujours plus calme, plus joyeuse en sa présence.

Je me racle la gorge, soudain profondément mal à l'aise.

– Puis votre mère est arrivée, enchaîne l'infirmière. Dans le service, on savait qu'elle n'était pas commode, mais ce jour-là, elle était carrément en transe. Elle s'est jetée sur son mari, l'a giflé en hurlant qu'il n'aurait plus jamais le droit de mettre les pieds ici. Judith a paniqué. Complètement vrillé. Elle est partie dans une grosse crise de démence, elle a même voulu s'en prendre physiquement à sa sœur. On a dû utiliser les contentions et lui faire une injection. Je crois que son état psychique a largement empiré, ce jour-là. Mais je n'en sais pas plus, j'ai quitté le service peu de temps après.

J'ai du mal à déglutir. À trouver les mots. À rassembler mes pensées. À répondre quoi que ce soit à ce témoignage édifiant. Léo intervient à ma place, remercie l'inconnue et lui indique qu'on la rappellera en cas de besoin.

Dans mon cerveau, ça clashe, les pièces du puzzle s'entrechoquent au lieu de s'emboîter, je ne comprends plus rien.

– Ils… Ils lui ont fait quoi, bordel ? soufflé-je alors que la brune m'entoure de ses bras. J'ai l'impression de faire un bad trip. D'être prisonnier d'un univers parallèle. Je ne sais plus qui sont ces gens, Léo…

Alors elle appelle Willa, qui débarque chez moi un quart d'heure plus tard en massacrant ses talons hauts.

– C'est quoi, l'urgence ? J'étais en plein *shooting* !

– Karl nous cache quelque chose, commencé-je.

– Papa ? Tu rigoles, il ne serait pas capable de…

– Je crois qu'on n'imagine même pas de quoi ils sont capables, Willa.

Elle jette un coup d'œil à Léo, qui confirme en silence, vient s'asseoir tout près de moi et me tapote le genou comme si ça allait m'aider d'une manière ou d'une autre.

– Il faut qu'on leur arrache la vérité, décrète-t-elle. Et s'ils lui ont fait du mal, on les fera payer.

– Ce sont tes parents, Wil'. C'est mon combat, tu n'es pas obligée de…

– *Tu* es ma famille, crétin. *Tu* m'as toujours comprise, toujours soutenue. Je ne changerai pas de camp. Jamais.

Je lui souris tristement, elle me balance une petite claque que j'intercepte juste à temps. Je m'apprête à lui botter le cul quand mon téléphone se met à sonner sur la table basse.

Le grand ponte de la psychiatrie me rappelle alors que je ne l'attendais plus. Mon palpitant s'arrête, mes muscles se raidissent, mon sang ne circule plus.

Je glisse ma main dans celle de Léo et, la peur au ventre, je décroche.

– Je n'ai pas spécialement de bonnes nouvelles, je suis navré, commence le type au verbe châtié. Je suis allé rendre visite à votre mère à deux reprises et j'ai parcouru tout son dossier pour tenter d'y voir clair. Mon diagnostic est malheureusement lourd : elle souffre de troubles psychiques sévères et persistants, elle est très instable. Sa grossesse l'a fragilisée et la psychose puerpérale a fait beaucoup de dégâts sur elle après la naissance de son enfant : c'est ce qui semble avoir déclenché ses angoisses, ses troubles de la mémoire, ses hallucinations et ses crises de délire. Les conduites violentes et suicidaires ont été plutôt bien endiguées. Mais d'après mes conclusions, elle est dépressive bipolaire, atteinte de troubles obsessionnels compulsifs, et sa schizophrénie est avérée.

Je ravale ma bile et mes larmes avec difficulté. J'espérais un autre verdict pour elle. Un autre avenir. Plus léger, qui ressemble moins à une sentence à perpétuité.

– Je pense cependant qu'il serait possible de la traiter autrement, ajoute le psychiatre. De la soigner dans une structure plus appropriée, d'entreprendre une thérapie comportementale sans l'abrutir totalement par un traitement médicamenteux. Cela aurait dû être tenté depuis des années.

Ses derniers mots m'achèvent. Je fonds en larmes, incapable de me maîtriser plus longtemps. Willa s'empare du téléphone et s'éloigne pour s'entretenir avec le psychiatre, tandis que Léo me serre contre elle pour étouffer mes sanglots.

– J'aurais dû m'en rendre compte plus tôt ! La sortir de cet enfer ! enragé-je soudain.

– Tu peux encore l'aider, Wolf. L'accompagner, être présent pour elle, l'aimer telle qu'elle est…

Ma sœur surgit de la pièce d'à côté, gonflée à bloc.

– On y va !

– Laisse-moi aller leur parler seul, Wil'…

– Hors de question. Je les déteste autant que toi. Et Léo vient aussi.

– Essayez de vous débarrasser de moi, pour voir, grommelle la lionne.

Dans l'heure qui suit, Agnès et Karl nous voient débarquer en force dans leur paisible appartement haussmannien. Évidemment, ils ne comprennent pas ce que Léo vient faire là, se crispent en l'apercevant à mon bras, mais les deux manipulateurs comprennent vite que ma lionne est le dernier de leurs soucis. Je leur balance à la gueule les dernières informations que j'ai déterrées, *elle* se braque, tandis que *lui* passe rapidement aux aveux. Et au whisky.

– On aurait pu faire plus pour elle, reconnaît celui qui me sort par les yeux.

– Tu dis n'importe quoi ! On ne l'a jamais laissée tomber malgré…

– Malgré quoi, maman ? continue Willa.

– Malgré le fait qu'elle ait couché avec ton mari ? murmuré-je. Tu la détestes pour ça, hein ? Parce qu'elle est tombée enceinte de *lui*…

Dos au mur, Agnès se renferme dans un mutisme encore plus agressif que ses mots.

– Wolf…

– Dis-moi la vérité ! hurlé-je en direction de celui que je méprise. Tu es vraiment mon père, c'est ça ?

– Oui.

Pour la première fois de sa vie, l'homme qui m'a conçu en secret a le courage d'assumer son passé et de faire un pas vers moi.

– Ne m'approche pas, espèce d'enfoiré, le menacé-je.

– Je l'aimais, éructe Karl, comme possédé. Elle était fragile mais elle pouvait mener une vie normale, à l'époque. Judith était douce, sensible, elle était drôle et fantasque, elle me rendait fou de joie. L'exact opposé de sa sœur… Je n'ai pas épousé la bonne.

Après s'être retenu toutes ces années, il craque. Littéralement. Et ses mots sont très durs, sans doute aussi difficiles que l'ont été ses années de silence, de secret, d'enfermement. Je ne le découvre que maintenant. Mais je ne l'excuse pas pour autant.

Dans cette pièce aux moulures d'époque et à l'air vicié, tout le monde retient son souffle.

– Vous… Vous l'aimiez ? murmure Léo, juste derrière moi.

– Plus que tout au monde.

– Tais-toi, espèce de lâche ! lui balance sa femme, humiliée. Tu n'as rien fait pour elle, à part la foutre en cloque et l'envoyer à l'asile !

Toute la vie qu'elle s'était inventée vient de voler en éclats. Toute la famille qu'elle s'était construite, à force de mensonge et de manipulation, est en train de se pulvériser. Mais son premier réflexe n'est pas la contrition, c'est l'attaque. Au lieu d'arrêter les dégâts et de sauver ce qui peut l'être, Agnès décide de s'en prendre aux autres, de mordre encore plus fort, comme un chien enragé qui ne veut rien céder.

Trop habitué à ses attaques vicieuses, Karl l'ignore et reprend son récit.

– On se fréquentait depuis trois mois quand Judith est tombée enceinte et que son état a commencé à se dégrader. Son médecin m'a rapidement parlé de psychose…

– « Psychose puerpérale », confirme Léo.

– Normalement, c'est après la naissance. Mais pendant toute sa grossesse, elle était très angoissée, souvent confuse, elle s'est mise à délirer… et à vouloir se suicider. Elle soutenait que quoi qu'il arrive, elle refuserait d'accoucher.

Mon géniteur se met à chialer en silence, mais aucune compassion ne me traverse. Je le hais. Pour n'avoir pas pris soin d'elle. Pour m'avoir menti, tout ce temps.

– Ils m'ont parlé de césarienne forcée, lors d'un séjour à l'hôpital… et de risque d'infanticide élevé, continue le lâche. J'ai pris peur, je suis rentré chez moi et j'ai tout raconté à Agnès.

– Et depuis ce jour-là, elle te tient par les couilles, grogné-je.

Willa se rapproche de sa mère, l'air totalement chamboulé.

– Tu n'as pas cherché à comprendre ta propre sœur ? À lui pardonner son erreur et à l'aider à se soigner ? Ou à quitter ton mari ? Je ne sais pas moi, une réaction « normale » !

– C'est aussi pour Judith que j'ai adopté son fils ! se défend la harpie. Ma vie aurait été plus simple si je lui avais tout simplement tourné le dos !

Je serre les dents.

– Et tu l'as laissée moisir dans ce trou, proféré-je, la rage au ventre.

– Elle est *malade*, je n'y suis pour rien !

– Tu l'as punie en lui prenant son gosse et en l'abandonnant aux mains de médecins impuissants ! Ils n'avaient pas toutes les clés, ils ne pouvaient pas l'aider ! Tu as fait en sorte qu'elle se taise, qu'elle ne puisse jamais raconter son histoire, qu'elle crève de folie et de solitude !

Karl sanglote, à deux mètres de moi. J'ai soudain envie de le cogner. Fort. Très fort.

– Wolf, viens avec moi, me conseille la voix douce de Léo en me détournant de lui.

Elle a compris que j'étais à deux doigts d'exploser.

– Tu n'es qu'un lâche, *papa*, retentit ma voix assassine. Tu peux m'oublier et crever la bouche ouverte, je ne te pardonnerai pas.

Le grand homme si droit, si noble, s'effondre sous nos yeux et tombe à genoux en renonçant à toute dignité. Ses sanglots et ses râles m'agacent plus qu'ils ne me touchent, mais je vois Willa lui tendre la main pour l'aider à se relever. Je ne lui en veux pas, elle n'a pas à mener cette bataille à ma place. Mais quand Karl se redresse et tente de la prendre dans ses bras, ma sœur s'échappe.

– Arrête, papa. Ce que vous avez fait subir à Wolf,

vous me l'avez imposé à moi aussi.

Agnès rit de façon lugubre et nous balance à tous les deux :

– Quand je pense que je me suis battue pour vous « avoir »… J'aurais peut-être dû m'abstenir !

Ma sœur tressaille, plaque sa main sur sa bouche et ravale ses larmes. Je détestais déjà ma soi-disant mère ; maintenant, je la hais pour le mal qu'elle vient de faire à Willa.

– Elle ne le pense pas ! sanglote Karl.

– Allons-y, me suggère Léo en liant ses doigts aux miens.

De son autre main, la lionne attrape le poignet de Willa et, tous les trois, on se dirige vers la sortie. Juste avant de passer la porte, Léonore se retourne vers le chialeur de service et pose la question qui reste en suspens :

– Le 12 avril, c'était quoi ?

– Notre premier baiser, révèle Karl d'une voix éraillée.

J'en ai la nausée. Imaginer ce sale type poser ses lèvres sur celles de ma mère, c'est juste insupportable.

44

Ta peau, et rien d'autre

Léonore

Le karma est une garce.

Alors que Wolf a besoin de moi ici, alors qu'il a décidé de ne plus me fuir et de mettre sa main dans la mienne pour qu'on avance ensemble, un stupide avion vient de me déposer à Berlin. J'ai tout fait pour annuler ce *shooting* : simulé une grippe carabinée, soudoyé Eugénie pour qu'elle y aille à ma place, imploré Strong, tenté d'apitoyer Strange, promis de garder le rat de Yumi tous les week-ends pendant un an et même menacé de planquer des bombes aux quatre coins de la place des Vosges.

Mais personne n'est disponible pour m'accompagner. Cette marque de luxe représente un gros contrat pour l'agence et c'est moi qu'ils veulent. Moi, qu'ils veulent pour poser dans la neige, en plein mois de décembre, avec pour seule tenue une montre et quelques bijoux.

Les publicitaires sont des monstres.

Je n'arrive même plus à savoir ce qui est le pire, dans

tout ça : le manque de Wolf ou le fait de poser nue pour la première fois.

Mais on ne me laisse pas vraiment le temps de réfléchir. On me crêpe les cheveux pour en faire une énorme crinière de lionne emmêlée, on me maquille pendant une heure pour donner l'impression que je ne suis pas maquillée, on m'enduit le corps de crème, d'huile sèche, de paillettes et de laque pour faire comme si ma peau était naturellement bronzée, brillante, sublime et sans défaut – à l'exception de ma cicatrice dans le dos. Cette cicatrice qui fait toujours autant tourner les regards, qui attise la curiosité, me vaut de l'admiration, de la pitié parfois, et que je ne cherche plus à cacher.

Ma différence est ma force.

La styliste me tend un peignoir et des boots fourrées, puis on m'emmène dans la forêt de Grunewald. On me dépose en haut d'une colline enneigée, où tout est déjà prêt pour la séance photo.

Tout sauf moi.

[Amadeus, si je meurs
d'hypothermie, si je me fais
enlever par une horde
d'Allemands qui portent
des chaussettes dans leurs sandales
ou si je suis dévorée
par un loup qui n'est pas toi :
sache que je… te hais.
De tout mon cœur. Léo]

J'envoie cet ultime message à Wolf avant qu'on me demande de m'allonger dans la neige, de profil en position fœtale, et de faire semblant de dormir.

En décembre. À Berlin.

Allô Sainte-Anne ? J'ai de bons candidats pour vous, là !

Je meurs de stress, de froid et d'impudeur, mais la réalisatrice plantée au-dessus de moi continue à crier « Fantastique ! » Pendant qu'elle filme l'unique montre que je porte au poignet, je reste parfaitement immobile. J'espère sincèrement que cette babiole vaut cher.

On m'autorise un café chaud et une pause de dix minutes en peignoir, à l'intérieur d'une caravane chauffée, avant de repartir dans la neige. Je porte cette fois une douzaine de colliers de longueurs différentes, une bague à chaque doigt et environ six mille bracelets qui me remontent tout le long des bras. Nue toujours, je dois poser, allongée sur le dos, les yeux grands ouverts face à la caméra, une main cachant mon intimité et l'autre mes seins.

J'aimerais tellement avoir fait allemand deuxième langue pour crier à tous ces gens qu'ils sont zinzins !

À la deuxième pause, on me conseille de manger quelque chose pour prendre des forces. Et ce n'est plus ma nudité ni ma température corporelle qui m'inquiètent, mais ma survie. Pendant qu'on retouche ma coiffure et mon maquillage, la fille chargée de me briefer y va franco :

– L'idée, c'est que tu dévales la colline en roulant dans la neige, depuis tout en haut. Et quand tu arrives en bas, tu dis : « Portez votre peau, vos bijoux et rien d'autre ! » Ah oui, et tout ça en souriant.

Je regarde cette femme fixement en attendant qu'elle éclate de rire. C'est long. Ça ne vient pas. Je trouve l'humour allemand assez insaisissable. Et quand je sens qu'elle ne plaisante pas, je tape rapidement sur mon traducteur « Ce n'est pas fantastique ».

– *Es ist nicht fantastisch !* grogné-je en postillonnant partout.

Sans réfléchir, j'envoie un ultime message au mec qui me manque tant, sur tous les plans.

[Bon, je te déteste encore plus
qu'avant, mais comme je ne suis pas
sûre de revenir vivante, il faut que
je te dise : je t'aime, Wolf Larsson.
En fait, je n'ai jamais autant
haï et aimé un même homme.
Adieu.]

– *Nicht fantastisch !* crié-je plus fort à tous ces Allemands qui m'attendent dans leurs doudounes.

Ils ne portent même pas de sandales... mais des moon boots !

Juste au moment où je jette rageusement mon portable dans ma poche de peignoir, je le sens vibrer.

[Tu es belle quand tu es
en colère.]

[Tu es sublime, coiffée
comme une lionne.]

[Tu es époustouflante quand
tu es toute nue.]

[Et tu es vraiment
fantastique… quand
tu parles allemand.]

Je reçois tout ça en rafale avec le cœur qui se soulève un peu plus fort chaque fois. Au dernier message, je redresse la tête pour chercher mon loup du regard. En bas de la colline, je distingue sa silhouette musclée vêtue de noir, son col roulé, ses gants en cuir qui se lèvent pour me faire signe. Et les deux saphirs glacés au milieu de son visage. Qui me transpercent jusqu'ici.

Il est venu.

– Bon, on y va ? m'impatienté-je. J'ai un truc à faire, moi, tout en bas.

Tout le monde dans l'équipe soupire à force de m'attendre. Je jette mon peignoir à la tête d'un innocent, saute de la caravane et m'élance. Je roule et tourne en prenant de la vitesse, la neige me mord la peau, les bijoux me fouettent, mes cheveux s'emmêlent, mes yeux pleurent de froid et je déboule en bas de la colline en ayant oublié mon texte.

– Ne portez rien d'autre que vos bijoux… et votre peau… et des bleus aussi. Et quelques gerçures, probablement… Ce n'était pas vraiment ça, hein ?

– On la refait ! braille une voix masculine apparemment contrariée.

Wolf s'approche de moi en courant, retire sa parka pour

me la glisser sur les épaules, colle son front au mien et se marre.

– « Portez votre peau, vos bijoux et rien d'autre », me répète son timbre grave et chaleureux.

– Tu es venu, lâché-je en frissonnant.

– Comment j'aurais pu rater ça ?

– Ramène-moi, Wolf… Tire-moi de là.

Je me colle à son corps chaud. Je suis persuadée qu'il va me dire de finir le boulot avec son petit sourire en coin, trop content de me voir tomber dans la neige une bonne dizaine de fois… Mais Strong se penche devant moi, retire tous les bijoux que je porte et les remet à l'assistant le plus proche, referme le zip de sa parka sur mon corps nu et annonce de sa voix qui porte :

– Vous allez devoir vous contenter de cette prise, mon modèle n'est plus en état. Et le slogan qu'elle a inventé était bien mieux que celui prévu. Bon courage pour la fin de tournage. Merci à tous !

L'homme aux yeux de loup me pousse devant lui, m'ouvre une portière puis s'engouffre à son tour dans la voiture surchauffée. Il donne un nom d'hôtel au chauffeur à l'avant. Et l'on doit lutter de toutes nos forces pour ne pas nous jeter l'un sur l'autre, ici et maintenant.

***

Je n'aurai pas vu grand-chose de Berlin. Une forêt, une colline enneigée, des routes et un hôtel de luxe. Déjà dans l'ascenseur, je me rue sur Wolf et sens ses mains se faufiler sous la parka qui me fait office dc robe. Déjà dans le couloir, il me poursuit en grognant alors que je ne sais même pas où je cours. Déjà devant la porte de la bonne chambre, je glisse mes doigts sous sa ceinture pendant qu'il se débat avec la carte magnétique. Déjà dans la suite, nos bouches se trouvent et ses fringues et ses chaussures valsent un peu partout.

– Comment j'ai fait pour me passer de toi huit années ? soupire-t-il contre mes lèvres.

– Je n'ai même pas réussi à me passer de toi une journée, réponds-je en haletant.

Son col roulé et son tee-shirt l'ont décoiffé en passant par-dessus sa tête : torse nu, ceinture défaite, abdos dessinés et tignasse brune en désordre, je le trouve sexy à tomber.

– Tu as assez chaud pour retirer ça ? grommelle-t-il à mon oreille.

Il descend lentement la fermeture Éclair de ma parka et caresse la bande de peau nue qu'il trouve dessous. J'ai la chair de poule, de désir bien plus que de froid. Wolf rabat la capuche en fausse fourrure au-dessus de ma tête et sourit.

– J'ai une meilleure idée.

Le brun m'entraîne par la main vers la salle de bains, allume la douche, qui commence à fumer autour de nous, me soulève pour m'asseoir au bord du lavabo, puis recule sans jamais me quitter des yeux. L'enfoiré se met à jouer, petit sourire arrogant aux lèvres. Il descend lentement son pantalon sur ses jambes musclées. Me laisse admirer son érection moulée dans un boxer bleu pétrole. Puis le fait descendre à son tour jusqu'à ses pieds. Je meurs déjà de chaud.

Le provocateur m'approche de nouveau, démarche nonchalante et regard intense, il fait tomber ma capuche, descend lentement la parka le long de mes bras, m'attrape sous les fesses et m'emmène, ma nudité emboîtée à la sienne, sous cette douche fumante qui n'attend plus que nous.

Il me plaque contre un mur et est le premier à disparaître sous l'eau. Le jet puissant arrose ses cheveux, ses muscles, sa bouche. Et ses lèvres trempées viennent saisir mes lèvres avides de lui. Nos langues retrouvent leur danse sensuelle, nos peaux mouillées se caressent, nos soupirs se mélangent, nos sexes se cherchent et se frôlent, Wolf me porte toujours et ne me lâche jamais.

– J'ai envie de toi à un point que tu n'imagines pas.

– Allume-moi encore, réclamé-je, joueuse.

Et la bête sauvage mord dans ma lèvre, dans mon lobe, dans mon cou, avant de me pousser sous le jet d'eau chaude qui me trempe. Je ris, il jubile. Je m'accroche à ses épaules, il me remonte sur ses hanches. Des milliers de gouttes aspergent son visage à la beauté virile, son sourire me renverse. C'est avec une douceur inouïe que Wolf me demande finalement :

– Au fait, ce n'était pas très clair… Tu m'aimes ou tu me hais ?

Mon cœur rate un battement. Je plonge dans son regard bleu qui me happe, je m'y noie un instant et remonte à la surface pour lui dire ses quatre vérités.

– Je ne sais pas si tu as besoin d'entendre ça pour y croire. Pour être sûr de moi. Ou sûr de toi. Pour t'autoriser enfin à te pardonner… Mais je t'aime, Wolf. J'ai essayé de te détester, toutes ces années, mais je n'ai jamais rien pu faire d'autre que t'aimer.

Le garçon aux yeux saphir pose ses lèvres sur les miennes, comme pour enfermer ce secret. Puis son sourire arrogant apparaît de nouveau.

– C'était juste pour savoir.

– Arrête de jouer les durs… Et repose-moi avant que tes pauvres muscles cèdent.

Je passe mes mains sur ses biceps tendus. Le loup se rebiffe.

– Écoute-moi bien, Léonore Dumas. Je t'ai lâchée une fois, je ne te lâcherai plus jamais.

À ces mots en forme de promesse, Wolf me fait tournoyer sous la douche et m'entraîne avec lui dans ce tourbillon infini.

Celui où l'on porte nos peaux, et rien d'autre.

45

Chaud-froid

Léonore

À notre retour de cette escapade à Berlin, Wolf me ramène à moto jusqu'à la place des Vosges. Et je ne me fais pas prier pour m'accrocher à sa taille et me coller à lui. Une fois arrivée, j'insiste pour qu'il retourne travailler mais Strong, alias *Têtu*, monte avec moi au deuxième pour porter mon sac jusqu'à la porte de mon appartement.

– Bon, maintenant, je vais aller expliquer à des Allemands furax pourquoi j'ai kidnappé le modèle alors que le tournage n'était même pas terminé... Et leur proposer une ristourne sur ton contrat.

– Bah voilà, ronchonné-je pour le principe. Tu lui dis deux ou trois mots d'amour et le mec est déjà en train de te brader.

Wolf se marre, glisse son bras autour de ma taille et sa bouche dans mon cou.

– Remarque, peut-être que je devrais plutôt te renvoyer sur ta colline, à poil, pour finir le travail...

– C'est juste pour pouvoir venir me mater, oui !

– Non, juste pour te voir bouffer de la neige en gueulant « *Nicht fantastisch* ! »

Je mords dans son sourire goguenard et me débats dans ses bras mais il me tient plus fort en riant encore. Eugénie sort de l'appart juste à ce moment-là et je ne sais pas ce qui la choque le plus : me voir dans les bras du boss ou découvrir Wolf Larsson de si bonne humeur. Elle reste interdite, sur le seuil de la porte, et je romps notre étreinte pour éviter le malaise général. Mais ma copine sourit et Wolf me rattrape en m'enlaçant d'une main.

– On n'a plus 14 ou 17 ans pour se cacher comme des adolescents, lâche sa voix grave. Salut, Eugénie, tu vas bien ?

– Pas mal, merci… hésite-t-elle.

– Je retourne bosser. Bonne soirée à toutes les deux.

– En fait, je vais à la zumba, là…

– C'est vraiment une information géniale, lui répond Wolf en dodelinant de la tête.

Son sarcasme laisse Eugénie perplexe.

– Excuse-le, expliqué-je à ma copine. Il a essayé d'avoir l'air normal l'espace de deux minutes en assumant sa relation amoureuse… mais il reste imbuvable, rien ne change de ce côté-là.

– Ouf ! J'ai cru qu'il était devenu sympa !

Le big boss la regarde partir en levant les yeux au ciel puis s'écrie :

– Virée ! Et virée !

Il nous pointe du doigt l'une après l'autre mais Eugénie est déjà loin et je suis beaucoup trop amoureuse de lui pour aller où que ce soit.

– Bien essayé, susurré-je à son oreille.

Quelques minutes plus tard, c'est aussi main dans la main qu'on franchit la porte de l'agence. Je n'imaginais pas que ce serait si simple. Lorelei, sur le point de partir, regarde nos doigts croisés et enchaîne sur un résumé factuel des rendez-vous fixés, manqués et reportés. Elle ramasse son chien et son manteau rétro ceinturé à la taille, ajuste celui de Lolita puis nous quitte avec un petit sourire attendri, presque maternel.

– Le reste de la famille est là-bas, lance-t-elle avant de disparaître dans la nuit.

On rejoint l'espace jeux, d'où résonnent les rires et les cris. Matthias fait de la balançoire, en bermuda en jean, rangers et pull jacquard. Naoko tente apparemment de méditer, assise en tailleur sur un gros ballon gonflable vert, manquant de tomber à chaque seconde. Et Yumi poursuit Willa dans tous les sens en la suppliant de faire un bisou à son rat.

– Si ce truc m'approche, je lui arrache les moustaches ! menace-t-elle.

– Pas de violence dans cette agence, clame Wolf en prenant sa grosse voix.

La petite rigole et se jette sur lui pendant que Willa va trouver refuge en se perchant sur la table de billard.

– Alors, c'était bien Berlin ? nous demande Strange à tous les deux.

– Froid, répliqué-je.

– Très chaud, me contredit Wolf.

– Houuuuu, rétorque sa sœur en s'éventant d'une main.

– Alors ça y est, vous êtes amoureux ? nous interroge la petite détective de 4 ans.

– Je vais laisser ton parrain répondre à cette question de son côté, grimacé-je en m'éloignant.

Je m'approche de Willa pour aller sauter sur la table de billard juste à côté d'elle.

– Je t'expliquerai quand tu seras grande, Yumi-Fourmi, esquive le ténébreux.

– Je sais déjà comment on fait les bébés. J'ai vu papa et maman l'autre fois.

– Qu'est-ce qu'on a dit sur les secrets ? la gronde son père en rigolant.

La petite l'ignore, caresse son rat et revient à la charge vers Wolf, pour mon plus grand plaisir.

– Ça veut dire que vos bébés auront des yeux de loup qui font peur et des grandes cicatrices partout ?

– Yumi ! tente de l'arrêter sa mère.

– Aucune idée, se marre Wolf en retour. Mais on les prendra comme ils sont.

Ses iris troublants viennent me chercher et ce simple regard me couvre de frissons. J'ai chaud, j'ai froid, je meurs d'amour pour lui, j'ai un peu peur aussi. Mais je ne frémis pas à l'évocation de mon saule pleureur. Ma cicatrice ne me lance pas. Elle se fait oublier, en me rappelant que je l'ai simplement acceptée, incluse à mon histoire.

Et que je suis prête à en écrire une autre.

Avec un grand méchant loup dans le rôle-titre.

46

Flammes

Léonore

– Johnny Cash est constipé depuis ton départ... Et qui a bien pu avoir l'idée saugrenue d'installer une baignoire *et* une douche dans la même pièce ?

Mon grand-père poursuit la visite de mon appartement en bougonnant. Je devine rapidement ce qui l'a mis de cette humeur : c'est seulement la première fois que je l'invite ici, alors que ça fait des semaines que j'ai emménagé place des Vosges.

– Tu es déjà venu, papy, tu te souviens ? Le soir de mon anniversaire.

– Évidemment que je m'en souviens, je ne suis pas complètement gâteux ! Mais ce n'est pas pareil... C'est Wolf qui m'avait fait venir, pas toi.

Et papy Georges n'a pas attendu pour me le faire payer. Depuis qu'il est arrivé, une demi-heure plus tôt, il m'a à peine décoché vingt mots, alors qu'il a fait les yeux doux et redoux à Eugénie, en lui racontant toute sa vie. Vieux schnock.

– Je sais que je n'ai pas pris beaucoup de temps pour toi, papy. Tu m'as manqué, je suis désolée si je t'ai délaissé…

Je lui sors mes plus beaux yeux de biche, il ronchonne et rit en même temps.

– Promets-moi juste que tu viendras bientôt dîner, soupire-t-il en regardant sa montre. Je te ferai des croque-monsieur.

– Dès ce soir, si tu veux !

– J'ai un rendez-vous galant.

– Demain alors, Casanova ?

– Impossible, riposte-t-il. Je vais au théâtre avec une jeunette.

– Rassure-moi, elle a au moins le double de mon âge ?

– Tu me prends pour un vieux cochon ? Elle a 71 ans.

Je rigole en le voyant tirer sèchement sur les manches de sa veste, comme s'il cherchait à me prouver qu'il a encore toute sa dignité.

– Après-demain ? proposé-je.

– On sera le 31, ma Léo, me précise-t-il en souriant tristement.

À l'évocation de cette date maudite, ma poitrine se serre, l'air dans mes poumons se raréfie. Sous les yeux de mon grand-père si attentif, je me force à sourire comme si de rien n'était. Mais lui n'est pas dupe. Il m'ouvre grand les bras, je m'y réfugie comme un oisillon fragile. Il colle le côté de sa tête au côté de la mienne, sa joue est à la fois douce et rugueuse et, petit à petit, mes angoisses partent en fumée.

Mon héros a encore frappé.

***

Il fait un froid à ne pas mettre le nez dehors – ni aucune autre partie du corps –, mais la malédiction du 31 décembre a assez duré. J'ai décidé que, cette année, tout allait changer.

J'ai pris la décision de balayer mes souvenirs du passé pour en créer de nouveaux, avec l'homme que j'aime. Ce soir, alors que Paris est en fête, que les gens réveillonnent bien au chaud chez eux ou dans les restaurants, les bars et les clubs de la capitale, j'ai donné rendez-vous à mon loup au bois de Vincennes.

Les abords du lac sont déserts. Mon sac à dos sur les épaules, je sautille pour me réchauffer sous l'un des rares lampadaires. Un peu avant vingt-deux heures, sa silhouette élancée apparaît enfin au loin, dans un long manteau noir qui lui donne des allures d'agent secret version haute couture. Wolf me rejoint, le regard intense et l'air tourmenté.

Lui aussi a gardé des séquelles de cette nuit infernale.

Sur la pointe des pieds, je dépose un baiser sur ses lèvres. Il y répond avec tendresse, m'entoure de ses bras solides, me serre contre lui. Nos bouches se quittent, nos yeux se parlent en silence, se murmurent les mots qui ne sortent pas. On joint nos mains comme deux ados exaltés et, dans un élan romantique, Wolf Larsson dépose délicatement son front contre le mien.

– Il y a neuf ans, j'ai rencontré la fille la plus belle, la plus têtue et la plus inoubliable qui soit. Elle m'a embrassé pour la première fois et, même si j'étais trop jeune et bien trop con pour l'admettre, j'ai senti que rien ne serait plus jamais pareil.

– Ce baiser, Wolf, c'est le seul souvenir que je veux garder de cette nuit-là…

Le garçon qui a bouleversé ma vie il y a neuf ans enfouit son visage dans mon cou et me serre un peu plus fort encore.

– Tu es prêt, mon loup ?

– Prêt pour quoi ?

– Suis-moi.

Le lac n'est pas gelé, mon plan est réalisable. Je le guide en direction des barques bâchées et attachées le long de l'eau, défais l'un des nœuds, m'empare de la corde épaisse et la tire vers nous. C'est trop lourd, Wolf vient à ma rescousse et se met à tirer avec moi. L'embarcation libérée glisse jusqu'à nous, le loup la cale contre le rebord et retire la bâche sombre qui recouvre le bateau.

– Après toi, voleuse de barque… et de cœur.

À ces mots, le mien est sur le point d'exploser. Le souffle coupé, je fixe l'insolent, qui me sourit. Mais il refuse encore d'élaborer, d'aller jusqu'au bout de sa déclaration et de murmurer les mots que j'attends. Wolf préfère agir. Il saute à bord et me tend la main. Je le traite de coq mouillé entre mes dents serrées, il se marre.

– Tu montes ou tu nages ?

Je m'empare rageusement de sa main et le rejoins sur la barque instable. On s'assied d'un même mouvement pour éviter de trop tanguer, et l'homme qui joue avec mes nerfs se met déjà à ramer. Il entrouvre la bouche, inspire comme s'il allait parler puis se ravise en se souriant à lui-même.

– Tu as quelque chose à me dire, Wolf ?

– Tu es très belle, ce soir…

– Rien d'autre ?

– Je ne sais pas, me torture l'arrogant. Tu voudrais entendre quelque chose en particulier ?

Un rire fugace m'échappe. J'aime et je déteste quand il joue avec moi. Je détourne le regard, contemple l'immense surface noire et paisible du lac, les reflets de la lune qui s'y dessine, puis fais glisser mon sac à dos de mes épaules. J'en sors tous les lampions que j'ai apportés et, sous le regard intense et curieux de Wolf, je les allume un à un et les dépose sur l'eau.

Les petites bougies flottent à la surface, illuminant le grand lac, qui nous emporte loin des douleurs du passé. La constellation qui s'étend sur l'eau a quelque chose de féerique et je crois que la magie de cet instant parvient à fissurer la carapace de celui qui m'accompagne.

– Tu ne fais rien comme tout le monde, hein ? murmure le ténébreux.

Je frémis. Son ton était différent. Doux, tendre, délicat… amoureux. Je relève les yeux vers lui et me perds dans son regard.

– Je t'aime, me susurre-t-il. Je t'aime à en crever, Léo. Je t'aime depuis neuf ans. Ne me demande plus jamais de t'oublier. J'en mourrais…

Ses mots agissent comme un pansement sur mon cœur. Les flammes ont ravagé ma peau, je n'oublie rien, mais l'enfer est loin, très loin désormais. Et ses yeux dans les miens brillent plus intensément que toutes les bougies, toutes les étoiles et tous les feux d'artifice qui s'illumineront cette nuit, pour célébrer la nouvelle année.

Et notre nouvelle vie.

47

Un cœur pur

Léonore

Cette image me donne à la fois envie de rire et de pleurer : Judith, assise bien droite sur son lit d'hôpital, sa petite valise sur les genoux, ses chaussures rouges aux pieds et une lueur implorante dans le regard.

– Arrête de faire cette tête, on ne va pas te laisser ici, je t'ai dit ! lui répète Wolf pour la cinquième ou sixième fois depuis notre arrivée.

Le 1er janvier, les gens font la grasse matinée, ils cuvent leur champagne en appelant leurs proches, ils mangent les restes du festin de la veille ou le fond d'un paquet de chips, ils vont se promener ou se lancent dans un marathon Netflix. Et ils prennent des bonnes résolutions qu'ils ne tiendront pas deux jours.

Nous, on s'est dit qu'on emmerdait les bonnes résolutions. Avec mon loup, on s'est réveillés aux aurores, on a fait l'amour, dévalisé la seule boulangerie ouverte du quartier, puis on a pris la direction de Sainte-Anne, heureux et excités comme des gosses à l'idée de sortir Judith de là.

– Tu te souviens que tu déménages, aujourd'hui ?

Elle fixe Wolf d'un air un peu absent.

– Judith, je te promets que tu seras mieux là-bas. C'est une toute petite clinique avec un très grand parc, les médecins sont…

– Tant que… Tant qu'il y a une jolie vue et que je peux peindre quand je veux, lance-t-elle, prête à quitter sa prison.

Ses crises sont bien plus rares qu'avant. Judith ne compte plus jusqu'à trois, ni jusqu'à six, elle n'insulte plus la terre entière, elle n'a plus besoin de lever la main pour prendre la parole, mais elle est encore prisonnière de nombreux TOC qui la font bégayer ou grimacer au milieu d'une phrase. Elle reste fragile, angoissée de tout, ne sera jamais totalement guérie, mais elle va mieux depuis qu'elle a commencé son nouveau traitement.

– La psychiatre qu'on a rencontrée là-bas est spécialisée en art-thérapie, lui dis-je en lui tendant la main.

– C'est celle que j'ai mordue ? souffle-t-elle, gênée.

Wolf se crispe légèrement à mes côtés ; je détends tout le monde en lâchant un rire sonore et sincère.

– Il faut dire qu'elle avait l'air délicieuse ! plaisanté-je.

– Bon, on y va, décrète le ténébreux. On dit au revoir à tout ça et on ne mord personne en partant, OK ? Ta nouvelle vie commence, Judith !

Il s'empare de la valise et Judith lui demande de la porter avec précaution : elle ne possède pas grand-chose, mais elle y tient :

– Ce que j'ai… Le peu qui m'appartient est aussi précieux que… que… les joyaux de la vieille reine !

– Aussi précieux que ce joyau-là ? lui demande Wolf en me désignant du doigt.

Je lève les yeux au ciel, faussement blasée – tout en pleurant de joie, à l'intérieur.

– C'est moi qui t'ai rendu romantique et gnangnan comme ça ? Rendez-moi mon mauvais garçon ! lancé-je en riant.

Une fois en voiture, installée à l'arrière avec moi, Judith pousse des cris émerveillés à chaque coin de rue. Elle dessine sur la buée de la vitre. Puis frôle du doigt le saphir tatoué sur ma phalange, admire le vrai bijou sur mon autre main, et critique chaque microdétail du dessin par rapport à l'original. Puis se prend de passion pour tout autre chose. Elle détache mille fois sa ceinture pour aller coller son visage à la fenêtre, ronge ses ongles déjà inexistants, prend des photos mal cadrées avec son tout nouveau téléphone portable, rit, chante, puis nous annonce qu'elle a envie de vomir – un effet secondaire de ses médicaments… et de trop de bonheur d'un coup.

Elle a été enfermée tant d'années.

Le sourire aux lèvres, le regard attendri, Wolf se moque gentiment d'elle, puis tente d'évoquer en douceur le passé.

– Judith ?

– Oui, mon grand ?

– Tu te souviens qui je suis ? Qui on est l'un pour l'autre, toi et moi ?

– Tu es mon loup.

Wolf hésite à creuser davantage, ne voulant probablement pas la brusquer.

– Tu te souviens que tu as eu un enfant, il y a vingt-six

ans ? murmure-t-il finalement. Tu sais que c'est moi ?

– Je…

L'effet est immédiat, je la vois sombrer de nouveau. Elle tremble, se fige, fixe un point imaginaire face à elle et se met à se balancer un tout petit peu d'avant en arrière. Pour se bercer, pour se calmer, pour se retenir d'exploser.

– Judith, tout va bien, la rassure Wolf tout bas en se retournant vers elle. On n'est pas obligés d'en parler.

– Je… Un, deux, trois… Je… Merde ! Putain, merde !

Je croise le regard bleu tourmenté dans le rétroviseur central et fais signe à Wolf de garder le sourire, de ne pas s'en vouloir. Judith n'est simplement pas prête à reparler du passé.

Vingt minutes plus tard, on passe la grille de sécurité et l'on pénètre dans le grand parc de la clinique Bellevue. Judith retrouve un peu de vie lorsqu'on longe le plan d'eau et qu'elle découvre les cygnes majestueux qui paressent sur des îlots. Wolf se gare près d'une fontaine remplie de carpes Koï, qui passionnent notre passagère.

– J'ai… J'ai hâte de dessiner toutes ces couleurs… C'est beau, ici. C'est beaucoup mieux qu'avant, mon loup.

L'excitation la rend fébrile, alors je glisse ma main dans la sienne pour la rassurer. Wolf récupère sa valise dans le coffre et nous entrons tous les trois dans la nouvelle maison de notre Judith.

Toute l'équipe médicale présente nous salue, à peine la porte passée. Je devine que Wolf a pris les devants, prévenu tout le monde de notre arrivée, remué ciel et terre pour que tout ça puisse se faire un 1er janvier et que sa mère soit accueillie comme il se doit. J'imagine que séjourner ici coûte une fortune, mais je sais pertinemment que Wolf serait prêt à vendre la chemise qu'il a sur le dos pour prendre soin de ceux qu'il aime.

Le loup est férocement loyal.

Main dans la main, on accompagne Judith dans la découverte de cette nouvelle vie. Elle s'ouvre petit à petit, sourit à quelques reprises, ne mord pas, ne se frappe pas la tête, n'insulte presque personne – l'autre patient bruyant l'avait mérité. Elle pose beaucoup trop de questions à l'aide-soignant qui nous fait visiter les locaux puis à la psychiatre qui passe en revue son dossier d'admission, mais cette dernière se révèle patiente et pleine d'humour.

À mes côtés, Wolf semble se détendre enfin. Après l'entrevue, on se promène dans le parc tous les trois, on découvre la grande chambre douillette de Judith, on vide sa valise et l'on remplit son armoire, on fait durer les adieux, on va acheter quelque chose à grignoter dans un distributeur rempli de cochonneries, Judith se gave de bonbons en nous dessinant, les fronts collés et les yeux rivés l'un à l'autre.

Quand elle commence à montrer des signes de fatigue, on se dit qu'il est temps d'y aller, de la laisser s'acclimater à son nouvel environnement. Wolf la serre fort dans ses bras et lui rappelle qu'il passera la voir tous les jours. Judith sourit, précise que trois fois par semaine seront amplement suffisantes, lui tapote la joue puis nous invite à décamper.

Un sourire aux lèvres, je contemple la jolie façade en briques de la clinique en attachant ma ceinture, tandis que Wolf démarre brusquement en faisant rugir le moteur.

– Je n'aurais jamais dû lui parler de ça, putain ! enrage-t-il en frappant son volant. J'ai failli tout gâcher !

– Tu n'as rien gâché du tout, elle semble déjà heureuse, ici.

Le ténébreux ne décoche pas un mot pendant de longues minutes, puis murmure :

– Elle ne veut pas retourner en arrière et je la comprends…

– Ça remue trop de choses en elle. Elle est en paix pour le moment, je crois qu'il faut la laisser aller de l'avant.

– Ouais… Je vais garder mes putains de questions pour moi.

Je dépose ma main sur sa cuisse, la serre doucement, le loup me contemple un instant avant de se concentrer sur la route.

– Merci d'être venue avec moi, murmure-t-il soudain. Tout est plus supportable quand tu es là. Tu transformes le moche en beau, Léo.

Je lui souris, l'embrasse dans le cou, il grogne et me vole un baiser sur la bouche.

– Regarde la route, espèce de fou ! m'écrié-je en riant.

– Tu me cherches, tu me trouves, lâche l'arrogant.

On roule en silence pendant quelques minutes encore, je repense à Judith, à la manière dont son visage s'est éclairé en découvrant le studio de peinture, le parc fleuri de la clinique, les blouses multicolores des soignants et sa chambre avec de vrais meubles dedans.

– Tu es un bon fils, lancé-je à l'homme que j'aime. Tu te bats pour une mère qui n'aurait jamais pu prendre soin de toi, t'élever, te protéger, et tu fais tout ça pour elle. Tu es quelqu'un de bien, Wolf Larsson. Et tu n'en as pas la moindre idée.

– Je veux changer de nom, retentit sa voix grave. Je veux qu'elle soit officiellement ma mère, sur tous les papiers.

Je me tourne vers lui et le contemple, stupéfaite.

– Wolf, ça voudrait dire renoncer à Agnès… Et quelque part, à Willa.

– Willa reste ma sœur, ça ne changera jamais. Quant à Agnès…

– On n'efface pas vingt-six ans de vie en changeant de nom de famille, Wolf.

– Je sais…

– Et est-ce que Judith sera en mesure de comprendre ? Tu n'as pas peur que ça la fasse replonger ?

Il soupire et je devine la tempête silencieuse qui fait rage sous son crâne.

– N'essaie pas d'effacer le passé, Wolf. Ni de changer qui tu es. Tu vas apprendre à accepter tes blessures, à vivre avec… et à pardonner les erreurs de ceux qui t'aiment malgré tout.

– Pardonner, siffle-t-il. Pourquoi est-ce que j'ai tant de mal avec ce foutu mot ?

– Parce que pour pardonner les autres, il faut commencer par se pardonner soi-même.

Et la tâche n'est pas aisée, je le sais. Elle demande du temps, de l'écoute, de la patience et du cœur.

– Un cœur aussi pur que le tien y parviendra. Tu as tout ce qu'il faut en toi, Wolf.

***

Il m'a déposée place des Vosges en début de soirée, est passé régler quelques détails importants à l'agence, est parti se défouler à la boxe, puis s'est repointé à ma porte à peine deux heures plus tard. Loup increvable.

– J'ai oublié de te donner quelque chose, Léo.

– J'allais me coucher. Eugénie n'est pas là, tu peux dormir avec moi…

Il ignore mon invitation et me tend sa main. Au creux de sa paume, une clé.

– Tu connais l'histoire « Ma maison, c'est ta maison » ?

– Wolf…

– Vis avec moi, Léonore. Aime-moi. Emmerde-moi. Ne me quitte plus jamais.

Mon cœur a du mal à rester accroché, ma gorge se met à siffler, je serre les dents et les poings jusqu'à m'en faire mal pour être certaine de ne pas rêver.

– Tu… Tu veux…

– Je veux tout ! résonne sa voix légèrement cassée. Te faire sourire, te faire hurler, te faire jouir, te faire voyager, te faire aimer la vie avec moi, Léo. Je veux récupérer ces huit années qu'on a perdues…

Ébahie, touchée, émue, secouée, je reste incapable de réagir autrement qu'en lâchant un râle orgasmique. Wolf se marre tout bas, glisse la clé dans la poche arrière de mon slim, puis m'attire brusquement à lui.

– Et surtout, quand on sera prêts, je veux te faire un môme. Ou deux. Ou dix. Pour que le loup et la lionne se mélangent et créent la créature la plus unique et la plus extraordinaire que cette terre ait jamais connue.

Les larmes inondent mon visage, je renifle bruyamment

et m'essuie avec ma manche. Ce n'est probablement pas le truc le plus érotique que j'aurais pu faire, mais Wolf s'en contrefout. Sur le pas de ma porte, dans ce couloir où la lumière vient de s'éteindre, il m'embrasse comme seul un mauvais garçon sait le faire.

– Au fait, c'est oui ? susurre-t-il contre mes lèvres.

Pour toute réponse, je noue mes bras derrière son cou, me hisse contre son corps solide, enroule mes jambes autour de lui et lui offre le baiser le plus chaud, le plus indécent qui soit.

Évidemment que c'est oui.

Toute ma vie, je n'ai attendu que *lui*.

Et mon saule pleureur ne pleure plus.

48

Épilogue

Wolf
Un an plus tard

Mon appart ressemble à un putain de champ de bataille. Des gens sont assis partout par terre, avec des coupes de champagne à la main et des feuilles de papier éparpillées autour d'eux. Finalement, j'ai renoncé à mon idée de test ADN collectif pour le gala de l'agence. J'ai réservé ça à mes proches, pour créer l'événement. Découvrir ses origines ethniques, ses racines cachées, ses potentiels cousins vivant dans le monde entier, c'est une façon de se réinventer, d'élargir ses horizons, de repenser son identité. Une manière pour moi de rappeler à chacun qu'on n'est pas forcément celui qu'on croit, que notre histoire est plus grande que soi. J'avais envie de frapper fort, pour ce réveillon du Nouvel An pas comme les autres.

Cette année, je suis père.

Cette année, j'ai mon père et ma vraie mère près de moi.

Cette année, je peux dire que le mot « famille » prend tout son sens.

– Elles sont fiables, tes analyses génétiques, là ? vient ronchonner Willa.

– Oui, s'il y a écrit cinquante pour cent boulette, cinquante pour cent chieuse, c'est tout bon !

– 3,4 pour cent de sang nigérian ! Avec une mère suédoise et un père français… Ils ont couché avec la terre entière ou quoi ces deux-là ?

– Ça me rappelle vaguement quelqu'un, tiens, plaisante Léo en fixant ma sœur.

– Au moins un truc que les parents t'ont transmis, renchéris-je.

– Oh ça va, vous deux. Vous êtes passés en un an et demi de « Je ne me caserai jamais, je déteste trop la vie » à « tiens, et si je prenais le package complet, couple-appart-bébé ? » Mais on n'est pas tous obligés d'avoir un destin aussi chiant que le vôtre.

Je m'apprête à lui renvoyer un truc dans les dents, mais son mec vient se coller à elle par-derrière en dansant. J'ai vu ma sœur flirter avec ce photographe italien à des dizaines de soirées, de galas et de *shootings*. Et Cosimo a fini par lui sortir le grand jeu pour percer sa carapace de boulette trop cuite et la convaincre qu'il ne se foutait pas d'elle. L'emmerdeuse a continué des mois à l'appeler son « plan cul régulier » – entêtement et fierté des Larsson obligent –, mais c'est la première fois qu'elle nous le présente comme son « officiel ».

Léo vient se coller à moi pour observer le couple en plissant les yeux.

– Qu'est-ce que t'en penses ? ironise ma brune. Elle déménage à Milan dans six mois ?

– Ouais… Et elle finit mariée dans l'année.

– Pff, c'est une relation longue distance, ça ne durera jamais ! marmonne la grande optimiste.

– Eh, je comprends le français, *polpetta* ! râle l'Italien à lunettes.

– La prochaine fois que tu m'appelles « boulette de viande » en public, je t'épile les poils des…

– Waouh ! la stoppé-je dans son élan. Il y a des oreilles chastes qui traînent par ici.

Je jette un œil autour de moi, aperçois Yumi qui danse sur les épaules de son père tout en lui faisant une coiffure, et Naoko qui essaie de poser sur son gros ventre les écouteurs d'un casque audio. La tatoueuse est enceinte de huit mois… et elle déteste ça. Je me dirige vers elle, après avoir embrassé Léo dans le cou et vérifié que mon bébé à moi est en sécurité dans les bras de son grand-père Larsson.

– Qu'est-ce qu'il y a, Nao ? Ton fœtus n'aime pas la musique qui passe ?

– Sérieusement, Wolf ? Une soirée du Nouvel An avec uniquement du Johnny Cash ? Mes hormones ne vont pas le supporter longtemps…

– Ça fait plaisir à papy Georges, tenté-je avec un sourire. Essaie juste de ne pas accoucher ici, OK ?

Entre la césarienne de Judith et celle de Léonore il y a un mois, je crois que j'ai une mauvaise influence sur tous les accouchements auxquels j'assiste.

Dans un coin du salon, ma lionne est en grande discussion avec une photographe très spéciale pour nous : elle a beaucoup pris Léo en photo, à chaque stade de sa grossesse et juste après la naissance. Le prochain *shooting* est pour bientôt. On a tous les deux décidé de lancer une campagne pour changer le regard sur les mères et l'incroyable job accompli par leur corps. Je veux tout montrer : la silhouette qui s'arrondit, les yeux qui se creusent, les seins lourds, les ventres vides, les vergetures et les cicatrices de toutes ces guerrières qui donnent la vie, souvent en cachant leurs épreuves, leurs douleurs. Tout ce qui les marque en secret et à jamais. Alors que les hommes sont toujours tellement fiers d'exposer leurs blessures de guerre.

La beauté doit changer de camp. Et l'héroïsme ne devrait plus avoir de sexe.

Naoko fait aussi partie des modèles et Matthias est en train de recruter d'autres femmes dans les maternités et les cours de préparation à l'accouchement pour nous donner la plus grande représentativité. Moi, je dois encore tenter de convaincre Judith de prendre part à ce projet qui me tient à cœur.

Je vais doucement m'asseoir près d'elle sur le canapé, en posant juste une fesse sur l'accoudoir, pour remettre le sujet sur le tapis pendant que mon père cajole ma progéniture.

– Comment ça va, Judith ?

– Un, deux, trois… Bien, mais il y a beaucoup de monde.

– Tu sais que tu peux t'isoler si tu veux, j'ai une chambre d'amis là-bas.

– Je… Je ne suis pas ton amie, je n'ai pas d'ami, je déteste les amis, ils parlent trop et ils touchent tout le temps et ils font des bises au début et à la fin. J'aime bien Karl, c'est tout. Son visage est doux. Il vient souvent mais il écoute, lui. Tu crois que c'est mon ami ?

Non loin de là, mon père, qui entend tout, sourit. Je n'ai aucune idée de la nature de leurs relations. Amis, ex-amants, compagnons de solitude, amoureux du passé. Je sais seulement qu'ils passent du temps ensemble et qu'ils se font du bien. Des réparateurs de regrets, c'est comme ça que je les vois.

– Tu devrais lui demander qui il est, Judith, on a dit plus de secret dans cette famille.

– Un, deux, trois… Plus de secrets ? Encore plus ? Plus ou moins ? Un, deux ou trois secrets ? Un, deux, trois… Soleil ! récite-t-elle avec ses yeux qui clignent, sa bouche qui se tord et son cerveau qui bloque.

Les soirées comme celle-ci, ça ne lui réussit pas toujours. Pourtant, elle qui a fait d'énormes progrès dans sa clinique, qu'elle surnomme « mon paradis des couleurs », a tenu à être là. Je change de sujet pour la sortir de sa spirale.

– Eh, Judith, commencé-je doucement, tu as pu réfléchir à la séance photo dont je t'ai parlé ?

– Mais… Mais j'ai déjà un travail, moi. Un travail fort et bizarre.

– Oui, je sais, admis-je en souriant. Tu dois redessiner le logo de Strange & Strong. Et faire une grande fresque de visages sur la vitrine de l'agence.

Cette mission fait partie de sa thérapie par l'art. Dès que sa clinique lui accorde une permission de sortie, j'essaie de reconnecter Judith à la vraie vie, de lui montrer toute l'étendue de ses talents, de ses possibles. Je nourris toujours l'espoir qu'elle puisse un jour sortir de son enfermement. Mais ma *mère* reste fragile, vite angoissée par la foule, le bruit, les inconnus, les imprévus et tout ce qui la sort de sa zone de confort.

C'est déjà un exploit qu'elle puisse passer la soirée ici avec nous. Mon père est allé la chercher. Willa l'a coiffée et maquillée. Léo a réussi à la faire rire. Ça allait bien jusqu'à ce que papy Georges ait l'idée de lui coller un bébé tout neuf dans les bras, en pensant lui faire plaisir.

– Un, c'est rose, deux, c'est fripé, trois, ça gigote… On dirait un petit cochon dégoûtant ! a-t-elle grimacé en lâchant tout.

J'ai rattrapé le petit tas de couvertures in extremis en voyant le visage de Léo devenir blême. Et l'on a décidé de garder Judith éloignée de tout bébé ou enfant de moins de 18 ans.

– Et toi, Wolf, tu as réfléchi à ce que tu voulais faire ? m'interroge doucement mon père.

– Pour ?

– Tu sais, pour… tes mères.

– Je déteste quand tu les appelles comme ça, grogné-je.

Léo vient se couler sur mes genoux et porte sa coupe de champagne à mes lèvres. Elle sait toujours de quoi j'ai besoin, peut-être parfois même avant que je ne le sache moi-même.

– Je ne vais rien faire du tout, confié-je à mon père en serrant ma brune dans mes bras.

L'année dernière, j'ai lancé les démarches pour faire annuler l'adoption d'Agnès et redevenir officiellement le fils de Judith. Malgré l'aide de mon avocate sur ce dossier, on ne rompt pas des liens filiaux comme ça. J'ai longuement réfléchi. Beaucoup hésité, cogité, parfois peu dormi et souvent boxé. Mais avec l'amour de Léo, avec l'arrivée de mon enfant, avec l'aide et les blagues de ma sœur, avec la patience de mon père qui m'a raconté les événements aussi souvent et aussi sincèrement que possible, j'ai réussi à faire la paix avec ce morceau de mon histoire.

Judith va mieux : je ne crois pas que je devrais lui faire subir un nouveau choc émotionnel en redistribuant toutes les cartes de ma famille. L'année passée, les liens avec mon père se sont peu à peu resserrés. Il a d'abord demandé le divorce et ça l'a libéré, un peu fait renaître en tant qu'homme. Quand il a appris que j'allais devenir père à mon tour, ça a créé un électrochoc chez lui. Une envie viscérale de ne plus passer à côté de la vie. Il a réuni tout son courage pour m'écrire, me raconter, s'excuser encore, tenter de me faire comprendre comment un père peut commettre de telles erreurs, par amour pour son fils. J'ai accepté de lui parler, de l'écouter surtout, de prendre une leçon d'humilité. Avec sa détermination et son petit sourire qui a toujours raison – et souvent de moi –, Léo m'a rappelé que, sans deuxième chance, on ne serait pas là, ensemble, à construire une famille et vivre ce bonheur immense. Alors j'en ai laissé une à mon père. Et j'ai appris à lui refaire confiance.

Quant à mes relations avec ma mère adoptive, elles restent épisodiques, réduites au strict minimum depuis que mon père a repris sa liberté. Willa continue à la voir et ça ne me regarde pas, c'est sa mère et la seule qu'elle a, leur histoire à toutes les deux leur appartient. Moi, je ne peux pas. Ma mère d'adoption n'a jamais trouvé la force de demander pardon, ni à sa sœur, ni à son mari, ni à ses enfants. Ça viendra peut-être un jour, mais je ne l'attends plus. Je ne changerai rien ni personne.

Toujours assise sur mes genoux, Léo se penche en arrière pour vider sa coupe. Robe-pull grise que j'adore, dos échancré, je ne résiste pas longtemps : je frotte mon nez sur la peau douce, chaude et irrégulière de sa cicatrice, ce volcan magnétique qui me fascine toujours autant, avant d'y poser mes lèvres. Mais la lionne se lève d'un bond, en entendant notre bébé pleurer dans les bras de mon père.

Ni elle ni moi n'avons eu de parents exemplaires – si un truc pareil existe – et c'est peu de le dire. Mais on a tous les deux des choses à réparer, et si l'on a une seule certitude, c'est que cet enfant ne manquera pas d'amour.

La mère et le père de Léo n'ont pas pu venir ce soir. Ou peut-être pas voulu, mais ça ne fait pas de grande différence. La première s'est quand même déplacée pour rencontrer son premier petit-enfant à la maternité, mais elle a dû vite repartir, pour éviter les bouchons. Le second a dit qu'il viendrait bientôt… ou peut-être après. On se connaît à peine, on ne s'est vus que quelques fois, mais on ne fait pas semblant et on ne se force pas : cette famille-là fonctionne comme ça.

Alors, dans notre minuscule famille à nous, je demande la mère-lionne et le père-loup. Âmes solitaires devenues fusionnelles à trois.

Léo s'éloigne en berçant la petite boule brune blottie dans ses couvertures. Je quitte mon accoudoir pour aller les rejoindre mais je me fais intercepter par une paire de seins et un sourire effronté.

– Bonsoir, je me permets de te déranger, Wolf…

– Lise, c'est ça ?

Léo n'a pas passé beaucoup de temps à la fac, l'an passé, avec la grossesse et le bébé qui arrivait. Mais elle a écrit son mémoire et suivi les cours comme elle pouvait, grâce à cette jolie blonde qui passait parfois à la maison pour lui rapporter ses notes et ses polycopiés. On n'a jamais vraiment pris le temps de discuter jusque-là. Je me force à ne pas jouer le connard asocial et j'engage la conversation.

– Alors tu es passionnée de criminologie, toi aussi ?

– Moi ? Oh non, j'ai juste pris la voie la plus bouchée possible pour ne pas avoir à trouver un boulot un jour.

Elle se marre mais impossible de savoir si elle dit la vérité ou non. Elle n'est pas très grande et, à part son tour de poitrine, Lise a un physique plutôt banal. Mais elle dégage une énergie particulière, un truc assez direct, un appétit de vie et une spontanéité qu'on ne rencontre pas souvent. Ça ne m'étonne pas que Léo et elle fassent des étincelles.

– En fait, je me disais, poursuit-elle sans hésiter. Vu que je suis plutôt sexy et pas pudique du tout, j'ai pas mal de qualités pour devenir mannequin, non ? Un mètre cinquante-quatre, ça suffit comme particularité physique ou il faut que je me coupe un truc ?

– Hum… Ça dépend, t'es plutôt branchée balafre ou amputation ?

Celle qui n'a pas froid aux yeux reste scotchée par ma proposition. Les audacieuses n'ont pas l'habitude qu'on les prenne à leur propre jeu. Léo nous rejoint soudain en courant, comme pour une intervention d'urgence.

– OK, lequel des deux a choqué l'autre ? s'inquiète-t-elle. Vous avez l'air profondément mal à l'aise. T'as joué au grand méchant loup ? Ou elle t'a fait le coup du Dr Chaudière ?

– Ah non, pas encore ! m'amusé-je. On en était au Pr Scalpel, là.

– Laisse tomber, Léo. Ton mec vient gentiment de me jeter de son agence. Et son sex-appeal me fait perdre absolument tous mes moyens. Je crois que je suis un peu amoureuse de lui mais je vais te le laisser, rapport au fait que vous avez procréé… Et qu'il me fait un petit peu peur, aussi. Par contre, est-ce que tu peux lui demander d'arrêter de me regarder avec ses yeux de Sibérie, là… ? Je ne sais plus si j'ai chaud ou si j'ai froid.

– Ça va aller, la rassure ma brune. Viens, Lise, j'ai deux ou trois mecs mannequins à te proposer, je pense qu'ils seront plus réceptifs.

Ils sont tous en train de comparer leurs tests génétiques. Tous sauf les cinq ou six cinglés que je me suis choisis pour famille et qui se foutent totalement d'où ils viennent. Willa et Cosimo se chamaillent comme des gamins, dans un mélange de français et d'italien, tout en se bouffant du regard. En pantalon de ski multicolore, bretelles et tee-shirt blanc, Matthias apprend à sa fille à marcher sur les mains. Yumi pleure de rire en criant :

– Regarde, Léo, je suis une chauve-souris ! Je peux en avoir une pour mon anniversaire ?

Naoko se précipite pour dire non et revient à son atelier sur le canapé : elle a demandé à Judith de lui dessiner trois portraits possibles de son futur bébé en mélangeant les traits de Strange et les siens. Les résultats sont bluffants de réalisme… et complètement flippants.

– Euh… si ça donne ça pour de vrai, est-ce qu'on peut encore annuler ? demande mon associé à sa femme. On n'a pas versé d'acompte, si ?

La Japonaise lui adresse une petite moue contrariée, puis hausse les épaules en ajoutant :

– Pas grave, on l'échangera en secret avec le bébé canon de Léo et Wolf, chuchote la tatoueuse.

– Y a de l'idée… Mais l'autre papa poule risque de nous faire une syncope si on s'approche un peu trop près de sa descendance, fait remarquer Matthias.

– J'ai pas le prénom de ma fille tatoué sur le bras, moi, riposté-je.

– C'est juste pour m'en souvenir, se défend-il.

– Alors tu ne veux pas t'écrire sur la main « Sois un peu moins con », histoire que ça serve à quelque chose ?

– Nan, désolé, j'aime pas les tatouages, balance le mec tatoué de la tête aux pieds.

On se marre et on se vanne, comme toujours, mais la paternité nous a rapprochés un peu plus, tous les deux. Strange et Strong auront bientôt trois héritiers à leur actif, truc encore impensable il y a deux ans à peine. Mais on a décidé qu'on ne laisserait pas le choix à nos rejetons : ils seront potes pour la vie, que ça leur plaise ou non.

– C'est bientôt le décompte ! vient nous prévenir Lorelei, avec son chien sous le bras.

Je cherche aussitôt Léo du regard et je la vois faire pareil. Elle quitte le slow qu'elle dansait avec son grand-père pour venir jusqu'à moi, notre fille dans les bras et son sourire ravageur aux lèvres. Ça me fait toujours le même coup au cœur, quand elle fonce sur moi.

– Judith, si tu as envie de compter, c'est maintenant, glissé-je doucement à ma mère.

Et j'entoure mes deux brunes de mes bras pendant que les chiffres s'égrènent.

– 5, 4, 3, 2, 1…

– Bonne année, beau méchant loup ! susurre la bouche qui me rend fou.

– Belle année, ma lionne, réponds-je en plongeant dans son regard marine.

Je l'embrasse sur les lèvres puis dépose un bisou sur la joue de ma fille. En fronçant les sourcils, avec cette gravité de nouveau-né qui découvre le monde, elle me fixe de ses petits yeux comme des saphirs. Clairs, intenses, profonds, ils me troublent toujours autant depuis un mois qu'elle les a ouverts sur moi.

Au milieu du brouhaha, des cris de joie, des étreintes et des verres qui tintent, je m'enferme dans ma bulle avec elles. J'observe de nouveau Léo, comme pour mieux savourer ce bonheur insolent, ce chemin parcouru, cette deuxième chance offerte à nous. Le miracle absolu de notre histoire. On se sourit, on se devine, on se dit qu'on s'aime avec les yeux, parce que la belle sait que je ne lâche pas souvent ces mots-là. Et l'on se penche vers notre fille en collant nos fronts.

– Et bonne année, Louve, lui murmure-t-on tous les deux.

Cette petite sauvage au regard qui tue n'aurait pas pu s'appeler autrement. Il paraît qu'elle me ressemble beaucoup. Mais je sais déjà qu'elle a le caractère de sa mère. Et il lui en faudra, pour affronter la vie dans ce monde-là.

– Même si je le dis peu, ajouté-je en me raclant la gorge.

– Oui ?

– PS : n'oubliez jamais que je vous aime.

Autrice : Emma Green

Edisource – Éditions Addictives
100, rue Petit, 75019 Paris
Imprimé par CPI Brodard et Taupin
1 Avenue Rhin et Danube, 72200 La Flèche
Dépôt légal : janvier 2024 – Achevé d'imprimer : décembre 2023
ISBN : 978-2-37126-627-8
N° d'impression : 3054762
Réf. contrat : ZOLF_001